谨以此书献给我的母校

重庆树人小学
上海麦伦中学 – 继光中学
北京师范大学

正路错门集

美学是人学

刘叔成 ◎ 著

美

广东旅游出版社
GUANGDONG TRAVEL & TOURISM PRESS
悦读书·悦旅行·悦享人生

图书在版编目（CIP）数据

正路错门集／刘叔成著. —广州：广东旅游出版社，2014.5
ISBN 978 - 7 - 80766 - 816 - 9

Ⅰ.①正… Ⅱ.①刘… Ⅲ.①文艺美学—文集 Ⅳ.①I01 - 53

中国版本图书馆 CIP 数据核字（2014）第 056814 号

策划编辑：刘志松
责任编辑：方银萍
版式设计：邓传志
责任校对：李瑞苑　刘光焰
责任技编：刘振华

广东旅游出版社出版发行

地址：广州市天河区五山路483号华南农业大学（公共管理学院）14号楼三楼

邮编：510630

邮购电话：020 - 87348243

广东旅游出版社图书网

www.tourpress.cn

广州汉鼎印务有限公司印刷

（广州市天河区棠东高沙工业区广棠路21 - 23号）

开本：787 毫米 × 1092 毫米　16 开　18.5 印张　300 千字

2014 年 5 月第 1 版第 1 次印刷

定价：48.00 元

目录

目录

小引

人最宝贵的是生命。它给予我们只有一次。人的一生应当这样度过：当他回首往事时不因虚度年华而悔恨，也不因碌碌无为而羞耻。这样在他临死的时候就能够说："我已把我整个的生命和全部精力都献给最壮丽的事业——为人类的解放而斗争。"

——奥斯特洛夫斯基

1952 年夏秋之交，我们上海私立麦伦中学高三的三个同学，阿轩、三毛和我，与初三的一位小师妹阿敏，自发地成立了一个读书小组，学习奥斯特洛夫斯基的《钢铁是怎样炼成的》。我们把这本文艺作品当作人生的教科书，自拟提纲，逐章逐节地认真讨论，力求让自己成为保尔·柯察金那样的战士，把一生献给人类的解放事业。

过了几个月，四个人都因毕业（高中或初中）先后离开了麦伦（这时麦伦中学已经改为公立的继光中学），各奔东西了——首先离开的是年仅 15 岁的阿敏，她报名参加了当年全国赫赫有名的三八女子钻井队，毅然奔赴千里之外的安徽佛子岭水库，把自己的青春奉献给祖国的建设事业；高三的三位同学，一位进了北京外交学院（那时还是中国人民大学外交系），一位到上海复旦大学深造，而我则考上了北京师范大学中文系。

得知考上中文系的消息，我们极为敬爱的数学老师兼班主任徐为之狠狠地批评了我。原因在于我在高中时成绩比较突出的是数理化，而语文的成绩尽管还可以，但实际水平同班上许多同学相比还是差了一大截，徐为之老师要我到北京师范大学报到之后，立即申请转到物理系（那时高考不分文科理科）。

1953 年 10 月，到北师大报到后，我就找到中文系办公室想提出转系。结果看到要求转系的同学在办公室排起了队。一看这种阵势，我觉得一个共产党员，刚刚报到，就闹转系，实在讲不过去。

于是，我的一生就这样决定了。

我没有背叛自己的入党誓言，没有忘记几个青少年学习《钢铁是怎样炼成的》时下定的决心，尽管一生中也经历了许许多多沟沟坎坎，但令我相当骄傲的是：我的一生在人民的哺育下，在党的教导下，始终走在正路上。

然而，走在正路上的我，却因为没有听从徐为之老师的教诲，入错了门，没有为社会、为人民做出多少实事——没有造出一砖一瓦，没有铺设一段路、建成一座桥……一句话，没有什么实实在在有利于社会大众的贡献。

不错，我编过几本教材，写过若干文章，但这究竟是否有利于社会、人民，自己也不敢断定，希望得到大家的批评指正。

这就是出版《正路错门集》的缘由。

卷一·审美探幽

美学是人学[*]

> 人类在自然界中生存这一事实，并不意味着他们的法则和规律都要与自然界相同。……一个家庭和一块水晶，必须以不同的方式研究。
>
> ——A. H. 马斯洛

在人类即将进入 21 世纪的时候，总结数千年的文明史，应该明确地提出"美学是人学"。"美学是人学"不仅清楚地标示了美学研究的对象、范围，揭示了美学的性质和意义，而且也意味着人类的生活及其自身的发展，应当自觉地体现美的要求，按照美的规律来建造。

一

提起"人学"，人们立即想到的往往就是文学，因为在文艺美学领域内，大家所熟悉的命题是"文学是人学"。据说，这是来自高尔基的一个看法。高尔基有没有说过"文学是人学"，翻译家早就根据俄文原文作了说明，指出这是在 20 世纪 50 年代初期翻译季摩菲耶夫的《文学原理》时的一种误译或误读。大概是因为人们要强调文学与人生的联系，强调文学必须表现人的思想情意，所以尽管有了翻译家明白无误的说明，"文学是人学"的命题仍在文艺美学界通行无阻，成为不容质疑的结论。10 年前，我在一篇短文中写了这样几句话：

> "文学是人学"的命题，在肯定文学要以人及其生活为表现中心这一点上，诚然包含着合理的因素；然而，这个命题实在并未确切地道出文学的特质之所在——文学不是"学"，而是艺术的一种，是语言艺术。要是以为文学也是一种学科，那就距真理太远了。
> 事实上，就广义而言，"人学"即人文科学、社会科学；就狭义而论，"人学"不是别的什么学科，只能合理地理解为美学。^①

把美学称为"人学"，是因为在一切人文科学中，只有美学才对人作全方位、整体化、流动性的研究与把握。然而，10 年过去了，"文学是人

[＊本文发表于《汕头大学学报》1997 年第 2 期。

① 见拙著：《美学理论百题·序》，朱存明、王海龙编著：《美学理论百题》，广西教育出版社 1987 年版，第 1 页。]

学"仍被当作普遍的真理，而"美学是人学"不仅很少有人论及，并且美学的研究与发展似乎越来越远离人们的生活实际，只为少数人所关心。

在世纪之交的时候，为了美学的建设，更为了人类自身的发展，应当用"美学是人学"来统一我们的认识。一方面，美学只有在同人及其生活的密切联系中才能走出玄学的误区，建构起自己科学的学科体系，真正揭示美学理论的千古之谜；另一方面，人类也只有树立起科学的美学观，健康的审美理想、审美情趣，才能保证自己前进的步伐更为坚实、更为矫健。

二

在我国，人们对于"美"的字源考证，提出了"羊大为美"、"羊人为美"（意思是"舞人为美"）等不同见解。其实，不论是前者还是后者，都是从美同人类生活的联系来揭示美的意义的。

"美，甘也。从羊，从大。羊在六畜主给膳也。美与善同意。"[①]《说文解字》中的这一解释，把美同人们喜爱的食物联系在一起，今天看来当然不能说是对美的特质的正确揭示；但它说明了在古人的眼光里，美有明确的功利价值，不能脱离人生而言美。至于近人依据甲骨文推断出的"羊人为美"，把"羊"（羊角、羊皮、羊头以至整只羊）视为进行巫术图腾活动时先民头上的饰物，所以说"牧羊民族、牧羊人所扮演的图腾羊，跳的图腾舞，就是最美的事物了。可见美最初的含义是'羊人为美'，它不但是个会意字，而且还是个象形字"[②]。这种解释强调了巫术礼仪、图腾崇拜在人类文化和审美发展史上的意义，值得我们重视。然而，先民们在巫术、图腾活动中，所以选择了羊而不是其他来作为美的标志，其根据仍在于这是一个"牧羊民族"，羊在当时人们的生活中有着重要的意义。因而，撇开"羊大为美"、"羊人为美"的具体分歧不谈，两种见解其实都肯定了美同社会人生的联系，标示了"美"这个概念的运用，意味着人对自身地位和价值的一种意识与追求。所以，连主张"羊人为美"的学者也说："'羊大则美'虽然不是最古老的美的定义，但离最初的健全的审美活动和价值判断还不远。"[③]

同样，尽管康德以降的西方美学，把美的超功利性视为一条永恒不变的真理，然而如果回溯到古希腊，那么先哲们依然是从人及其生活来阐释各种美学问题。从赫拉克利特所说的"最美丽的猴子与人类比起

[①《说文解字》卷四。
②参见李泽厚、刘纲纪主编：《中国美学史》第1卷，中国社会科学出版社1984年版，第80—81页注。
③同上书，第81页。]

来也是丑陋的"①，到苏格拉底所主张的"凡人所用的东西，对它们所适用的事物来说，都是既美又好的"②，从德谟克利特关于"身体的美，若不与聪明才智相结合，是某种动物性的东西"③的论述，到柏拉图指出的最美的境界是"心灵的优美与身体的优美谐和一致，融成一个整体"④，……所有这些论述，无一不是从人及其生活出发来对美进行阐释的。特别是在柏拉图专门论述美的专著如《大希庇阿斯篇》、《斐布利斯篇》等中，所探讨的问题，都是极为实际、极其通俗的，不像后世美学那样缥缈，那样不食人间烟火。

当然，我们这样说并不是要否定康德在美学研究上的巨大贡献。康德美学的庞大体系，不仅蕴含了丰富的内容，而且在论述与肯定人的主观因素、精神因素在审美活动中的意义和价值方面，提出了许多极为深刻的见解，就是经过两百多年时间的流逝，现在看来也没有完全过时。然而，康德以及黑格尔的美学，严格说来是属于18世纪的。康德的《判断力批判》，发表于1790年；黑格尔的《美学演讲录》（即中译本《美学》）虽出版于1835—1838年间，但它是在黑格尔去世后，由黑格尔的学生整理而成的，其美学见解同康德基本属于同一时代、同一水平。康德、黑格尔的美学，是古典美学发展的"珠穆朗玛峰"，代表了古典美学所能达到的最高成就；而其致命伤，则同他们的哲学体系一样，在于同人们社会实践的游离、脱节，以至于头足倒置。马克思在《关于费尔巴哈的提纲》中指出：

> 从前的一切唯物主义——包括费尔巴哈的唯物主义——的主要缺点是：对事物、现实、感性，只是从客体的或者直观的形式去理解，而不是把它们当作人的感性活动，当作实践去理解，不是从主观方面去理解。所以，结果竟是这样，和唯物主义相反，唯心主义却发展了能动的方面，但只是抽象地发展了，因为唯心主义当然不知道真正现实的、感性的活动本身的。⑤

马克思洞察了以费尔巴哈为代表的旧唯物主义的弊端，而在肯定康德、黑格尔等唯心主义的建树时，又科学地指出了它的不足，所以他把美及其规律的阐发，紧紧地联系于人类的社会实践，特别是生产实践。

在19世纪，对美学发展作出划时代的杰出贡献的是车尔尼雪夫斯基和马克思。车尔尼雪夫斯基在批评黑格尔美学思想的过程中，于1855年发表了他的学位论文《艺术对现实的审美关系》，提出了他的"美是生

［①《古希腊罗马哲学》，三联书店1957年版，第27页。

②色诺芬：《回忆苏格拉底》，商务印书馆1984年版，第114页。

③《古希腊罗马哲学》，三联书店1957年版，第111页。

④《文艺对话集》，人民文学出版社1967年版，第64页。

⑤《马克思恩格斯选集》第1卷，人民出版社1962年版，第16页。］

活"的著名论断。尽管这个论断存在着它明显的不足，车尔尼雪夫斯基自己的阐述也有许多值得商讨的地方，但在美学发展史上，"美是生活"这一论断的意义，绝不能低估。事实上，车尔尼雪夫斯基在这篇论著中对于美学的贡献，不在于像黑格尔那样建构体系，也不在于他的理论逻辑或个别结论是否科学，而在于他鲜明地提出的"美是生活"这个命题本身，它意味着美学问题的真正解决，必须同人们的社会实际生活紧密联系在一起[①]。在撰写这篇论文时，车尔尼雪夫斯基毫不含糊地声明，他批评的靶子就是黑格尔的美学，是黑格尔学派主张的"美就是观念在个别事物上的完全的显现"[②]；而他依据的思想武器，则是费尔巴哈的唯物主义哲学观点，因此他甚至说："作者决不自以为说出了什么属于他个人的新的意见。他只希望做一个应用在美学上的费尔巴哈思想的解说者"[③]。就此而言，车尔尼雪夫斯基确实相当出色地实现了自己的目的，他的"美是生活"的主张，在总的精神上超越了康德、黑格尔，使美学在他生活的那个世纪，登上了一个新的高峰。

三

对于 19 世纪美学的贡献，马克思自然更为突出[④]。青年马克思先后受到黑格尔、费尔巴哈的影响，但是他在同工人大众的实践斗争的结合中，超越了这两位德国古典哲学的大师。尽管他的思想理论建树集中在经济学、政治学、哲学诸领域，而没有专门的美学著作，但他的美学思想的巨大成就，即使 20 世纪的西方学者，也难以否定。他同车尔尼雪夫斯基一样，把美学从抽象的哲学思辨的高空，拉回到现实的人类社会生活中来；他比车尔尼雪夫斯基高明之处，在于他凭借的不是费尔巴哈的思想武器，而是崭新的唯物辩证法的世界观，因此他对美及其规律的界定，虽然文字不多，但却切中肯綮，异常深刻。

在《1844 年经济学哲学手稿》里，马克思为了论证动物的生产同人的生产的区别，从而揭示人的本质，他写道：

> 动物只是按照它所属的那个种的尺度和需要来建造，而人却懂得按照任何一个种的尺度来进行生产，并且懂得怎样处处都把内在的尺度运用到对象上去；因此，人也按照美的规律来建造。[⑤]

在美学界大家都熟悉的这一论述中，马克思绝不是随意写下"人也

[①改革开放以来，美学界掀起过一阵康德热，随之便是当代西方美学思潮的涌入，而"美是生活"则很少有人论及。其实，即使在 19 世纪 50 年代，美学界对于"美是生活"的研究，也往往偏重于它能否科学地揭示美的本质，而很少强调这个命题本身的意义和价值。

②车尔尼雪夫斯基：《生活与美学》，人民文学出版社 1957 年版，第 5 页。

③《第三版序言》，《生活与美学》，第 4 页。

④马克思的美学思想集中体现在他的《1844 年经济学哲学手稿》中。这部手稿在成书差不多一个世纪之后，即 1932 年才被发现、整理、出版。所以，人们在 19 世纪对马克思美学思想的了解，还是很不完善的。

⑤《马克思恩格斯全集》第 42 卷，人民出版社中译本第 1 版，第 97 页。]

按照美的规律来建造"这些词语的。他把人的生产与动物的生产的最终区别，归结为是不是遵循"美的规律"，其含义的深邃，值得我们深入领悟。

人是从动物进化而来的，但人又根本区别于其他动物。人同动物的共同之处，在于人具有与动物类似的自然属性，不论人类进化到何等高的程度，这种自然属性（可以说就是动物性、兽性），也不会完全消失。然而，要是人只有这种自然属性，那么他就还停留在动物的水平上，说不上是一个真正的人。

真正意义上的人，必须实现对动物的超越；而这种超越是人类的生产实践作用于人自身的结果。在生产实践中，一方面经验的积累使人们不断地发现、掌握各种客观事物的特性和规律——即马克思所说的"种的尺度"，因而使自身的行动，获得越来越多的自由（即能够"按照任何一个种的尺度来进行生产"）；另一方面，又对人类发展的前景与需要，即马克思所说的"内在的尺度"，有更为具体、更为科学的认识，使自己的行为更富自觉性（即"处处都把内在的尺度运用到对象上去"）。因此，就物种关系而言，马克思说"人的类特性恰恰就是自由的自觉的活动"①。

当然，单单就物种关系来理解人同动物之间的区别还是很不够的，人要超越动物，还必须在人与人之间建立起"一种能够有计划地生产和分配的自觉的社会生产组织"，实现社会关系方面的"提升"②。所以，马克思进一步强调："人的本质并不是单个人所固有的抽象物。在其现实性上，它是一切社会关系的总和。"③马克思主义关于人的本质、人性的论述，说明了人的自然属性不过是形成人的本质、人性的基础，而并不能成为人之所以为人的依据；人所以区别于动物，根本原因在于人的社会生产实践能力，即人类自由自觉的活动以及与之相关的属人的社会关系。所以，真正的人是人类实践活动的产物，是自然人"人化"的结果，正如马克思说的："自然界的人的本质只有对社会的人说来才是存在的"④。因而，人的本质、人性，只能是在自然属性的基础上，由人的社会实践所制约、所规定的人的社会属性。

正是在这个意义上，我们可以说人类的历史就是自然人不断向社会人、向真正意义上的人进化的历史，是人的生理感官不断获得属人的变化，从而使人得以获得包括美感在内的真正的"人的享受的感觉"⑤的历史；同时也就是人类按照美的规律来建造的历史，是人生得以美化的历史。所以，马克思的这些论述，清楚地说明了人性、人的本质和美、美

[①《1844 年经济学哲学手稿》，《马克思恩格斯全集》第 42 卷，人民出版社中译本第 1 版，第 96 页。

②恩格斯：《自然辩证法导言》，《马克思恩格斯选集》第 3 卷，第 458 页。

③《关于费尔巴哈的提纲》，《马克思恩格斯选集》第 1 卷，第 18 页。

④《1844 年经济学哲学手稿》，《马克思恩格斯全集》第 42 卷，人民出版社中译本第 1 版，第 122 页。

⑤同上书，第 126 页。]

的规律之间的内在必然的关系；说明了在人文学科中，恰恰是美学，才把人作为自由自觉的创造性活动的主体来加以全面的考察和研究。

四

20世纪80年代以来，在西方思潮的浸染下，美学界、文艺界都有一些人以感性抹杀理性，以肉体取代精神，津津乐道地将人的自然属性夸耀为人的最为内在的本质，看成万古不变的人性。他们甚至把"性"与"美"画上等号，以劳伦斯所说的"性和美是一回事，就象火焰和火是一回事一样"[①]，作为自己主张的理论根据。

其实，劳伦斯的说法虽然片面而极端，但在他所处的那个时代，却还有相当的积极意义。他的这些说法，针对了世人对"性"的错误见解，他说：

> 我们文明的最大灾难就是对性的病态的憎恨。比方说，还有什么比弗洛伊德的精神分析法更憎恨性呢？弗洛伊德的精神分析法还带着一种对美，对"活的"的病态的恨。[②]

劳伦斯要为"性"正名，才强调性就是美，美就是性——这当然不能说完全没有道理。特别是他的代表作《查泰莱夫人的情人》，以"远离写实的，在效果上体现出思想，而非具体性的"。[③]艺术手法，将康妮与梅勒斯之间的性吸引、性追求，直至多次灵肉撞击而实现的性和谐，表现得相当富有审美意味，确实有助于传达作品中人物对自由的情爱的渴望以及对个性解放的追求。然而，正是在这部引起极大争议的小说里，作者多次把和谐的性生活描写为人生最美妙的境界，把男性的性器官称为世上一切美的根源，这就显现了他将性与美完全等同的消极一面。不错，在社会文明的熏陶下，人类的性行为，特别是两性之间的关系，确实可以进入一个远远超越于动物式的性行为、性关系的境界。然而，无论人类的性行为、性关系具有怎样高的审美价值，它都不是、也不可能是人类审美活动的主要领域。这是因为决定人之所以为人的最根本的方面，不是人能繁殖后代（这是动物都能做到的），而是人类所特有的物质生产的实践能力，是人类所独具的自由自觉的创造性活动。

性是人的生理自然属性的一个重要方面，随着人类文明的发展，人类的性机能、性关系、性生活，也就同人的其他生理感官和机能一样，

[①《性与可爱》，《劳伦斯性爱丛书·性与可爱》，花城出版社1988年版，第106页。
②同上书，第106页。
③伊藤整：《〈查泰莱夫人的情人〉书中性描写的特质》，《审判〈查泰莱夫人的情人〉》，花城出版社1996年版，第248页。]

越来越深地打上了社会历史的印记，或显示人性的增值，或流露人性的贬值。几年前，一部引起全国观众相当兴趣的电视连续剧，在勾勒湘西土匪的嘴脸时，有这样一个小小的情节：在走投无路的逃窜中，匪首奸杀了一名十多岁的女孩。这难道能看作是这个匪首的"人性"中最根本的"美"的火花的闪现吗？当然不能。他的这种行为，其实连禽兽都不如，恰恰表现了人的堕落、贬值。因此，人本主义心理学在分析人的需要层次时，把包括性在内的生理需要，作为第一层次，而把同性结合在一起的爱的需要，列为高级得多的层次，是很有道理的。马斯洛说：

> 必须强调的是，爱和性并不是同义的。性可以作为一种纯粹的生理需要来研究。一般的性行为是由多方面决定的，也就是不仅由性的需要，也由其他需要决定，其中主要是爱和感情的需要。爱的需要既包括给予别人爱，也包括接受别人爱。①

马斯洛的见解无疑比劳伦斯的理论要科学得多。

不错，人有包括性需要在内的种种生理自然属性，生理自然属性又确实具有"万古不变"的性质；然而，正如马克思所指出的，单纯的生理自然属性，例如吃、喝、性行为等等，"固然也是真正的人的机能。但是，如果使这些机能脱离了人的其他活动，并使它们成为最后的和唯一的终极目的，那么，在这种抽象中，它们就是动物的机能"②。在社会实际生活中，人类男女两性之间的关系，当然离不开生理的因素，但却又绝非像动物一样不过是一种单纯的生理关系。马克思说：

> 和人之间的直接的、自然的、必然的关系是男女之间的关系。在这种自然的、类的关系中，人同自然界的关系直接就是人和人的关系，而人和人之间的关系直接就是人同自然界的关系，就是他自己的自然的规定。因此，这种关系通过感性的形式，作为一种显而易见的事实，表现出人的本质在何种程度上对人说来成了自然界，或者自然界在何种程度上成了人具有的人的本质。因而，从这种关系就可以判断人的整个教养程度。③

马克思关于男女两性之间关系的这一论述，可以澄清有关这个问题的种种糊涂思想。一来，作为人与人之间最自然、最直接的男女关系，不能不受到人的生理属性——性别——的规定；二来，人类男女两性关系的历史，绝非仅仅属于生理学的范围，这种最自然的人类之间的关系，

[①马斯洛：《动机与人格》，华夏出版社1987年版，第51页。
②马克思：《1844年经济学哲学手稿》，《马克思恩格斯全集》第42卷，人民出版社中译本第1版，第94页。
③同上书，第119页。]

必然要显示出人之所以为人的特点，因而它主要属于社会学、文化学的范围，从不同历史阶段人类两性关系的变化，"就可以判断人的整个教养程度"。因此，对于人类而言，自然与社会、肉体与精神、感性与理性，是辩证的统一；前者是基础，后者为主导。忽略了前者，不是将人归结为"理念"、"精神"、"爱"、"意志"等抽象的观念性的东西，就是把人等同于某种生产关系和交换关系，不可能把握鲜活的生命个体；而不承认后者，则必定把人还原为动物，无视人类能够自由自觉地进行创造这个根本性的特点。新时期以来一些曾经产生过轰动效应的渲染性生活、性意识的文艺作品，所以不能塑造出真正意义上的人，也难以给欣赏者以美感，道理就在于此。

五

"美学是人学"，因而人生需要美学，美学也需要人生。

人类的历史是一个不断地向自由王国迈进的历史，也是审美意识日益觉醒、审美追求日益自觉的历史。随着历史活动的深入，人类必须更全面、更深刻地认识自己，高扬主体意识、自我意识，充分发挥人的主观能动性，使自身的创造才能得到全面的实现。这就要求在社会生活的各个方面，把美学放在更为突出、更加重要的位置上。要是我们忽略了科学的美学知识的传播、普及，像西方某些发达国家的美学理论那样，将人的本质主要阐释为人的自然属性、性本能，那么社会的发展就难免和人们的愿望背道而驰，出现更多的弯路与曲折。

新时期以来，我国社会主义市场经济的发展，既丰富了人们的生活，开阔了人们的眼界，又尖锐地提出了如何增强自我意识，提高人的思想素质、文化品位的问题。这就需要加强美学的研究、宣传与学习，使美学普及到广大群众中去，成为人们生活中必不可少的精神食粮。在20世纪80年代以来的一次次美学热中，美的追求似乎已成了大众生活的重要内容，衣、食、住、行各个方面，都要讲究一个"美"字。然而，由于美学学科研究上存在的问题，以及美学普及程度远远不能适应大众的需要，所以不仅人们对美的追求产生了许多误区，而且这种社会的心理还反过来对文艺审美领域产生了相当大的影响。这是我们不能不予以重视的。近年来，我们高兴地看到，一些有较高文化素质的企业家，为了改变单位落后的面貌，扭亏增盈，曾经响亮地提出"以美治厂"。他们认识到建立一定的厂规厂法，"以法治厂"虽有必要，但却不能像"以美治厂"那样，通过审美教育普及美学知识，从而启迪全厂职工的自觉，把他们的积极性、主动性全部调动起来。这样的远见卓识，确实体现了当今社会发展的潮流。

同时，为了适应现实的需要，美学界应当加强对美学研究中存在的问题的探讨，明确美学建设的主要努力方向。改革开放以来，我们在介绍、借鉴西方现当代美学成果上，取得了突出的成绩，但也存在一些不容忽视的问题。一方面，确实有重西方而轻传统的倾向，似乎西方的一切都是先进的，有价值的，而东方的、我国的美学则没有多少值得继承和发扬；另一方面，对西方美学的引进、借鉴，又存在着同我国现实生活与审美状况严重脱节等"消化不良"的现象，一些美学著作，从论述的问题、内容到表达的文字、形式，都同我国的实际相距甚远，连从事美学教学、研究的学者和教师，对这样的著作也极少问津，怎么还谈得上发挥美学应有的作用呢？

所以，面向 21 世纪，我们应该重温"美是生活"的主张，加强对马克思美学思想的研究，让美学走出思辨哲学的迷宫，回到现实人生中来，密切关注社会生活发展和文学艺术发展提出的种种实际问题，帮助人们更加自觉地按照美的规律来建造。

总之，美学是人学，美学要在社会人生中确立自己的地位与价值，实现自身的建设与发展。

"此中有真意，欲辨已忘言"

——审美直觉探秘*

在审美心理活动中，直觉具有独特而重要的地位。直觉对于当下审美对象的依赖，以及它那不经思索的顿悟性质，使它带上了几分神秘色彩。千百年来，审美直觉困惑了不少美学家，成为难解的美学之谜中的一个尤为突出的问题。

一

在长期人类社会实践活动中形成的审美心理，其最为突出、最为显著的特点，就是它的直觉性。直觉，是"intuition"的意译；我国古代，没有"直觉"这一概念，前人使用的是"即目"、"所见"、"直寻"这样一些术语，其含义大致同西方的"intuition"相近，强调的主要是：一则审美活动依赖主体对于对象的直观、直感；二则审美活动没有明显的抽象思维、推理过程，是一种顿悟，即意识对于对象的直接把握。

首先，在审美活动中，要感受对象的美，主体必须直接同对象接触，绝不能通过间接的途径，或用理论分析取代。我国元代著名诗人元好问的《论诗三十首》中，有这样的诗句："眼处心生句自神，暗中摸索总非真。"强调了诗人的创作应从当前的审美对象出发，而不应"暗中摸索"。钟嵘的《诗品》论述得更为清晰：

> "思君如流水"，既是即目；"高台多悲风"，亦惟所见；……观古今胜语，多非补假，皆由直寻。

钟嵘的意思非常清楚，前人的这许多优秀诗篇，都由当下的审美对象所触发，来自"即目"、"所见"，因此"皆由直寻"；特别难能可贵的是，我国古代的审美心理理论，不像西方某些美学家那样，把直觉与想象、联想等思维活动截然对立起来。他们注重的主要是审美活动必须从当下的审美对象出发，不能离开具体的美感对象。

审美心理要求对于对象的直感、直观，是不容否定的。无论是一弯明月、一片山色，热烈的劳动场面、优美的体操表演，还是一首诗、一

[＊本文发表于《审美文化丛刊》第一辑，汕头大学出版社1994年版。]

支曲，你要感受它的美，单凭他人的介绍、说明，而不直接接触这些美的对象，是无法获得真正的审美愉悦的。对于美的对象的理论分析，当然有助于我们把握美的内涵，但却绝不能实现美的欣赏。要领悟对象的美，我们必须直观对象本身，舍此别无他途。现在一些中文系的学生，以看电视剧，甚至是看中外名著的内容提要来代替对原著的阅读，他们也就不可能真正领悟这些古代杰作的美。

其次，审美心理的产生，不必经过理性的分析与推断，往往是在直观对象的瞬间，立即获得的。许许多多的人，并不懂得什么是美，不了解美的质的规定，然而当美的事物出现在他们面前时，他们会马上作出反应，获得审美愉悦。审美心理的这一特点，确实带有某些神秘、难解的意味，因而在历史上曾经困惑了许多学者。有人因此主张，审美心理是一种单纯的感性活动，不含任何理性元素；有的甚至认为，审美活动的展开，有赖于神力的凭附；……古希腊哲学大师柏拉图早就强调，真正优秀的文学艺术作品，绝不是人的创造，而是神力作用的结果，一个艺术家只有神灵附体，代神立言，进入一种难以自已的迷狂状态，才能创造出不朽的艺术珍品。①

应当承认，要清晰地说明直觉的这种瞬间感悟状态，目前生理—心理学科的水平尚难承担；可是，直觉的瞬间感悟，绝不能归诸神灵的凭附，它是人类创造性思维的积极成果，不是依赖神，而是依赖人们的实践经验的积累、审美经验的积累。它以偶然的形式出现，却体现了必然的内容，是偶然中的必然，现象中的本质。例如，艺术创作、艺术欣赏中的灵感（inspiration），就是一种突出的直觉现象，前人尽管给它作了种种神秘的解释，然而即使是黑格尔也不认为它是神的恩赐，是什么纯粹出于偶然的东西。黑格尔在他的《美学》中深刻指出，一个诗人待在酒窖里，面对着数千瓶香槟酒，诗意也不会向他袭来。黑格尔说：

> 无论是感官的刺激，还是单纯的意志和决心，都不能引起真正的灵感。……要煽起真正的灵感，面前就应该先有一种明确的内容，即想象所抓住的并且要用艺术方式去表现的内容。灵感就是这种活跃地进行构造形象的情况本身。②

黑格尔的意思非常清楚，要获得灵感，主体就要活跃地进行思维，展开创造性的想象。这就意味着审美活动中的瞬间感悟，依赖于生活的积累、艰苦的构思。周恩来在谈到灵感时，曾经说过八个字："长期积

[①参见《柏拉图文艺对话集·伊安篇》。②黑格尔：《美学》第1卷，商务印书馆1979年版，第364页。]

累，偶然得之。"这是完全符合审美心理的规律的。

二

总之，应当承认审美心理的直觉性，但却不能将它神秘化。历来的美学家、艺术家因此大都十分强调审美活动中感觉的重要。表演艺术大师斯坦尼斯拉夫斯基，就指出真正的艺术家以感觉见长。我国现代审美心理学的奠基者朱光潜，在他的代表作《文艺心理学》中，根据克罗齐的理论，把审美经验说成是"形象的直觉"。他说：

> "美感的经验"就是直觉的经验，直觉的对象是……"形象"，所以"美感经验"可以说是"形象的直觉"。①

朱光潜先生把审美经验，亦即审美心理称为"形象的直觉"，确实抓住了它的主要特点；问题在于，直觉，或"形象的直觉"，其科学的内涵究竟应当怎样理解呢？朱先生在《文艺心理学》中对直觉作了这样的解释：

> ……知的方式根本只有两种：直觉的和名理的。这个分别极为重要，我们必须先明白这个分别然后才能谈美感经验的特征。……一切名理的知识都可以归纳到"A 为 B"的公式。……直觉的知识则不然。我们直觉 A 时，就把全副心神注在 A 本身上面，不旁迁他涉，不管它为某某。A 在心中就是一个无沾无碍的独立自足的意象。A 如果代表玫瑰，它在心中就只是一朵玫瑰的图形。
> 这种见形象而不见意义的"知"就是"直觉"。②

在翻译克罗齐的《美学原理》时，朱光潜先生所加的第一条注释，就是关于"直觉"的：

> 见到一个事物，心中只领会那事物的形象或意象，不假思索，不生分别，不审意义，不立名言，这是知的最初阶段的活动，叫作直觉。直觉是一切知的基础。③

朱先生的这些解释，意思是明白无误的：所谓"直觉"就是"知的最初阶段的活动"，它不涉及其他任何东西，不假思索，不审意义。所

［①《文艺心理学》，《朱光潜美学文集》第1卷，上海文艺出版社1982年版，第12页。
②同上书，第10—12页。
③《〈美学原理〉〈美学纲要〉》，外国文学出版社1983年版，第164页。］

以，朱光潜先生举出了这样一个例子来说明他所理解的直觉的内涵：人们见到梅花，如果要把它作为审美的对象，就必须将梅花同其他事物的关系一刀割断，把有关"它的联想和意义一齐忘去"，"使它只剩一个赤裸裸的孤立绝缘的形象存在那里，无所为而为地去观照它，赏玩它，这就是美感的态度了"。[①]

基于这样的理解，朱先生认为：人的知识越少、越单纯，就越能感受对象的美。因此他赞成老子说的"为学日益，为道日损"，强调"美感的态度就是损学而益道的态度"；他甚至认为，初生婴儿第一次睁眼看世界，最富审美特点。这种对于直觉的理解虽然包含某些合理的因素——主要是审美活动的实现，要求主体同对象实际功利保持一定的距离——但就其基本精神而论，却违背了人们的审美实际经验。不需要多少历史知识和审美经验，人们就可以断定文明人的审美能力远远超过了原始人，而一个呱呱坠地的婴儿，则实在谈不上有什么审美能力。人们的审美能力，是同自身的实践经验、文化教养、知识积累等分不开的。

因此，我们不能把审美直觉同作为人类最初级的认识的感觉等同；我们应当从人类丰富的审美实践经验出发，认真研究审美直觉的科学内涵。

三

审美具有突出的直觉性，然而审美直觉又绝非作为人类认识初级形态的直觉（感觉）。所以，要把握审美直觉的科学内涵，首先就要区分直觉的两种形态：初级形态与高级形态。

作为直觉，它的产生，依赖于主体的感官与对象的直接接触，这是直觉的共性，也是两种形态的直觉之所以被称为直觉的原因；然而，直觉的初级形态与高级形态在内涵上却有着质的区别，这是我们必须弄明白的。克罗齐在提出他的"直觉即表现"的美学理论时，他对于直觉的解释，实际上同朱光潜先生的解释有很大区别。克罗齐指出："文明人的直觉品有大部分含着概念"，并不是什么"孤立绝缘的形象"。克罗齐对直觉而又混化了概念的情况作了相当精辟的分析：

> 有一个更重要更确定的论点须提出：混化在直觉品里的概念，就其已混化而言，就已不复是概念，因为它们已失去一切独立与自主；它们本是概念，现在已成为直觉品的单纯原素了。[②]

［①《文艺心理学》，《朱光潜美学文集》第1卷，上海文艺出版社1982年版，第14页。②《〈美学原理〉〈美学纲要〉》，外国文学出版社1983年版，第8页。］

克罗齐根据整体决定部分的性质的原理，论证了混化在直觉中的概念之所以不再是概念的理由。例如，优秀的文学作品中的人物的哲学论辩并非起一种概念的作用，它是为塑造作品中的人物形象、表现人物性格服务的，与作为科学的哲学概念有原则区别。同样，绘画中的种种色彩，并非体现物理学上各种色彩的客观意义，而是描绘人物形象的具体手段。所以，克罗齐对于直觉的理解，同朱光潜的理解绝不相同，他不但不否定概念的因素，而且还强调文明人的直觉品混化了概念的成分。

事实上，就心理科学揭示的规律而言，直觉明显地具有两种不同的形态：一是作为人类心理活动最初级形态、最基本元素的直觉，如朱光潜先生在《文艺心理学》中所说的初生婴儿第一次睁眼看世界时所得的那种感觉，它当然不带任何理性的成分；一是在丰富的人类社会实践基础上产生的、包含着不可否认的理性因素的直觉，如孩子可以根据脚步声，判断是家中的哪一位亲人——爸爸、妈妈、奶奶还是爷爷，又如有经验的司机可以从发动机的运转声判定汽车的故障……毛泽东在《实践论》里早就指出：

> 我们的实践证明：感觉到了的东西，我们不能立刻理解它，只有理解了的东西才更深刻地感觉它。[1]

毛泽东所说的"更深刻的感觉"的这种"感觉"，显然就是我们所说的高级形态的直觉。这种直觉的产生，不是出自人的本能，而有待于社会实践经验的积累；所以，在它的感性形态中包含着经验的内容，体现着理性的因素，已经不是初级形态的直觉那种纯感性状态。对于成年人而言，单纯的初级形态的直觉是很少见的，大多数都混化了概念的因素。

我们知道，人类的审美心理是在长期的社会实践过程中，经过无数的中介环节而逐渐形成的；其实，就个人而论，其审美能力也不是与生俱来的。像朱光潜先生所说的初生的婴儿，实在谈不上有什么审美能力，他不可能欣赏任何艺术美，也不可能对人生之美、自然之美作出反应。要写出"零落成泥碾作尘，只有香如故"（陆游：《卜算子·咏梅》），"俏也不争春，只把春来报，待到山花烂漫时，她在丛中笑"（毛泽东：《卜算子·咏梅》）这样的诗句，非有丰富的人生体验和坚贞不拔的优秀品质不可。因此，作为审美心理的重要表现形态的直觉，不可能是低级形态的直觉，而只能是高级形态的直觉。

[1]《毛泽东选集》第1卷，人民出版社1991年版，第263页。

四

审美直觉蕴含着丰富的人生体验，包含着理性的因素，绝不能与作为人类认识的最基本因素的感觉等同。当然，蕴含在感性直观中的审美心理所具有的理性，同科学认识所达到的理性也有分别，它缺乏科学认识的理性的那种明确性与清晰度，实际上是前人所说的一种"悟"。

"悟"本为佛教的概念。"佛"者，觉也，悟也；是相对于"迷"而言的。孙绰认为："佛者梵语，晋训觉也。觉之为义，悟物之谓。"①佛教把人们对于佛法真理的感悟，分为"渐悟"与"顿悟"两种状态。渐悟是在长期的修炼中达到的对于佛教真理的认识与把握；顿悟则强调，体悟佛教真理应当一次完成——或在耳闻之中实现，这就是"闻解"，或在观察之中实现，这就是"见解"。审美活动大都带有"顿悟"的性质。我国古典名著《红楼梦》第四十八回，描写林黛玉教香菱作诗，有这样一段文字：

> 一日，黛玉方梳洗完了，只见香菱笑吟吟的送了书来，又要换杜律。黛玉笑道："共记得多少首？"香菱笑道："凡红圈选的，我尽读了。"黛玉道："可领略了些没有？"香菱笑道："我倒领略了些，只不知是不是；说给你听听。"黛玉笑道："正要讲究讨论，方能长进。你且说来我听听。"香菱笑道："据我看来，诗的好处，有口里说不出来的意思，想去却是逼真的，又似乎无理的，想去竟是有理有情的。"黛玉笑道："这话有了些意思！——但不知你从何处见得？"香菱笑道："我看他'塞上'一首，内一联云：'大漠孤烟直，长河落日圆。'想来烟如何直？日自然是圆的。这'直'字是无理，'圆'字是太俗。合上书一想，倒象是见了这景的。要说再找两个字换这两个，竟再找不出两个字来。再还有：'日落江湖白，潮来天地青。'这'白''青'两个字，也似无理。想来，必得这两个字才形容得尽；念在嘴里，倒象有几千斤重的一个橄榄似的。还有'渡头余落日，墟里上孤烟'，这'余'字合'上'字，难怪他怎么想出来！我们那年上京来，那日下晚便挽住船，岸上又没有人，只有几棵树，远远的几家人作晚饭，那个烟竟是青碧连云。谁知我昨儿晚上看了这两句，倒象我又到了那个地方去了。"

[①《中国佛教思想资料选编》第 1 卷，中华书局 1983 年版，第 27 页。]

正说着，宝玉和探春来了，都入座听他讲诗。宝玉笑道："既是这样，也不用看诗，'会心处不在远'，听你说了这两句，可知'三昧'你已经得了。"……

这段描写，形象地表现了诗歌欣赏中的顿悟现象。香菱在诗歌欣赏中，体悟到了诗歌的审美特质，但却又感到难以用明白、准确的语言来加以表述。香菱对于诗歌特质的这种认识显然是一种感性状态中的理性，或者用柏格森的话来说，就是"理智的体验"。[①]我国宋代著名的文艺美学家严羽在他的《沧浪诗话》中，接受了佛学的理论，以禅喻诗，认为："大抵禅道惟在妙悟，诗道亦在妙悟……惟悟乃为当行，乃为本色。"严羽的理论尽管具有某些神秘的色彩，但他对审美心理的直觉的把握，还是相当深刻的。法国新托马斯主义者雅克·马利坦（1882—1973年），在他的美学代表作《艺术与诗中的创造性直觉》中，论证了"诗性直觉"的理性内涵问题。他说：写作这本书的"主要目的"之一，是"同智性或理性在艺术与诗中所起的根本作用有关"。马利坦指出：

> 同想象一样，智性也是诗的精髓。但理性（或智性）并非只是逻辑意义上的理性，它包含一种更为深奥的——同时也更为晦涩的——生命；当我们越是力图去揭示诗的活动的幽微之处时，这种生命便越是显现在我们面前。换言之，诗使我们不得不考虑这智性，考虑它在人类灵魂中的神秘源泉，考虑它以一种非理性（我不说反理性）或非逻辑的方式在起作用。[②]

作为他心目中的"天使博士"——托马斯·阿奎那——的忠实信徒，马利坦的理论带有浓重的宗教色彩。但是，他肯定"智性或理性在艺术与诗中所起的根本作用"；指出艺术与诗中的"智性或理性"同"逻辑意义上的理性"有别；强调"智性也是诗的精髓"；并提出艺术与诗中的理性，"包含一种更为深奥的生命"。这些确实相当中肯，并富有启发性。马利坦还对"诗性直觉"的理性内涵作了如下分析：

> 诗人只是在这种情况下认识自己的：事物在他心中产生反响，并在他唯一醒悟的时刻和他一道从沉睡中涌现出来。换言之，诗的第一要求是诗人对他自己主观性的隐约认识。这一要求是与另一要求——对于外在世界和内在世界客观实在的把握——不可分割的。诗人这种对客观实在的把握，不是通过概念和概念化的认识，而

[①柏格森：《形而上学引论》，《西方现代资产阶级哲学著作选辑》，商务印书馆1964年版，第135页。
②《艺术与诗中的创造性直觉》，三联书店1991年版，第15—16页。]

是通过一种隐约的认识。而这种隐约的认识，就是我称之为通过情感契合而达到的认识。[①]

这一分析有两点值得注意：第一，消融在感性形态的直觉中的理性，是隐约的、模糊的，缺少理论认识的明晰性、确定性；第二，理性同诗性直觉的结合，是通过"情感契合"实现的。尤其是第二点，对于我们深入理解审美直觉的科学内涵，极为重要。

总之，直觉只有融会了理性，体现了领悟，才能成为人类的一种高级心理活动，才是审美所必不可少的。马克思在他的《1844年经济学哲学手稿》中，所以着重论证了人的感觉不同于非人的、原始人的感觉，强调五官感觉的社会化、人化，指出"五官感觉的形成是以往全部世界历史的产物"，[②]正是因为要真正形成人的意识、人的感觉，只有同动物一样的五官感觉是不够的。一切能成为真正的人的享受的感觉，只能产生于人们的社会实践中，只能依赖于"人的本质的客观地展开的丰富性"。[③]人们对音乐的欣赏，不同于动物、植物对声音的感受。应当承认，动物、植物都有感受某种声音的能力，但这种能力绝非对音乐的欣赏。据说，奶牛、小麦等动植物"听"了小夜曲之类的乐曲，能够增加产量；即便如此，也不能证明这些动植物有欣赏音乐的能力，因为如果"听"交响曲或进行曲，其产量反而会下降。所以，动植物不过只有感受声音的能力罢了。至于对色彩、线条等的形式感受力，更是为人类所独有；人类对色彩不是作出纯生理的反应，像西班牙的公牛那样，而是能领会其中丰富而复杂的社会内涵。这就是马克思之所以强调，人的感官必须社会化的根本理由之所在。

五

当然，仅仅懂得了直觉的低级形态与高级形态的区分，还不能说是对审美直觉特质的认识。前述孩子对亲人脚步声的直觉、司机对汽车故障的直觉，以及毛泽东所说的在理解基础上的"更深刻的感觉"，都不能列入审美直觉（毛泽东说的包括了审美直觉，但主要不是指审美直觉）。换句话说，审美直觉包含着理性，可是包含着理性的直觉并非全是审美直觉。因此，要科学地掌握审美直觉的内涵，还必须区分同样作为高级形态的理智直觉与审美直觉。这种区分，既有关对象，更涉及主体。

[①《艺术与诗中的创造性直觉》，三联书店1991年版，第93—94页。
②《马克思恩格斯全集》第42卷，人民出版社中译本第1版，第126页。
③同上。]

首先谈谈对象。

理智直觉与审美直觉的获得，虽然都要以相应的客观对象为前提，然而两者的具体对象却并不相同。理智直觉的对象，是客观事物及其本质、规律，也就是马克思所说的事物的"种的尺度"，通过理智直觉所要达到的目标，是对于对象客观规律性的把握，或者说是为了认识"真"。物质生产、科学实验中许许多多直觉的性质和作用，全都说明了这一点。

据传，牛顿因观察到苹果落地，而直觉到地心吸力、万有引力；瓦特从蒸汽冲动水壶的盖子，而顿悟蒸汽机的原理……这些例子全都说明，理智直觉的对象是客观事物中蕴含的规律性。审美直觉则不同，它的对象尽管也具有感性形态，但主体在直觉中所意识到的并不是对象所含的规律性或"真"，而是通过对象所体现的主体自身的价值，亦即人的"内在的尺度"，这就是马克思所说的人"在他所创造的世界中直观自身"。黑格尔在他的《美学》中举的那个著名的小孩扔石头的例子，正意味着审美直觉的对象不是事物的客观属性，而恰恰是自身的力量。黑格尔说：

> 一个小男孩把石头抛在河水里，以惊奇的神色去看水中所现的圆圈，觉得这是一个作品，在这作品中他看出他自己活动的结果。①

小孩注意的既不是石头的质地，也不是河水的属性，他注意的是体现在对象之中的自己的创造才能。黑格尔认为，这就意味着"人有一种冲动，要在直接呈现于他面前的外在事物之中实现他自己，而且就在这实践过程中认识他自己。人通过改变外在事物来达到这个目的，在这些外在事物上面刻下他自己内心生活的烙印，而且发现他自己的性格在这些外在事物中复现了。人这样做，目的在于要以自由人的身份，去消除外在世界的那种顽强的疏远性，在事物的形状中他欣赏的只是他自己的外在现实。"②黑格尔的分析，相当细致地论证了审美心理的特点——审美心理是在人们的实践活动中形成的（当然，作为唯心主义者，黑格尔所讲的"实践活动"，有侧重精神方面的偏颇），它的内容在于凝聚在客观对象中的人的创造才能。

不仅如此，理智直觉与审美直觉即使面对同一对象，其感知的具体方面、具体内容，也是有区别的。例如，面对一朵鲜花，理智直觉要求对花的种类、属性立即作出判断，其着眼点是对象的认知因素；审美直觉则不然，它对有关花的知识不感兴趣，不问它是何种、何属，而只注重花所体现的人生价值，花与人类及其社会生活的联系。宋人周敦颐在

［①黑格尔：《美学》第 1 卷，商务印书馆 1979 年版，第 39 页。②同上书，第 38—39 页。］

《爱莲说》中写道：

> 予独爱莲之出淤泥而不染，濯清涟而不妖，中通外直，不蔓不枝，香远益清，亭亭静植，可远观而不可亵玩焉。

这段描写虽然涉及莲花的某些自然属性，但强调的显然是通过莲花所传达的人生意味、人生价值。所以，在审美直觉中蕴含着极为丰富的社会历史内容，这同理智直觉形成了强烈的对照。

其次再谈主体。

就主体而言，直觉的产生有赖主体的注意力与思维集中于当下的客观对象，不能旁骛他涉。注意力不集中，思维不投入，直觉是无由产生的。然而，主体获得理智直觉时的精神状态，同产生审美直觉时的精神状态又有极大区别。认识这一区别，才能深入把握审美直觉的内涵与实质。

理智直觉的获得，要求主体对对象保持一种冷静的客观态度。主体越是客观，他的理智直觉的结果，往往就越具科学性；因为，只有这样他才能让自己的注意力和思维集中于客观事物的属性与规律，从而通过直感将其把握。司机只有不带感情地倾听发动机运转的声音，才能从其某微的变化中直觉到问题之所在；科学家只有冷静地观察种种自然现象，才能顿悟其中的规律。在现实生活中，一些医生之所以避免为自己的亲人治病、特别是开刀，就是由于怕情感的参与，会妨害他的直觉的科学性，使他在为亲人诊治的过程中发生失误。

审美直觉则不然，它允许并要求主体在直观审美对象的时候带有自己的主观情意色彩，同时还要把这一情意色彩贯注于审美直观的全过程。所以，同冷静的理智直觉相反，审美直觉是动情的；主体如果没有情感的投入，就不可能获得审美直觉。清代哲学家王夫之在他的《姜斋诗话》中曾指出：

> 无论诗歌与长行文字，俱以意为主。意犹帅也，无帅之兵，谓之乌合。……烟云泉石，花鸟苔林，金铺锦帐，寓意则灵。

这就是说，在审美活动中，一切对象都要以主体的情意来统率，没有情意贯注，则一切客观的对象在主体中的反映就会成为杂乱、散漫的印象，像乌合之众一样，不能构成完整的审美意象——这当然也就谈不上什么审美直觉。

正是由于情意的贯注，使审美直觉的产物带有明显的主观倾向，因人而异，极富创造性，这与理智直觉的直觉品形成强烈的反差。马利坦曾说："诗性直觉，它既是创造性的又是认识性的，或者可特别地视为创造性的。"[①]他认为只要具有了这种创造性，甚至一首支离破碎的诗，其中的某些片断"也可能带着绚丽的光彩"。[②]马利坦强调："一个诗人越是成熟，渗入他灵魂中的创造性直觉的密度就越高。"他指出，这种创造性的诗性直觉"不能通过运用和训练学到手，也不能通过运用和训练来改善"；所以，谁如果忽视了直觉的这种创造性，那么，诗性直觉就会变成"手艺人的观念，失去了自己的超然性"，[③]从而没有多少审美价值。马利坦肯定审美直觉的创造性，无疑是正确的、深刻的，可是，他把创造性直觉的获得归诸先验"智性天生的力量"、归诸上帝，则显然是宗教神学对他的局限。

六

以上分析说明，审美直觉与理智直觉是有区别的，前者是形象思维的结果，后者是抽象思维的产物。尽管如此，审美直觉中蕴含的理性因素，却是不容否认的。这种理性因素，具体表现在审美直觉的以下属性上：

第一，筛选性。

审美直觉在把握美的对象时，不是立即呼应，照单全收的。人们对于美的对象的感受，有着明显的侧重与选择。法国 19 世纪杰出的雕塑家罗丹曾经指出，现实中不是缺少美，而是缺少发现，因为"美是到处都有的"。[④]为什么生活在众多的美的事物之中，人们却缺少对美的发现呢？主要原因之一，就是审美直觉有突出的筛选性。人们感受这种美的事物，不感受那种美的事物，对这种美的对象有兴趣，对那种美的对象没有兴趣，是同个人的思想立场、生活经历、文化教养、心境情态等社会实践因素的制约分不开的。下面这首杜甫的绝句，很能说明这个问题：

> 两个黄鹂鸣翠柳，
> 一行白鹭上青天。
> 窗含西岭千秋雪，
> 门泊东吴万里船。

[①]《艺术与诗中的创造性直觉》，三联书店 1991 年版，第 101 页。
②同上书，第 110 页。
③同上书，第 113—115 页。
④《罗丹艺术论》，人民美术出版社 1978 年版，第 62 页。

这首二十八个字的小诗，含丰富于简单，寓沉郁于愉悦，充分显示了审美直觉所含理性因素的深度。禽鸟遨游天地，自由歌唱，显示了空间的辽阔；山峰上千年的积雪，传达出时间的无限。无垠的时空，本来为人类留下了足以驰骋的天地，然而为利欲所羁的人们，却成天挣扎在名利的漩涡中。所以，这首看似清新明快的小诗，凝聚着年过半百的杜甫的极为深厚的人生体验。杜甫之所以在众多的事物中仅仅选取了黄鹂、翠柳、白鹭、青天、山岭、积雪、航船，就是为了把人生的劳累、奔波，同自然的广袤、永恒，形成强烈的对照。

同样，唐代柳宗元的《永州八记》，也是写自然而抒感慨。他所以对永州西山的自然风光，投入那么多的审美情趣，同他贬官后的感受分不开。其《钴鉧潭记》写道：

> 钴鉧潭在西山西，其始盖冉水自南奔注，抵山石，曲折东流；其颠委势峻，荡击益暴，啮其涯，故旁广而中深，毕至石乃止。流沫成轮，然后徐行；其清而平者且十亩余，有树环焉，有泉悬焉。
>
> 其上有居者，以予之亟游也，一旦款门来告曰：不胜官租私券之委积，既芟山而更居，愿以潭上田，贸财以缓祸。
>
> 予乐而如其言。则崇其台，延其槛，行其泉于高者坠之潭，有声潀然，尤与中秋观月为宜，于以见天之高，地之迥。孰使予乐居夷而忘故土者，非兹潭也欤？

柳宗元在这篇短文中，着意刻画自然景色的妙趣天成，渲染"天之高，地之迥"，为人们勾画出一片安适而宜人的乐土——可是，居住在这里的人并不安适，他们"不胜官租私券之委积，既芟山而更居，愿以潭上田，贸财以缓祸"；而作者本人，虽然乐于游此，实际上却有不得已的苦衷，所以才发出"乐居夷而忘故土"的感慨。因此，柳宗元在这篇文章中所传达出来的审美直觉，受到他当时特定的处境的制约，他的思想、心境、品格、抱负等等，决定了他对永州山水风物的特殊情怀。

这样的例子真是举不胜举，它说明了审美直觉的筛选性，有着丰富的理性内涵。

第二，融会性。

对于美的对象的感受，审美直觉绝不停留在单纯的感性直观，而是立即汇合了主体相关、相近、相似、相同的人生经验，体现了由此及彼、由表及里的理性因素。朱光潜先生所以把审美直觉同人们最初级形态的感觉等同，正是忽略了这一点。学者们早就指出，朱光潜的《文艺心理学》观点上存在明显的矛盾，当谈到直觉时，他排除了一切联想和想象的因素；但在论及联想时，他又承认审美心理存在着思绪翩跹的状况。《文艺心理学》的第六章，专门论及"美感与联想"，分析了"一般学者反对联想与美感有关"的四种理由，进而指出：

> 这些攻击联想的话都很言之成理，但是终有不惬人心处，换一个观点看，联想对于艺术的重要实在不能一概抹煞，因为知觉和想象都以联想为基础，无论是创造或是欣赏，知觉和想象都必须活动，尤其在诗的方面……如果丢开联想，不但诗人无从创造诗，读者也无从欣赏诗了。①

紧接着他对中外不少名篇作了分析，说明"诗的微妙往往在联想的微妙"（第93页），并强调"诗只是一个实例，其他艺术可以类推"（第95页）。在《文艺心理学》的这一章里，尽管朱先生表现出相当的矛盾：一方面，他要维护他的"形象直觉论"，把联想排除在直觉之外；另一方面，他又不能不从人们的审美经验出发，承认联想在审美活动中的作用。他说：

> 在美感经验之中，精神须专注于孤立绝缘的意象，不容有联想，有联想则离开欣赏对象而旁迁他涉。但是这个意象的产生不能不借助于联想，联想愈丰富则意象愈深广，愈明晰。一言以蔽之，联想虽不能与美感经验同时并存，但是可以来在美感经验之前，使美感经验愈加充实。②

不仅如此，他甚至还指出，"来在美感经验之前的联想"，"有些可以帮助美感"（同上）。朱先生细致地分析了宋代诗人林逋咏梅花的名句："疏影横斜水清浅，暗香浮动月黄昏。"他精微地论及诗句中的"疏影"不是独立的，"它是嵌在一首咏梅花诗里面，全诗字句语气都引导我们对于'疏影'的联想只朝一个指定的方向走，就是梅花的疏影。从此可知艺术作品中些微部分都与全体息息相通，都受全体的限制。全体有一个生命一气贯注，内容尽管复杂，都被这一气贯注的生命化成单整。"朱先生的分析是中肯的，优秀的艺术所激发的联想，确有其相对确定的方向。所以，朱先生认为，只要欣赏者从作品规定的情景出发展开想象，而不是胡思乱想，就不会有碍美感，而会"有助美感"。③

［①《文艺心理学》，《朱光潜美学文集》第1卷，上海文艺出版社1982年版，第92页。②同上书，第96页。③同上书，第96—97页。］

其实，如果从艺术创作来看，问题就更加明显。作家艺术家在创作时，虽注目于眼前的审美对象，但其思维绝非停滞如一潭死水，而是处于积极的浮想联翩的状态中。陈子昂登幽州台，触目生情，写下的是这样的诗句：

> 前不见古人，
> 后不见来者。
> 念天地之悠悠，
> 独怆然而涕下。

诗人的这一审美直觉的内涵，包含了多么丰富的人生体验。同样，李商隐在乐游原上看到西天的落日，吟唱出：

> 向晚意不适，
> 驱车登古原。
> 夕阳无限好，
> 只是近黄昏。

写下这样传之千古的名句时，他的心中绝对并非只有一个孤立绝缘的落日在那里；相反，正是因为他从当下具体的审美对象——落日——的形态中，感受到了比别人更多的东西，想见了人生的短暂、韶华的无情，他才能写出如此名句。我国古代画论，讲究"离形得似"，诗论强调"状难写之景如在目前，含不尽之意见于言外"，都是对审美直觉的融会性的相当精确的把握。事实上，失去了融会性，审美直觉就难免沦为人们认识的初级形态的感觉。

第三，创造性。

创造性最集中地体现了审美直觉的理性内涵。人们在审美直觉中所获得的是一个崭新的意象；这种意象甚至是前人、他人所从未领悟过的；即便"借他人之酒杯"，浇的也是"自己的垒块"。文学艺术创作之所以要求"陈言务去"，强调的就是要有自己的独创。即使在艺术欣赏中，人们面对同一支乐曲，同一个角色，各人感悟的情趣也会有不同程度、不同性质的差异。

审美直觉的创造性，前面已有论及，不再赘述。现在只谈谈审美直觉之所以具有突出的创造性的主要原因，这就是在进行直觉时，主体无例外地都贯注了自己对于生活的真切体验。审美直觉的形成往往是刹那之间的事，但这瞬间的感悟却融汇了审美主体的思想、情感、愿望、追求、知识、教养等，因此，审美直觉就不可能不带有个人突出的创造性。明清之际的著名文艺评论家金圣叹在评点《西厢记》时，曾深刻地指出：

> 盖事只一事也，情只一情也，理只一理也，问之此人，此人曰果然也，问之彼人，彼人曰果然也，是诚其所同也。然事一事，情一情，理一理，而彼发言之人，与夫发言之人之心，与夫发言之人之体，与夫发言之人之地，乃实有其不同焉。有言之而正者，有言之而婉者，又有言之而激者，有言之而尽者，又有言之而半者。……是何也？事故一事也，情故一情也，理故一理也，而无奈发言之人，其心则各不同也，其体则各不同也，其地则各不同也。

这就是说，人们接触的虽是同样的事、情、理，但由于每个人的思想立场（"心"）、性格教养（"体"）、社会处境（"地"）等等绝不会完全相同，所以就会作出或"正"、或"婉"、或"激"、或"尽"、或"半"种种不同的反应，使审美心理带上浓重的主观色彩。

七

审美直觉的上述性质，决定了它在审美心理活动过程中的举足轻重的地位。

一方面，直觉沟通了审美的主体与客体。在认知活动中，主体与客体是靠先天感官的感觉能力来沟通的（当然，要上升到理性认识，也有赖于感官的社会化、"人化"）；在审美活动中，主体与客体的沟通，即主体要感受到对象的美，必须实现自然人的"人化"，从而具有审美直觉的能力，也就是马克思所说的"有音乐感的耳朵、能感受形式美的眼睛"。审美直觉能力的敏锐与否，直接关系到对现实美与艺术美的把握。

另一方面，审美直觉是审美意象得以形成的基元。在欣赏特别是创作中，要形成完整的审美意象，主体必须而且只能依赖审美直觉，除此别无他途。认识这一点，可以更深地理解前述理智直觉与审美直觉的区别。直觉在理智认识中，并非不可或缺的角色，它的参与，也不过起着辅助的作用，科学的研究与发明，绝不可能全靠直觉来完成；而在审美活动中，直觉却有着全局性的根本意义。

就艺术创作来讲，我们常常会发现一些艺术家的作品，具有某些精彩的片断，但整体意象却不完整，甚至是失败的。这就是因为这些作品的作者不是依赖审美直觉来构造他们的意象，而是在创作的过程中以一般的认知取代了审美的直觉，即把自己的作品当作"时代精神的单纯的传声筒"，或者说在文学艺术作品中"写哲学讲义"。

总之，审美直觉的地位不容否定，它不但同作为初级形态的直觉有别，而且也不是一般的理智直觉。在审美活动中，直觉必须有领悟的贯注，领悟又有待于直觉来体现，否则都不是审美的。"此中有真意，欲辨已忘言"，陶渊明《饮酒》诗中的这两句脍炙人口的诗句，形象地道出了审美直觉非理性而含理性的特点。伟大的诗人尚且认为难以用语言来表述审美直觉的内涵，现在拙文不自量力地企图对此加以说明，谬误之处必定不少，还望专家不吝赐教！

"登山则情满于山，观海则意溢于海"

——关于审美活动中的情理契合*

　　人们的审美活动，具有鲜明而突出的情感贯注的特点。俄国 19 世纪革命民主主义思想家车尔尼雪夫斯基曾经作过这样的描述："当人们面对美的事物的时候，其心情就像面对自己的亲爱的人一样，有一种愉悦之情洋溢在自己心里。"①因此，古今中外的美学研究，都无一例外地承认审美心理活动的动情性。美学家们的争论主要集中在：人们的审美之情是否受理智的制约；审美之情同日常之情究竟有无分别。

一

　　我国古代的审美心理学说，就主体如何进入审美状态，展开了多方面的研究，提出了"心斋"、"坐忘"、"虚静"、"澄怀"诸种学说。其实，"心斋"、"坐忘"等，本是古代养生理论使用的概念，由于它所表述的内容同审美心理活动中人们的体验有某些相近、相似之处，所以就衍化为审美心理学说的重要范畴。《庄子·大宗师》对颜回悟道于孔子，作了这样的描述：

　　　颜回曰："回益矣。"仲尼曰："何谓也?"曰："回忘仁义矣。"曰："可矣，犹未也。"他日复见，曰："回益矣。"曰："何谓也?"曰："回忘礼乐矣!"曰："可矣，犹未也。"他日复见，曰："回益矣!"曰："何谓也?"曰："回坐忘矣。"仲尼蹴然曰："何谓坐忘?"颜回曰："堕肢体，黜聪明，离形去智，同于大通，此谓坐忘。"仲尼说："同则无好也，化则无常也。而果其贤乎! 吾也请从而后也。"

　　这里所说的"坐忘"，指的是在意识活动中主体超越物我、离形去智的主观心态。至于"心斋"、"澄怀"、"虚静"等，其内涵亦大致相同。《庄子·人间世》写道：

　　　颜回曰："吾无以进矣，敢问其方。"仲尼曰："斋，吾将语若。有心而为之，其易邪? 易之者，天不宜。"颜回曰："回之家贫，唯

[＊本文于 1993 年修订于汕头大学。
①车尔尼雪夫斯基：《生活与美学》，人民文学出版社 1957 年版，第 6 页。]

不饮酒不茹荤者数月矣。如此可以为斋乎?"曰:"是祭祀之斋,非心斋也。"回曰:"敢问心斋。"仲尼曰:"若一志,无听之以耳而听之以心;无听之以心而听之以气。听止于耳心止于符。气也者,虚而待物者也。唯道集虚。虚者,心斋也。"

换句话说,坐忘、心斋等等,都是达到感官同外界的脱离,使主体的精神处于一种一无所有而又无所不有的状态。先秦两汉以后,中国养生学说中的这些范畴,日益向艺术和审美领域渗透,成为我国审美心理学的基本范畴。

在文论、诗论中,有陆机的"罄澄心以凝思,眇众虑而为言"[①];刘勰的"陶钧文思,贵在虚静,疏瀹五藏,澡雪精神"[②];黄庭坚的"神澄意定……用心不杂,乃是人神要路。"[③]……画论、书论中,有王夫之的"凝神静思"、"意在笔前"[④];宗炳的"澄怀味像"[⑤];虞世南的"必在澄心运思,至微至妙之间,神应思彻"[⑥];张彦远的"凝神遐想,妙悟自然,物我两忘,离形去智"[⑦]……后人的这些论述,既总结了人们丰富的审美实践经验,又表现出老庄哲学的深刻影响。其内涵主要有三:

第一,超脱于直接的功利考虑。

要感受、发现对象的美,主体必须超脱于当下的种种功利考虑,从物对人的制约中解脱出来,这就是古人所说的"雪其躁气,释其竞心"[⑧]。郭熙在《山水训》中指出:"看山水亦有体,以林泉之心临之则价高,以骄侈之目临之则价低。"李日华说:"点墨落纸,大非细事,必须胸中廓然无一物,然后烟云秀色,与天地生生之气,自然凑泊,笔下幻出奇诡;若是营营世念,澡雪未尽,即日对丘壑,日摹妙迹,到头只与髹采垙墁之工争巧拙于毫厘也。"[⑨]

第二,注意力必须集中。

主体审美心理的获得,有赖于注意力的集中,即所谓"用志不分,乃凝于神"[⑩]。庄子举的"佝偻者承蜩","庖丁解牛",等等,虽然说的不是审美,但却强调了在注意力高度集中的情况下,人们的实践活动可以出现一种出神入化的境界;审美活动的展开,当然也离不开审美者注意力的集中。

第三,"离形去智"。

"离形",就是脱离自身具体的形体,割断感官与外物的联系,如"南郭子綦隐机而坐,仰天而嘘,荅焉似丧其耦"[⑪];"去智",亦即归真

[①陆机:《文赋》。
②刘勰:《文心雕龙·神思》。
③黄庭坚:《书赠福州陈继同》。
④王夫之:《王右军题卫夫人笔阵图后》。
⑤宗炳:《画山水序》。
⑥虞世南:《笔髓论》。
⑦张彦远:《历代名画记》。
⑧徐上瀛:《溪山琴说》。
⑨李日华:《紫桃轩杂缀》。
⑩《庄子·达生》,俞樾等专家均认为,"凝"应为"疑"之误。
⑪《庄子·齐物论》。]

31

返璞，恢复原始的自然状态。所以，"心斋"、"坐忘"、"虚静"、"澄怀"等等所包含的这层含义，同老庄哲学把人类的认知与对于"道"的把握对立起来分不开。老子强调，只有"如婴儿之未孩"（"孩"，据高亨等的研究应为"咳"，"小孩笑也"），"绝圣弃智"、"绝仁去义"、"绝巧去利"，才有民众的幸福，世事的太平[①]；庄子也一再鼓吹，由于万物的齐同，人们就应该将利害、甘苦、好恶、美丑、生死……一切的一切看成绝对的齐一，超脱于常人的理智，才能获得绝对的自由。

对于以上三个方面，当代的学者们，大都采取了全面的认同态度，缺乏必要的分析。其实，就以上三点而论，前两点确实涉及审美心理的特质；第三点则显然同人们的审美经验不合，很难说是科学的。正如马克思所说，只有音乐才能激起人的音乐感，人们的审美能力不是先天的，而是在后天实践中形成的。将人的实践经验、理智认识同审美活动对立起来，排除一切直感的、理智的因素，也就否定了审美，抹煞了审美心理。要是真的形如槁木、心如死灰，不感不知，"复归于婴儿"[②]，"如婴儿之未孩"，哪里还谈得上对美的欣赏和创造呢？

二

主体要进入审美活动的领域，其形不能是"槁木"，其心更绝非如"死灰"，他必须对社会人生充满情意，如古人所说"一情独往，万象俱开"[③]。

刘勰的《文心雕龙·神思》，可以说是美学史上最早的一篇研究审美心理、特别是文艺创作心理的专论。在这篇光辉的论著里，刘勰以两句极为生动的语言，概括了审美心理得以形成的动力："登山则情满于山，观海则意溢于海。""情满"、"意溢"，的确是人们的审美心理活动得以展开、得以实现的根本原因。到无锡鼋头渚游览的人，当目睹礁石上那巨大的"包孕吴越"四个字时，大都会产生一种心灵的震颤，激情满怀。这四个字，与其说是对太湖气势的客观描述，不如说是当年题字者面对太湖的自然风光所产生的主观情意的抒发，因此，它有极大的感染力。任何人面对旖旎的自然景物，要是没有情感的激发，心比于赤子，情同于凝冰，那就不能得到些微的审美愉悦。

《水浒传》在刻画人物性格上，取得了古今一致肯定的成就。它描写鲁智深这个文化教养不高、性格豪放鲁莽的汉子，在难得的那么一两次

[①见《老子》十九章、二十章。

②《老子》二十八章。

③谭友夏：《汪子戊巳诗序》。]

审美活动中，同样有着情感的投入。鲁智深上了五台山以后，因酒醉闹了一场，受到长老的告诫，几个月不敢出寺门：

> 忽一日，天气暴暖，是二月间时令。（鲁智深）离了僧房，信步踱出山门外立地，看着五台山，喝彩一回……

冬末春归的五台山的自然风光，同鲁智深被禁闭了几个月的心情形成了强烈对照。所以，这个平常对美没有多少感受能力的人，也不由为五台山的景色触动了情怀，"喝彩一回"。这"喝彩一回"四个字，恰如其分地表现了鲁智深的审美能力，同时也说明了不论任何人要进入审美状态，都需要情感的投入。因此，在"喝彩一回"四字之后，金圣叹评道："写英雄人，必须如此写，便见他盖天盖地胸襟，夫鲁达岂有山水之鉴哉？"[①]显然，鲁智深对五台山的美，讲不出多少道理，但他的感情却激动起来了，禁不住要对美丽的自然景色发出感慨、"喝彩"。

审美需要动情，不动情就无法实现审美，看来是谁也无法否认的。德国美学家里普斯正是注意到了这一点，才提出了他的"移情说"，以为"移情"不仅是审美活动的实质所在，而且也是美之为美的根源。

在我国古代的诗词创作中，移情现象可以说比比皆是。骆宾王的《荡子从军赋》："花有情而独笑，鸟无事而恒啼。"杜甫的《春望》："感时花溅泪，恨别鸟惊心。"花哭，花笑，显然不在客体，而在主体，在于主体的情感"投入"或"外射"。同样，《诗·陈风·月出》："月出皎兮，佼人僚兮。"苏轼《水调歌头》："不应有恨，何事长向别时圆？"月皎、月恨，也不在客体而在主体，是主体的移情使然。所以，我们可以肯定，在审美活动中移情现象确实是普遍存在、不容否认的。

然而，承认审美活动中主体的情感灌注（移情），绝不等于说美的实质就在于移情。事实上，情感的投入仅仅是审美活动得以实现的动力。

三

在审美心理活动的过程中，是否包含、涉及理智，美学界有着很大的争议。相当多的美学家认为，理智解决的是认知问题，与审美无关；审美仅仅属于感性或感情的活动。被西方称为"美学之父"的鲍姆嘉登之所以要创立一个新的学科"Aesthetic"，就是为了让学者们注重对感性、感情的研究，Aesthetic 最初的含义也应该是"感性学"。英国美学家哈奇

[①《贯华堂第五才子书水浒传》第三回。]

33

生更明确主张美感与理智无关："不起于对有关对象的原则、原因或效用的知识，而是立刻在我们心中唤起美的观念。"①

与这种占主导地位的观念有别，法国启蒙主义思想家狄德罗强调审美活动同样需要理智的主导。他总结戏剧演出中演员的经验，认为一个好的演员在演出时不是受感情的支配，而是由理智操控一切。他在《演员奇谈》中说"凭感情去表演的演员总是好坏无常"，而只有"不动感情"——或者说，假装动感情而实际不动感情——的表演，才能一次又一次地获得成功。因此，狄德罗认为，在审美活动过程中，人们"不是凭借情感，而是用头脑去完成一切"。他说："易动感情不是伟大天才的长处"，剧场中那些动辄流泪的人，并非真正在审美，而不过是一些理智丧失的"疯子"，只有那些冷静地模仿疯子的人（天才演员），才是智者，才能创造美。②

狄德罗的这些论述，显然过分夸大了审美活动中理智的因素与作用。他的见解，对于非理性主义的失误有所指明，但自身却又陷入了另一种片面。审美，无论是创造还是欣赏，都必然是情感与理智的有机契合，把理智蕴含在情感之中。

四

在近现代戏剧史上，体验派与表现派之争，可以说就是美学理论上情与理之争的一个缩影。

体验派的杰出代表斯坦尼斯拉夫斯基（1863—1938 年），强调演员必须深入体验人物的内心生活，以保证一出场就能进入角色，同戏剧创造的规定情景中的人物情感产生共鸣。而以德国伟大的戏剧家布莱希特（1898—1956 年）为代表的表现派，却对演出中的情感共鸣提出了质疑。在他晚年的理论力作《戏剧小工具篇》中，提出了"间离法"、"陌生化效果"的新的美学主张，向体验派发起了强力的挑战。

布莱希特认为，戏剧演出与其借助情感共鸣，诱发观众的眼泪，不如借助理智，揭开现实的帷幕，让观众因吃惊而陷入深思，从而激起改造不合理的现实的意志。他说："戏剧必须使观众惊异，而这就要借助于技巧，把熟悉的事物变得陌生。"③这样就能提高观众的认识，使观众对所表演的事件采取探讨、批判的态度。布莱希特列出一张表来对比传统戏剧和他的新戏剧——叙事性戏剧——的区别：④

［①《论美与德行两个概念的根源》，《西方美学家论美与美感》，商务印书馆 1980 年版，第 99 页。
②引文均见狄德罗：《演员奇谈》，《狄德罗美学论文选》，人民文学出版社 1984 年版，第 281—285 页。
③《戏剧小工具篇》，第 44 页。
④转引自叶廷芳：《现代艺术的探索者》，花城出版社 1986 年版，第 236—237 页。］

戏剧性形式	叙述性形式
舞台"化身"为事件	舞台叙述事件
把观众卷入活动之中	使观众变为旁观者
消耗观众的能动性	唤起观众的能动性
使观众产生感情	迫使观众作出判断
使观众经历事件	让观众理解事件
把观众放到情节中去	把情节放在观众面前
用的是暗示手法	用的是说理手法
保持情感	把情感变成认识
人被当作是熟悉的对象	人是研究的对象
人是不变的	人是可变的并正变化着
表现人的本能	说明行为的动机
情节直线进行	情节"不规则地"曲线进行
情节自然地稳步发展，无跳跃性	情节有跳跃性
表现世界的本来面貌	表现世界将变成怎样

布莱希特的剧作，体现了他所倡导的这些原则，从而变"熟悉"为"陌生"，变"习俗"为"异常"，迫使观众思考、觉醒。他认为中国传统戏曲中"虚拟化"的采用，与他倡导的间离法不谋而合，同样达到了陌生化的效果。在他的代表作《潘蒂拉老爷和他的男仆马蒂》（创作于1940年）中，主人公地主潘蒂拉患上了一种奇怪的癫痫症，不发作时像狼一样凶狠，发病时则像平常人一样正常。布莱希特借助这一间离法，告诫人们：生活中的"常态"实为病态，而所谓"病态"则恰恰实为常态。

与这种将审美活动中情感与理智对立起来的理论有别，我国古代的文艺家、美学家就文艺创作及审美活动中的情与理，表达了许多极有启发性的论述。

五

在《沧浪诗话》这部宋代美学名著里，严羽对审美活动中情与理的辩证关系的描述性论述，是极其可贵和相当深刻的。

过去，有人把严羽列入非理性主义者的名单，因为他鲜明地亮出了"诗有别材，非关书也；诗有别趣，非关理也"的旗帜。然而，如果仅凭断章取义的两句话，就把严羽看作非理性主义者，实在太冤枉了。让我们来看看严羽是怎样表达他对文艺创作（诗）中情理关系的见解的：

> 诗有别材，非关书也；诗有别趣，非关理也。然非多读书，多穷理，则不能极其至。所谓不涉理路，不落言筌者，上也。诗者，吟咏性情也。盛唐诸人，惟在兴趣，羚羊挂角，无迹可寻。故其妙处透彻玲珑，不可凑泊，如空中之音，相中之色，水中之月，镜中之象，言有尽而意无穷。

对这段话，后世颇多争议。然而，如果不带偏见，细细加以品味，就不能不说严羽的见解是明确的，切中肯綮的。

首先，他肯定了"诗"（一切文学艺术与审美活动）中的"材"与"趣"，不同于理论著作所阐发的"理"，审美活动不能也不需要掉书袋；其次，他强调了文艺审美活动中的"别趣"（特殊的审美情趣与意味），离不开人生经验与知识的积累（"读书"与"穷理"），否则这种"趣"、这种审美的情致，就不可能达到特定的高度——"极其至"。显然，严羽已经意识到了艺术创作与审美过程中情与理的辩证关系，只不过未能作出进一步的科学阐释而已。

六

在人们的审美活动中，情与理不仅不相互对立，而且是相互依存，相互融汇的。我们可以在严羽论述的基础上，作进一步的论证，说明其情、其理的特质。

先说理。

一般的理，属于认知范畴，同审美无直接的关系。以理论认知取代审美意识，以哲学观点作为创作的依据，即在文学艺术创作中写哲学讲义，无疑是违背文艺创作与审美活动的规律的。

在审美活动中，"理"首先体现为生活情理，是对于审美活动本身的意识。拿文艺欣赏来说，要实现审美，获得审美享受，必须明白自己是在欣赏美的对象，而不是参与实际斗争，否则就肯定无法获得审美愉悦。观赏《白毛女》，个别掏出枪来意图毙了黄世仁的战士，就是被阶级仇恨的情感所控制，失去了理智，从而把观赏戏剧演出当作了参加实际的阶级斗争。

其次，审美的实质在于对人生的肯定，因此一个人对人生的体悟越深，理解越透，他在审美欣赏中就会有更多的获取，他的审美创造就会达到更高的境界，创作出更为杰出的作品。一个初出茅庐，乳臭未干的人，难道能创作出《红楼梦》、《复活》、《悲惨世界》这样的作品吗？

再说情。

审美情感与一般情感的区别，往往被研究者忽略。他们以为，只要强调了情，就算是把握了审美心理的特质，而情感愈强烈便愈有利于审美。其实，这是审美心理研究中极为普遍而具代表性的错误认识。

第一，审美情感是一种高级情感，它并非由生理感官的快适与否所直接引发。

情感与认识不同，不是主体对于客观事物的属性及其相互关系的反映，而是主体对于自身与周围世界结成的关系的表达。依照对象满足主体需要的不同形态和程度，主体便产生了种种不同的情感体验。生理解剖告诉我们，情感是由皮下神经系统和植物神经系统的兴奋引起的，它既受到大脑皮层的指导与调节，又直接影响到内脏器官的活动和腺体的内分泌功能。因此，情感体验总是同时伴随着主体内部生理因素的变化，并表现为相应的表情与动作，诸如羞涩时的脸红，手足无措；恐惧时的紧张，手足发抖；高兴时的手之舞之，足之蹈之；等等。

研究表明，动物，特别是高级动物有相当丰富的情感活动，然而却没有美感。这是由于美感是一种高级的情感，它是由审美需要、审美理想得到这样那样的满足而产生的。审美情感得以产生的依据不是一般的生理感官，而是社会化了的人类感官，它不决定于个体的直接功利，而在于社会功利的把握。康德曾以快感在先还是判断在先来区别快感与美感。他认为，先产生快感而后才作出对象是美的判断，譬如闻到玫瑰的香味而后赞美玫瑰美，就不是真正的美感，而不过是一种"官能判断"；只有当对象一开始就激发起主体的想象力和理解力的和谐活动，令主体先判定它美，而后才感到愉快，这才称得上真正的审美的愉快[①]。当代文艺创作中一些追求感官刺激的"艺术"，之所以往往没有什么审美价值，道理就在于此。《红高粱》似乎要倾力表现中华大地上人性之美，但影片前虚后实，格调不甚统一。前半部竭力突出对自然、野性、粗犷的崇尚，生理的重于社会的，谈不上表现了多少人性的美——顶多就是九儿的"反抗"，自然本性的追求以及轿夫的同情等有限的几笔。这不仅与托尔斯泰的《哈吉·穆拉特》有天壤之别，而且与日本影片《远山的呼唤》

[① 参见《判断力批判》上卷，第 8 节，商务印书馆 1965 年版，第 50—54 页。]

也相去甚远。

第二，审美情感不是自然的、原发的情感，它由于蕴含了理性的因素，而具有情感再体验的特点。

美国当代符号论美学家苏珊·朗格就曾强调，作为人类审美符号的艺术所要表现的并非人们原始的、自然的情感：

> 一个专门创作悲剧的艺术家，他自己并不一定要陷于绝望或激烈的骚动之中。事实上，不管是什么人，只要他处于上述情绪状态之中，就不可能进行创作；只有当他的脑子冷静地思考着引起这样一些情感的原因时，才算是处于创作状态中。然而对于自我表现来说，却根本不需要构思，也不需要冷静清晰地阐述。一个嚎啕大哭的儿童所释放出来的情感要比一个音乐家释放出来的个人情感多得多，然而当人们步入音乐厅的时候，决没有想到要去听一种类似于孩子的嚎啕的声音。假如有人把这样一个嚎啕的孩子领进音乐厅，观众就会离场，因为人们不需要自我表现。

> 一个艺术家表现的是情感，但并不是像一个发牢骚的政治家或是像一个正在大哭或大笑的儿童所表现出来的情感。艺术家将那些在常人看来混乱不整的和隐蔽的现实变成了可见的形式，这就是将主观领域客观化的过程。但是，艺术家表现的决不是他自己的真情实感，而是他认识到的人类情感。[①]

苏珊·朗格的这些论述，无疑揭示了审美情感的特质：审美情感有别于日常生活中的情感，是情感的再体验、再认识，其强烈程度显然减弱；在审美中，情感的客观化[②]过程，经过了理智的整理；因此，这种审美的情感并非个人情感，而是人类情感——这一提法当然不是那么科学，在我们看来，审美情感应该合理地解决个人与社会、自我与非我的对立统一。"艺术家表现的决不是他自己的真情实感"一句，应该加上一个"只"字，即不只是他自己的真情实感，而是蕴含了广泛社会意义以至于人类价值的情感。

七

总之，审美情感与生活中原发的日常情感相较，具有以下几个突出的特点：

［①《艺术问题》，中国社会科学出版社1983年版，第23—25页。
②严格说应是情感的"客观形态化"或"物态化"。

第一，浓烈程度有别。

一般说来，日常生活中的情感，由现实生活情景、矛盾冲突所激发，甚至难以为主体的理智所控制，往往一发而不可收拾。审美情感就不具有这样浓烈的程度，即使一个体验派的演员，无论他（她）多么深地进入角色，其演出时的说白、动作、表情，一切的一切，总还得受剧情进展的制约，而不能让自己的情感一泄无遗。鲁迅在评论许广平的诗作时就曾指出，感情太强烈时不宜作诗，否则会将"诗美"杀掉[①]。

第二，理智因素不同。

由现实生活中的矛盾激发的原发情感，其理智因素大都比较淡薄，往往是跟着感觉走。而审美情感，特别是作家艺术家所要表达的审美情感，像海明威的《老人与海》，冼星海的《黄河大合唱》，王式廓的《血衣》等脍炙人口的作品，无疑都是对个人情感的超越，蕴含着丰富的社会经验，体现了执着的人生追求，闪现着崇高的理想光辉。

第三，表现形态相左。

同日常生活中原发情感的突出特点——"真"——相较，不能不承认审美活动中的情感表现不仅不那么真，甚至还可以说有几分"假"，有几分刻意的做作，看看京剧表演中的唱念做打，就可以明白演出中的情感表现形态，与人们的日常生活有多么大的差距。

其实，正像苏珊·朗格所说，没有谁愿意在音乐厅里听一个孩子出于真情实感的嚎啕大哭。审美活动中情感的"真"，是"伪"中之真，即人为的真；是经过艺术家匠心独运，倾注心血加工、提炼而成的更高级的真。这种真既源于生活，又高于生活。在文学艺术的审美创造中，要是不懂得这个道理，硬搬生活之真，那就应了《红楼梦》里那句名言："假作真时真亦假"。

这就是我们所理解的审美活动中的情理契合。

[① 1925年6月28日鲁迅致许广平信："我以为感情正烈的时候，不宜做诗，否则锋芒太露，会将'诗美'杀掉。"《两地书》，《鲁迅全集》第11卷，人民文学出版社1991年版，第97页。]

新世纪审美活动与艺术的走向*

在已经成为历史的 20 世纪，人类社会的飞速演进超越了以往的任何时期，以文化艺术为代表的人类审美活动同传统相较，发生了令人惊异的裂变。是进步？是停滞？甚至是倒退？人们不能不进行认真的思辨。

——

以文艺复兴为发端的西方现代社会及其审美文化，冲决了封建神权、神学的藩篱，建构了人类文明的宏伟殿堂，赢得了自己的辉煌。它所高举的"文艺复兴"、"启蒙主义"的旗帜，既标明了自身同传统审美活动、传统文化艺术之间不可分割的承传关系，又意味着是在新的现实需要的基础上的一种革新、创造、超越。因而，文艺复兴以来的人类文明在短短数百年间的突飞猛进的发展，显示了社会进化辩证规律的巨大威力。只要符合这个规律，文明的进步确实一天可以等于二十年；而违背这个规律，就难免在漫漫的长夜中苦苦煎熬，彷徨、停滞以至倒退。

然而，自 19 世纪中叶以降，特别是进入 20 世纪之后，以文艺复兴为旗帜的现代文明以至人类以往的一切审美建树，都受到了质疑与挑战。在以文化艺术为代表的人类审美活动的各个领域，种种现代派、后现代派思潮及其创作此伏彼起，蜂拥而来，令人目不暇接。正是这些异彩纷呈、千奇百怪的现代派、后现代派文学艺术的出现，进一步激发了人们对于"美是什么"、"艺术是什么"的论争。印象派，形式说，唯美派，符号论，以至于"白日梦"，"苦闷的象征"，"原欲"，如此等等的审美文艺理论，都成了力求揭示美和文艺的特质的学说。

在不少人甚至一些学者的意识里，似乎经济、社会的现代化，只能由审美活动以及文化艺术领域的现代派与之相适应；而当社会进入了所谓"后工业"、"后现代"时期，那么不但前现代的东西过时了，并且一切现代派的"创新"也成了过眼云烟，而只有"后现代"的文化艺术，才具生命活力，才是识时务的"俊杰"。这种学术观点，是很有探究的价值和意义的。其实，尽管一定的文化、一定的审美活动均受制于一定的社会、经济条件，是社会、经济需要的曲折表现，但文化、审美（包括

［＊发表于《汕头大学学报（人文社会科学版）》2001 年第 1 期。］

文学艺术）与社会、经济的关系并不是那么直接、那么机械的。某种文化或审美形态一旦形成，就有其独立的生命与运行的轨迹，有时社会、经济等已经发生了巨大的、根本性的变化，而受其制约所产生的审美活动与文化艺术，却生机勃勃地存在着、发展着。考察当今世界的不论哪一个国家——无论是发达国家，还是发展中国家，我们都不难发现，其审美活动及文化艺术形态是现代、后现代、前现代等多元并存的。这些审美活动与文化形态之间，既有抵牾、争斗以至冲突，但也不乏竞赛、切磋和交流，共同担负着满足社会各个阶层、各种类型的人丰富多彩的审美需要的任务。在当今世界里，所谓"前现代"的审美文化艺术的生命活力，大致表现为：

第一，闪现出永恒的艺术魅力。许多优秀的古代审美文化，像荷马的史诗，古希腊、罗马的雕塑与建筑，古印度的梵音与乐舞，日本的歌舞伎与浮世绘，我国古代的诗、词、曲，汉音唐律，园陵古刹等等，仍为当代人们的审美生活提供了重要的对象，是当代人们审美活动中不可缺少的食粮。

第二，焕发出鲜活的审美意蕴。不少当代杰出的文化艺术大师，依然把他们的人生感悟与艺术灵感，凝聚在基本上属于传统的审美形式中（所以说是"基本上"，主要因为艺术的精神在于独创，不可能也不容许全部模拟、抄袭，机械复制）。他们的作品以传统的艺术形式表达了极富现代审美意蕴的内容，从而受到大众的欢迎。毛泽东诗词在世界范围内的传播，有力地说明了这个问题。

第三，孕育出全新的艺术形态。"前现代"的审美文化的不容忽视的地位，更普遍地表现为文化艺术家在进行他们的"现代"或"后现代"创作时，总是自觉或不自觉地消化、汲取前人一切有价值的审美探索，把传统的因素融会于自己的创作之中。因而他们的作品既是新型的、富有突出的现实意味的，又显现出丰厚的文化底蕴，积淀着传统文化的成分。像我国鲁迅的小说、冼星海的乐曲、徐悲鸿的绘画、梁思成的建筑，等等。这种例子，在世界范围内是举不胜举的。

以上形式中的第三类，从审美活动和文化艺术的传承看，无疑显露出其源头的光彩；而从其审美追求的价值、意义看，它恰是新的现实的宁馨儿，在人们当前的审美欣赏中一般都居于主导的、核心的地位。因此，从当今世界的文化艺术现状看，多元文化的观点，显然比机械决定论更符合社会生活的实际。

在人类进入 21 世纪的时候，有必要对过去了的这一个多世纪人们的审美活动及文学艺术的创作经验及其运行的轨迹、规律，进行科学的研究、归纳、梳理、总结，从而促使以文学艺术为代表的人类审美文化在新的世纪得到更加健康的发展。1997 年 5 月在法国举行的现代艺术展览，陈列了人类在 20 世纪创作的各种各样的"艺术品"。其中，既有几经周折才从某些国家博物馆中借得的珍品，也有不少令人费解，甚至究竟是否能称为艺术尚且未知的东西。尽管有的参观者指出展览过于驳杂，没有严格从艺术应有的审美要求着眼，但筹划者的意图恰恰是要人们就此思考作为人类审美意识结晶的艺术到底应当具有何种形态，应当迈向何方。筹划者的这种用心，是符合我们的认识和主张的。

二

［① "直觉"，intuition，原意是与理智相对立的，然而，随着心理学科的发展和认识的深化，人们从实践中明确了直觉有初级形态与高级形态之别。作为审美心理活动之一的审美直觉，同人类科学研究中的智性直觉一样，是直觉的高级形态，在其感性形式中融合了理性的内涵。参阅刘叔成：《此中有真意，欲辨已忘言——审美直觉探秘》，《审美文化丛刊》第 1 辑，汕头大学出版社 1994 年版。
②自然不是说完全没有艺术家的主观体验与感悟（没有，是不可能的），而是说表现的重点不在于此。］

以反传统为己任的西方现代派、后现代派思潮，在审美意识和文学艺术领域的表现，其突出的特点是强调主观、个人、感性（直觉①）、本能（潜意识、下意识）、形式等方面的因素，这对于纠正自古希腊以来，在西方文艺美学中占统治地位的"摹仿说"的偏颇，表现作家艺术家心灵的活力，开掘审美内涵的深度，扩展文学艺术的天地，丰富艺术的技巧与手法等等，无疑具有十分积极的意义。19 世纪中叶，标示着西方现代审美意识开端的象征派诗歌和印象派绘画，其突出的成就正在于此。

在马奈、莫奈等早期印象派画家的笔下，绘画表现的对象从室内走向室外，事物在户外光线的作用下所呈现的多种多样的色调，得到了前所未有的重视与表现，画幅不再像以往那样拘泥于客观对象的毫发之真，它所表达的重点是画家的主观印象——画家在观赏对象时自身的感悟与心灵的震颤。只要看一看出自莫奈之手的《印象·日出》，以及不同光照下的一幅幅"池塘"，就可以明白印象派的这种创新，在西方绘画发展史和审美发展史上有着多么重大的意义。

此前的西方绘画、雕塑等造型艺术，把"写实"放在中心的位置上，尽管它并不乏想象、幻想的成分，甚至还创造了诸多天堂或地狱中的神怪，但艺术表现的重点仍然是对象的特征和精神，而不是艺术家的主观体验与感悟②。这种审美趣味与追求，在其他艺术样式中也有严重的影响。有人认为，文学不过就是"有声的画"，因而文学作品所提供的画面的多寡，就决定了它的价值的高低。法国文艺批评家克路斯就曾说过：

"诗所提供的各种画面的统计可以作为衡量一些诗和诗人价值高低的根据。伟大作品中的画面数目和种类的多寡，应该是衡量这些诗篇的价值以及它们的作者的才能的试金石或精确的天平。"①甚至在音乐美学中，有的理论家也主张，以音调的高低、节奏的疾徐，来模拟事物的情状……这些美学见解和主张，显然同现代派的审美追求是大异其趣的。

由于哲学基础与审美观念的不同，西方现代派、后现代派艺术的具体形态是十分驳杂的。高扬主体创造精神，深入揭示内心隐秘世界，在具体作品的有限天地中融汇更为丰富的人生体验等，诚然是其取得诸多成就的主导方面；但也有不少派别及其创作，走向了远离现实、远离人生，甚至于背离艺术基本要求和违背审美规律的另一极端，或突出自然、本能，或玩弄形式、技巧，或以怪异为新奇，或以解构艺术为己任……如此等等。因此，在审视西方现代派、后现代派艺术的时候，必须坚持宏观与微观相结合的观点，具体问题具体分析，不能简单地肯定一切或否定一切。

三

就文艺领域所体现的人文精神和审美观念而言，中国和西方实在有着很大的区别，这是人们有目共睹的事实，不容质疑；问题只是在于对这种区别及其产生的根源，应当怎样科学地加以认识和把握，才不致在审美活动和艺术创作中产生偏颇而误入歧途。

如果说艺术对人生的反映，在再现与表现的统一中总有不同的侧重的话，那么西方从古希腊时期直到19世纪初期的艺术，在"摹仿说"的影响下，大都以再现为主；而中国不仅以"楚骚屈赋"为代表的文人们自觉的文艺创作早在两千多年前就鲜明地突出了注重表现的审美取向，并且即使是造型艺术的绘画，也不是那么看重对于对象的"摹仿"，一味注重形体之真。远在魏晋时期便出现了"传神"②、"君形"③等强调表现的创作理论④，此后更把"写意"放到了极为重要的位置。

学界普遍认为，在人格精神上，西方注重个人、个性；而在中国，儒家讲究社会职责而无视个人的价值，道家关注人类的命运而将人合于天，突出的都是共性。这就出现了一个奇怪的"逻辑误差"：西方看重个性的见解，在审美活动与创作实践里却忽略了心灵的因素；而在某些人的眼里将个性消融到社会性、共同性之中的东方人文思潮，竟高扬着主

[①转引自莱辛：《拉奥孔》，人民文学出版社1979年版，第78页注②。
②《世说新语·巧艺》："顾长康画人，或数年不点目睛。人问其故，顾曰：'四体妍媸无关妙处，传神写照正在阿堵中。'"
③《淮南子·说山训》："画西施之面，美而不可说，规孟贲之目，大而不可畏：君形者亡焉。"
④"传神"、"君形"，表面上虽是就对象而言的，但实际所强调的却是创造者对于对象的感受与体悟，即艺术创作的主体（作者）是怎样领会与把握统摄对象形体的"神"（内在的神韵）的。]

体创造的精神。其实，这种"逻辑误差"绝非历史的事实，它不过昭示了人们认识的疏漏。

同一切动物一样，人诚然也是活生生的生命个体，然而人之所以为人，绝不是仅仅因为他是生物，有着同动物一样的自然属性；作为生物，人所以卓然特立，成为万物之灵，正是因为在其生理、心理条件的基础上，通过自身的社会实践，获得了超越所有动物的社会属性。对于每个具体人的人格而言，其遗传因子虽有一定的作用，但归根结底就其现实的本质来说，无论是他的共性，还是他的个性，都是受具体的社会关系所制约的。即如简单的"缪勒—利雅错视"：

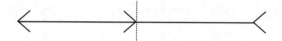

这两段相等的直线，由于左边的加了向内的箭头，右边加的是向外的箭头，在人们的视觉上就会错认为左边的明显短于右边。缪勒—利雅（Muller-Lyer）的实验乍看起来似乎是人人皆同的普遍心理现象，其实这种心理的产生，不仅同西格尔（M·H·Segall）提出的"木作环境"假说相关，而且还受制于文化、精神等多种因素[1]。所以，日本法政大学教授中川作一在对"缪勒—利雅错视"作了细致的探究后说："尽管人们一般总希望以自己的眼光看世界，但一个规律性的事实是：个人的眼睛仍然是社会性的。"[2]"个人的眼睛仍然是社会性的"，这就是作为社会一员的人永远无法超越的规律。所以，不论人们的认识会偏颇到何等程度，但一切生命个体、每一个活生生的个人，其共性与个性总是有机地统一在一起的。没有脱离共性的个性，也没有无个性的共性；一切现实的人无不以其特定的个性（自然有鲜明与否之别），显现出一定的共性（这也有丰啬之分），从而昭示着社会历史的发展水平。

在华夏文化中，儒家对于人的社会价值的强调，隐含着对个人属人的——即真正意义和科学意义上的人的——价值的充分肯定，如孟子所赞扬的能够承担社会"大任"的人：

> 天将降大任于斯人也，必先苦其心志，劳其筋骨，饿其体肤，空乏其身，行拂乱其所为，所以动心忍性，增益其所不能。[3]

这种具有"浩然之气"[4]的个人品格，将特定时代人们的共同追求熔

[①中川作一：《视觉艺术的社会心理》，上海人民美术出版社1991年版，第33—62页。
②同上，第62页。
③《孟子·告子下》。
④《孟子·公孙丑上》。]

铸为自身的灵魂，它是群体的，也是个人的，是富有时代光彩的人格显现。从屈原、司马迁到近代仁人志士的思想言行，无不突出了这种品格、这种个性的夺目光彩。同样，在与儒学的对立中发展起来的、以老庄为代表的道家学说，尽管把"吾丧我"①作为自身修养的最为成功的境界，似乎以"天"、"道"来消解了人的个性，但这一学说的另一面恰恰是强调人们应该在对宇宙人生的透彻领悟中，使自身的人格得到升华。所以，老庄的学说，既可以趋向否定一切主体作为的悲观主义（即"无为"②），泯灭个性；也能够激起人们对于客观自然规律（即"道"，包括自然界的规律和人自身成长的规律）的自觉把握，从而使个性得到张扬——这就是后世为什么有那么多深受道家学说影响的人，高扬起个性解放的旗帜的道理所在。

由此可见，东西人文精神和审美观念的差异，不在于是否重视和强调人们的个性，而在于对个性内涵的理解。当魏晋文士把个性的有无看得高于一切，而发出"宁作我"③的宣言时，他们所看重的并非西方人们一味强调的纯个人的、生理性的东西；他们是要以自己富有个性特质的行为方式，来完成自身意识到的人生职责。刘伶的狂放不羁，稽康的傲视权贵，陶潜的不为五斗米折腰……直至明清之际的李卓吾、汤显祖、龚自珍、黄遵宪等的审美理想和人生追求，都体现了这种个性的鲜明的社会内容。《世说新语·任诞》中有这样一条记载：

> 刘伶恒纵酒放达，或脱衣裸形在屋中。人见讥之，伶曰："我以天地为栋宇，屋室为裈衣。诸君何为入我裈中？"

显然，刘伶的这种"以天地为栋宇"、"以屋室为裈衣"的狂放，其意义绝不在于满足什么生理冲动或发泄自我的"性本能"，而是一种社会人生的态度，是对传统礼教的蔑视，因而前人曾用"自任若是"来评价他④。

为了清晰地说明这个问题，我们再来看一看东西方各具代表性的启蒙主义作品对个性的这种不同体悟与展现。这就是卜迦丘的《十日谈》，《董解元西厢记》诸宫调和汤显祖的戏曲剧本《牡丹亭》。这三部作品尽管创作的时间相距几个世纪，但却同样具有鲜明的反封建、反禁欲的内涵，高擎着个性解放的旗帜。在《十日谈》里，人们的生理欲求成为驱使人们行动的重要力量，有力地冲决着一切封建神学的羁绊。人们的性要求、性行为，以至性冲动，都显现出合理的方面，得到了作家的充分

[① 《庄子·齐物论》。② 老子关于"无为而无不为"的思想，其哲学内涵极为丰富、复杂。但在《老子》第四十八章中，将"学"与"道"对立起来，强调"为学日益，为道日损，损之又损，以至于无为，无为而无不为"，这却是消极的。③ 《世说新语·品藻》："桓公少与殷侯齐名，常有竞心。桓问殷：'何如我？'殷云：'我与我周旋久，宁作我。'"④ 邓粲《晋纪》："客有诣伶值裸袒。伶笑曰：'吾以天地为房舍，以屋中为裈衣。诸君自不当入我裈中，又何恶乎？'其自任若是。"]

肯定。

《董解元西厢记》在表现人们的性意识上，大胆地突破了我国封建礼教的传统，不是像以往那样将人的性的欲求一味描绘为丑恶、卑劣的情欲。这部创作于 12 世纪前后的说唱文学，与后来出现的、以描写"性"而闻名于世的《金瓶梅词话》相比，尽管在两性生活上着墨不多，但却不是把性的欲求作为主人公淫靡生活的一部分来加以暴露、批判，恰恰相反，它所注意的是揭示男女间的性爱的审美价值，因而闪烁出一种异样的光彩：

> 【梁州三台】莺莺色事，尚兀自不惯，罗衣向人羞脱。抱来怀里惜多时，贪欢处呜损脸窝。办得个嗽着、摸着、偎着、抱着，轻怜惜痛一和。渌渌地觑了可喜冤家，忍不得恣情呜喿。

> 【尾】莺莺色胆些来大，不惯与张生做快活。那孩儿怕子个，怯子个，闪子个。

> 【仙吕调】【点绛唇缠令】殢雨尤云，靠人紧把腰儿贴。颤声不彻，肯放郎教歇！○檀口微微，笑吐丁香舌，喷龙麝，被郎轻啮，却更嗔人劣。

> 【风吹荷叶】只被你个多情姐，嗽得人困也、怕也！痛怜呜损胭脂颊。香喷喷地，软柔柔地，酥胸如雪。

> 【醉吴婆】欢情未绝，愿永远如今夜。银台画烛，笑遣郎吹灭。

> 【尾】并头儿眠，低声儿说，夜静也无人窥窃，有幽窗花影西楼月。[①]

作家以诗意的笔触赋予主人公的性生活以诱人的韵味——不是一味的感官满足，而有两情之间的体贴、爱惜，从而或多或少显现了男女之间这种最自然、最基本的关系的历史文化色彩。这在中国文学发展史上无疑具有开创性的意义。可惜，有关作者董解元，文学史上没有留下什么具体的材料，因此我们难以透视他对人性的具体认识。创作于明万历二十六年（公元 1598 年）的《牡丹亭》，同《董解元西厢记》一样，肯定了男女性欲求的积极意义，并表现了它的文化内涵。汤显祖在《惊梦》一出里，对杜丽娘的春心萌动作了大胆而细致的描绘。不过，同《十日谈》相比，这种描绘不仅显得十分含蓄，并且作品所着意渲染的显然是"情"的价值，而不是"性"的力量。汤显祖说：

[① 《董解元西厢记》卷五。]

《书》曰："诗言志，歌永言，声依永，律和声。""志"也者，情也。[①]

如丽娘者，乃可谓之有情人耳。情不知所起，一往而深，生者可以死，死者可以生。生而不可与死，死而不可复生者，皆非情之所至也。[②]

可见，汤显祖并不弃绝诗教的一切传统，而是以"情"来解释"志"，从而反驳了以程、朱理学为代表的"存天理，灭人欲"的理论的谬误。汤显祖对于"情"的这种理解和强调，不但可以帮助我们认识《董解元西厢记》作者的审美追求与创作思想，而且也可以使我们明白华夏文化艺术中所体现的启蒙精神，与卜迦丘所代表的西方侧重人类的生理自然属性的见解，显然是有所区别的。

总之，以看重个性还是共性来区分东西方的人文精神和审美观念，从历史的事实看并不那么确切；问题的根本在于怎样认识与把握人类的个性。西方由于突出了个性的生理方面，所以在人类的性问题上一般都是持比较开放的、积极的态度（除了在中世纪禁欲主义占据统治地位时，对人们的禁锢外）；但是其个性学说却存在相应的偏颇，远离了对人性的真正把握，进而导致其审美活动与文学艺术重"生理"而轻"情意"，突出"客观"而淡化"心灵"的不足。而我国恰恰由于历来都推重个性的社会价值，所以尽管在"性"的问题上有着诸多禁忌，但却更积极地弘扬了属人的真正精神。

四

审美是人类特有的精神需求。审美活动的深化和文学艺术的繁荣，离不开对真正意义上的人的理解与把握。

中国古代文学艺术的历史发展，所以能在幻与真、虚与实、心与物、意与象、情与理诸方面实现高度的融合，相当辩证地处理了心源与造化、社会与自然、主观与客观、情感与理智等等的关系，从而创造出无数人类文化的辉煌篇章，在世界艺术史上独树一帜，令西方许多有识之士为之倾倒，就同华夏文化对于人之所以为人的相当科学的理解，有着极为密切的联系。

可是，乾嘉以降的数百年间，社会的衰颓，经济的停滞，吏治的腐

[① 《董解元〈西厢〉题辞》，《诗文集》卷五十"补遗"。
② 《〈牡丹亭记〉题词》，《诗文集》卷三三。]

败，思想的僵化等等，使人们对传统的华夏人文精神的信心发生了根本性的动摇，似乎一切都是消极的、荒唐的、束缚社会生产力的。因此，"打倒孔家店"的口号，才会为"五四"时期的进步知识界所共同接受，身体力行。尽管在新民主主义革命的历程中，中国共产党的领导和马克思主义的主导地位，使这种极端化的倾向获得了一定程度的纠正①，但由于社会主义事业进程中的种种挫折，致使不少人在拨乱反正的时候，又一次把矛头指向具有数千年历史的华夏人文思潮与审美观念。

唯西学是瞻，成了20世纪80年代直至90年代学术文化界相当普遍的倾向。在短短十多年的时间里，西方一个多世纪文艺舞台上演出的种种活剧，几乎一一搬上了中国的舞台，认真但又匆匆地演出了一遍。人们希望先进的西方，为中国的审美活动的开拓和文化艺术的繁荣，提供范式与楷模。然而，这种面向西方的开放与认同，并没有收到预期的积极效果，一方面是艺术精品并未大量涌现出来，另一方面则为大众所难以接受。某些被圈子中人捧上天、获得这个那个国际大奖的作品，在国内却很少知音，连读者或观众也难以找到……

在华夏大地上，新时期以来审美观念和文化艺术的这种嬗变是颇具代表性的。我们在回顾、研讨20世纪文化艺术的运行轨迹及其成败得失的时候，以之作为重点审视的对象，既有助于洞察西方现代派、后现代派的意义、价值与局限，又可以从中窥视中华传统文化艺术不容质疑的重要地位。因此，我们对于20世纪人类审美观念和艺术的再认识，将以新时期以来我国的文学艺术创作，作为探讨的基本领域，而旁及西方现代派、后现代派艺术和我国的传统文艺。当然，这样的择取与论述，同作者们自身学识、水平的局限也有着相当的关联。

五

"新世纪人类审美活动与艺术的走向如何？"

这个问题，只有人类未来的实践才能作出切实的回答。在目前这个新旧之交的时刻，要对此加以预测，确实是非常困难的。然而，不论这种预测多么困难，会产生多少谬误，预测还是必须进行的，这是人类前进、发展的必然要求。没有预测，就没有人类的历史，或者说得更直白一点，就没有历史——因为历史说到底只不过就是人类的历史罢了。历史早已证明了预测的巨大作用，它鼓舞人们拼搏，激励人们奋进，从而

[①例如，毛泽东在《新民主主义论》中明确指出："中国的长期封建社会中，创造了灿烂的古代文化。清理古代文化的发展过程，剔除其封建性的糟粕，吸收其民主性的精华，是发展民族新文化提高民族自信心的必要条件；……中国现时的新政治新经济是从古代的旧政治旧经济发展而来的，中国现时的新文化也是从古代的旧文化发展而来，因此，我们必须尊重自己的历史，决不能割断历史。"（《毛泽东选集》第2卷，人民出版社1991年版，第707—708页。）]

创造出更加辉煌的未来。

西方学者在探究现代派、后现代派的成因时，把19世纪后半期以来科学技术发展的影响置于重要的位置上，认为正是这种发展改变了人们传统的思维模式，因而引起了审美观念及文化艺术方面的裂变。

1889年，恰巧在法国大革命一百年之后，为了世界博览会的举行，一座高耸入云的建筑——埃菲尔铁塔——作为博览会的中心标志，矗立在巴黎和世界人们的面前。这座由工程师而非由建筑师设计的"似乎集中了全部现代意义的建筑结构"[①]，经过一番争论、周折，终于得到了人们的普遍认同，显示了新的、现代派的艺术和它所体现的审美观念在世界范围内的胜利。罗伯特·休斯说：

> 那次展览会上，最令人惊讶的事物不是伯明翰的火炉、往复式发动机、纺织机、银器，甚或中国的奇珍异宝；而是展览场地本身，是水晶宫、璀璨的玻璃穹隆和隐约的铁窗花格。人们可能嘲笑这个平淡的散文似的作品，而在其中一些维多利亚女王时代的人们却留下了对这个机器时代的殿堂的赞叹，他们的感情是真实的。[②]

休斯的这种见解是很有见地的。科学、技术等生产力的发展，自然会引起思维模式、审美观念及文学艺术创作手段等的变化，进而使文化艺术产生变异。例如，电学、光学、化学、物理学、机械学、电子技术等等的突飞猛进，使电影、电视艺术在20世纪各种艺术中后来居上，拥有了数以千万、万万计的欣赏者，这是以往时代的任何一种艺术都难以望其项背的。但是，如果仅仅看到休斯强调的这一点，那就不能说是全面的、科学的。审美观念和文化艺术演进的历史表明，制约其产生、发展的因素是多样的，所以如前所述，在同一个历史时期，人们的审美趣味与文化艺术的具体形态也必然是多样的。20世纪的艺术不能一股脑儿都归为现代派或后现代派，同样21世纪的艺术也不会是机械划一的。

展望21世纪人们的审美活动与艺术创造，其多样性肯定将会进一步获得充分的发展。人们在不断创新的同时，仍然会凝眸于后现代、现代、前现代的种种艺术。这正如在卡拉OK的欢娱中，京剧、粤剧、评剧、越剧、黄梅戏等传统戏曲的演唱也占有一席之地，不但受到中老年人的欢迎，也为许多青年以至洋人所青睐一样。在新世纪多种多样的艺术中，那些充分体现了时代的要求，消融并弘扬了人类审美经验的积极成果的艺术——也就是我们前面所说的表现了"前现代"艺术生命活力的第三

[①休斯：《新艺术的震撼》，上海人民美术出版社1989年版，第2页。
②同上。]

类型的艺术——仍将像在我们这个世纪一样，为绝大多数作者所创作并为绝大多数人们所欣赏，因而在多种艺术样式中居于主流的地位。

要是认真探究人们思维模式的变化，那首先应当看到的，就是同世界日益多元化的趋势相适应的辩证思维，将再一次确立自身的主导地位。科学技术的发展，一度使线性思维显现出强大的力量，逻辑范畴内的"非此即彼"，伦理领域里的"非善即恶"，政治生活中的"凡是敌人反对的，我们就要拥护"，经济学说里的"市场经济等于资本主义"，文化艺术创作中的"现代化必然导向现代派"，等等，都曾给人们的思想行动以巨大的影响与制约，使古代朴素的辩证法失去了光彩。世界政治、经济多元化格局的建立，使线性思维的局限暴露无遗。因而，在已经到来的新世纪里，人们必将更加辩证地认识和把握客观世界与自己的生活，处理各种文化艺术问题，在矛盾中看到相同、相通的一面；同时又在统一里辨析事物的差异与区别。在学术、文化领域，人们的立足点会更高，视野会更加开阔，心胸会更为博大。他们坚信真、善、美的力量，懂得在与假、恶、丑的较量中，谁会取得最后的胜利。因此，他们会信心百倍地实现"存异求同"，把"爱而知其恶，憎而知其善"①这一古老的格言真正作为自己认识和对待各种事物的座右铭，文化艺术领域内的百花齐放、百家争鸣也将得以全面实现。

艺术来自生活，审美根源于实践，新的世纪当然要有新的艺术与之相适应。然而，新世纪的艺术在合理消融现代派、后现代派的经验与积极成果的时候，再没有理由重复它们曾经产生过的偏颇而趋向极端。它要尊重人类以往的一切文化艺术建树，以之作为自己创作的借鉴；它要致力于数千年来文学艺术基本审美规律的探寻，力求"按照美的规律来建造"②，而不应踏上解构艺术的歧途。一切真正符合新世纪要求的艺术，它的"新"，绝不是个人的故作怪异、嗜痂成癖；它在根据人们的现实需要进行审美创造时，既要超越传统，又要消融人类审美追求的各项积极成果，批判继承，推陈出新。

在新世纪里，人类将进一步把自己的命运掌握起来，获取更大的自由。伴随着殖民统治、霸权主义的日益衰微，发展中国家的不断成长，以及社会经济的高度繁荣，人们的精神世界将得到更大幅度的解放，文化艺术水平必然会登上一个新的台阶。然而，高与低，雅与俗，精英与大众的区别，是永远不可能完全抹平的。它们相比较而存在，相切磋、相斗争而发展，共同组成了绚丽多姿的审美艺术世界。

［①《礼记·曲礼上》。
②马克思：《1844年经济学哲学手稿》，《马克思恩格斯全集》第42卷，人民出版社中译本第1版，第97页。］

科学技术的发展，缩小了世界各地的距离，加强了各民族的联系，全球一体化的进程必然进一步加快，这将使东西方文化的冲撞、交融显得更为活跃。事实证明，世界各个国家、各个民族的审美经验与文化艺术，都有其长短、有无，有其不同于其他民族审美文化艺术的特殊价值。片面抬高某一民族审美文化艺术的价值而贬斥其他，绝对不利于世界文化的繁荣和人类的发展。只有一视同仁地尊重世界各民族审美文化艺术的创造，借鉴、吸收其他民族审美文化艺术之"有"和长处，克服自身的"无"和短处，才能促成世界各民族审美文化艺术的共同繁荣。这也就是古人所强调的"合有无谓之元"的道理之所在。张岱年、程宜山曾经指出：

> 各民族的文化都有自己的长处，也有自己的短处。……一个先进的强盛的因而充满自信的民族更容易看到自己的长处，看不到自己的短处，甚至把短处也看成长处；更容易看到别人的短处、看不到别人的长处，甚至把长处也看成短处。这种"强者政策"（杜维明语）是要不得的。在我们民族中曾经长期支配人们的华夏中心主义和在19世纪欧洲人中风靡一时的欧洲中心主义，就是这种"强者政策"的产物。与此相对的是所谓"弱者政策"，即一个落后的贫弱的民族更容易看到自己的短处，看不到自己的长处，甚至把长处也看成短处；更容易看到别人的长处、看不到别人的短处，甚至把短处也看成长处。这也是要不得的。[①]

在新的世纪里，无论是"强者政策"还是"弱者政策"都将被有识之士所唾弃。随着欧洲（西方）中心主义的衰颓，东方和一切贫弱、落后地区的审美文化艺术，将显现其独特魅力，从而为世界各民族审美文化艺术的进一步交流、融合、发展，创造必要的条件。这种演化趋向，在近年来全球许多国家出现的汉语热、京剧热、中国画热中，已初露端倪，它在新世纪的扩展，是人们可以预期的。到那时，不仅中国而且一切发展中地区的审美文化艺术，都将在世界上占有自己特有的地位，为人类审美文化艺术的共同繁荣作出自己应有的贡献。

总之，在21世纪里，国家与国家、民族与民族、地区与地区之间的关系将进一步化对抗为对话，变战争为竞争，因而在思想意识和审美文化领域，人们当一视同仁地珍惜世界各民族的一切审美创造，克服政治、种族、文化、意识形态等方面的偏见，使文学艺术在宽松、和谐的氛围里获得多元化的发展与繁荣。

[① 《中国文化与文化论争》，中国人民大学出版社1990年版，第13页。]

西方代表性审美心理学说评析*

　　史料证明，当人类对美有所感受、有所认识的时候，也就开始考察自己在审美活动中的心理状态。换句话说，人类对于审美心理的认识，是同对美的思考同步的。然而，由于科学发展水平的限制，古代美学一般偏重于对美的本质的研究，往往忽略了对审美心理的深入考察，从而也影响了美学的发展。随着近代科学的突飞猛进，到了十七八世纪，美学研究的重点才逐渐转到审美心理方面来。

　　在西方，以柏拉图为代表的古希腊哲学家，在认真地探索"美是什么"，即"美本身"的同时，已经意识到了美感与快感的异同。一方面，柏拉图不同意把美感简单地等同于"视觉和听觉所发生的快感"（《大希庇阿斯篇》）；另一方面，他又承认美感与快感有联系。在《斐利布斯篇》中，柏拉图说："真正的快感来自所谓美的颜色，美的形式……它们来自这样一类事物：在缺乏这类事物时我们并不感到缺乏，也不感到什么痛苦，但是它们的出现却使感官感到满足，引起快感，并不和痛感夹杂在一起。"①从这些论述可以看出，柏拉图注意到了审美愉悦不像生理快感那样同主体有直接的利害关系，它比较超脱，但却又能给人以真正的愉快。这种认识，在两三千年前，不能不说是相当可贵的。

　　我国先秦时代，以老庄为代表的"大音希声"及"至乐无乐"论，作为一种审美心理学说，其成就更是惊人的。《老子》第四十一章提出了"大音希声"的理论，老子认为所谓"希"就是"听之不闻"②。"大音"——真正美的声音，在老子看来是"听之不闻"的；正如人们对"道"的把握一样，不能依赖单纯的生理感官，而要依赖一种超感官的力量。老子的"大音希声"论，虽披上了一层相当神秘的外衣，然而无可否认，它接触到了审美心理的特殊矛盾性——既为一种感觉，又不是一种单纯的感觉，因为它体现着对真正美的对象的特质的把握。庄子的"至乐无乐"论，也是一种重要的审美心理学说。在《庄子·至乐》中，庄子对"俗乐"与"至乐"的区别作了详尽的论述。他指出，"俗乐"所乐的，不过是"身安、厚味、美服、好色、音声也"；而"至乐"则超脱于这些物质因素的束缚，体现了天道的"无为"精神，无为而无不为，无适而无不适，所以"以无为诚乐矣"。庄子的妻子死了，惠子前去吊

［*本文于1993年修订于汕头大学。

①《柏拉图文艺对话集》第298页。

②《老子》第十四章："听之不闻名曰希"。］

孝,见庄子正"箕踞鼓盆而歌",感到非常奇怪。惠子认为,人死"不哭亦足矣,又鼓盆而歌,不亦甚乎?"庄子坦然地回答说:"不然,是其始死也,我独何能无慨!然察其始而本无生;非徒无生也,而本无形;非徒无形也,而本无气。杂乎芒芴(作者按:即恍惚)之间,变而有气,气变而有形,形变而有生;今又变而之死。是相与为春夏秋冬四时行也。人且偃然寝于巨室,而我嗷嗷然随之而哭之,自以为不通乎命,故止也。"庄子关于"至乐"的见解,虽然不免有点玄,但却包含着重要的发现:审美愉悦必须超越日常的功利,进入一种与天道合一的忘我境界。

前人研究的丰硕成果,需要专门的审美心理学史来加以全面的科学总结。现在仅仅对西方颇具代表性的审美心理学说作一些简要的评述,看看我们从中可以得到什么启迪。

一、快感说

早在远古时期,人们就已发现审美活动总伴随着主体的愉悦,美之所以有那么大的吸引力,也同它能引起主体的快感分不开。所以,美学史上人们对于审美心理的认识,首先就是它同快感的不可分割的联系。

古希腊的哲学大师们广泛地论及了审美活动中的愉悦问题。德谟克利特说:"大的快乐来自对美的作品的瞻仰。"[①]柏拉图、亚里斯多德则对艺术欣赏活动中的审美愉悦——喜剧感、悲剧感等,作了进一步的论述。然而,由于种种条件的限制,人们尚难界说审美愉悦同其他愉悦的科学区别。伴随着心理科学的日益成熟,到18世纪前后,快感说才得到了较为深入的阐发。

英国著名主观唯心主义哲学家大卫·休谟在其代表作《人性论》中,就把"快乐"与"痛苦"视为美与丑的本质属性。他说:"快乐和痛苦不但是美和丑的必然伴随物,而且还构成它们的本质。"[②]休谟分析说,美是对象或对象各部分之间的"秩序和结构",由于人的"天性的原始组织、或是由于习惯、或是由于爱好",而"适于使灵魂发生快乐和满意"[③]。

在解释审美愉悦之所以产生时,休谟动摇于唯心与唯物之间。一方面,他断定:"美就不是客观存在于任何事物中的内在属性,它只存在于鉴赏者的心里;不同的心会看到不同的美;每个人只应当承认自己的感受,不应当企图纠正他人的感受。想发现真正的美或丑,就和妄图发现

[①《古希腊罗马哲学》,三联书店1957年版,第115页。
②马奇主编:《西方美学史资料选编》上卷,上海人民出版社1987年版,第507页。
③同上书,第506页。]

真正的甜或苦一样，纯粹是徒劳无功的探讨。"①这些意见清楚地说明，休谟把审美愉悦看作纯主观的、同对象完全无涉的；审美愉悦的获得，仅仅决定于每个人"不同的心"。显然，休谟在强调审美愉悦的主观性时，无限夸大了主观的作用，表现出他的美学思想受到了贝克莱主教"存在就是被感知"的主观唯心主义的浓重影响。

另一方面，休谟又不得不承认审美愉悦的获得同对象有一定的关联。他说："尽管美丑比起甘苦来，可以更肯定地说不是事物的属性，而完全属于内部或外部的感受范围；我们总还得承认对象中有些东西是天然适于唤起上述反应的。"②所以，休谟虽然认为审美愉悦完全出于主观，但却又不赞成"（审美）'趣味的标准'永远无法找到"的学说——持这种学说的哲学家们，根本否认趣味判断的标准，他们强调："判断与感受截然不同，一切感受都是正确的，因为感受纯乎以自己为准；只要一个人意识到有所反映，那就是真实的。"③休谟根据人们审美活动的经验，相当有力地反驳了这种哲学观点：

> 谁要是硬说奥基尔比（作者按：17世纪英国诗人）和密尔顿、本扬和艾迪生在天才和优雅方面完全均等，人们就一定会认为他是在大发谬论，把丘垤说成和山陵一样高，池沼说成和海洋一样广。即使有人偏嗜两位作家，他们的'趣味'也不会得到重视；我们将毫不迟疑地宣称象那样打着批评家招牌的人的感受是荒唐而不值一笑的。遇到这种场合，我们就把'趣味天生平等'的原则丢在脑后了；如果相互比较的事物原来近乎平等，我们还可以承认那条原则；当其中的差距是如此巨大的时候，它就成为不负责任的怪论，甚至显而易见的胡说了。"④

是的，当事物的美与不美的差距是如此巨大的时候，要否定美同事物的客观属性有关，简直是胡说八道。休谟进一步指出："同一个荷马，两三千年前在雅典和罗马受人欢迎；今天在巴黎和伦敦还被人喜爱。地域、政体、宗教和语言方面的千变万化都不能使他的荣誉受损。偶尔一个糟糕的诗人或演说家，以权威或偏见作靠山，也会风行一时。但他的名气绝不能普遍或长久……真正的天才情况恰恰相反；作品历时愈久，传播愈广，愈能得到衷心的敬佩。"⑤所以，休谟得出了趣味尽管变化多端、难以捉摸，但"终归还有普遍性的褒贬原则"的结论。休谟在他的论著中，力求找出这些原则。他说："这些原则对一切人类的心灵感受所起的作用是经过仔细探索可以找到的"⑥。那么，这一普遍的原则、标准

[①《论趣味的标准》，马奇主编：《西方美学史资料选编》上卷，上海人民出版社1987年版，第514页。
②同上书，第518页。
③同上书，第513—514页。
④同上书，第514—515页。
⑤同上书，第516页。
⑥同上书，第517页。]

或尺度究竟是什么呢？休谟是这样主张的："只有卓越的智力加上敏锐的感受，由于训练而得到改进，通过比较而进一步完善，最后还清除了一切偏见"，只有把握了这几点，才能懂得"美的真实标准"①。不仅如此，在具体运用这些标准时，休谟认为"一定要先选择合宜的时间和地点，使想象处于一种适当的环境和状态，心境要平静，思想要集中，注意观察对象。这些条件当中，只要有一项不具备……我们也就无法判断真正具有普遍意义的美。"②可以说，休谟已经尽了最大的努力，然而他并没有真正找到审美批评的标准，只是在外围兜圈子。这不能不说是唯心主义的局限。

同休谟不同，博克对审美心理活动中的快感作了唯物主义的解释。在他的美学代表作《关于崇高与美的观念的根源的哲学探讨》中，博克首先在美学领域严格地划分了狭义的美与作为美的崇高的界限。在这部美学名著中，博克强调人们无论是对于崇高的感受，还是对于美的感受，都同人类的生理—心理机能分不开。博克把人类的基本情欲分为"自我保全"与"社会交往"两类；他认为前者是形成崇高感的生理—心理基础，后者则为狭义的美感得以产生的根源。

博克指出，由于"自我保全"，当对象构成的"危险与痛苦太紧迫"时，这一对象便不可能使人们产生任何愉悦之感，而只能令人感到恐怖；然而，一旦这种对象——事物或现象——与人保持一定的距离，不致造成人们的生命危险时，崇高感便油然而生。所以，在博克看来，崇高感是一种消极的快感，即由痛感转化而来的快感，或者说是夹杂着痛感的快感。

至于所谓"社会交往"，在博克看来既包括两性交往，又包括一般交往，两者都出于人类生存发展的需要，它主要同"爱"的感情联系在一起，因而能使人获得满足与愉快。博克相当深刻地指出，人类对于异性的爱和选择与动物不同：动物的选择仅仅出于性的生理本能，不是凭借美感；而人对异性的爱，尽管其先决条件是对象为异性，而又并非是一种单纯的生理要求，爱的产生离不开对象的美。因此，博克把人类的"爱"视为一种"复合的情欲"，也就是包含着美感的情欲。博克说："我认为美指的是物体中能够引起爱或类似的感情的一种或几种品质。""我认为爱指的是在观照任何一个美的东西（不论其本性如何）的时候心灵上所产生的满足感。"③在这里，博克的见解确实相当深刻。他还进而对"欲望"与"爱"的区别与联系，作了如下的分析：

[①《论趣味的标准》，马奇主编：《西方美学史资料选编》上卷，上海人民出版社1987年版，第524页。
②同上书，第516页。
③同上书，第534页。]

　　我同样地也把爱……和欲望或情欲加以区别；欲望或情欲是我们心灵中驱使我们去占有某些对象的一种力量，而这些对象之所以打动我们，并不是由于它们的美，而是依靠完全不同的手段。我们可能对一位姿色平平的妇女产生强烈的欲望，而最美的男人或其他动物虽然可能引起我们的爱，但却完全不会勾起我们的欲望。这一切说明美和美所产生的情感——我称之为爱——和欲望有所不同，尽管有时候欲望是和美一同发生作用的。我们必须把某些通常意义上的所谓爱所产生的强烈和骚动的情感和肉体上的冲动，归诸欲望而不归诸美的作用。[①]

　　博克抓住了情爱活动中的审美心理因素，相当科学地区别了欲望与爱情，肯定了审美心态不包含"占有"的因素，这在今天看来是有意义的。他的学说为后世审美愉悦"无利害"、"超功利"的理论打下了基础。

　　然而，博克虽然论证了美的客观性——例如他指出了"美所依赖"的如下特性：第一，比较小的；第二，光滑的；第三，各部分方位有变化；第四，这些变化不构成棱角，而融为一体；第五，娇柔纤细而非强壮有力；第六，颜色洁净明快，又不强烈夺目；第七，如有一种突出的（显眼的）颜色则要与其他颜色构成多样的变化——探讨了审美活动的生理—心理基础，但他却不懂得审美心理的社会历史根源，忽略了审美心理乃是人类的一种社会意识，非自然人所有，而为"人化"了的社会人所特有。

　　在西方美学史上，德国伟大哲学家康德对审美快感作了深入的剖析，深化与发展了"快感说"。康德精辟地论证了审美判断的特质，他说："为了判断某一对象是美或不美，我们不是把（它的）表象凭借悟性连系于客体以求得知识，而是凭借想象力（或想象力和悟性相结合）连系于主体和他的快感与不快感。"[②]康德的论述说明了：

　　第一，审美不是一种理智认识活动，它不涉及主体对于对象的知识。

　　第二，审美包含着情感活动的因素，关系到主体的快适与否。

　　第三，审美活动的展开，依赖的是主体的想象力或想象力与悟性的结合，这就意味着审美是一种特殊的认识活动——大多数研究者主张，康德把审美活动与认识活动完全对立起来；其实，从康德并不排斥悟性在审美活动中的作用来看，应当客观地承认，康德只是反对把审美活动同一般的认识活动简单等同，而没有根本抹煞审美活动中的认识因素。

　　康德把人们的快感具体分为三类：感官快适而产生的快感、道德上赞

[①]《论趣味的标准》，马奇主编：《西方美学史资料选编》上卷，上海人民出版社1987年版，第534－535页。
[②]《判断力评判》上卷，商务印书馆1965年版，第39页。

许而产生的快感、对美的欣赏所产生的快感。康德认为，前两种快感包含着功利价值，因而要依赖理性，只有审美快感超越了理性、功利，同任何欲求都没有关系，所以是真正自由的。他分析说："在这三种愉快里只有对于美的欣赏的愉快是唯一无利害关系的和自由的愉快；因为既没有官能方面的利害感，也没有理性方面的利害感来强迫我们去赞许。"①康德的这一区分，就科学的角度而言，并不十分准确；但相对于以往各种"快感说"而言，却不能不说是一个重大的突破。康德不仅指出了审美快感是一种特殊的快感，与其他快感有质的区别；而且着重说明了审美快感有超功利、超欲求的自由性质。可惜，由于时代条件和思想水平的限制，康德不懂得审美愉悦的超功利的自由性质，仅仅是相对于个人而言的，如果就社会、人们而言，显然就不能这样说了。

康德的深刻之处还在于，他强调了审美判断虽不凭借概念，却又具有普遍性，可以使人们都得到愉快。在《判断力批判》中，康德明确宣布："善是依着理性通过单纯的概念使人满意的。"它所以具有的普遍性，道理仅在于此；感官上的快适则因人而异，不依赖于概念，也不要求社会普遍认同。唯独审美判断与此二者皆有别，既不依赖于概念，又要求社会、人们的普遍承认。康德说：

> 如果某人，自满于他自己的鉴赏力，他以下面的话想来为自己辩解：这个对象对于我是美的。这是可笑的。如果那些对象单使他满意，他就不能称呼它为美。许多事物可能使他觉得可爱和快适，这是没有人管的事；但如果他把某一事物称做美，这时他就假定别人也同样感到这种愉快：他不仅仅是为自己这样判断着，他也是为每个人这样判断着，并且他谈及美时，好象它（这美）是事物的一个属性。②

然而，在康德的头脑里，审美判断的普遍性并非由于概念、由于对象（我们看着的这建筑，那个人穿的衣裳，我们倾听着的乐奏，正在提供评赏的诗），而是决定于审美主体的主观，即人们共同的"心意状态"——也就是所谓的"人同此心，心同此理"。

由此，我们不难发现康德既伟大又渺小，他关于审美心理的见解，既深刻又肤浅。他发现了审美心理的内在矛盾，力图给以辩证的解决；可是，他不是从社会实践出发来寻求问题的答案，而仅仅停留于哲学的思辨，一味在人们的心灵中打转，终于跳不出唯心主义的泥潭。

[①《判断力评判》上卷，商务印书馆1965年版，第46页。
②同上书，第49页。]

　　康德还主张审美判断是"没有目的的合目的性"。在康德的学说里，"合目的性"可以分为"客观上的合目的性"与"主观上的合目的性"。从客观上的合目的性来说，主体对对象进行审美判断时，既不关系对象的"外在目的"——事物的有用性，也不涉及对象的"内在目的"——事物的完满性。例如，人们欣赏金鱼，却不管金鱼是否有食用价值（"外在目的"），也不问金鱼作为鱼类能不能在江河湖海中自在生存（"内在目的"）。康德认为："审美的判断只把一个对象的表象联系于主体，并且不让我们注意到对象的性质，而只让我们注意到那决定与对象有关的表象诸能力底合目的的形式"。从这个观点出发，康德把美分为自由美与附庸美两大类。

　　所谓"自由美"，又称"纯粹美"，康德认为是指那些"不以对象的概念为前提"的事物的美。康德举例说："花是自由的自然美。一朵花究竟是什么，除了植物学家很难有人知道。就是这位知道花是植物的生殖器的人，当他对之作鉴赏判断时，他也顾不到这种自然的目的。这个判断的根据就不是任何一个种的完满性，不是内在的多样之总和的合目的性……"①此外，康德指出，鸟类的美、贝壳的美、图案的美、花边的美、无标题幻想曲及无词歌的美等等，全都属于自由美。在判断自由美时，人们依据的单纯是对象的形式。

　　所谓"附庸美"，又称"依存美"，康德所指的是"附属于一个概念"，因而"归于那些隶属于一个特殊目的概念之下的对象"，这类事物的美。康德说："一个人的美（即男子或女子或孩儿的美），一匹马或一建筑物（教堂、宫殿、兵器厂、园亭）的美，是以一个目的的概念为前提的，这概念规定这物应该是什么，即它的完满性的概念，因此仅是附庸的美。"②

　　按康德的解释，似乎自由美应当高于附庸美，其实，却并非如此。康德强调，尽管附庸美要以该物的"完满性的概念为前提"，有所依托，没有"只涉及形式"的自由美那样纯粹，但它并非是低级的美。因为，正是附庸美才能体现美的理想，从而成为一种理想美。

　　总之，康德的理论是深刻的，康德的矛盾是显著的。他是西方审美"快感说"的集大成者，又把"快感说"难以解决的矛盾——即脱离社会实践研究审美心理必然陷入的困境——暴露无遗。我们应当肯定"快感说"所获得的积极成果，却不能单纯从人的生理属性来探求审美心理的结构特质。

［①《判断力评判》上卷，商务印书馆 1965 年版，第 67 页。
②同上书，第 68 页。］

二、内在感官说

由于审美快感同生理快感有相当明显的区别，可是又难以给予科学的界定，所以在西方又出现了种种学说，企图解决这一难题。"内在感官说"便是这类学说中的一种。

英国美学家夏夫兹博里（1671—1713 年），在他的著作《道德家们》中首先提出了这一学说。他认为，人们之所以能感受美的事物，是因为人类除了具有大家早已认识到的五官之外，还有不同于五官的"内在感官"存在。例如，人们要感受造型艺术的美或大自然的美，单凭肉眼是不够的，必须依靠"内在的眼睛"。他说：

> 眼睛一看到形状，耳朵一听到声音，就立刻认识到美，秀雅与和谐。行动一经察觉，人类的感动和情欲一经辨认出……也就由一种内在的眼睛分辨出什么是美好端正的，可爱可贵的，什么是丑陋恶劣的，可恶可鄙的。①

在这里，夏夫兹博里注意到了审美心理或审美愉悦形成的两个特点：一方面，它是"一看"、"一听"就为主体立即意识到的；另一方面，显然又非五官正常的人，面对美的对象，便能立即发现它的美的。所以，夏夫兹博里认为，既然这种分辨力并非通常的五官所能担负，却又似乎是人类先天所具有的，因此人类必定有一种同审美活动相适应的"内在感官"。他说：

> 这些分辨既然植根于自然（作者按：指人的自然本能），那分辨能力本身也就应是自然的，而且只能来自自然……②

夏夫兹博里的学说后来得到了哈奇生的赞同，哈奇生在他的著作《论美和德行两种观念的根源》中，对"内在感官说"作了更细致的论述：

> 事实显得很明白：有些事物立刻引起美的快感，我们具有适于感觉到这种美的快感的感官，而且美的快感和在见到时由自私心所产生的那种快乐是迥不相同的。③

哈奇生相当具体地分析了感受对象形体美的视觉、辨析音乐美的听

[① 《西方美学家论美和美感》，商务印书馆 1980 年版，第 95 页。
②同上。
③同上书，第 99 页。]

觉，同一般的视觉与听觉的共同点与不同点：

> 我很想把掌握这些观念（作者按：指美的观念）的能力叫作一种内在感官。……就普通意义来说，多数人所具有的视觉和听觉的感官是够完善的，他们可以分别地接受所有的简单的观念，感到它们所生的快感。……但是他们也许不能从乐曲、绘画、建筑和自然风景中得到快感，或是纵然得到，也比旁人得到的较微弱。[①]

> 把这种较高级的接受观念的能力叫做一种"感官"是恰当的，因为它和其它感官在这一点上相类似：所得到的快感并不起于对有关对象的原则，原因或效用的知识，而是立刻就在我们心中唤起美的观念。[②]

"内在感官说"虽然力求解决审美心理活动的一个最显著的矛盾，即审美愉悦的获得既要依赖人们的感觉、又非五官正常的人可以同样享受的，但它离开了人类的创造性实践活动，所以不可能得出科学的结论。人们不难明白：第一，要是失去了五官感觉的一切能力，什么人还能审美呢？第二，人类的审美能力，从个人的实践活动来考察，明显不是天生的，而是随个人的实践经验的积累发展的；从人类的历史看，人类审美心理的产生，经历了漫长的历史过程。总之，审美心理显然不是基于什么先天的特殊感官。当然，"内在感官说"指出了审美心理与其他心理的区别，强调了审美活动不依赖逻辑判断，没有明显的认识步骤，这些都是有积极意义的。

三、直觉说

审美活动伴随着主体的情感愉悦，因此历史上对于审美心理的研究，首先注意的是快感问题；同样，由于审美活动体现着主体对于美的对象的直接感受，所以学者们也较早地描绘和探讨了审美过程中的直觉问题。德国美学家鲍姆嘉登在创建美学学科的时候，就对美学下了这样的定义："美学（美的艺术理论，低级知识的理论，用美的方式去思维的艺术，类比推理的艺术）是研究感性知识的科学。""美学的目的是（单就它本身来说的）感性知识的完善（这就是美），应该避免的感性知识的不完善就是丑。"[③]

[① 《西方美学家论美和美感》，商务印书馆1980年版，第99页。
②同上。
③同上书，第142页。]

鲍姆嘉登把美感看成人们的一种低级感受，认为它是"由低级认识官能所接受的观念"——"感性观念"（亦即印象）。所以，鲍姆嘉登指出，人们的审美心理虽然"明晰"，但却"混乱"。显然，鲍姆嘉登注意到了审美心理的直觉性特点，然而其解释却是不恰当的。他把审美心理的获得，归诸人类的"低级认识官能"，把美感等同于初级形态的感觉，这些论述不能说是符合人们的审美实践经验的。

对直觉作出深入探讨的，主要是法国美学家柏格森（1859—1941年），以及意大利美学家克罗齐（1866—1952年）。

柏格森是哲学史上直觉主义的第一个创导者。他否定逻辑的力量，抹煞理性的价值，强调只有直觉才能把握真理。他说：

> 所谓直觉就是指那种理智的体验，它使我们置身于对象的内部，以便与对象中那独一无二、不可言传的东西相契合。[①]

柏格森关于直觉即"理智的体验"（亦译"理智的交融"）的命题，尽管带有许多神秘主义的色彩，但我们不能不承认它又包含着值得人们重视的真理——直觉融会了"理智"与"体验"，超越了通常所说的感性与理性的严格分野，达到了现象与本质、感性与理性、主体与对象的有机统一。这确实可以说是对审美心理实质的一种相当深刻的猜测。

对于以理智把握对象和以直觉把握对象的区别，柏格森作了形象而通俗的说明：

> 从一切可能采取的视点给一个城市摄下的那些照片，尽管可以无限地互相补充，却永远不会与它们所摹写的那个原物、与人们在其中走来走去的那个城市本身相等。用一切可能采用的语言给一首诗作出的翻译，尽管不断地添加新的辞藻，彼此互相订正，给所译的诗创造出一个越来越逼真的肖像，却永远不会再现出原诗最内在的意境。[②]

> 当一个人抬起胳膊的时候，他完成了一个动作，他对这个动作是在内心中有单纯的知觉的。但是对于在外面观察这只胳膊的我来说，它是通过一点、然后又通过另一点动着，而这两点之间又会有另外一些点，因此我要是动手去数它们的话，是永远数不完的。所以，从内部着眼，绝对就是单纯的东西；而从外部去看，它与那些表达它的符号相比，就成了一块金币，其价值是无法用分币偿清的。[③]

[① 《形而上学引论》，《西方现代资产阶级哲学著作选辑》，商务印书馆 1964 年版，第135 页。
② 同上书，第 136 页。
③ 同上。]

61

柏格森的这三个例子，确实有相当的说服力。事物和现象的感性形态的确无比丰富、无比复杂，是难以用抽象的方法具体地加以揭示的。柏格森通过这三个例子，力图否定科学研究与抽象思维的意义，否定理性认识的价值。柏格森强调："没有什么业已成就的事物，有的只是正在生成的事物；没有什么自保的状态，有的只是变化的状态。静止永远只是表面的，也可以说是相对的。"柏格森有一句名言，那就是："实在就是运动性"。

柏格森认为，一切凭借概念、判断、推理，凭借理性的科学研究，都"把实在的真正本质放过了"[①]。因此，柏格森提出了一条相反的路，那就是依赖直觉，凭借直觉进入世界内部。他说：

> 实际上我们的理智是可以走一条相反的途径的。它可以置身于运动的实在之内，采取实在的那种不断变化的方向，总之，它可以通过一种理智的体验把握实在，这种体验就称为直觉。[②]

人们只有依赖直觉才能达到绝对，这就是柏格森为什么要提倡直觉主义的道理所在。其实，人类认识、掌握客观世界的方式、途径是多种多样的，各种方式、途径既有其长处，自然也有其局限。夸大某一方式、途径的局限，抬高另一种方式、途径的意义，不利于人类全面地认识和把握客观世界。当代科学——核物理、航天科学、人工智能、仿生学等等的发展，充分说明了理性认识的作用和意义，这种作用和意义是单纯的直觉永远也无法取代的。

柏格森的直觉说，其成就主要在哲学方面。在美学上将直觉说系统化的，是意大利的著名美学家克罗齐。克罗齐在他的美学代表作《美学原理》中，对审美活动中的直觉，作了全面的分析，提出了"直觉即表现"这个举世闻名的命题。克罗齐说："美学只有一种，就是直觉（或表现的知识）的科学。这种知识就是审美的或艺术的事实。"[③]克罗齐为什么主张"直觉即表现"呢？他的理由主要是："以'成功的表现'作'美'的定义，似很稳妥；或者更好一点，把美干脆当作表现，不加形容词，因为不成功的表现就不是表现。"[④]所以，克罗齐断言，审美活动即"形象的直觉"。（关于审美直觉的论述，参见拙作《"此中有真意，欲辨已忘言"——审美直觉探秘》）

［①《形而上学引论》，《西方现代资产阶级哲学著作选辑》，商务印书馆 1964 年版，第146、147 页。
②同上书，第147 页。
③《美学原理》，作家出版社 1958 年版，第14 页。
④同上，第73 页。］

四、移情说

审美心理同其他心理活动的一个显著区别，是它并非完全受控于客观对象的属性，它带有主体的强烈的主观情意色彩。人们尽管习惯于把审美心理活动的成果称为美感，但"美感"实在同人类的其他感觉——如冷感、热感、声感、色感、痛感等——不同。其他感觉虽然也有个体之间的差异，但大多是强弱程度的不同，不像美感那样绝非限于程度的差异。面对同一个美的对象，有人觉得很美，有人觉得一般，有人甚至觉得丑。这种主观情意上的差异，早就为人们所察觉。我国唐代诗人戎昱在他的《秋月》一诗中写道：

> 江干入夜杵声秋，
> 百尺疏桐挂斗牛。
> 思苦自看明月苦，
> 人愁不是月华愁。

这首诗的作者早就注意到了，人们面对秋夜的月色所产生的愁思，实在同对象——秋天、月色等没有多大关系，而是出自个人的内心体验。如果这首诗是以论文的形式出现，那我们就可以说它是最早的审美移情理论了。

同样，法国早期印象派诗人波特莱尔在他的《恶之花》的第81首——《痛苦的炼丹术》里也有这样的诗句：

> 乐者开颜，
> 歌颂江山；
> 愁者鼻酸，
> 诅咒天地。
> 同一物也，
> 乐者见之则呼为生命与光明；
> 愁者见之则呼为丧服与寒茔。

"同一物"所引起的不同以至相反的审美心理感受，说明了人们的审美活动过程具有非常明显的主观情意色彩。这种现象应当怎样加以科学的解释呢？

德国 18 世纪美学家弗里德里希·费歇尔和罗伯特·费歇尔父子，首先创导"移情说"对此加以说明。罗伯特·费歇尔指出，审美的最高阶段，会出现主体把自己沉没于对象之中去的现象，这就是所谓的"移情"："我们把自己完全沉没到事物里去，并且也把事物沉没到自我里去：我们同高榆一起昂然挺立，同大风一起狂吼，和波浪一起拍打岸石。"①

以后，里普斯（1851—1914 年）在他的《论移情作用》中，进一步对"移情说"作了系统的阐发。里普斯考察了大量的移情现象，得出了这样几条原则性的意见：

第一，"移情作用所指的不是一种身体感觉，而是把自己'感'到审美对象里面去"——即移情不是外物引发了主体的感受，而是主体情感的外射，也就是他说的"'感'到审美对象里面去"。

第二，审美欣赏"是对于自我的欣赏，这个自我就其受到审美的欣赏来说，却不是我自己而是客观的自我"。

第三，审美感受同人类的其他感受不同，并不需要有相应的（美的）对象存在。里普斯说："审美快感可以说简直没有对象。""它是一种位于人自己身上的直接的价值感觉，而不是一种涉及对象的感觉。"②

里普斯的这些见解，对后世的审美心理学说产生了重大影响，他的理论揭示了审美心理的不少值得人们注意的特点，需要认真地加以研究。这里需要指出的是，里普斯关于审美欣赏的对象实际为"客观的自我"的思想，既深刻，又片面。其深刻在于，他肯定了审美意识实为一种高度发展的人类自我意识，体现了人们对于自身价值的认识；其片面则因为他抹煞了审美对象存在的客观意义，把移情现象完全归诸人们的主观情思。事实上，人们的审美感受不管带有多少主观因素，都不可能同对象的审美价值无关。一般说来，面对壮丽的景色，宏伟的乐章，慷慨的诗篇……人们绝难产生缠缠绵绵、低沉婉转的审美情感。里普斯所以失误，主要的原因有二：其一，他不懂得人类通过物质实践活动实现的自身本质力量的外化，和人的意识在感受外在事物时的"外射"，是有原则区别的。其二，他没有分清个人的自我意识和人类的自我意识。审美活动中人们实现的对于自身本质力量的直观，不仅仅是对个人地位的感受，而主要是对人类创造才能的认识。

五、心理距离说

"心理距离说"是西方审美心理学说中的又一种在世界范围内产生了

［①朱光潜：《西方美学史》下卷，人民文学出版社 1964 年版，257 页。

②马奇主编：《西方美学史资料选编》下卷，上海人民出版社 1987 年版，第 847 页。］

巨大影响的学说，其实，早在这种学说形成之前，一些美学家已经提出了某些相近的想法。前面提到的博克关于崇高感的产生，有赖于造成"危险与痛苦"的对象同人有一定距离的理论，可以说就是"距离说"的滥觞。然而，作为唯物主义者，博克强调的是人与对象之间的实际距离，而不是自我设定的精神方面的所谓距离。

首先提出"心理距离说"的是英国美学家布洛（1880—1934年，原籍瑞士，1902年起一直在英国剑桥大学任教）。布洛认为，在实际生活中能否获得审美愉悦，不决定于对象的客观条件，而决定于主体自我设定的"心理距离"。所谓"心理距离"，即审美的个人自我想象的本人同对象之间的"距离"。在《作为艺术因素与审美原则的"心理距离说"》一文中，布洛设定了一个著名的例子，来说明为了保证审美活动的正常进行，主体必须保持自身与对象之间的适当的"心理距离"。布洛写道：

设想海上起了大雾，这对于大多数人都是一种极为伤脑筋的事情。除了身体上感到的烦闷以及诸如因延误日程而对未来感到忧虑之外，它还常常引起一种奇特的焦虑之情，对难以预料的危险的恐惧，以及由于看不见远方，听不到声音，判别不出某些信号的方位而感到情绪紧张。船只的胡乱飘动及其发出的警报很快就会打乱旅客的心神；而且当人们处于这种情境之中时往往会伴随而来的那种特殊的，充满希冀而又缄默无言的焦急之情与紧张状态，一切都使得这场大雾变成了海上的一场大恐怖（由于它那极端的沉寂与轻飘迷茫而显得更为可怕），不论是对不谙航海的陆上居民，抑或是对于那些惯于海上生活的海员们都是这样。

然而，海上的雾也能够成为浓郁的趣味与欢乐的源泉。就像所有那些兴高采烈地登山的人们并不计较体力上的劳累及其危险性一样（尽管无可否认，有时这种情况也偶然会渗入欢乐的情绪之中，并增强欢乐之情），你也同样可以暂时摆脱海雾的上述情境，忘掉那危险性与实际的忧闷，把注意力转向'客观的'形成周围景色的种种风物——围绕着你的是那仿佛由半透明的乳汁做成的看不透的帷幕，它使周围的一切轮廓模糊而变了形，形成一些奇形怪状的形象；你可以观察大气的负荷力量，它给你形成一种印象，仿佛你只要把手伸出去，让它飞到那堵白墙的后面，你就可以摸到远处的什么能歌善舞的女怪；你瞧那平滑柔润的水面，仿佛是在伪善地否认它会预示着什么危险；……

从这个例子，布洛得出了"距离的作用确实并不简单"的结论。他指出：距离"有其否定的，抑制性的一面——屏弃了事物实际的一面，也屏弃了我们对待这些事物的实际态度——也有其肯定的一面——在距离的抑制作用所创造出来的新基础上将我们的经验予以精炼"。因此，布洛把距离视为"一切艺术的共同因素"，他说："正是由于以上的原因，距离也就成了一种审美原则。"①

所以，"只要使距离丧失，都意味着审美鉴赏力的丧失"。布洛指出，"距离的丧失可以出于如下两个原因：或失之于'距离太近'，或失之于'距离太远'。"②

布洛所说的距离显然与博克说的不同。博克讲的是对象与主体之间的实际距离，只有当客观存在的危险不对人构成威胁时，才能变痛感为特定的美感——崇高感，所以博克认为崇高感是隐含着痛感的快感；而布洛强调的则是主体自身对于对象的态度——所谓"心理距离"，这种距离是个人的心灵就可以决定的。

其实，就布洛的例子而论，处于大雾中航船上的人，既可以意识到危险（只要它客观地存在着），又可以感受到海雾的美，两种感受所由产生的具体对象，其实是并不相同的。布洛所谓的距离的适度，即不要"或失之于'距离太近'或失之于'距离太远'"，事实上并不决定于个人的主观心态，而是由主体与对象的实际关系所制约、所决定的。

首先，实际的功利关系在审美活动中起着举足轻重的作用。在现实生活里，实际功利大都对人们的思想行为起着支配的作用。当实际的利害过于突出时，人们的审美心态是无由产生的。在性命攸关的激烈战斗中，谁也不可能去欣赏一个战士的动作是否美；在万分惊恐时，即使莫扎特的最美的乐章，也不能成为任何人的审美对象；饥肠辘辘的穷人，自然难以感受食物形式的美……凡此人生经验的提示，一切正常的人都不难明白。其次，审美心态的形成，还有待于主体与对象之间的实际感受关系能否建立。人的感官的感受能力，受到感官与对象之间实际距离的制约，其范围是可以科学界定的。对于视觉来说，太远的东西人们无法看见；距离太近，处在瞳孔跟前的事物，人们也难以辨析。同样，就听觉而言，如果不是凭想象，人们绝对听不见千里之外的莺啼；而耳机的音响如果过大，欣赏音乐时的美感必定变成痛感……当然，如果着眼

[①以上引文均见《美学译文》第二辑，中国社会科学出版社1984年版，第93—95页。
②同上书，第101页。]

于客观的距离，而不是主观设定的心理距离，那么布洛的见解还是富有启发性的。它可以使我们懂得，审美心态的产生，一般只能出现在人们的实际需要已经降到比较次要的地位时。

六、审美态度说

其实，布洛的"心理距离说"由于强调了主观设定的心理状态，对于审美活动的决定意义，已经蕴含着"审美态度说"的因素了。20世纪中期以来，"审美态度说"已经成为西方最时髦的审美心理理论了。

奥尔德里奇在他的《艺术哲学》中，以下列的图表来说明他的理论：

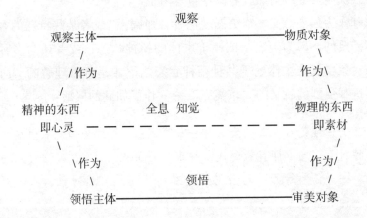

他说："这张图表的要旨十分简单，而对于艺术却极其重要。它意味着，心灵，作为一种对物质的东西的这种或那种经验的潜能，当它放弃对物质的东西的观察时，并不一定会成为主体的。那种心灵必定成为主体的说法是传统的直线发展模式的不幸结果。此外，还有另一条接近物质的途径——正象观察是以它自己的方式成为客体一样，这条途径也以它自己的方式成为客体的——精神可以作为领悟的主体采用这种途径。根据这种联系，这种东西在感知的领悟方式中将被认为是审美对象。"[①]

奥尔德里奇的意思是，同样的对象，同样的主体，只是由于主体采取的态度不是"观察"而是"领悟"，对象便具有审美意义，成了审美对象；换句话说，是否审美对象，其实取决于主体的主观态度。奥尔德里奇的理论，受到了乔治·迪基的批评。乔治·迪基认为："虽然奥尔德里奇的理论有些东西要比早期审美态度的传统理论好得多，但因为他不愿意在这种他所讨厌的传统方式中去解决问题，因此他明确地陈述了审美

[①]《美学译文》第三辑，中国社会科学出版社1985年版，第151—152页。

对象是鉴赏和批评的严格意义上的对象。"①

按照他自己的说法，乔治·迪基主张的是一种"强烈意义"上的"审美态度论"。迪基指出，审美态度理论的结构非常简单，"它仅仅涉及两种基本的因素：知觉（或意识）和审美判断……""这种理论把知觉划分为日常知觉和审美知觉，审美判断涉及作为审美知觉的对象的任何事物。那样的一些对象今天就被审美态度的理论家们称为'审美对象'。这种理论可以概括为这样的一种观点：即只要审美知觉一旦转向任何一种对象，它立即就能变成一种审美的对象。"迪基说："审美态度的理论就有两种不同的类型。就温和的意义而言，'审美态度'只不过是为了接近客观事物的审美特征所必需的条件；而就强烈的意义而言，'审美态度'以某种方式决定着一种对象具有某些审美特征。"

迪基作为强烈意义的审美态度论者，强调："或者某些特殊的客观对象是不需要的，因为美完全依赖于主体的精神状态；或者认为多种多样的美的对象仅仅在主体处于某种精神状态之下才是可以理解的。"因此，迪基对这种强烈的意义的"审美态度论"作了如此的概括：

> 这种理论可以概括为这样一种观点：只要审美知觉一旦转向任何一种对象，它立即就能变成一种审美对象。②
>
> ……任何对象，无论它是人工制品还是自然对象，只要对它采取一种审美态度，它就能变成为一个审美对象。③

照迪基的理论，就对象来说，根本无所谓美的对象或丑的对象，只要有了审美态度，一切对象都可以说是美的；反之，则统统谈不上是美的。这样，美与丑、艺术品与非艺术品之间的界限，全都消失了。所以，有人甚至在报刊上讨论，漂浮在河面上的一块烂木头，在什么样的情况下进入人的感官，就能变成"可爱的雕塑品"④至此，审美心理研究终于被主观随意性所吞没。

其实，审美态度的科学内涵，绝不能作这样的解释。审美态度本来指的是人们进入审美过程时，对美的对象所应采取的一种态度。就其实质而论，审美态度要求主体既要排除个人的直接的功利考虑，又要着眼于对体现在客观事物或现象中的人生价值的直观。所以，这种态度是一种超功利而含功利的态度。

［①《艺术与美学》，《美学译文》第三辑，中国社会科学出版社1985年版，第166页。②译文见《美学译文》第三辑，中国社会科学出版社1984年版，第4—5页。③转引自朱狄《当代西方美学》，人民出版社1984年版，第241页。④参见莫里斯·韦兹：《美学问题》，同上书，人民出版社1984年版，第114页。］

七、几点启示

综上所述，我们可以明确，由古及今的审美心理研究，积累了人类思维的丰硕成果，提出了种种有关审美心理的学说，给后人以极大的启迪。

第一，加强审美心理研究，是在广度与深度上开拓美学领域的重要环节。

在漫长的岁月里，美学一直处于附属于哲学的状态，这种情况所以持续了那么长的时间，是同美学一贯把研究的重点放在对美的本质的探讨上分不开。从柏拉图开始的关于"美是什么"的思考，使美学研究不可避免地带有浓厚的思辨性质，往往仅限于理论家、思想家的思考范围。审美心理学的建立及其发展，使美学研究不再局限于对象，而把重心转到了主体，转到主体与对象的关系，这就大大扩展了美学研究的领域。

在美学领域得到扩展的同时，参与美学研究的人数也迅猛增长了。这是因为，对于美的哲学的探讨，由于其思辨的性质，一般难以引起广大群众的兴趣，美学也就难免囿于学者们的书斋之中。然而，审美活动却是广大群众乐于参加的活动，审美心理、审美经验更几乎是人人都具有的，因此审美心理学的发展，便使美学迅速普及到群众中去，成为群众特别关心的学科之一。我国近现代美学的发展，足以说明这个问题。20 世纪 20 年代前后，我国一些学者翻译介绍了西方的美学著作、美学思想，由于这些著作大都偏重于美的本质的哲学探讨，所以影响并不十分大；到了 30 年代，朱光潜的《文艺心理学》、《谈美》等著作相继出版，这些著作的内容，明显地已从关于美的本质的哲学探讨，转向了对于审美心理的描述与分析。所以，尽管朱光潜先生那时对于西方的审美心理学说，还缺乏科学的分析，其论述还存在许多明显的矛盾，甚至失误，但却在学术界产生了巨大的影响，引起了广大青年人的兴趣。可以说，我国科学的美学理论的探讨正是从这个时期开始的。

审美心理学的建立与发展，不仅让美学研究的范围、美学研究的队伍都得到了扩大，而且也使美学研究在深度上达到了前所未有的程度。因为，美虽然客观地存在于人类社会生活之中，但美的发现与认识，却同人类的审美意识的形成与觉醒分不开。费尔巴哈在《基督教的本质》一书中指出：

　　理性的对象，就是自己作为自己的对象的理性；感性的对象，就是自己作为自己的对象的感性。如果你毫无音乐欣赏能力，那末，即使最优美的音乐，你也只把它当作耳边呼呼的风声，只当作足下潺潺的溪声。当音调吸引住你的时候，其实究竟是什么东西吸引住你呢？你在音调中究竟听到些什么呢？除了你自己的心的声音以外，还会有什么呢？所以，感情只对感情讲话，只有感情、感情本身，才能理解感情——因为只有感情，才是感情本身之对象。[①]

　　费尔巴哈用音乐与音乐感的生动比喻，论证了事物的对象性存在，总是同主体的（人的）相应的能力相适应的。费尔巴哈的这一深刻的思想的提出，是同他对宗教的本质的揭示分不开的。费尔巴哈认识到，人们对于宗教的迷信，对于上帝的崇拜，实在是一种异化现象。他指出："人的绝对本质、上帝，其实就是他自己的本质。所以，对象所加于他的威力，其实就是他自己的本质的威力。"[②]应当说，费尔巴哈对于宗教神学的批判，即使在今天看来也是相当深刻的；可惜的是他未能真正懂得"实践"的科学内涵，因而把"理性、意志、心"作为人区别于动物的本质，终于未能在社会观上超越唯心主义的羁绊。费尔巴哈关于事物的对象性存在同主体的能力的辩证关系的论述，也因此有所不足：主体的能力又是怎样形成的呢？

　　马克思把人的社会实践看成是一种合目的、合规律的改变客观物质世界的创造性活动。他从这一观点出发，批判地改造了费尔巴哈的学说。马克思指出：

　　　　只有音乐才能激起人的音乐感；对于没有音乐感的耳朵说来，最美的音乐也毫无意义，不是对象，因为我的对象只能是我的一种本质力量的确证……所以社会人的感觉不同于非社会人的感觉。只是由于人的本质的客观地展开的丰富性，主体的、人的感性的丰富性，如有音乐感的耳朵、能感受形式美的眼睛，总之，那些能成为人的享受的感觉，才一部分发展起来，一部分产生出来。[③]

　　显然，在肯定主体的能力和本质力量的意义与价值上，马克思和费尔巴哈是一致的；他们的区别主要是：马克思没有像费尔巴哈那样把人的本质力量归结为先验的、天生的，或者是精神的，而是指出了它与人的社会实践、与历史的进程的不可分割的联系。马克思关于"社会人的

[①《费尔巴哈哲学著作选集》下卷，商务印书馆1984年版，第34页。
②同上书，第30页。
③《1844年经济学哲学手稿》，《马克思恩格斯全集》42卷，人民出版社中译本第1版，第125—126页。]

感觉不同于非社会人的感觉"的论述是极其深刻的：

首先，人的音乐感是在音乐创作与音乐欣赏的过程中，逐渐形成的，这就是马克思说的"只有音乐才能激起人的音乐感"。这一解释具有明显的唯物主义性质，它说明了主体能力、本质，对客观世界和人类社会实践的依赖性。

其次，只有主体具有相应的能力与本质，才能对事物的或种属性作出反应，这就是马克思所说的"对于没有音乐感的耳朵说来，最美的音乐也毫无意义，不是对象"。这表明了马克思的辩证法的巨大威力——人类对于对象的感受、认知、理解，是自身本质力量的确证。

再次，对象与主体的对立统一不是依赖观念、精神，而是依赖人类的社会实践——"只是由于人的本质的客观地展开的丰富性，主体的、人的感性的丰富性……才一部分发展起来，一部分产生出来。"这一论述显示了马克思已开始超越黑格尔与费尔巴哈，他的论述所展示的深刻的历史感与现实感，是德国古典哲学的大师们难以望其项背的。

马克思强调了人类日益发达的感受能力、认识能力（"主体的、人的感性的丰富性"），其根源是在人类客观的物质生产实践中，只有通过主观见之于客观的生产劳动，形成"人的本质的客观地展开的丰富性"，主体的各种主观能力才能获得发展，甚至才得以产生——新的社会实践必将促使人们形成新的能力。

最后，社会人与"非社会人"是不同的，这一区分表明马克思绝不是简单地从自然属性、生理属性来理解人；而是着重从社会属性来掌握人的本质。因此，"人化"的问题，指的不仅是自然界中的事物，而且也包括作为自然的人在内；真正的人的感觉、人的享受，只能在社会实践中形成，在历史活动中发展。一切夸大人的生理本能的理论，以及以生理享受作为人的真正享受的学说，都是把社会人还原为自然人，是同马克思主义格格不入的。

马克思的论述告诉我们，人类审美活动的展开，不仅需要有客观的美的对象，而且必须主体具有相应的感受美、认识美的能力。所以，审美心理学的建立与发展，使人类有可能从主体与客体、主观与客观、个人与社会的统一中，寻求美的本质，揭示美的科学内涵。这就标志着美学研究进入了一个更为深广的领域，使审美活动中许多细微的方面得到了重视、研究，从而有利于最终揭开美学研究中的千古之谜——美的本质，并极大地提高人类的审美能力。

第二，审美心理研究在整个美学研究中，既有其特殊的重要地位，又不宜加以夸大。

如前所述，审美心理研究在整个美学研究中的地位，确实相当突出；但是，如果夸大审美心理研究的地位，以审美心理学来囊括整个美学，取消关于美的哲学的探讨，那就不能说对美学的发展十分有利。正如列宁早已指出的，真理如果再迈前一小步，哪怕是同一方向的一小步，也将变成谬误。当前，西方及我国的一些美学家，存在着过于偏重审美心理学的倾向，甚至将审美心理研究视为美学学科的唯一课题。这种思潮值得我们警惕。

如果仅仅就他们肯定审美心理的特殊性，指出审美活动中主观因素起着巨大作用而言，当然他们是有贡献的。确实，审美心理不同于人们的日常心理，有着更为突出的主观性，打上了更为鲜明的时代印记；但是，由此而不承认社会实践对整个美的创造、美的欣赏的制约，把一切审美现象都归结为个人心理的作用，那就显然是不科学的。仅以"审美态度说"为例，其局限就十分明显：

（1）主体对于对象是否抱审美态度，只会影响到个人具体的审美活动能否实现，而不会规定对象是否具有审美价值，也不会关系到对象的审美价值的增高或降低。不然任何一个人都可以自命为"伟大的艺术家"，强迫人们承认他捡到的烂木头是伟大的艺术珍品。人类艺术发展的历史，以无数的事实证明，一切伟大的、不朽的艺术品，都是创造性劳动的成果，是人类心血的结晶；不经过杰出的艺术家的心灵创造，客观的自然物不论有多么美，都不应当称为艺术品。烂木头就是烂木头，其审美价值绝不能同米开朗基罗、罗丹等大师的雕塑相提并论。

（2）审美态度的获得与否，其实并不神秘，它既非先验的、天生的，又不是同功利无关的。审美态度在人们的社会实践活动与审美活动中形成，其社会根源是可以通过科学分析加以证明的。

因此，我们虽然重视审美心理的研究，却不赞成用审美心理学来取代一切美学学科，不赞成过分夸大审美心理学的地位。

第三，审美心理研究应当紧密结合人们的社会实践，把一切审美心理作为一种历史文化现象来考察。

前面说过，审美心理学是在心理学发展的基础上真正成为科学的；然而，如果仅仅着眼于生理—心理的因素，不对审美心理作社会历史的考察，那就不可能真正把握审美心理的特质和规律。西方当代审美心理研究的一个突出问题，正在于此。由于忽视了社会历史因素对审美心理的制约与规定，如同"内在感官说"那样，只是一味从生理方面寻求原因，难免会得出许多荒谬的结论。

其实，人的意识、精神，尽管不可否认地受制于人的生理感官，同人的大脑活动机能，同人的种种神经功能分不开，但显然不是单纯的生理现象，而是一种社会现象，是人类社会实践的产物。马克思、恩格斯发现的真理是：

> 我们首先应当确定一切人类生存的第一个前提也就是一切历史的第一个前提，这个前提就是：人们为了能够"创造历史"，必须能够生活。但是为了生活，首先就需要衣、食、住以及其他东西。因此第一个历史活动就是生产满足这些需要的资料。即生产物质生活本身。①

> 意识一开始就是社会的产物，而且只要人们还存在着，它就仍然是这种产物。②

> 从直接生活的物质生产出发来考察现实的生产过程，并把与该生产方式相联系的、它所产生的交往形式，即各个不同阶段上的市民社会，理解为整个历史的基础；然后必须在国家生活的范围内描述市民社会的活动，同时从市民社会出发来阐明各种不同的理论产物和意识形式，如宗教、哲学、道德等，并在这个基础上追溯它们产生的过程。……不是从观念出发解释实践，而是从物质实践出发来解释观念的东西……③

> 人们是自己的观念、思想等等的生产者，但这里所说的人们是现实的，从事活动的人们，他们受着自己的生产力的一定发展以及与这种发展相适应的交往（直到它的最遥远的形式）的制约。意识在任何时候都只能是被意识到了的存在，而人们的存在就是他们的实际生活过程。如果在全部意识形态中人们和他们的关系就象在照相机中一样是倒现着的，那末这种现象也是从人们生活的历史过程中产生的，正如物象在眼网膜上的倒影是直接从人们生活的物理过程中产生的一样。④

把握社会意识的本质和特点，必须而且只能从人们的社会实践出发。审美活动中的各种意识形式，无论是较为低级的审美感受、审美愉悦，还是高级形态的审美情趣、审美理想，都是一种社会现象，为人类所独

[① 《德意志意识形态》，《马克思恩格斯全集》第 3 卷，人民出版社中译本第 1 版，第 31 页。
②同上书，第 34 页。
③同上书，第 42—43 页。
④同上书，第 29—30 页。]

73

有。因此，把握审美心理的特质，既要懂得大脑神经活动的机制，注意各种生理心理因素的研究，更要考查人们的社会交往、社会实践，注意种种审美心理形成的历史原因。这样，审美心理研究才能走上科学的康庄大道。

歌德审美理念浅释

——《〈歌德谈话录〉导读》摘录*

一、歌德对美的本质的阐释

自觉的美的追求，可以说是人类区别于动物的重要特点之一①。因此，无论就我国还是就世界范围来说，人们在追求美的时候，总希望对美的本质作出科学的回答。古希腊哲学家柏拉图（公元前427—前347年）早就指出，回答"美是什么"和"什么东西是美的"，是两个性质完全不同的问题。"什么东西是美的"，人们可以就自己的所见所闻，随意举出许许多多，并得到他人的认同；而要回答"美是什么"，即在形形色色美的事物中，概括出其所以美的本质属性，却是非常难的，不同的人的答案会大相径庭②。

从古至今，不少艺术家、文学家尽管在自己的艺术实践中创造着美的艺术作品、文学作品，却往往不赞成像哲学家、美学家那样对"美是什么"（即美的本质）作抽象的研讨，歌德也是这样。他认为美是"不可言说的东西"，美学家们要想对美的本质作出抽象的概括，完全是"自讨苦吃"。所以，在他同爱克曼的谈话里，主要是从自己丰富的文艺创作实践经验出发，揭示文学、艺术创作和赏鉴的种种规律，而很少就"美是什么"直接发表意见。然而，从1827年4月18日的这篇谈话，我们却可以相当清楚地了解，歌德对"美是什么"有着自己的见解：美客观地存在着，并非人们主观意念的产物；美的事物在于它"符合它的自然定性，也就是说，符合它的目的"；美"和自然一样丰富多彩"。

在有关美的本质的探讨里，美究竟是客观的还是主观的，是争论的一大焦点。20世纪以来，在西方美学的影响下，我国现当代美学，出现了诸多学派：主张美在主观的主观派，主张美在艺术的艺术派，主张美在客观的客观派，主张美在人生的社会派；而同一派别之中的具体主张，往往又有这样那样的区别，如此等等。

主观派的美学家认为，美同客观事物毫无关系，纯粹出于各个人的主观感觉。你感觉到，它就存在，不被人感觉到，它就不存在。你说贝

[*摘自刘叔成：《〈歌德谈话录〉导读》，中华书局2002年版。
①有的科学家在考察生物现象时认为某些动物也具有审美能力，如达尔文在他的名著《人类的由来及性选择》（科学出版社1982年版）中对此就有过详尽的论述。其实，达尔文所说的某些鸟类或昆虫的"审美"，不过是出于它们的生理本能——或择偶的需要（如鸟类、蟋蟀的鸣唱），或食物的摄取（如蝶恋花）——与人类对于美的追求有原则的区别。
②柏拉图：《大希庇阿斯篇》，《柏拉图文艺对话集》，人民文学出版社1963年版。]

75

多芬（1770—1827 年）的交响乐美，曹雪芹（？—1763 或 1764 年）的《红楼梦》美，是因为你觉得它美，对于不欣赏它的人，贝多芬的交响乐不过是一些杂乱的声音，而《红楼梦》可能就是没有多少价值的废纸，根本无美可言。他们认为在人类的审美活动中，具有审美价值的"客观对象是不需要的"，"审美知觉一旦转向任何一种对象，它立即就能变成一种审美的对象"①。哪怕是一块烂木头，在所谓"审美知觉"的感知下，也会成为审美对象。

艺术派的美学家的见解，同主观派有几分近似。他们强调美就是艺术，是人类心灵创造的产物，离开了艺术创造，是无美可言的。大自然之所以美，是因为人们心灵的作用，将大自然艺术化的结果。要是没有人们心灵的情感投入，客观的大自然是无美无不美的。艺术派虽然突出了人的主观心灵对于美的意义，但他们却肯定艺术品的审美价值是有其客观依据的，不是像主观派所坚持的那样你认为它美它就美，你认为它不美它就不美。这是他们的主张与主观派的主张的重要区别。

客观派严格地区分了美与美感，认为美客观地存在于人们的对象世界中，不以人的意志为转移；美感则是人对美的感受、观照。至于怎样来判断客观事物美或不美，不同的客观派美学家又有各自不同的解释：有的认为"美在形式"是因为事物或现象符合了某种形式规律，或比例、对称，或反复、均衡，或多样统一等等，他们甚至断言"一切立体图形中最美的是球形，一切平面图形中最美的是圆形"②；有的认为"美在典型"，这种观点的提出是由于发现了美并非单纯依赖于事物的形式，从而坚持美涉及事物内容和形式的统一，只有以鲜明的形式突出地显示了同类事物的特性的那种事物，才是美的，他们举例说美的眼睛就是大多数眼睛都像它那副模样的，美的头发、美的体型，也是如此；有的认为"美在关系"，持这种主张的人强调，把握事物之美，不能仅仅着眼于个别因素、个别事物，而要注目于事物内部的关系与事物之间的关系，由于关系的不同，事物的审美价值也会发生变化，法国启蒙主义思想家狄德罗（1713—1784 年）指出："美总是随着关系而产生，而增长，而变化，而衰退，而消失"的③。

社会派同样主张美在客观，不过他们并不认为美是客观事物的自然属性，而主张美是相对于人而言的，是属于人的一种价值。俄国 19 世纪革命民主主义思想家车尔尼雪夫斯基（1828—1889 年）在他的学位论文《艺术对现实的审美关系》（又译为《生活与美学》）中，作出了"美是

[① 乔治·迪基：《艺术与美学》，见《美学译文》（2），中国社会科学出版社 1982 年版，第 4—5 页。

② 《古希腊罗马哲学》，商务印书馆 1982 年版，第 36 页。

③ 《关于美的根源及其本质的哲学探讨》，《狄德罗美学论文选》，人民文学出版社 1984 年版，第 4—5 页。]

生活"①的著名论断，他认为一切美的事物都不能离开人类的社会生活，凡是有益于人们生活的东西，符合人类要求的东西，或是能够显示出生活以及使人们想起生活的东西，就是美的。

歌德的谈话表明，他不同意美在主观的观点。通过对橡树、马匹、姑娘、猎狗等等自然现象与社会现象（歌德主要着眼于自然事物，他论及的姑娘的美，是姑娘形体的美，而不涉及她的品格、心灵）的分析，他论证了美的存在同事物的客观属性是不可分割地联系在一起的。要是不具备种种必要的条件，事物的美也就不存在了，例如橡树要是得不到适宜的生长环境，或"树干与树冠的比例不相称"，或"像菩提树一样柔弱"，那就"没有橡树的美"。

美的事物既然客观存在着，那么是否一切事物都是美的呢？如果不能认为事物都是美的，那么事物又必须具备什么样的条件才是美的呢？歌德在他的这篇谈话里作了进一步的阐释。他认为，并非"自然的一切表现都是美的"，事物之所以具有美的价值，是因为这一具体的事物符合它所属的那一类事物所应具备的物种的属性，即用歌德的话来说"符合它的自然定性"。例如，一棵橡树的美，就同经历风雨、健康茁壮的成长分不开，它只有生长得挺拔嶙峋，充分显示橡树的恢宏气势，才能显出橡树特有的美，与柔弱的菩提树的美区别开来；而一个达到结婚年龄的姑娘，发育不够丰满或过于丰满，都不能算是美，"因为超过了符合目的的要求"。

歌德关于美必须符合事物自身目的的见解，显然受到了与他同时代的德国伟大哲学家、美学家康德（1724—1804年）的影响。康德在他的美学代表作《判断力批判》中，对美和美感作了相当深入的哲学考察，认为美具有"没有目的的合目的性"。所谓"合目的性"，照康德的学说，又可以分为"客观上的合目的性"同"主观上的合目的性"两个方面。从客观上的合目的性来说，人们对美的对象进行审美判断的时候，既不关系对象的外在目的（即事物的有用性），也不涉及事物的"内在目的"（即事物本身的完满性）。例如，人们在欣赏金鱼的美的时候，绝不去想金鱼是否有食用价值（"外在目的"），也不问金鱼作为鱼类有没有代表性，能否在江河湖海中生存（"内在目的"）。然而，康德又认为，在审美的过程中，人们作出审美判断在主观上却是合目的性的。他说："审美的判断只把一个对象的表象联系于主体，并且不让我们注意到对象的性质，而只让我们注意到那决定与对象有关的表象诸能力底合目的的形式"②。

[①《生活与美学》，人民文学出版社1957年版，第5页。
②《判断力批判》上卷，商务印书馆1964年版，第67页。]

由此，康德把美的事物分为自由美与附庸美两类。

所谓"自由美"，又可以称为"纯粹美"，指的是那些"不以对象的概念为前提"的事物的美。康德举例说："花是自由的自然美。一朵花究竟是什么，除了植物学家很难有人知道。就是这位知道花是植物的生殖器的人当他对之作鉴赏判断时，他也不顾到这种自然的目的。这个判断的根据就不是任何一个种的完满性，不是内在的多样之总和的合目的性，……"[①] 此外，许多鸟类、贝壳的美，图案的美，花边的美，无标题幻想曲和无词歌的美等等，在康德看来都属于自由美，因为人们在对这些对象作出目的判断时，依据的单纯是对象的形式。

所谓"附庸美"，也可以称为"依存美"，指的是"附属于一个概念"，因而"归于那些隶属于一个特殊目的概念之下的对象"这类事物的美。康德说："一个人的美（即一个男子或女子或孩儿的美），一匹马或一座建筑物（教堂、宫殿、兵器厂、园亭）的美，是以一个目的的概念为前提的，这概念规定这物应该是什么，即它的完满性的概念，因此只是附庸的美。"[②] 歌德关于橡树、马匹、姑娘的美的见解，显然就出于康德所论的"附庸美"。

同时，歌德的阐释也可以说就是我们前面介绍的一种"美在典型"的理论，他所谓的"符合目的的要求"，即意味着这一特定的事物在其同类事物中是有代表性的、典型的。这种理论用来解释橡树的美、姑娘的美（其实仅限于姑娘的形体美，而不涉及她的人格美），有一定的说服力。然而，仅仅着眼于是否符合事物的"自然定性"，并不能科学地揭示美之所以为美的真正原因。人们会问"符合它的自然定性"的斑鬣狗、癞蛤蟆，难道是美的吗？事实上，斑鬣狗、癞蛤蟆的"自然定性"越突出，它不但不可能美，往往还显得更丑，更令人厌恶。可见仅仅着眼于事物是否"符合它的自然定性"，还不足以揭示美之所以为美的缘由。

美同真、善一样，既是人的向往、追求，又是人对自身价值的一种发现、肯定。因此，我们赞同社会派的观点，认为要科学地把握美的特质，必须注意美同社会人生的联系。世间的万事万物确实客观地存在着美丑之别，可是这种美丑的区别并非单纯决定于事物的自然属性，而是取决于事物的自然属性同人的联系——当事物的"自然定性"同人类的生存、发展的种种要求相龃龉时，事物大都显得是丑的；而当事物的自然定性具有属人（即适合人）的性质时，事物就显现出这样那样的审美价值。橡树、马匹，以及一切自然事物和大自然景色的美或不美，就是

［①《判断力批判》上卷，商务印书馆 1964 年版，第 67 页。
②同上书，第 68 页。］

因为自从人类诞生以后，它们就进入了人类的社会生活，成为人的生活的一部分，是人的"无机的身体"。马克思（1818—1883 年）说：

> 人在肉体上只有靠这些自然产品才能生活，不管这些产品是以食物、燃料、衣着的形式还是以住房等等的形式表现出来。在实践上，人的普遍性正表现在把整个自然界——首先作为人的直接的生活资料，其次作为人的生命活动的材料、对象和工具——变成人的无机的身体。自然界，就它本身不是人的身体而言，是人的无机的身体。人靠自然生活。这就是说，自然界是人为了不致死亡必须与之不断交往的、人的身体。①

人类诞生后自然界发生的这种变化，也就是马克思所说的"自然的人化"②。一切事物，不论是自然事物还是社会事物，其所以美，就是因为它在同人类社会生活的联系中显现了人自身的价值，是对人自身价值的积极肯定。因此，如果我们对美作一个最抽象的哲学概括，那么美就是人的本质力量的感性显现③。德国辩证法大师黑格尔（1770—1831 年）在他的《美学》全书的总序里，为了说明艺术美（作为唯心主义者，黑格尔只承认艺术美）之所以为人类所需要，举了一个很生动的例子：

> 一个小男孩把石头抛在河水里，以惊奇的神色去看水中所现的圆圈。觉得这是一个作品，在这作品中他看出他自己活动的结果。④

确实，这种对自己活动的结果的观赏，除人之外，其他动物都是做不到的；而在人类，即使是一个小孩，也有这种在自己创造的对象世界中欣赏、观照自身价值的能力。所以，黑格尔强调，人尽管也是一种动物、一种自然物，但他的存在却与其他自然物不同，"他首先作为自然物而存在，其次他还为自己而存在，观照自己，认识自己，思考自己"⑤。黑格尔关于人和其他自然物的区别在于人能"观照自己，认识自己，思考自己"，即具有自我意识的见解，确有其深刻的一面。恩格斯曾经肯定，只有在人身上，自然界才"达到了自我意识"⑥。正是因为人具有自我意识，所以他才可以而且能够不断关注、研究、总结自己的实践活动，使自身的行为更加符合客观规律，更能实现自身的目的。这样他的实践活动的结果，就越来越具有更高的意义和价值，更显美的意味，他也就越来越为自己的行为而自豪、欣慰，把自己的创造性活动作为一种人生的享受。换句话说，人们正是通过自己的实践活动创造了美、发现了美，

［①《1844 年经济学哲学手稿》，《马克思恩格斯全集》第 42 卷，人民出版社中译本第 1版，第 95 页。
②同上书，第 126 页。
③关于美的理解，在这本《导读》中不可能展开详尽的论述。有兴趣的同学，可以参看刘叔成、夏之放、楼昔勇等著：《美学基本原理》，上海人民出版社1987 年再版，2001 年三版。
④《美学》第 1 卷，商务印书馆 1979 年版，第 39 页。
⑤同上。
⑥《〈自然辩证法〉导言》，《马克思恩格斯选集》第 3 卷，人民出版社 1972 年版，第456 页。］

并在创造美、观照美的循环往复中不断提高自己的审美创造力和审美观照力，人类的世界也就越来越美好。这就是为什么马克思在论述人的生产与动物的生产的区别时，强调指出"人也按照美的规律来建造"[①]的道理。所以，同动物的行为受生殖、生活本能的驱使不同，进入审美世界的人类懂得从个体与社会的根本利益出发，来节制自己的种种生理冲动，规范自己个人的行为。印度文豪泰戈尔（1861—1941年）说得好："我们清楚地知道：美最终把人引向克制，美赐予人以甘露。人喝了甘露，逐渐控制了历来就有的饥饿。有些人本不想把毫无节制看作不幸而弃之，而现在把它看作不美而弃之。""美一步步引导我们讲文明和节制，反之，节制又不断加深我们对美的享受。"[②]

歌德对于美的理解还有一个重要的方面值得我们借鉴，那就是他在肯定美的客观性的同时，强调了美"和自然一样丰富多彩"。人们对美的本质的理解，可以帮助但却绝不能取代对具体的美的事物的欣赏和体悟。我们如果满足以至停留于对美的本质的抽象把握，忽略了多种多样的审美实践，不多读一些优秀的文艺作品，不去观赏大自然的湖光山色，不认真了解古往今来仁人志士所创造的种种丰功伟绩，那么自己的审美能力肯定是难以提高的。例如，我们把美理解为人的本质力量的感性显现，是对世间一切事物之所以美的概括，而且是一种最高的哲学概括。而世间存在的具体的美的事物，却是千差万别多姿多彩的。橡树的苗壮挺拔是一种美，菩提树的婀娜娇柔则是另一种美，歌德并非认为所有的树木都要像橡树那样才美；他只是强调，橡树如果长得像菩提树一般柔弱，那就"没有橡树的美"。所以，我们只有在领悟美的本质的同时，懂得世间一切美的事物正像歌德所说的，是"和大自然一样丰富多彩"，才能积极投身于审美实践的各个领域，不断提高自己的审美能力，而多方面致力于人生的美化。

二、艺术家"既是自然的主宰，又是自然的奴隶"

同关于美的阐释相较，歌德对艺术创作和艺术鉴赏规律的揭示，要丰富、深刻得多。作为一位伟大的诗人、作家，他对此有过人而精辟的见解，是理所当然的。所以，我们阅读《歌德谈话录》，应当把学习这方面的内容作为重点。

"艺术家对自然有着双重关系：他既是自然的主宰，又是自然的奴

[①《1844年经济学哲学手稿》，《马克思恩格斯全集》第42卷，人民出版社中译本第1版，第97页。
②泰戈尔：《美感》，见林贤治主编：《20世纪外国文化名人书库·泰戈尔集》，上海远东出版社1998年版，第196页。]

隶。"这确实极其生动而又辩证地揭示了艺术家同客观世界、社会人生的关系，值得我们深入领悟。

艺术是怎样产生的？它和自然、和社会人生的关系怎样？人们并非一开始就能作出科学的回答的。在远古时代，由于生产力低下，在神秘而强大的自然力面前，人们免不了把自己的命运依附于上苍，以为一切都是冥冥中的神力所决定。古代我国和西方都有这样的传说，艺术来源于神，是神的赐予，或从神那里偷来的。古希腊神话就把神界之王宙斯的九位女儿缪斯说成是掌管文艺的女神，有的主管悲剧，有的主管喜剧，有的主管音乐，有的主管舞蹈，……而人间的一切文学艺术创作就是由此产生的。当然，古代也有学者从观察自然、人生而得出艺术源于对自然的摹仿的结论。如古罗马诗人、哲学家卢克莱修（约公元前99—前55年）就认为，"音乐的发生，是由于人们仿鸟类和风吹过芦苇的音调"。他说：

> 人们用口摹仿鸟类的流畅歌声，
> 远远早于他们能够唱出富于旋律
> 而合乎节拍的歌来愉悦耳朵。
> 风吹芦苇管而引起的鸣啸，
> 最先教会村民去吹毒芹的空管。[①]

同神力凭附的观点相较，"摹仿说"着眼于人与自然的关系，有它显著的积极意义，但也并非对艺术与自然、人生关系的科学揭示。根据现有的史料，特别是对于生活在近代社会中的原始人的文学艺术活动的考察，可以得出这样的结论：文学艺术来源于人类的社会生活实践，"是一定的社会生活在人类头脑中的反映的产物"[②]。居住在澳洲的原始部族，在他们的狩猎生活之余，唱着这样的歌谣，载歌载舞地表达他们的欢娱之情：

（1）

> 今天我们有过一次好狩猎；
> 我们打死了一只野兽；
> 我们现在有吃的了；
> 肉的味儿好，浓酒的味儿也好。

[① 《物性论》，商务印书馆1979年版，第346页。
② 毛泽东：《在延安文艺座谈会上的讲话》，《毛泽东选集》第三卷，人民出版社1991年版，第860页。]

（2）

袋鼠跑得很快。

袋鼠肥肥的，

我拿它来充饥。

袋鼠呵！袋鼠呵！

（3）

这位酋长是不怕什么的！[①]

从这些歌谣不难看出，人类最初的文学艺术活动，同人们的生产劳动、日常生活有着极为密切的关系，是伴随着他们劳动、生活的种种需要而产生的。这些最早出现的原始歌、舞、画等等，不论多么粗糙、简单，以及带有种种神秘色彩（常同巫术礼仪、图腾崇拜等结合在一起），但其作用显然在于原始人生产、生活的需要，或协调原始人的行动，鼓舞他们的情绪。如鲁迅（1881—1936 年）所说："假如那时大家抬木头，都觉得吃力了，却想不到发表，其中一个叫道'杭育杭育'，那么，这就是创作；大家也要佩服，应用的，这就等于出版；倘若用什么记号留存了下来，这就是文学；他当然就是作家，是'杭育杭育派'。"[②]或模仿和再现劳动、生活的情景，以抒发自身的感情，娱悦和教育本部族的成员，如前面所举澳洲土人的歌谣。或以幻想的形式来表达原始人战胜自然、渴望丰收的理想和愿望，如我国古代的神话传说《夸父逐日》、《精卫填海》、《大禹治水》。如此等等。

正因为文学艺术来源于人类的社会生活，所以在一个相当长的时期内，人们总以为艺术越逼近实在，同客观的自然或社会事物完全一样，就越是成功，越有价值。相传古希腊有两个画家到竞技场比赛他们的创作。第一个画家用布包着他的画出场了，当他把布包打开，人们看见他画的是一幅带着早晨露珠的晶莹剔透的葡萄。这时，奇迹发生了，飞过竞技场的一只鸽子以为是真的葡萄，飞了下来，在画布上啄了一口。赛场上顿时掌声雷动，人们确信这种能使鸽子信以为真的画，是不可能被超越的，比赛似乎应该宣告结束了。可是，第二位画家带着他同样用布包着的画，还是登场了，态度相当从容。人们希望他尽快把包着画的布打开，但他却迟迟不显露画的真相，喝倒彩的掌声一阵高过一阵，而画家竟露出了胜利的笑容。终于，一位细心的观众发现，他的画并没有用布包着，他画的就是一个布包。于是，人们断定这幅使无数人的眼睛受

[①格罗塞：《艺术的起源》，商务印书馆1984 年版，第 177—178 页。
②《门外文谈》，《鲁迅全集》第 6 卷，人民文学出版社 1991 年版，第 94 页。]

骗的画，当然远远超过了前一幅仅仅骗了鸽子的画。这一传说昭示人们，艺术越是同实物相当，就越有价值。这种观点到今天仍然影响着不少人，在日常生活里，"像不像"常常是一些人判定文艺作品优劣的最重要的尺度。其实，这种观点是非常片面的，它并不符合文学艺术的审美特质和规律。

一切文学艺术创作，都是艺术家心血的结晶。作为一种心灵的精神产品，它不必要也不可能提供实物；艺术家的创作尽管可以具有客观事物的样子、形态，但它不过是一种观念性的虚幻的东西，不是客观存在的事物本身。黑格尔说："在艺术里，感性的东西（引者按：指实际存在的事物）是经过心灵化了，而心灵的东西也借感性化而显现出来了。""因此，只有通过心灵而且由心灵的创造活动产生出来，艺术作品才成其为艺术作品。"①法国文豪维克多·雨果（1802—1885年）也说："艺术的真实根本不能如有些人所说的那样，是绝对的现实。艺术不可能提供原物。"②这是很有道理的。

歌德正是基于对艺术特质的这种深刻把握，才强调艺术家在自然面前（按：歌德所说的"自然"，是广义的自然，指的是整个客观世界，包括我们通常所说的大自然与人类社会的方方面面），应该具有双重的身份，既是自然的主宰，又是自然的奴隶。

所以说艺术家是自然的奴隶，歌德的论述涉及两个方面：其一，是艺术家"必须用人世间的材料来进行创作"，即艺术家只有借助种种物质材料，如造型艺术对颜料、纸张、绢绸、玉石、木竹、象牙、铜铁等的依赖，表演艺术对声音、形体等的依赖，语言艺术对语言及其书面代用品（文字）的依赖，综合艺术对声、光、色及种种实物的依赖，才能把自己对于社会人生的审美体悟，把自己的创作构思，通过物态化的形式表达出来。其二，艺术家的情意表达，要通过再现客观事物来实现，这就是我国古代文艺美学所说的"托物言志"、"借景抒情"。因此，歌德特别强调："艺术家在个别细节上当然要忠于自然，要恭顺地模仿自然，他画一个动物，当然不能任意改变骨骼的构造和筋络的部位。"

除了歌德论及的两个原因外，艺术家之所以必然是自然的奴隶，还有一个极为重要的原因，那就是任何艺术家的审美体悟、艺术构思，都无一例外地来自自然、来自人生，一个完全脱离社会人生的人，没有必要、也不可能创作出什么文学艺术作品来。我们承认在文学艺术创作中，艺术家的心灵起着决定性的作用；可是，艺术家的心灵却又受制于自然、

[① 《美学》第 1 卷，商务印书馆 1979 年版，第 49 页。凡引文中的着重号，均为原文所有，下同。
② 《〈克伦威尔〉序》，《雨果论文学》，上海译文出版社 1980 年版，第 61 页。]

社会。因此，我们的理解不同于文艺创作理论中有很大影响的"自我表现说"。

"自我表现说"的创导者认为，文学艺术的创作同自然、社会、人生等等均无关系，纯粹出于艺术家的自我表现，这就类似于动物的嬉戏活动，完全受生理心理本能所制约。所以他们主张在进行创作的时候，艺术家应该"背向现实，面向自我"。至于"自我表现"的内容，精神分析学说的创始人弗洛伊德（1856—1939 年）认为是"性欲"；而更多的学者则强调是"情感"。照弗洛伊德看来，人和动物一样，其性本能是一种非常强大的力量，动物可以随时自由发泄，不问时间、场合，而人因为生活在社会现实里，不可避免地要受到社会规范、伦理道德等许许多多因素的控制以至压抑，于是这种本能就会用种种伪装来打扮自己，出现在梦境、幻觉和文学艺术创作中。弗洛伊德指出，在作家、艺术家创作动机的深层，隐含着无意识、潜意识的本能冲动，所以创作与梦幻实际是一回事，文学艺术创作因此也可以说是作家、艺术家的"白日梦"[①]。"自我表现说"突出了艺术家的主观情欲对文艺创作的意义，有利于纠正"摹仿说"的偏颇，然而却把人们的情欲等同于动物的本能，忽视了社会生活实践对人的生理心理的影响和制约，其见解离科学的结论还有相当大的距离。

明代学者、文艺美学家李贽（1527—1602 年）在他的《焚书》中说：

> 且夫世之真能文者，比其初皆非有意于为文也。其胸中有如许无状可怪之事，其喉间有如许欲吐而不敢吐之物，其口头又时时有许多欲语而莫可所以告语之处，蓄极积久，势不能遏。一旦见景生情，触目兴叹，夺他人之酒杯，浇自己之垒块，诉心中之不平，感数奇于千载。既已喷玉唾珠，昭回云汉，为章于天矣，遂亦自负，发狂大叫，流涕恸哭，不能自止。[②]

李贽论及的种种情感宣泄、表达的情况，常见于文学艺术创作之中。但这种情况显然不是出自艺术家的本能，不是什么"白日梦"。正如李贽所说，艺术家最初尽管并非"有意于为文"，而终于不能不为文的原因，在于他们胸中有"垒块"，心中有"不平"。这垒块、不平，当然不是与生俱来的，而是由于"感数奇于千载"，即为世事人生中种种不合理的情状所触发。所以，在作家艺术家内心世界的深处，有外部大千世界的滚

［①弗洛伊德：《作家与白日梦》，《弗洛伊德论美文选》，知识出版社1987年版。
②李贽：《杂说》，《焚书》卷三。］

84

滚风雷的投影；在他们表现出来的"自我"的背后，有社会，有人群。这也就意味着作家艺术家不能不做"自然"——他那个时代、那个社会——的"奴隶"。

所以说艺术家是自然的主宰，是因为"艺术并不完全服从自然界的必然之理，而是有它自己的规律"，优秀的艺术家正是按照艺术的规律来创造自己的作品的。歌德对艺术创作的基本规律，作了这样的概括：艺术家从自己的创作"意旨"出发，"求助于虚构"，来加工、改造自然事物，从而建构起灌注了生气的"完整体"的艺术世界。歌德的这一概括，精到而深刻，所以即便时间已经流逝了差不多两百年，但对于今天的文学艺术创作仍有不可忽视的重要意义。

首先，一切艺术都是艺术家心灵活动的精神产品，是依据他们的创作"意旨"来建构的。

歌德所说的"意旨"，也就是我们通常讲的创作意图、创作动机。文学艺术创作同伸懒腰、打喷嚏之类单纯的生理现象有着原则的区别，不管艺术家本人承认与否，他所以进行创作，总有一定的意图、动机。他总希望通过自己的作品，给欣赏者以这样那样的启发，召唤人们随着自己一同行进。当然，创作意图、创作动机不是作家、艺术家的抽象概念（优秀的创作是不能从概念出发的，更不能成为概念的图解），而是出于他对社会人生的审美体悟，显现了他的审美取向，说明了他为什么钟情于这类生活，而不是另类生活。俄罗斯 19 世纪伟大现实主义文学家、思想家列夫·托尔斯泰（1828—1910 年）在谈到自己的写作动因时说：

> 看见成千的人在挨饿、挨冻，受辱，我不是用头脑，不是用心灵，而是用我的整个生命懂得了，当莫斯科有几万个这样的人存在的时候，我和另外成千上万的人却在大吃里脊肉和鲟鱼肉，用呢绒毡毯盖马匹和铺地板，无论世界上一切有学问的人怎样告诉我说，这样的事是多么必要，我还是懂得了，这就是犯罪，并且不是一次性的犯罪，而是经常不断地犯罪。……因此当时我觉得，现在也觉得，并且还将不断地觉得自己是这种经常不断的犯罪的参与者，只要我有多余的食物，而另一个人没有食物，我有两件衣服，而别人连一件也没有。
>
> 我不能摆脱一种想法，即这两件事（引者按：指享乐与穷苦）是有联系的，一件事是由另一件事产生的。[①]

[①《那么我们应该怎么办?》,《列夫·托尔斯泰文集》第 15 卷, 人民文学出版社 1989 年版, 第 87—89 页。]

托尔斯泰的这些话，不是一般的政治论说，而是他对社会人生的独特的审美体悟。他强调自己"不是用头脑，不是用心灵，而是用我的整个生命懂得了"这些；这种包含着主体强烈情意的"整个生命"的把握，恰恰就是审美体悟最突出的特点。只要读过托尔斯泰那些闪耀着永恒光芒的伟大作品，如《复活》、《安娜·卡列尼娜》、《战争与和平》、《塞瓦斯托波尔》、《哈吉·穆拉特》等，我们就不难明白他的这种高洁的审美体悟，怎样在他的一部部杰作中化为托尔斯泰所独具的创作动因的。

其次，艺术的创造要"求助于虚构"，因而它是一种虚幻的观念性的存在，它的价值绝不在于提供实物。

艺术家的创造尽管如前所说，都要借助一定的物质材料，但这些物质材料的运用，不过是艺术家传达自己的人生体验和审美意识的手段，而不是像物质生产那样创造出具有实用价值的产品。齐白石（1863—1957年）画的虾不能吃，徐悲鸿（1895—1953年）画的马不能骑，但其价值却远远高于活的虾、活的马，因为这两位大师的画，都以寥寥数笔传达出生命意蕴的无尽内涵，给欣赏者提供了广阔的审美空间。西方现代派艺术中的超级现实主义，用生活中的实物或材料来造型，作品几乎收到了乱真的效果，其技法可能有值得借鉴之处，但作为艺术显然并不高明。黑格尔早就尖锐地批评过那些"完全使人误信为真的摹仿"，强调真正美的艺术应该表现出人类心灵的创造力，显现艺术家特有的情致，他说："靠单纯的摹仿，艺术总不能和自然竞争，它和自然竞争，那就像一只小虫爬着去追大象。"①

同生活事实相较，优秀的文学艺术所创造的审美意象有这样几个特点：一是艺术提供的不过是客观事物的虚象、幻影，不具备实物那种直接的功利价值；二是作为物态化了的审美意识，艺术只有显示了作者心灵的光辉，传达出一般人们难以言传的情致，才会具有真切感人的力量；三是艺术必须经过艺术家对生活材料的筛选、加工、虚构、创新，才能显示其内在的真谛与神韵。所以，简单地说，人们常说的"艺术真实"，其实并不是自然或生活里的事实，而是幻中之真。它是虚幻的，因为一个个被人们赞为栩栩如生的人物、意象，其实只存在于作品中、画布上、旋律里，不是现实的生命客体，并不完全符合自然的规律，是在现实世界里找不到的；它又是真实的，因为它能通过虚幻的形式，传达出了生命律动的韵味，激发人们真切地体悟实际人生，就像吕邦斯（1577—1640年）的画，画的虽然是太阳落山时的田园风光，"仿佛是直接从自然临摹来的",但实际上艺术家在创作时,却让"光从相反的两个方向射来"。所以,这样的美景"是在自然中看不到的",这显示了优秀的艺术创作"本着自由精神站得比自然要高一层"。我国传统的戏曲,在"真"与"幻"的结合上,更达到了一个很高的境界。一方面,它用虚拟的景物和程式化的表演,让欣赏者意识到这是一个艺术的幻境,使你在欣赏时不论情感多么激荡,也不会立即见诸行动,不会因痛恨曹操而连及曹操的扮演者;另一方面,却又通过真切的人际关系和人物情感的表现,使人们深信事件的真实而获得审美的愉悦与满足。例如,《三岔口》明明是在亮如白昼的舞台照明下演出,观赏者却相信这是伸手不见五指的黑夜,因而既为人物间的误会担忧,又为演员们配合得精妙无间的表演和武打情不自禁地拍手叫绝。这充分表现了艺术所创造的"幻中之真"的审美意趣与特质。

再次,在艺术家的创作中,无情的自然界成为了一个灌注生气的艺术"完整体"。

自然界和人类社会无不按自身的规律运动着,发展着,不会、也不可能按照艺术家的主观意愿来生成、剪裁。同纷繁复杂的大千世界相比,无论多么鸿篇巨制的作品,都只能揭示、表现自然和人生的一隅。像歌德的《浮士德》这部从构思到完成历经60来年的史诗般的巨著,尽管驰骋着丰富的想象与幻想,但它展现的时空仍是极为有限的;它作为一个艺术的"完整体",是因为歌德在创作时倾注了自己的心血和人生体悟、"灌注生气的结果"。特别是在一首短小的抒情诗里,艺术家这种主宰自然的能力表现得尤为突出。例如,元代马致远(约1250—1324年)的《天净沙·秋思》:

> 枯藤老树昏鸦
> 小桥流水人家
> 古道西风瘦马
> 夕阳西下
> 断肠人在天涯

这首小令,在秋天的景色中,不过选取了藤、树、鸦、桥、水、风、马、人家、道路和夕阳十来个孤立的事物。但是,诗人的这种选取,是从他对于天涯"断肠人"的生活体验出发的,灌注了丰富的人生情意。于是在一句"断肠人在天涯"的咏叹中,这些枯萎、古老、衰朽、昏暗的种种事物，便获得了新的生命意蕴，形成了一个艺术的整体，成为不朽的艺术精品，令一代又一代的人们为之感动不已。

正是基于艺术家"既是自然的主宰，又是自然的奴隶"的思想，歌德对艺术家提出了一些十分重要的要求：

（1）艺术家要广泛地接触自然，观察人生，"谨守可知解的范围去行事"。

生活在一定时空中的个人，不论多么伟大，相对于宇宙自然、相对于人类社会，他都是渺小的，都只能是自然的奴隶，艺术家当然也是如此。为了使自己的创作对社会更有价值，艺术家首先就要向自然、向社会学习，正确处理自身同自然、同社会的关系，始终保持和客观世界的一种动态平衡。艺术家、特别是有了一点创作成就的艺术家，要有自知之明，谨防无限制地自我扩张，以为老子天下第一，无所不能，应该谨记歌德的谆谆教诲："说到究竟，我们知道什么呢？凭我们的全部才能，我们能知道多少呢？人生下来，不是为着解决世界问题，而是找出问题之所在，谨守可知解的范围去行事。"对于一切艺术家来说，他的创作的灵感的无尽源泉，只能是自然，是生活，"问渠那得清如许，为有源头活水来"[1]。是人民哺育他成长，是时代赋予他灵魂。艺术家如果脱离生活，背向现实，那么他的创作不是无病呻吟、自作多情，以肉麻当有趣；就是因玩弄技巧、沉迷形式，而堕入空虚无聊的泥淖。

（2）艺术家应该具有"对情境的生动情感加上把它表现出来的本领"。

丰富的生活实践，为艺术创作提供了坚实的基础；但生活阅历丰富的人，并不一定能成为艺术家，艺术家应该有自身必须具备的条件。那么，怎样才称得上是艺术家呢？歌德不赞成对"诗人"（引者按：泛指作家、艺术家）的本质下抽象的定义，在1825年6月11日的谈话里，他说："有什么必要下那么多的定义？对情境的生动情感加上把它表现出来的本领，这就形成诗人了。"[2]确实，抽象的定义并不能解决实际问题，对人们怎样发展自己身上的艺术潜能也不会有任何积极的意义；而明确艺术家所应具备的基本条件，则能激励人们向正确的方向努力。歌德所说的"对情境的生动情感"，就是一般文艺美学中讲的人们的审美感悟能力，包括善于发现现实中种种动人的情境和激发自身对这一情境的情感体验、情感投入这两个密切关联的方面；而"把它表现出来的本领"，就是将自身的审美感悟化为艺术创作中的审美意象的技巧、才能。一切有

[1] 朱熹：《观书有感》。
[2] 《歌德谈话录》，人民文学出版社1978年版，第90页。

志于文学艺术创作的人，都应在这两方面多所努力。1912年10月12日，高尔基（1868—1936年）在给友人的信里曾经强调：

> 每一个人都具有艺术家的禀赋，在更细心地对待自己的感觉和思想的条件下，这些禀赋是可以发展的。
>
> 摆在人面前的任务是：找到自己，找到自己对生活、对人们、对既定事实的主观态度，把这种态度体现在自己的形式中，自己的字句中。①

高尔基的话不仅有助于我们理解歌德对艺术家的要求，而且还能鼓励我们开掘自身的艺术才能，在艺术创作的过程中努力攀登。

（3）艺术家要树立"伟大的目标"，执著于"对真理和德行的爱好和宣扬"。

应该说，进行文学艺术的创作并不那么难，难的是怎样才能创造出优秀的、具有高度审美价值的艺术作品。优秀的艺术是艺术家以"自由大胆的精神创造出来的"，它要以高尚的审美趣味和情操打动人，陶冶人，这样艺术家自然首先应该铸就高洁的灵魂，不应目光短浅，为眼前的利害所左右，不能一味沉溺于单纯的个人情感纠葛。高尔基在上述信中就同时强调："艺术家是这样一个人，他善于提炼个人的——主观的——印象，从其中找出具有普遍意义的——客观的——东西"②。从对爱克曼的谈话里，我们可以知道，在歌德生活的时代，许多学者、艺术家直至显要人物，都把学问、创作"看成饭碗"，"奉谬误为神圣，藉此谋生"；他们结成一帮一派，"甲吹捧乙，支持乙，因为希望借此得到乙的吹捧和支持"；……这些情况，在当今商品大潮泛及我国社会各个角落的时候，也是屡见不鲜的。所以，学习《歌德谈话录》，就有助于我们克服这种偏颇。

（4）艺术家应该具有高尚的人格，有"男子汉"的气质。

因为在艺术创作中艺术家要发挥自身的主观能动性，成为自然的主宰，所以歌德特别重视艺术家的人格。在与爱克曼的谈话里，他不仅一再说明人格对于艺术的重要，而且还断言："在艺术和诗里，人格确实就是一切。"把人格说成就是一切，尽管有点夸张——高尚的人格是成为一个有益于社会的人的决定条件，要成为优秀的艺术家，除了必须具备高尚的人格外，还应该有歌德前面提及的种种素养——但在审美素养和艺术才能相同的条件下，人格的高尚与否确实决定了一个艺术家在艺术史

[①《文学书简》上卷，人民文学出版社1962年版，第426页。②同上。]

上的地位与价值。那些经历了无情岁月的考验，至今仍为人们所崇拜的伟大的艺术家，像屈原（约公元前 340—前 278 年）、司马迁（约公元前 145—前 77 年），但丁（1265—1321 年）、米开朗基罗（1475—1564 年）、莎士比亚（1564—1616 年）、狄更斯（1812—1870 年）、列宾（1844—1930 年）、列夫·托尔斯泰（1828—1910 年）、马克·吐温（1835—1910 年）、海明威（1899—1961 年），雨果、罗丹、贝多芬、罗曼·罗兰（1866—1944 年）、塞万提斯（1547—1616 年）、毕加索（1881—1973 年）、泰戈尔（1861—1941 年）……无不以其人格的魅力感召着后人。

在理解歌德关于伟大人格和男子汉气质的论述的时候，有两个问题需要注意：第一，艺术家伟大人格的具体形态是多种多样的。它可以表现为疾恶如仇的昂扬豪情，也可以表现为面对黑暗现实的冷嘲热讽；可以是对灿烂阳光的热情颂赞，也可以是对默默无闻的孺子牛精神的深入开掘；可以显现为对现实的犀利剖析，也可以表现为对历史的深刻洞察与总结；如此等等。第二，歌德对伟大人格的强调，侧重于他所说的"男子汉"气概，是因为当时德国被世俗的氛围所困扰，人们不承认英雄的存在，把伟大人格视为"微不足道的多余因素"。在文学艺术领域内，不少作者虽然"足够聪明，有满肚子的学问，可是也有满肚子的虚荣心，为着眼光短浅的俗人赞赏他们是才子，他们简直不知羞耻，对他们来说，世间没有什么东西是神圣的"。歌德当年所处的这种人文环境，同世纪之交的我国现状，也有某种程度的类同。由于受到西方现代、后现代思潮的影响，我国当代的一些艺术家同样对伟大、崇高、无私奉献等等，持怀疑以至否定的态度，他们热衷于表现荒诞、丑怪的事物，个别的"行为艺术家"，更津津乐道自己煮食婴儿尸体的所谓"行为艺术"的创造。凡此种种，说明歌德的见解在今天的我国，仍有一定现实意义。

总之，如果我们真正懂得了歌德所说的艺术家"既是自然的主宰，又是自然的奴隶"的这个道理，那么我们要想成为一个诗人、画家，或其他什么艺术家，就应该一方面努力向自然学习，行万里路、读万卷书，不断扩大自己的生活视野，体悟人生的真谛，使自己的审美领悟有丰厚的现实基础；另一方面，又竭力提高自己的文化素养和审美素养，锤炼高尚的人格与炉火纯青的艺术技巧。

三、创作要从实际生活出发，"面向现实世界"

文学艺术创作究竟应当从现实生活出发，还是应当从观念出发？这是文艺美学领域内一个争论得相当激烈的问题。有人以为，既然艺术是精神的产品，是观念形态的东西，它当然应该从观念出发，并且艺术家只有有了自己所要明确宣扬的观念，艺术品才能完整，才有高度的思想性和社会价值。此外，在语文教学中，免不了要为每一篇课文概括出它的中心思想或主题，这也往往使人们误认为文章的写作都是从观念出发的，先有观念（中心思想、主题），然后再设法将其表现出来。可是，这些看法并不符合文学艺术的创作规律。

如前所述，文学艺术创造的尽管是一个物态化的虚幻世界，它却要求"灌注生气"，成为"幻"与"真"相统一的"完整体"。为此，艺术家就要全身心地投入生活实践，达到对客体对象的审美体悟与把握；这种审美的把握，虽然同理论的把握一样，要以人们的生活实践为起点，但其形态与实质，却同理论的把握有原则的区别。理论的把握要求人们把实践的经验上升为概念，经由判断、推理，实现对事物规律的抽象认识，亦即形成这样那样的观念，理论文章或书籍的写作就是从观念出发的；审美把握则要求把对人生的感悟，体现在具体的、感性的审美意象之中，不仅始终保持其具象的形态，而且赋予它以强烈的情感色彩，而非一个个抽象的观念。我国魏晋南北朝时期伟大的文艺美学家刘勰（约465—521年）在他的美学名著《文心雕龙》中，对此有精辟的论述：

> 古人云："形在江海之上，心存魏阙之下。"神思之谓也。文之思也，其神远矣。故寂然凝虑，思接千载；悄焉动容，视通万里。吟咏之间，吐纳珠玉之声；眉睫之前，卷舒风云之色：其思理之致乎！故思理为妙，神与物游。[①]

《文心雕龙》中的"神思"，就是人们在审美活动（包括文学艺术创作和欣赏）中所采取的思维形式，即今人所说的具象思维（形象思维）或审美思维。这是人类有别于科学的抽象思维的又一重要的思维形式。刘勰关于"神思"的论述，揭示了人类审美思维的最基本的特质："神与物游"——即人类饱含情意而又具有几分抽象意味的思维活动（"神"），始终同具体的审美对象（"物"）契合在一起，寓理性于情感，从而实现了瞬间跨越时空（"思接千载"、"视通万里"）、含纳万有（"吐纳珠玉之声"、"卷舒风云之色"）的整体把握。这同20世纪法国著名文艺美学家雅克·马利坦（1882—1973年）有关审美思维直觉性的论述的精神，是完全一致的。马利坦说：

［① 《文心雕龙·神思》，见陆侃如、牟世金：《文心雕龙译注》下册，齐鲁书社1982年版，第85页。］

诗人只在这种情况下认识自己的：事物在他心中产生反响，并在他唯一醒悟的时刻和他一道从沉睡中涌现出来。换言之，诗的第一要求是诗人对他自己主观性的隐约认识。这一要求是与另一要求——对于外在世界和内在世界客观实在的把握——不可分割的。诗人这种对于客观实在的把握，不是通过概念和概念化的认识，而是通过一种隐约的认识。而这种隐约的认识，就是我称之为通过情感契合而达到的认识。①

在艺术创作和艺术欣赏中，人们不是通过"概念和概念化的认识"，而是经由"情感契合"而达到"对于外在世界和内在世界的把握"；正因为不是通过概念，所以审美把握缺乏科学认识那样的明晰性，它是一种饱含情感成分的"隐约的认识"。

歌德对于艺术创作的这一审美特质，有着深刻的理解，因而他在与爱克曼谈话时，不仅一再强调艺术家从事创作应当面向现实世界，而不能从观念出发；并且还围绕这个问题，展开了多方面的论述。

歌德声明，《浮士德》、《塔索》等自己作品里的人物，都不是某种观念的图解或传声筒，即使采取了"从天上下来，通过世界，下到地狱"这种虚幻的形式，浮士德、魔鬼以及塔索等等，仍然都不是观念的化身，而是活生生的生命个体：

> 恶魔赌输了，而一个一直在艰苦的迷途中挣扎、向较完善境界前进的人终于得到了解救，这当然是一个起作用的、可以解释许多问题的好思想，但这不是什么观念，不是全部戏剧乃至每一幕都以这种观念为根据。

确实，要是一两个抽象的观念就能传达出《浮士德》那丰富无比的人生内涵，那么歌德还有什么必要花毕生的精力来构思并完成他的巨著呢？他孜孜不倦的努力，不就是多此一举，徒费笔墨吗？因此，歌德才十分幽默地说："倘若我在《浮士德》里所描绘的那丰富多彩、变化多端的生活能够用贯串始终的观念这样一条细绳串在一起，那倒是一件绝妙的玩意儿哩！"

关于塔索，歌德讲得更为具体："观念？我似乎不知道什么是观念！我有塔索的生平，有我自己的生平，我把这两个奇特人物和他们的特性融会在一起，我心中就浮起塔索的形象，……可以说句真话：这部剧本

[①《艺术与诗中的创造性直觉》，三联书店1991 年版，第 93—94 页。]

是我的骨头中的一根骨头，我的肉中的一块肉。"在艺术创作里，作者倾情塑造的人物、尤其是那些着力表现与讴歌的人物，他们既体现了作者对于现实生活中优秀人物人格的感悟，也显现了作者自己人格的力量与追求。这种具有双重生命气息、富有艺术审美魅力的人物，确实是作者骨头中的一根骨头，肉中的一块肉，而绝非某种观念的单纯的传声筒。

正因为如此，艺术作品创造出来的人物或审美意象，同样不能和现实世界中的客观的人、事、物简单等同。一方面，人物或意象既是客观的，又是主观的、心灵化了的，是一种"第二自然"。另一方面，艺术家也不能单凭自己的主观意念，而创作出伟大的艺术品，"他只能表达自己的那一点主观情绪，他还算不上什么；但是一旦能够掌握住世界而且能把它表达出来，他就是一个诗人了"。由于人们的审美活动具有侧重内心体验的特点，所以古往今来确实有不少艺术家往往显得多愁善感，有的甚至沉溺于个人的内心世界而难以自拔。而一旦陷入这种境地，就难以成为一个有价值的、优秀的艺术家。歌德在谈话中告诫一切希望成为作家艺术家的人，要超越个人的主观情意，"由内心世界转向外在世界"，要认识到"一切伟大的时代都是努力前进的，都是具有客观性格的"。

艺术家个人的内心世界如果不同广袤的客观世界相契合，就会因失去源泉而渐渐干涸，从而丧失创作的能力。人类的生活之流是永无止境的，面向生活，面向现实，就必然使自己的心灵充满无尽的活力与诗意。因此，歌德要求艺术家牢牢地抓住现实，关注每天的生活，"经常以新鲜的心情来处理眼前事物"，趁热打铁，就必定会写出一些好的作品来。确实，如果艺术家的心情永远是新鲜活泼的，他感受的事物也是正在眼前发生的，那么他据此进行的创作也就必然显现出扑面而来的盎然生气，给欣赏者以强烈的审美感染。

同时，"面向生活"，必然会给艺术家提供无尽的创作源泉，大大扩展其题材表现的范围。歌德一生的创作，其题材是非常广泛的，有抒发自我点滴感受的抒情小诗，有包罗万有的鸿篇巨制，有出自古代异国文艺的《伊菲姬尼娅》、《塔索》，有表现德意志当代青年情怀的《少年维特之烦恼》，有神魔幻想、充满哲理的《浮士德》，……在这方方面面，可以说他都达到了时代审美的顶峰。因此，歌德尽管认为创作题材对于艺术家来说，会有这样那样的差别，但根本的问题则在于艺术家能否以新鲜的心情来看待生活，处理题材："我们德国美学家们大谈题材本身有没有诗意，在某种意义上他们也许并非一派胡说，不过一般说来，只要诗人会利用，真实的题材没有不可以入诗或非诗性的。"

歌德赞成题材多样，承认题材差别，更注重题材来自艺术家亲身体验过的生活，真实、可信。他说："我写诗向来不弄虚作假。凡是我没有经历过的东西，没有迫使我非写不可的东西，我从来不用写诗来表达它。我也只在恋爱中才写情诗。本来没有仇恨，怎么能写表达仇恨的诗歌呢？"一切想在文学艺术上有所成就的青年人，要是能把歌德的这些教导作为自己创作时的座右铭，一定能获益匪浅，少走弯路。

当然，同世间一切事物的存在都有其一定的模糊性一样，艺术与非艺术之间也没有绝对的界限。一些介于两者中间的边缘性的文学艺术样式，如杂文、楹联、漫画，以及广告性的音乐、舞蹈、造型等等，其创作确实可能是出于表现、阐发某种观念。我们不能因为此类现象的存在，就忽视了艺术应当面向现实、从生活出发这一根本要求。因为，这种边缘性的文学艺术样式，并非严格意义上的艺术，更不是艺术的主体、主流。艺术是人类审美意识的结晶，要是不从对现实的审美体验出发，而是从观念出发来进行创作，那就必然危及艺术的生命，使之沦为口号、标语、广告，丧失其震撼人心、铸造灵魂的强大功能。

在学习歌德关于艺术应该面向现实、不要从观念出发的论述时，最后还有一个问题需要说明，那就是我们前面提及的作品的主题（中心思想）的问题。出于对文学艺术作品进行理论批评（包括教学上的讲解、分析）的需要，人们往往要对艺术品的内容、主题进行概括。主题当然存在于作品中，但它却不是艺术家创作的出发点。所谓主题，是指艺术品通过其意象体系显现出来的核心思想，它蕴含在作品的审美意象之中，不能同意象脱离。高尔基说：

> 主题是从作者的经验中产生，由生活暗示给他的一种思想，可是它蓄积在他的印象里还未形成，当它要求用形象来体现时，它会在作者心中唤起一种欲望——赋予它一个形式。[①]

高尔基的论述的确相当深刻，一来它强调了主题同作者人生经验的联系，是"由生活暗示给他"的，而不是什么从理论学习得到的抽象观念；二来它说明了主题蓄积在作者的印象里，"还未形成"，只有进入创作过程，即"要求用形象来体现时"，才逐渐明晰起来，唤起"赋予它一个形式"的欲望，这也就意味着一部艺术品的主题，是在创作过程结束、整个艺术品已经定型时，才最终完成的。

[①高尔基：《和青年作家谈话》，《论文学》，人民文学出版社1978年版，第334页。]

进行批评，论述作品，人们需要对艺术品的主题作抽象的概括。这种概括，有利于理论批评的条分缕析，却不能取代欣赏者对艺术品的审美把握。要领悟某一艺术品的主题，必须反复品味它的意象，使自己有真切的体验，而不能依赖他人的概括。主题一旦被抽象概括出来，就只具理论批评的意义，而失去了它的艺术感染力和审美价值。从这个角度说，抽象概括出来的主题，并非就是这一作品的主题；这正如同作鉴定时概括出来的一个人的思想品德，并非就是这个活生生的人的灵魂一样。

四、艺术创作的普遍规律与特殊规律

艺术的规律，是一个涉及艺术创作、艺术发展、艺术欣赏、艺术批评、艺术与非艺术的关系等各个方面的大题目。艺术美学这门特殊的人文社会学科，可以说就是研究与揭示种种艺术规律的学科；而这本"导读"的各个部分，不过是阐发我们对于歌德所论及的艺术规律的理解，帮助青年读者认识和掌握。在这一节里，我们的阐释仅限于歌德对艺术创作规律的论述，其核心有三：艺术创作中的特殊与一般；艺术创作中"真"与"幻"的统一；怎样正确对待某些艺术创作的特殊规律。

如同现实的生命个体一样，每件艺术品的真正价值，就在其不可重复的个别性、独创性；艺术如果失去了他的个别性、独创性，变成千篇一律的模仿、复制，也就谈不上有多少审美价值。这就像《蒙娜丽莎》的复制品，不论具有多么高的技艺水平，甚至达到了乱真的程度，但与达·芬奇（1452—1519年）原作的审美价值仍有天壤之别。这种价值上的差异，绝不是出于人们对达·芬奇的盲目崇拜，而是因为他的画是艺术家匠心独运的创造，而任何复制品不过是一种简单得多的仿造而已。所以，同一切伟大的艺术家一样，歌德谆谆告诫有志于艺术创作的后辈，在面向现实生活的时候，要用自己的全副心灵，细心地观察和把握事物的特质，善于把它同其他相类似的事物区别开来，使自己的作品具有鲜明的个别性、独创性。歌德曾经出了一个题目，来考察那时德国第一流的即席演唱家沃尔夫，要沃尔夫这个来自汉堡的博士描绘一下"回汉堡的行程"：

> 他马上就准备好了，信口说出一段音调和谐的诗。我（引者按：歌德）不能不感到惊讶，但是我并不赞赏。他描绘的不是回到汉堡

的行程，而只是回到父母亲友身边的情绪，他的诗用来描绘回到汉堡和用来描绘回到梅泽堡或耶拿都是一样。可是汉堡是多么值得注意的一个奇特的城市啊！如果他懂得或敢于正确地抓住题目，汉堡这个丰富的领域会提供多么好的机会来作出细致的描绘啊！

沃尔夫的即席演唱才能，确实非常出众，令歌德也感到"惊讶"。可是，他的强项显然在于自我情绪的表达，即将自己"回到父母亲友身边的情绪"一下子就表现出来了；但他却未能把"回汉堡的行程"中那特有的氛围、情致描绘出来，因而显示不出同回到其他地方的区别。歌德的谈话说明，要使自己创作的个别性、独创性鲜明、突出，艺术家首先就要在观察、体验自己所要表现的对象上下功夫，这也可以说是一切想在艺术上有所成就的人必须具备的基本功之一。法国著名作家莫泊桑（1850—1893 年）曾讲到福楼拜（1821—1880 年）对他的教诲：

> 如果一个作家有他的独创性，首先就应该表现出来；如果没有，就应该去获得。
>
> 才能就是持久的耐性。对你所要表现的东西，要长时间很注意去观察它，以便能发见别人没有发见过和没有写过的特点。任何事物里，都有未曾被发现的东西，因为人们用眼睛看事物的时候，只习惯回忆起前人对这事物的想法。最细微的事物里也会有一点点未被认识过的东西。让我们去发掘它。为了要描写一堆篝火和平原上的一株树木，我们要面对这堆火和这株树，一直到我们发现了它们和其他的树其他的火不相同的特点的时候。
>
> 当你走过一位坐在他门口的杂货商的面前，一位吸着烟的守门人的面前，一个马车站的面前的时候，请你给我画出这杂货商和这守门人的姿态，用形象化的手法描绘出他们的包藏着道德本性的身体外貌，要使得我不会把他们和其他杂货商其他守门人混同起来，还请你只用一句话就让我知道马车站有一匹马和它前前后后五十来匹是不一样的。[1]

[1] 莫泊桑：《"小说"》，《文艺理论译丛》1958 年第 3 期，第 175—176 页。

福楼拜关于艺术个别性、独创性的看法，显然与歌德的见解一脉相承。事实上，要具备如此准确地描绘特定事物情状的艺术表现力，绝非一年半载之工能够实现的。这就是歌德为什么会说艺术创作的真正难关"就是对个别事物的掌握"、"艺术的真正生命正在于对个别特殊事物的掌握和描述"的道理之所在。

有人可能认为，这种对于把握事物特征的强调，只是倾向于现实主义的艺术家的观点，并不适用于侧重写意、侧重抒情的艺术，更同19世纪中叶以来现代派、后现代派艺术的任意变形，追求怪、奇、丑等等相悖逆，不能作为艺术创作的普遍规律。诚然，写意派并不要求准确地表现事物的特点，而在现代派、后现代派艺术中，有时连对象的影子的影子也不一定能显现出来；但是，只要真正称得上是艺术创作，而不是炮制那些胡编乱造、欺世盗名的东西，艺术家就应当具有掌握和描绘事物特征的基本功，包括现代派、后现代派中那些具有开创性价值的艺术作品，如波特莱尔（1821—1867年）的诗集《恶之花》、毕加索的绘画《格尔卡》、乔伊斯（1882—1941年）的小说《尤利西斯》、尤奈斯库（1912—? 年）的剧作《秃头歌女》等等，也不例外。艺术家对写意、变形、丑怪等技巧的采用，都应该是在熟练地掌握这一基本功的基础上实现的。清代画坛"扬州八怪"[①]的代表郑板桥早就指出：

> 徐文长先生画雪竹，纯以瘦笔破笔燥笔为之，绝不类竹；然后以淡墨水钩染而出，枝间叶上，罔非雪积，竹之全体，在隐跃间矣。今人画浓枝大叶，略无破缺处，再加渲染，则雪与竹两不相入，成何画法？此亦小小匠心，尚不肯刻苦，安望其穷微索渺乎！问其故，则曰：吾辈写意，原不拘拘于此。殊不知写意二字，误多少事。欺人瞒自己，再不求进，皆坐此病。必极工而后能写意，非不工而遂能写意也。[②]

"必极工而后能写意，非不工而遂能写意也"，这是初涉艺术创作的人必须懂得的道理。成就艺术事业，没有兢兢业业、锲而不舍的精神，没有十年磨一剑的艰苦攀登，而意图投机取巧，一举成名，是注定要失败的。

当然，艺术作品的个别性、独创性除了与艺术家所表现的审美对象的特殊性密切相关以外，更决定于艺术家所独具的审美个性、审美心灵。即使面对相同的审美对象，优秀的艺术家也会创造出有别于其他艺术家的作品来。歌德在谈话中，一方面要求精细地把握自己所要表现的事物的特征，一方面又劝说青年作者"采用现成的题材"，这看来似乎有点矛盾。其实，歌德的意思是让青年作者不要好高骛远，要脚踏实地地把基础打好，一步一个脚印地攀登艺术创作的高峰：

［①长期生活、创作于扬州的八位画家为：郑燮（板桥）、李鱓、金农、高翔、汪士慎、黄慎、李方膺、罗聘。
②《题画》，《郑板桥集》，中华书局1962年版，第162—163页。

如果采用现成的题材，情况就大不相同，工作就会轻松些。题材既是现成的，人物和事迹就用不着新创了，诗人要做的工作就只是构成一个活的整体。这样，诗人就可以保持自己的完满性，因为用不着再从他本身补充什么了。他只须在表达方面费力，用不着花费创造题材所需要的那么多的时间和精力了。我甚至劝人采用前人已用过的题材。例如伊菲姬尼亚这个题材不是用过多次了吗？可是产生的作品各不相同，因为每个作家对同一题材各有不同的看法各按自己的方式去处理。

可见，歌德非常清楚，把握艺术表现的个别性、独创性，关键主要在于艺术家对自己将要表现的审美对象能否获得与众不同的感悟和处理方式。所以，他认为青年作者不妨先采用现成的、前人已用过的题材，使自己的精力和时间集中于对题材独特的感悟与处理上。荷马史诗《伊利昂记》（旧译为《伊里亚特》）中希腊统帅阿迦米农的女儿伊菲姬尼亚（亦译伊菲格尼或伊菲格尼亚）的故事，从古希腊直至歌德的时代，为许多诗人、剧作家、音乐家所先后采用，歌德 30 岁时就曾用这一题材创作了诗剧《伊菲姬尼亚在陶洛斯》，并在演出时扮演剧中奥列斯特一角。据歌德的日记，诗剧的演出"给人们（特别是那些纯洁的人们）留下的印象极深"[1]。我国现代国画大师齐白石在概括自己丰富的审美实践经验时，也曾写下了这样的诗句：

> 庐山亦是寻常态，
> 意造从心百怪来。[2]

在这两句诗里，齐白石所强调的，同样是创作中艺术家独具的匠心。是的，大自然对任何人都是公平的，它不会为谁特别展示自身的美，也不会对谁把自身的美遮掩起来；可是有人却能随处发现美的存在，有人却在无边美景的环绕中视而不见，听而不闻。并且，人们审美之心不同，面对同样的审美对象，如齐白石诗中所说的庐山，或庐山的某处风景，获得的审美感受、审美情趣、审美成果——"意造"——也会大相径庭，千奇百怪，五彩缤纷。从古至今无数优秀的以庐山为题材的绘画、诗歌、音乐等文学艺术作品的现实存在，证明了审美活动中的这一真理。

在艺术创作中，艺术的个别性、独创性，是和艺术的一般性、普遍性有机结合在一起的。艺术创作的重要规律，就是要在个性中显现共性、

[①艾米尔·路德维希：《歌德传》，天津人民出版社 1982 年版，第 161 页。
②《〈题某女士山水画幅〉诗》，王振德、李天麻辑注：《齐白石谈艺录》，河南人民出版社 1984 年版，第 36 页。]

特殊中显现一般。要是只有个别性、特殊性，那么作为人类精神产品的艺术，就难以引起他人的关注与共鸣，就会失去群众基础，失去存在的意义。歌德说：

> 作家如果满足于一般，任何人都可以照样摹仿；但是如果写出个别特殊，旁人就无法摹仿，因为没有亲身体验过。你不用担心个别特殊引不起同情共鸣。每种人物性格，不管多么个别特殊，每一件描绘出来的东西，从顽石到人，都有些普遍性；因此各种现象都经常复现，世间没有任何东西只出现一次。

> 每一种情况，乃至每一顷刻，都有无限的价值，都是整个永恒世界的代表。

> 一个特殊具体的情境通过诗人的处理，就变成带有普遍性和诗意的东西。

从这三次谈话看，歌德对个性与共性、特殊与一般的关系的见解，是有一些细微的差别的。有时他更为注重特殊，认为特殊里必然就包含有一般的、普遍性的东西，艺术家抓住了特殊，也就必定抓住了一般；有时他又强调要使特殊具体中"带有普遍性和诗意的东西"，还得"通过诗人的处理"，即需要艺术家根据创作规律对个别、特殊的对象加以开掘。应该说，在艺术创作中个性与共性、特殊与一般的完美地融合，并非自然而然就能实现的，不能说抓住了特殊就必然体现了一般；要使两者有机统一，必须经过艺术家的精心处理和不懈努力，对具体、个别、特殊的事物和情境加以提炼与开掘，发掘其中具有社会普遍意义的东西。

美国现代符号论美学家苏珊·朗格（1895—1981年）在她的《艺术问题》一书中，严厉批评了那种以为只要表现了真实的个人情感就是优秀的艺术的观点。她指出，一个嚎啕大哭的儿童释放出来的真实情感，要比一个音乐家多得多，但人们步入音乐厅时，"决没有想到要去听一种类似于孩子的嚎啕的声音"，这是因为，人们在艺术欣赏中渴望得到的绝非纯粹个人的东西。她说："艺术家表现的决不是他自己的真实情感，而是他认识到的人类的情感。"[①]尽管苏珊·朗格的这一意见多少有一点将艺术家个人情感的真实性同这一情感的社会普遍价值对立起来的意思，说什么"艺术家表现的决不是他自己的真实情感"，因而存在着明显的不妥，但她肯定了艺术传达的情感应该超越个人，隐含社会的内容，甚至达到人类情感的高度，还是非常深刻的。换句话说，我们要是把苏珊·

[①苏珊·朗格：《艺术问题》，中国社会科学出版社1983年版，第23—25页。]

朗格的话加一个字，改为"艺术家表现的决不只是他自己的真实情感，而是他认识到的人类的情感"，亦即艺术家只要在其真实的个人情感中融会了人类的情感，他的作品就一定动人，就完全符合艺术创作的审美规律了。中外古今一切传之久远，令人回味无穷的文学艺术作品，无不在其独创的审美意象中，涵盖了无尽的人生意蕴和情感。

> 假如生活欺骗了你，
> 不要悲伤，不要心急！
> 阴郁的日子需要镇静。
> 相信吧，那愉快的日子即将来临。
> 心永远憧憬着未来，
> 现在却常是阴沉；
> 一切都是瞬息，一切都会过去，
> 而过去了的，就会变成亲切的怀念。

普希金（1799—1837年）的这首《假如生活欺骗了你》，创作至今早已过了一个多世纪，但它那丰厚的意蕴，使今天的人们读来也倍感亲切，尤其是在生活遇到挫折的时候。在这首诗里，诗人独特的审美体悟传达出对于未来的执着情意；它不是盲目的乐观，而是在经历了人生坎坷后的醒悟——"一切都是瞬息，一切都会过去，而过去了的，就会变成亲切的怀念"，这种真正的潇洒，来自对未来的信念，来自对生活逻辑的确认。这使我们想起了英国文艺批评家赖斯金（1819—1990年，亦译罗斯金）的一句名言："少女能歌唱失去的爱情，但是守财奴不能歌唱失去的金钱"。普列汉诺夫（1856—1918年）对这句话极为欣赏，在他的论著中曾多次加以引用，并进一步分析说："艺术是人与人之间的精神交往的一种手段。一部艺术作品所表现的情感愈是崇高，它在其他同等条件之下就愈加容易显出它作为上述手段的作用。为什么守财奴不能歌唱他失去的钱财呢？这很简单，因为如果他歌唱自己的损失，他的歌唱就不会感动任何人，也就是说，他的歌唱不能作为他和其他人们之间的交往手段。"[1]

歌德论述创作规律的另一个重要内容，是有关艺术家包括演员在进行创造的时候，怎样实现"真"与"幻"的结合的问题，这也就是歌德所说的"妙肖自然"与"超越自然"的问题。歌德说：

[1] 《艺术与社会生活》，《普列汉诺夫哲学著作选集》第5卷，人民出版社1983年版，第837页。

……已经发现许多杰作，证明希腊艺术家们就连在刻画动物时也不仅妙肖自然，而且超越自然。英国人在世界上是最擅长相马的，现在也不得不承认有两个古代马头雕像在形状上比现在地球上任何马都更完美。这两个马头雕刻是希腊鼎盛时代传下来的。在惊叹这种作品时，我们不要认为这些艺术家是按照比现在更完美的自然马雕刻成的，事实是，随着时代和艺术的进展，艺术家们自己的人格已陶冶得很伟大，他们是凭着自己的伟大人格去对待自然的。

我们前面说过，艺术之"真"，只具物态化的形式，而并不可能提供原物；它经过了艺术家的提炼、虚构，灌注了艺术家对人生真谛的审美感悟，体现了他的人格力量，所以"艺术并不完全服从自然界的必然之理，而是有它自己的规律"。在进行创作的时候，艺术家必须牢牢记住这一点，不要也不必向自然或社会中的实物看齐，歌德说得好："一切艺术的最高的使命，就是通过假象塑造一种更高的现实性幻觉物。"[①]

当爱克曼问及他根据什么标准去挑选新演员的时候，歌德的回答显示了他对这一艺术规律的深刻把握：

> 这也很难说，我进行挑选的方式有各种各样。如果新演员原先已有好名声，我就让他表演，看他能否与其他演员合拍，他的表演作风是否扰乱整体，看他能否弥补缺陷。倘若一个年轻人从来没有上过台，我首先就察看他个人的风度，看他有没有悦人或吸引人的地方，特别看他有没有控制自己的能力。因为一个演员如果没有自制力，在旁人面前不能显示出自己做得恰到好处，一般说来，就是个庸才。他这行职业要求他不断地否定自己，不断地在旁人的面具下深入体验着和生活着！
> …………
> 如果他练到能上台了，我首先只分配和他的个性相宜的角色给他演，不要求他别的，只要求他把自己表现出来。这时如果我看到他生性火气大，我叫他演不动情感的冷静人物，反之，如果他生性太安静，没精打采，我就叫他演有火气的鲁莽人物。这样他就学会抛开他自己，设身处地把旁人的性格体验出来。

歌德为什么执意安排演员扮演同自己的性格相悖逆的角色？为什么这样强调演员的自控能力呢？这就是因为他懂得在进行艺术创造的时候，

[① 《歌德自传——诗与真》下卷，人民文学出版社 1983 年版，第 508 页。]

艺术家只有超越自然、超越自我，不是一味单纯从自我的情意出发，而是使自己独特的审美感悟融会更为广泛的社会人生内容，其作品才能真切感人，具有强大的艺术感召力。演员也是艺术家之一，他对角色的扮演，同样是一种艺术创造（当然是在剧本提供的基础上的再创造）；如果一个人只能按照自己的性格来思维、行动，没有丝毫自控能力，那么他怎能成为一个好的演员呢？他只能如歌德所说"是个庸才"。优秀的演员的戏路应当非常宽广，他能在"旁人的面具下深入体验着和生活着"，"设身处地把旁人的性格体验出来"，使假戏成真，从而打动千千万万的观众，引起他们的共鸣。

要是说特殊与一般的结合、"真"与"幻"的统一，是艺术创作的普遍规律的话，那么对于各门各类艺术的创造，自然还有各自的特殊规律。在创作中，艺术的普遍规律无疑是各个时期的各种艺术都应自觉加以把握的，而对于那些仅仅适用于某类艺术或某些特殊情状的规律，歌德的意见则是不能盲目遵循，而要认识它的由来，从而区别对待。例如，歌德对英国著名诗人拜伦（1788—1824 年）竟然服从"三整一律"就提出了批评：

> 拜伦和一般人一样不大懂三整一律的根由。根由在便于理解（Fassliche），三整一律只有在便于理解时才是好的。如果三整一律妨碍理解，还是把它作为法律来服从，那就不可理解了。就连三整一律所自出的希腊人也不总是服从它的。（1825 年 5 月 24 日）[1]

在《诗学》中，古希腊伟大思想家、美学家亚里士多德（公元前384—前238 年）曾说："悲剧是对一个完整划一，且具一定长度的行动的摹仿，因为有的事物虽然可能完整，却没有足够的长度。一个完整的事物由起始、中段和结尾组成。……"[2]亚里士多德的这一思想，到了16—17 世纪的欧洲，竟成了戏剧创作中的金科玉律——"三整一律"（亦译"三一律"）。它要求一出戏或剧本的演出或创作要达到三个整一：即完整的故事情节，完整的时间（24 小时以内）和同一地点。这些规律的制定，在古代的科学技术水平和舞台演出条件下，有利于戏剧的集中表现，便于欣赏者接受和理解，促进了当时戏剧艺术的发展，确实有它的积极意义。但随着科学技术的发展及舞台条件的大大优化，三整一律就可能成为束缚戏剧创作的桎梏，而不应不顾种种客观情况而加以盲目遵循了。

[① 《歌德谈话录》，人民文学出版社 1978 年版，第 62 页。
② 陈中梅译注：《诗学》第 7 章，商务印书馆 1996 年版，第 74 页。]

理想与现实、理性与感性的完美融合，可以说是艺术创作的最高境界，这自然不是所有的艺术都能达到的。当爱克曼谈到一幅版画的"独特的魔力"时，歌德联系自己的经验说明：

> 那是一种感性魔力，是任何艺术所不可缺少的，而在这类题材中则全靠它才引人入胜。另一方面，在表现较高的意趣时，艺术家走到理想方面，就很难同时显出应有的感性魔力，因而不免枯燥乏味。在这方面，青年人和老年人就有宜与不宜之分，因此艺术家选择题材时应省度自己的年龄。我写《伊菲姬尼亚》和《塔索》那两部剧本获得了成功，就因为当时我还够年轻，还可以把我的感性气质渗透到理想性的题材里去，使它有生气，现在我年老了，理想性题材对我已不合适，我宁愿选择本身已具有感性因素的题材。……

艺术是人类审美感悟的物态化形式与结晶，它只有具有具象的、感性的形态，才能触动欣赏者的心灵，发挥其潜移默化、寓教于乐的功能，实现其特有的社会价值。因此，艺术的"感性魔力"确实如歌德所说，是"任何艺术所不可缺少的"。当艺术家在创作中希图把感性与理性、现实与理想有机结合在一起的时候，矛盾完全可能产生。歌德从自身的经验注意到，由于老年人比年轻人更富理性，所以如果又选择了偏重理想性的题材，那就有可能使自己的创作失去感性魔力，变得枯燥乏味，他因此告诫人们在题材的选择上必须注意"青年人和老年人就有宜与不宜之分"。

探究与把握艺术创作的规律，不仅仅是一个理论认识问题，而主要是一个实践问题。即只有在艺术创作的不断实践中，才能加深对艺术规律的理解，并成功地驾驭艺术规律来进行创作，使自己的作品日趋成熟。所以，在审美实践的过程中，在深入观察、体悟现实生活里事物的美丑的同时，要大胆地进行艺术创作的实践，牢记歌德的教诲："跨出这一步当然是非常大的；不过他必须拿出勇气，当机立断。这正如游泳时怕水，我们只要把心一横，马上跳下去，水就归我们驾驭了。"[①]

五、文学艺术的创新与承传

创新与承传，对于文学艺术的发展和创造，有着重要的意义：它既关系到一个国家、一个民族、一个时代的文学艺术怎样健康地发展，又

[① 《歌德谈话录》，人民文学出版社 1978 年版，第 96 页。]

涉及艺术家们如何对待自己的创造和向优秀的传统学习。

在这个重要的问题上，歌德的认识是相当透彻的。一方面，他从宏观的时代、民族、社会着眼，指出伟大的文学艺术时代的到来，必然有前代创造的丰厚基础，"各门艺术都有一种源流关系"。另一方面，歌德更着重论述了艺术大师之所以能成为艺术大师，除了自身的天才条件外，便是因为他正确地"吸取了前人的精华"，"是这种精华培育出他的伟大"。他说："像拉斐尔那种人并不是从土里冒出来的，而是植根于古代艺术，吸取了其中的精华的。假如他们没有利用当时所提供的便利，我们对于他们就没有多少可谈的了。"

如前所述，作为人类审美意识的结晶，文学艺术创作的基础在客观现实生活。因此，艺术创作的源泉和发展的根据，主要决定于一定的社会现实生活。换句话说，艺术是随社会生活的发展而发展的。刘勰在《文心雕龙》里回答"时运交移，质文代变；古今情理，如可言乎?"的问题时，曾概括出了"歌谣文理，与世推移，风动于上，而波震于下"的演变规律，得出了"文变染乎世情，兴废系乎时序"①的结论。刘勰的话译为白话文大致是："时代气运交替推移，文章的内容与形式也跟着变化。古往今来的情状和道理，可以大略地加以说明吗?""这些歌谣的写作，是和社会时代一起演变的；社会时代像上边刮着的风，文章歌谣就像在下边震动的波浪。""由此可见文章的演变受制于一定的社会情状，而创作的盛衰则联系着时代的律动"。在大约 1500 年前，刘勰对于文学艺术的发展与社会时代关系的规律的揭示，已经达到如此科学的程度，足见其美学见解的卓越。

当然，文学艺术的发展除了受制于一定时代的社会生活外，作为人类的精神产品，它的发展还同歌德所说的怎样对待以往的文学艺术遗产密切相关。如果以为古代的一切都超过了今天，拜倒在古人的脚下，唯古是瞻，不敢越雷池一步，这种复古主义的态度，必定窒息了文学艺术的创造，根本无发展可言。在我国文学史上，就出现过"文必秦汉，诗必盛唐"的复古、停滞时代。反之，要是把以往的一切文学艺术的建树都视为糟粕，一概嗤之以鼻，不屑一顾，唾弃优秀的传统，那么这种虚无主义也就必然会使文学艺术的创作倒退到原始状态，一切从零开始，从而阻碍了文艺的发展。对待古代文学艺术遗产的正确态度，应该是毛泽东（1893—1976 年）提出的"古为今用，洋为中用，推陈出新"，也就是从现实的、本民族的文学艺术创作的需要出发，批判地继承、吸取

[①《文心雕龙·时序》，陆侃如、牟世金：《文心雕龙译注》下卷，第 311、331 页。]

古代和其他民族的一切优秀文学艺术遗产，以促进新的文学艺术的创造与繁荣。

"推陈"和"出新"是一个问题的两方面。不推陈，就谈不上出新，而不过是倒退、复古；要出新，就必须推陈，也就是要对古代的、其他民族的文学艺术遗产的精华加以消化、吸收，而不能割断文学艺术的优良传统。推陈是手段，出新是目的，是矛盾的主要方面。从文学艺术的发展史看，其传统的继承不仅表现在艺术形式、艺术技巧、体裁风格等方面，而且也涉及艺术的内容与神韵。我国"五四"新文学的旗手鲁迅（1881—1936年）曾具体谈到自己的小说怎样接受了19世纪欧洲文学的影响：

> 在这里发表了创作的短篇小说的，是鲁迅。从1918年5月起，《狂人日记》，《孔乙己》，《药》等，陆续的出现了，算是显示了"文学革命"的实绩，又因那时的认为"表现的深切和格式的特别"，颇激动了一部分青年读者的心。然而这激动，却是向来怠慢了介绍欧洲大陆文学的缘故。1834年顷，俄国的果戈里（N. Gogol）就已经写了《狂人日记》；1883年顷，尼采（Fr. Nietzsche）也早借了苏鲁支（Zarathustra）的嘴，说过"你们已经走了从虫豸到人的路，在你们里面还有许多份是虫豸。你们做过猴子，到了现在，人还尤其猴子，无论比那一个猴子"的。而且《药》的收束，也分明的留着安特莱夫（L. Andreev）式的阴冷。但后起的《狂人日记》意在暴露家族制度和礼教的弊害，却比果戈里的忧愤深广，也不如尼采的超人的渺茫。[①]

尽管对现今的读者而言，鲁迅的作品早已过去了七八十年，但他那些独具风采的篇章，由于深深地植根于中国人民革命的现实生活的土壤之中，消融古今，贯通中外，以世界文学艺术的丰富遗产作为自己创作的借鉴，从而在新的时代达到了文艺创作的又一个高峰，所以仍能给人们以无穷的思想启迪和高度的审美享受。

正是因为每个国家、每个民族都有其独特的文学艺术传统，所以才形成了艺术风格的民族特色。风格是文学艺术创作在内容和形式的各个方面（如题材、主题、情节、结构、艺术传达手段和艺术表现技巧等等）所体现出来的风姿与格调。古今中外一切优秀的艺术家的创作，无不具有与众不同的鲜明风格；而共同的社会生活、人文环境和艺术传统，又

[①《〈中国新文学大系〉小说二集序》，《鲁迅全集》第6卷，人民文学出版社1991年版，第238—239页。]

形成了风格的民族特色。法国 18 世纪启蒙主义思想家伏尔泰（1649—1778 年）在论及英、法、意大利、西班牙等国的文学时说：

> 在最杰出的近代作家身上，他们自己国家的特点可以通过他们对古人的摹仿中看出来；他们的花朵和果实虽然得到了同一太阳的温暖，并且在同一太阳的照射下成熟起来，但他们从培育他们的国土上接受了不同的趣味、色调和形式。从写作的风格来认出一个意大利人、一个法国人、一个英国人或一个西班牙人，就像从他面孔的轮廓、他的发音和他的行动举止来认出他的国籍一样容易。意大利语的柔和甜蜜在不知不觉中渗入到意大利作家的资质中去。在我看来，词藻的华丽、隐喻的运用、风格的庄严，通常标志着西班牙作家的特点。对于英国人来说，他们更加讲究作品的力量、活力和雄浑，他们爱讽喻和明喻甚于一切。法国人则具有明澈、严密和幽默的风格，他们既没有英国人的力量，也没有意大利人的柔和，前者在他们看来显得凶猛粗暴，后者在他们看来又未免缺乏须眉气概。①

歌德对英、法文学艺术风格的看法，同伏尔泰基本一致，而对德国文学艺术的风格却很不以为然。他指出德国人长于哲学思辨的民族传统，有害于德国文学艺术的风格，使其"流于晦涩，不易了解，艰深惹人厌倦"，"他们愈醉心于某一哲学派别，也就愈写得坏"；只有"抛开哲学思辨"，从实际生活出发，德国人才能写得最好。如歌德的好友、著名诗人、美学家席勒，"每逢抛开哲学思辨时，他的风格是雄壮有力的"。确实，哲学等人文社会科学的理论探讨与阐释，同艺术的审美领悟与创造，是人类头脑掌握世界的不同方式。要是把艺术创作中审美意象的建构变成了哲学原理的阐发，就背离了艺术的审美规律，其危害是很大的；然而，如果因此而否定人类审美活动与艺术创作中的理性因素，陷入非理性主义的极端，那也离科学的真理很远。在人们的审美活动和艺术创作的最高境界里，意象的建构完全可以融会哲理的成分，实现情与理、感与悟、具象与抽象的有机统一。但丁的《神曲》、歌德的《浮士德》、海明威的《老人与海》以及我国从屈原的《离骚》、《天问》到鲁迅的《阿Q正传》、《狂人日记》等许许多多不朽的杰作，都达到了情与理相结合的极致。

我国宋代著名文艺美学家严羽（生卒年不详）借鉴佛学经典，以禅

[① 《论史诗》，《西方文论选》上卷，上海译文出版社 1979 年版，第 322—323 页。]

喻诗，认为"禅道惟在妙悟，诗道亦在妙悟"，"惟悟乃为当行，乃为本色"①。他深刻指出：

> 夫诗有别材，非关书也；诗有别趣，非关理也。然非多读书，多穷理，则不能极其至。所谓不涉理路，不落言筌者，上也。诗者，吟咏情性也。盛唐诸人惟在兴趣，羚羊挂角，无迹可求。故其妙处透彻玲珑，不可凑泊，如空中之音，相中之色，水中之月，镜中之象，言有尽而意无穷。②

严羽的这段话的意思大致是："诗歌的创作，需要一种特别的才情，同卖弄书本知识没有关系；优秀的诗歌能给人以特别的审美情趣，同一般的道理无关。然而，诗人却不能不读书万卷，多探究和领悟种种道理，否则就不可能达到诗歌创作的最高境界。人们所说的那些不受抽象的逻辑推理支配，不陷入刻板的文字框架的作品，才是上乘之作。盛唐时代的众多诗人，他们的诗作完全出于审美的情趣，就像佛经里所说的羚羊凭借自己的角往树上一挂，再好的猎狗也找不到它的踪迹了。所以，优秀的诗歌的妙处在于玲珑剔透、生机盎然，不能作望文生义的机械阐释③，诗中的韵味就像空中之音，相中之色，水中之月，镜中之像，虽然有些虚幻，却含有无穷无尽的意味。"这就表明，严羽洞悉了艺术的审美规律，深得诗家三昧。他着重强调的是，包括诗歌等一切艺术创作在内的人们的审美活动，既同"材"、"理"相关，又并非一般的"材"与"理"，而是一种"别材"、"别趣"。这种"别材"、"别趣"，不能靠堆砌典故、卖弄学问来实现，而只有通过"多读书"、"多穷理"，把所学的知识、所领悟的道理，融入自己的心灵，化为自己的血肉，才能攀登上审美活动的这一高峰。

文学艺术的遗产和传统，是后代人的共同财富。怎样对待与运用这笔财富，决定于个人的认识、素养与努力。因此，尽管面对的是相同的遗产和传统，艺术家仍有其创造的广阔天地，不会因与他人雷同而失去其独创性。因此，歌德强调："总的说来，一个作家的风格是他的内心生活的准确标志。所以一个人如果想写出明白的风格，他首先要心里明白；如果想写出雄伟的风格，他也首先要有雄伟的人格。"

六、文学艺术的鉴赏与批评

鉴赏与批评是文艺美学中的重要问题。就整个文学艺术活动而言，

［①《沧浪诗话·诗辨》，郭绍虞校释：《沧浪诗话校释》，人民文学出版社 1961 年版，第 10 页。
②同上书，第 23—24 页。
③"凑泊"的原意是按部就班的停靠，故译为"望文生义的机械阐释"。］

创作是基础，是鉴赏得以实现的前提条件。但是，参与创作的人相对于进行鉴赏的大众来说，毕竟是少数，这是一；同时，创作的存在与发展，又不能离开大众的鉴赏和批评，这是二。因此，要是不能正确地把握艺术鉴赏与批评的规律，就有可能将艺术创作导入歧途。

歌德针对当时艺术界鉴赏与批评的情况，发表了一些极为重要的见解：

第一，艺术的鉴赏能力不是天生的，要通过人们的生活实践、鉴赏实践才能逐步加以提高。

艺术鉴赏要依赖人们正常的五官感觉，但人的感觉器官同动物的感觉器官却有质的区别。许多动物的视觉、听觉等感觉器官，比人类敏锐数十以至数百倍，但却不能欣赏文学艺术作品。这是因为文学艺术的欣赏，是人的一种社会行为，而不是出于人的生理本能。因此，要欣赏文学艺术作品，就必须在生理感官正常的基础上，实现感官的社会化、人化。马克思深刻指出：

> 不言而喻，人的眼睛和原始的、非人的眼睛得到的享受不同，人的耳朵和原始的耳朵得到的享受不同，如此等等。
>
> 只有音乐才能激起人的音乐感；对于没有音乐感的耳朵说来，最美的音乐也毫无意义，不是对象，因为我的对象只能是我的一种本质力量的确证，……所以社会人的感觉不同于非社会人的感觉。只是由于人的本质的客观地展开的丰富性，主体的、人的感性的丰富性，如有音乐感的耳朵、能感受形式美的眼睛，总之，那些能成为人的享受的感觉，即确证自己是人的本质力量的感觉，才一部分发展起来，一部分产生出来。①

马克思的话，从哲学的高度阐释了人的审美鉴赏能力，对社会化感官的依赖。首先，人的眼睛、人的耳朵，和原始的、非人的眼睛与耳朵所得到的享受是不同的。如果不实现感官的社会化、人化，单凭生理感官，人所获得的享受就与动物没有多大的区别。其次，你要欣赏音乐，对音乐有感受能力，就要"有音乐感的耳朵"。"对于没有音乐感的耳朵说来"，音乐就不能成为其感受的对象。因此，即使是"最美的音乐"，也"毫无意义"。再次，包括音乐感在内的人们的审美感受能力，不是天生的，不是人的生理本能，而是一种"社会的人的感觉"，一种"能成为人的享受的感觉，即确证自己是人的本质力量的感觉"。最后，人的感觉

[① 《1844年经济学哲学手稿》，《马克思恩格斯全集》第42卷，人民出版社中译本第1版，第125—126页。]

的形成和发展，来源于社会实践与审美实践，正如"只有音乐才能激起人的音乐感"一样，人的"感性的丰富性"的不断扩充与升华，就必定依赖于在实践活动中"人的本质的客观地展开的丰富性"。

歌德虽然没有作出像马克思这样深刻的论述，但在《谈话录》里，他一再教导爱克曼和其他年轻人应该反复鉴赏优秀的艺术作品，来提高自身的鉴赏力，说明他懂得人们的艺术鉴赏能力不是先天的生理本能，而只有在审美实践中才能完善、提高。

第二，培养和提高自己的审美鉴赏力，要力求鉴赏最优秀的艺术品。

对艺术品的翻阅、浏览，知道它表现了什么，略知其概况，严格说来不能称为艺术鉴赏。鉴赏是在人们接触艺术品时所产生的一种特殊的心灵活动，它要求欣赏者透过艺术品所使用的传媒，体验、感悟其建构的意象世界，并投入自己的情意，与艺术品的意蕴相契合，产生思想情绪的激荡。你要体悟屈原《离骚》中那"皭然涅而不缁，虽与日月争光可也"①的崇高精神和艺术魅力，绝不能凭理论文章或他人的介绍，而必须亲自对《离骚》品味再三；你要领略贝多芬《第五交响乐》那恢宏的气势、激越的情感、深邃的人生命运的追求，除了聆听它那动人的旋律，让乐曲扣动自己的心扉，是别无他法的；……所以，真正的艺术鉴赏活动同艺术的创造一样，依赖于人们的审美思维、审美感悟，其能力的提高不能通过一般的理论学习来实现。

人们对于艺术品的鉴赏感悟，尽管有时是瞬间获得的，但其最高境界的实现都不是被动的接受，而具有一种审美再创造的性质。"再创造"的"再"，说明欣赏活动要以作品提供的意象为根据，没有艺术家创作时思维活动所呈现的那种"精骛八极，心游万仞"、"笼天地于形内，挫万物于笔端"②的自由；而"创造"一词，却又确切地道出了欣赏不是消极的，它包含了欣赏者积极建构的一面，通过欣赏者的意象再造，可能实现对作品原有意境的突破、超越。再创造的境界，是艺术鉴赏活动中的一个高级阶段，表现了鉴赏者审美思维的高度飞扬，并因此得到了极大的审美愉悦和享受。在各种艺术的鉴赏中，文学作品，特别是那些侧重表现的文学作品的鉴赏，更有赖于鉴赏者的审美意象的再创造。首先，文学凭借语言建构的意象的间接性，使欣赏者不经过想象的飞驰、再造，就难以领略作品意象的内涵；其次，在文学作品中，审美意象虚实结合的特点，表现得尤为充分，它给欣赏者留下了许多进行意象再创造的"空白"。请看白居易（772—846年）的这首《花非花》：

[①刘安在《离骚传》或《离骚赋》中对《离骚》的评语。原作早已失传，引文见刘勰《文心雕龙·辨骚》，陆侃如、牟世金：《文心雕龙译注》上册，第43页。
②陆机：《文赋》，《陆士衡集》卷一。]

花非花，雾非雾。

夜半来，天明去。

来如春梦几多时，

去如朝云无觅处。

　　这大概可以算是我国古代文学里最为通俗、意境最为邈远的一首"朦胧诗"了。它讲的是爱情，是理想，是机遇，还是其他的什么，实在难以确定，然而它无疑能激发人们的思绪，使人在不同的际遇中获得不同的感受和启迪。

　　鉴赏过程中的意象再造，同作家的创作活动一样，确实难以划分明显的阶段，但如果加以细细的体察，那么它大致包括重建、体悟、超越这三个相互关联、相互渗透的过程。所谓"重建"，是因为作品提供的可以说是一个"言有尽而意无穷"的——即不那么直露的——审美意象，因而读者在欣赏时，就要通过自己的审美思维，补足那些空白的、无穷的内涵，使意象在自己的脑海里成为一个完整的、充满生机和灵气的艺术世界。这就是德国哲学家卡西尔（1874—1945 年）说的："从某种程度上可以说，如果不重复和重构一件艺术品藉以产生的那种创造过程，我们就不可能理解这件艺术品。"[①]所以，重建是品味和鉴赏的第一步的基础性工作，要是没有重建文学意象的能力（其他艺术由于其意象的直观性，"重建"的实现一般是在瞬间完成的），事实上就难以欣赏文学作品。不过，重建作品的审美意象，不是也不可能是原来意象的还原，而是鉴赏者从自身经验出发的一种揣摩，因而已经具有一定程度的意象再造的性质。"体悟"，是在重建的基础上进行的，指的是欣赏者在重建意象之后，必然以自己的情思玩味作品意象中那些隐秘、幽微之处，领略其弦外之音、象外之旨，尽力使自己的心灵、情感与作品的意蕴相契合。至于"超越"，则是因为欣赏者在心灵的契合中，实际上已经不是被动的接受，而是主动的发挥，所以他获得的意象及其韵味，完全可能超越了作者在其作品中所要表现的意蕴。

　　回顾一下大家熟悉的苏轼（1036—1101 年）的《前赤壁赋》，可以有助于我们领会欣赏的再创造性质。当"苏子与客泛舟游于赤壁之下"时，面对"白露横江，水光接天"的景色，产生了"飘飘乎如遗世独立，羽化而登仙"的感受，便不禁扣舷而歌：

　　桂棹兮兰桨，击空明兮溯流光。

［①《人论》，上海译文出版社 1985 年版，第 189 页。］

渺渺兮予怀，望美人兮天一方。

　　歌声催动了客人的情致，使他吹洞箫而和之，"其声呜呜然，如怨，如慕，如泣，如诉"，"舞幽壑之潜蛟，泣孤舟之嫠妇"。然而，苏子与客的审美情怀实在有很大的不同。客所以在洞箫声中传达出无尽的幽思，是因为他感到了在浩瀚的时空中自身的孤独和渺小，"哀吾生之须臾，羡长江之无穷"。苏子则凭辩证思维进入了一个更高的境界："自其变者而观之，则天地曾不能以一瞬；自其不变者而观之，则物与我皆无尽也，而又何羡乎？"所以，尽管客自以为领悟了苏子之歌的意象，吹洞箫"依歌而和之"，但他所感悟的、表达的意味，却同苏子有相当大的区别。

　　总之，艺术鉴赏中重建、体悟、超越这三个相互渗透的阶段，清晰地显示了的意象再造的性质。我们可以说，没有再造，就没有鉴赏；而鉴赏，特别是最富审美意味的鉴赏，恰恰是为了超越，为了在鉴赏活动中实现欣赏者自身创造的自由。懂得了这些道理，我们就会明白歌德这样伟大的艺术家，为什么在耄耋之年仍要不断鉴赏最优秀的艺术品，并劝导人们像他一样通过这种手段来提高自己的鉴赏品位和审美能力。

　　第三，艺术创作应该正确把握鉴赏的规律，既满足欣赏者的要求，又不一味停留在博得"一般观众的欢心"。

　　要是说歌德上述关于鉴赏的意见主要是针对艺术欣赏者的话，那么这一意见则主要是对作者、对艺术家而言的。在物质生活领域，生产与消费相互依存，生产为了消费，消费促进生产，两者的关系是辩证的。同样，在文学艺术领域，创作与鉴赏的关系也是相互依存的、辩证的，艺术家的创作归根到底是为了人们的鉴赏，而人们的审美需要又必然反过来影响并促进创作的发展。因此，不仅欣赏者应该把握鉴赏规律，艺术家更应该对鉴赏规律有深刻的认识，使自己的创作在最大限度上满足人们的需要。

　　20 世纪 80 年代以来，随着市场经济的日益繁荣，我国的文学艺术创作也产生了显著的变化。在经济规律的作用下，艺术创作的社会影响越来越带有商品经营的味道。这一方面，给艺术家带来了进行创作的广阔天地与自由，结束了极"左"思潮下"领导出思想，群众出生活，作家出技巧"的荒诞闹剧，百花齐放的创作春天终于真正到来了；另一方面，又难免使一些艺术家把创作的经济效益看得高于艺术的审美价值和社会效益，唯钱是瞻，歌德当年深恶痛绝的迎合世俗趣味、追求感官刺激的倾向，也就在艺术创作与演出中屡见不鲜了。面对这样的现实情况，我们应该重温歌德的教导：其一，不要以为凡是宣扬"高尚情操和煊赫事迹的作品都令人厌倦，于是试图描写形形色色的奸盗邪淫"；其二，必须懂得对于一个有才能的作家，如果一味"迎合当时流行的文艺趣味"，力图"在描写恐怖情节方面胜过前人"，那么这就是"最大的祸害"；其三，不必为艺术创作与鉴赏中的这些不健康状况而大惊小怪，因为在社会的前进和艺术的发展的过程中，停滞、倒退以至堕落，都只是暂时的、局部的现象，这正如"一场发高烧的病症，本身虽不好，不值得希求，但它会导致增进健康的好结果"，"目前暂时抛开的真正纯洁高尚的东西，到将来还会被观众更热烈地追求"。

总之，艺术家在创作的时候，既要尊重广大欣赏者，力求适应他们的审美需要，又要避免媚悦大众，一味迎合；要使自己的作品在满足人们艺术欣赏的需要的同时，不断给他们以新的启迪，从而一步步提高他们的审美鉴赏力。托尔斯泰说得好："艺术家不能靠内心的灵感来工作，必须仔细计算一下效果，但是强迫才能去取悦观众的那种艺术家，算不了什么艺术家，这样的艺术家的作品是不会耐久的，他的成功也只是昙花一现。"[①]

七、创作中的天才与灵感

什么是"天才"？"天才"的作用到底有多大？不同的哲学家、美学家的回答是大相径庭的。柏拉图认为杰出的艺术都是天才之所为，靠的是神灵附体；而贺拉斯（公元前65—前8年）则说："有人问：写一首好诗，是靠天才呢？还是靠艺术？我的看法是：苦学而没有丰富的天才，有天才而没有训练，都归无用；两者应该相互为用，相互结合。"[②]在有关"天才"的问题上，歌德的观点存在了极大的矛盾。

一方面，他接受了康德在《判断力批判》中提出的"天才就是那天赋的才能"，"它不是一种能够按照任何法规来学习的才能"[③]的见解，把"天才"视为冥冥中由超自然、超人性的神秘力量控制的一种才能。所以当爱克曼谈到自己的梦境竟成为现实的时候，歌德就肯定了这种超自然的力量：

你那段少年时代的经历倒是顶奇特的。不过自然界类似这样的事例还很多，尽管我们还没有找到其中的奥妙。我们都在神秘境界

[①柴可夫斯基：《给梅克夫人的信》（1877年9月11日），《我的音乐生活》，群益出版社1948年版，第82页。
②贺拉斯：《诗艺》，《〈诗学〉〈诗艺〉》，人民文学出版社1962年版，第158页。
③《判断力批判》，商务印书馆1964年版，第152、153页。]

中徘徊着，四周是一种我们不认识的空气，我们不知道它怎样起作用，它和我们的精神怎样联系起来。不过有一点是可以确定的：在某些特殊情况下，我们灵魂的触角可以伸到身体范围之外，使我们能有一种预感，可以预见到最近的未来。

并且还进一步断言：

> 每种最高级的创造、每种重要的发明、每种产生后果的伟大思想，都不是人力所能达到的，都是超越一切尘世力量之上的。人应该把它看作来自上界、出乎望外的礼物，看作纯是上帝的婴儿，而且应该抱着欢欣感激的心情去接受它，尊重它。它接近精灵或护神，能任意操纵人，使人不自觉地听它指使，而同时却自以为在凭自己的动机行事。在这种情况下，人应该经常被看作世界主宰的一种工具，看作配得上接受神力的一种容器。(1828年3月11日)[①]

歌德的这些看法，表明了唯心世界观对他的影响。

另一方面，歌德有时不仅不把天才看作神力的凭附，而且还突出地强调了天才对社会、对群众的依赖，其创造力与贡献事实上都是十分有限的。歌德在1832年2月17日对爱克曼的谈话，很值得我们注意：

> 事实上我们全都是些集体性人物，不管我们愿意把自己摆在神秘地位。严格地说，可以看成我们自己所特有的东西是微乎其微的，就像我们个人是微乎其微一样。我们全都要从前辈和同辈学习到一些东西。就连最大的天才，如果想单凭他所特有的内在自我去对付一切，他也就不会有多大成就。可是有许多本来很高明的人却不懂这个道理。他们醉心于独创性这种空想，在昏暗中摸索，虚度了半生光阴。我认识一些艺术家，都自夸没有依傍什么名师，一切要归功于自己的天才。这班人真蠢！好像世间竟有这种可能似的！好像他们不是在每走一步时都由世界推动着他们，而且尽管他们愚蠢，还是把他们造就成了这样或那样的人物！

当谈到他自己时，歌德甚至说："我要做的事，不过是伸手去收割旁人替我播种的庄稼而已。"这些在歌德临终前一个多月所讲的话，表明他经过一生的彷徨、探索、思考，终于明白了任何人要想成就伟大的事业，都不能"单凭他所特有的内在自我去对付一切"，而必须摆正自己同时

[① 《歌德谈话录》，人民文学出版社1978年版，第168页。]

代、同人群的位置。

要是人类的杰出成就都要靠上天的赐予，靠神力的话，那么人们除了永无休止地向神祈祷之外，可做的事就不多了。所以，尽管在"天才"问题上存在矛盾，歌德在回顾自己的一生，总结自己何以取得成绩的时候，强调的恰恰不是神力，而是人力：

> 人们通常把我看成一个最幸运的人，我自己也没有什么可抱怨的，对我这一生所经历的途程也并不挑剔。我这一生基本上只是辛苦工作。我可以说，我活了 75 岁，没有哪一个月过的是真正的舒服生活。就好像推一块石头上山，石头不停地滚下来又推上去。（1924 年 1 月 27 日）[①]

这个"推石头上山"的比喻，生动地表明歌德在自身的思想矛盾中，突出肯定的还是人力这个方面。所以，他有关"天才"的论述，仍给我们留下了宝贵的遗产。

首先，歌德认为天才存在于各行各业之中。

在人类的实践活动中，那些需要付出艰苦的劳动，才能有所成就的物质生产活动，往往并不被一般的唯心主义哲学家、思想家看成天才的所为。因为，在他们看来，这种大众参与的生产劳动，当然不需要也不会有什么天才，而只有少数人参与的精神生产，特别是艺术创造才是天才们的用武之地。像康德这样伟大的哲学家，也由于唯心世界观的束缚，而主张"天才是一种对于艺术的才能，而不是对于科学的，在科学里必须是已被清楚认识了的法则先行着，并规定着它科学里面的手续"[②]。歌德尽管受到了康德哲学的影响，但他广博的科学知识、艺术才能和实践经验，却使他在面对实际问题的时候，超越了唯心史观的羁绊，意识到各行各业都会有天才出现。他说：

> 对了，好朋友，一个人不一定要写诗歌、戏剧才显出富于创造力。此外还有一种事业方面的创造力，在许多事例中意义还更为重要。医生想医好病，也得有创造力，如果没有，他只能碰运气，偶尔医好病，一般地说，他只是一个江湖医生。

歌德甚至认为那些建造了宏伟建筑物的"无名建筑师"，也是天才。因而，在他的思想里，天才也就同"创造力"的含义大致相当。他据此而得出了这样深刻的结论："天才与所操的是哪一行一业无关，各行各业

[①《歌德谈话录》，人民文学出版社 1978 年版，第 20 页。
②《判断力批判》上卷，商务印书馆 1964 年版，第 164 页。]

的天才都是一样的。"这些见解，实际上是对神秘的天才论的否定，而把各行各业中的能工巧匠，称为天才。

其次，歌德指出，人，特别是才能出众的人，必须正确认识个人与时代、个人与大众、个人与传统的关系，否则就有可能因迷信、夸大个人的才能而一事无成。

这一见解，是上述第一点的合理延伸。由于歌德事实上并不把天才看是作神力的附体，再加上他亲身的体验，就得出了这样的结论：

> 事实上我们全都是些集体性人物，不管我们愿意把自己摆在什么地位。严格说来，可以看成我们自己所特有的东西是微乎其微的，就像我们个人是微乎其微一样。我们全都要从前辈和同辈学习到一些东西。就连最大的天才，如果想单凭他所特有的内在自我去对付一切，他也就不会有多大成就。

从科学意义上来说，"天才"不过是在先天的生理、心理禀赋上比旁人优越一点，有更加敏锐的感受能力、思维能力、活动能力，等等。这些能力只有在适当的社会人文环境中，吸收前人和同辈的经验与成果，并经过自身的不懈努力，才能获得开发与显现，从而反过来对社会与人类作出杰出的贡献。因此，正如歌德所强调的，一个人"单凭他所特有的内在自我"，而脱离时代、脱离大众的话，就不可能有多大的作为。在歌德生活的那个唯心史观居于统治地位的时代，这个结论不仅是科学上的一种真知灼见，而且表现了歌德尊重事实、尊重真理的巨大勇气。马克思、恩格斯在谈到文艺复兴时期意大利那些杰出的人物时，就曾说过："像拉斐尔这样的个人是否能顺利地发展他的天才，这就完全取决于需要，而这种需要又取决于分工以及由于分工产生的人们受教育的条件。"[①]从而对天才作了唯物辩证的科学阐释。

再次，歌德极为重视想象力在人类创造性活动中的意义和作用。

艺术对自然和人生的表现与超越，是通过人们的想象活动而实现的。因此，历来的文艺美学都十分强调想象力对文艺创作的意义，有人甚至把它尊为审美心理功能中的"皇后"[②]，认为是一切艺术天才所不可或缺的天赋才能。康德在论述天才问题时，就对想象力发表了这样的意见：

> 想象力（作为创造性的认识功能）有很强大的力量，去根据现实自然所提供的材料，创造出仿佛是一种第二自然。在经验显得太

[① 《德意志意识形态》，《马克思恩格斯全集》第3卷，人民出版社中译本第1版，第459页。

② 19世纪法国诗人波特莱尔语，见他的《1859年画展》，《外国理论家作家论形象思维》，中国社会科学出版社1979年版，第47页。]

平凡的地方，我们就借助于想象力来自寻娱乐，将经验的面貌加以改造。……例如诗人就试图把关于不可以眼见的事物的理性概念（如天堂、地狱、永恒、创世等）翻译成可以用感官去察觉的东西。他也用同样的方法去对待在经验世界可以找到的事物，例如死亡、忧伤、罪恶、荣誉等等，也是越出经验范围之外，借助想象力，追踪理性，力求达到一种"最高度"，使这些事物获得在自然中所找不到的那样完满的感性显现。①

确实，艺术要把种种抽象的观念或幻想的事物化为人们的感官可以察觉的对象，就只能靠艺术家的想象来"创造出仿佛是一种第二自然"。不仅《聊斋志异》里的狐怪，歌德《浮士德》中的魔鬼，拉斐尔（1483—1520年）笔下的圣母，米开朗基罗创造的《地狱之门》等，其意象的建构诚然是艺术家高超的想象力的产物；就是艺术中那些似乎出自生活的人物的描绘，以及缠绵凄婉的爱恋、曲折离奇的情节的表现等等，也离不开艺术家的想象力。高尔基曾经指出，在艺术创作中想象力"可以弥补事实的链条中不足的和还没有发现的环节"②，使意象的创造得以完整；同时，它更能使意象充满生气，富于审美感染力。他说："科学工作者研究公羊的时候，用不着想象自己也是一头公羊，但是文学家则不然，他虽慷慨，却必须想象自己是一个吝啬鬼，他虽毫无私心，却必须觉得自己是个贪婪的守财奴，他虽意志薄弱，但却必须令人信服地描写出一个意志坚强的人。有才能的文学家正是依靠这种十分发达的想象力，才能常常取得这样的效果：他所描写的人物在读者面前要比创造他们的作者本人出色和鲜明得多，心理上也和谐和完整得多。"③

作为艺术大师和在自然科学研究方面有不少建树的人，歌德对想象力的意义有着超过一般人的更为深刻的理解。

一来，同对天才问题的认识相一致，他强调想象力的作用远远超出了文学艺术的范围，"一个伟大的自然科学家根本不可能没有想象力这种高尚的资禀"；这也就是说，在人类最富创造活动的各个领域，想象力都发挥着极为重要的作用。歌德的这种看法，同马克思将想象称为"人类的高级属性"④的观点，是完全一致的。

二来，区分了两种性质不同的想象力：一种是"脱离客观存在而想入非非的那种想象力"；另一种是"站在地球的现实土壤上、根据真实的已知事物的尺度、来衡量未知的设想的事物的那种想象力"。这种区分使

[① 朱光潜译文，见《西方美学史》下卷，人民文学出版社 1964 年版，第 51 页。参见康德：《判断力批判》上卷，商务印书馆 1964 年版，第 160—161 页。
② 高尔基：《谈谈我怎样学习写作》，《论文学》，人民文学出版社 1978 年版，第 160 页。
③ 高尔基：《论文学技巧》，《论文学》，人民文学出版社 1978 年版，第 317 页。
④ 马克思：《摩尔根〈古代社会〉一书摘要》，人民出版社 1978 年版，第 54 页。]

人们在重视想象力的作用的同时，注意加强自己同人生实际的各种联系，脚踏实地，把自己的想象力运用来设想、探索与解决那些与人类前途和社会发展相关的问题，而不要沉湎于个人内心世界的深渊。

同想象力关系密切的灵感现象，是歌德非常重视而又未能完全予以科学阐释的一个问题。歌德的许多创作都是在灵感的激发下创造出来的。在《歌德自传》里，他谈到《少年维特之烦恼》的写作时说，"我像一个梦游病者那样，差不多无意识地写成这本小东西，所以，当我自己把它校阅，想要加以润色删改时，我自己也觉得十分奇怪"①。在《谈话录》里，歌德又说到他写诗时常常处于"事先毫无印象或预感"的境地："诗意突如其来，我感到一种压力，仿佛非马上把它写出来不可，这种压力就像一种本能的梦境的冲动。在这种梦行症的状态中，我往往面前斜放着一张稿纸而没有注意到，等我注意到时，上面已写满了字，没有空白可以再写什么了。我从前有许多像这样满纸纵横乱涂的诗稿，可惜都已逐渐丢失了，现在无法拿出来证明作诗有这样沉思冥想的过程。"

其实，不仅艺术创作中那些神来之笔的获得，而且在人类创造性活动的各个领域里某些关键问题的解决，都会出现似乎身不由己、浮想联翩、精神极为亢奋而效率又特别显著的状况。这种现象，在西方被称为"灵感"——英文 inspiration 的意译，出自希腊文，意思是"神的气息"；在我国古代则被称为"兴会"、"灵气"、"妙悟"等。唐代李德裕（787—850 年）对"灵气"作过这样的描述："文之为物，自然灵气。恍惚而来，不思而至。"②"恍惚而来，不思而至"八个字，确实将思维活动中的灵感状况，勾勒得活灵活现。然而，"不思而至"，不过是灵感袭来时那一顷刻创造者的自我感受；而灵感之所以会袭来，恰恰不是什么"神灵"的附体，而是创造者经过苦苦探寻与思索所实现的特定的神经联系的突然沟通与认识上的飞跃。因此，灵感尽管看似神秘，但它实际上不过是人类在创造性劳动中，由自身精力的大量投入而获得的一种回报与奖赏。黑格尔说得好：

> 无论是感官的刺激，还是单纯的意志和决心，都不能引起真正的灵感。……要煽起真正的灵感，面前就应该先有一种明确的内容，即想象所抓住的并且要用艺术方式去表现的内容。灵感就是这种活跃地进行构造形象的情况本身。③

总之，要是没有明确追寻的目标和任务，没有艰苦的探寻与思索，

［①《歌德自传——诗与真》下卷，人民文学出版社 1983 年版，第 623—624 页。
②李德裕：《文章论》，《李文饶文集外集》卷三。
③《美学》第 1 卷，商务印书馆 1979 年版，第 364 页。］

灵感是不会无缘无故地光顾的。灵感一方面如电光石火，稍纵即逝；另一方面它的到来却要依赖长期的积累与不懈的探索，所以灵感确实如古人所说"得之在俄顷，积之在平日"[①]。

［①袁守定：《占毕丛谈》卷五。］

朱光潜后期美学思想述评

——《〈谈美书简〉导读》摘录*

一、审美与人生

意识到美与人生的联系，才有可能最终揭示美的奥秘。因为，美同真、善一样，都是对人而言的一种价值。例如，在对动物作研究的时候，常把某种动物归为"有益的"，像青蛙、蜻蜓、瓢虫；而把另一类动物归为"有害的"，像老鼠、苍蝇、蟑螂。这种"益（善）"和"害（恶）"的判断，就是以人与动物的关系为依据而作出的，离开了人的生活与发展，凭什么认定青蛙、蜻蜓、瓢虫是有益的，或老鼠、苍蝇、蟑螂是有害的呢？同样，对事物作出美或丑的判断，也是以人的尺度为依据的。离开了人，也就难分美丑了。庄子（约公元前369—前286或289年）曾经指出：像毛嫱、丽姬这样的女性，人人见了都以为很美，可是游鱼看见了却深深地潜入水底，鸟儿碰上了就远走高飞，麋鹿遇见了则尽快逃开，可见天下的美色是谁也说不清楚的[①]。在人们的心目中，青蛙要比癞蛤蟆显得美得多。青蛙的色彩、体形、灵巧度等等，常能激发人们的美感，而癞蛤蟆的黑褐颜色与笨拙体形，则往往令人作呕。然而，要是离开了人和人的生活，又有什么根据论定癞蛤蟆比青蛙丑呢？18世纪法国启蒙运动创始人伏尔泰（1649—1778年）说：

> 如果你问一个雄的癞蛤蟆：美是什么？它会回答说，美就是他的雌癞蛤蟆，两只大圆眼睛从小脑袋里突出来，颈项宽大而平滑，黄肚皮，褐色脊背。如果你问几内亚的黑人，他就认为美是皮肤漆黑发油光，两眼洼进去很深，鼻子短而宽。如果你问魔鬼，他会告诉你美就是头顶两角，四只蹄爪，连一个尾巴。[②]

尽管伏尔泰把黑人同癞蛤蟆、魔鬼相提并论，表现了他的种族歧视，但不可否认的是他的论述在美学上还是包含了相当深刻的道理，那就是如果不结合人的尺度，便不可能对什么是美、什么是丑作出准确的判断。人在审美活动中对于美的事物的肯定，其实就是对于对象世界中所蕴含

[*摘自刘叔成：《〈谈美书简〉导读》，中华书局2002年版。]

[①]《庄子·至乐》原文为："毛嫱、丽姬，人之所美也；鱼见之深入，鸟见之高飞，麋鹿见之决骤。四者孰知天下之正色哉？"

[②]伏尔泰：《论美》，见北京大学哲学系美学教研室编：《西方美学家论美和美感》，商务印书馆1980年版，第124—125页。

的自身的价值的肯定；而对丑的否定，实质上也就是对种种背离人的本质的事物及其属性的否定。从这个意义上我们可以说，审美意识就是人类高度发展的自我意识。

正是基于这个道理，朱光潜在他的《谈美书简》中，在说明了怎样学习美学之后所论的第一个问题，就是"谈人"，因为要是不懂得人之所以为人，也就不会懂得美之何以为美。由古及今，许许多多学者曾经对"人"作过这样那样的界定。有的强调人与动物的区别，在于人有宗教信仰；有的主张人之所以为人，在于有"仁义之心"；有的则提出人有语言能力，是一种会使用符号的动物；如此等等。这些界定，就其论述的范围而言，虽然都有一定的理由，但却不能说是对人类最根本的特质的揭示。

那么，人和动物的最根本的区别究竟是什么呢？人和动物相较，他的特质究竟何在呢？

马克思（1818—1883 年）、恩格斯（1820—1895 年）对此作了深刻而科学的论述：

一方面，从类人猿进化而来的人类，永远不可能摆脱动物性，或者说兽性[1]。然而，在人类社会实践的影响和制约下，兽性（人的生理本能）却可以得到升华，闪耀出人性的灿烂光辉。孟子提出的"食"、"色"两性，原为动物的共同本能；而在社会实践中，人的这种本能的实现形态，却与其他动物有了质的区别。为了人类的理想，先进的人们坚决唾弃了"有奶就是娘"的动物似的信条，宁肯饿死，也不吃嗟来之食。至于男女两性的结合，更不是像动物那样仅仅是出于生理的需要，它融会了极其丰富的历史文化内涵，因此马克思极其精辟地指出："从这种关系（引者按：指男女关系）就可以判断人的整个教养程度。"[2]生活在当今时代的人们，要是在"自由意志"的借口下，放纵自身的动物性、兽性，那么就意味着倒退为动物，而不再具有人的属性了。

另一方面，尽管生理机能同动物只有"量"上的区别（或强于此类动物，或弱于彼类动物），但在实践活动中、在生理机能上实现的两次"提升"，却使人在"质"的方面与其他动物迥然有别，具备了远远超越一切动物的社会属性。

首先，就物种关系而言，人类的提升表现为，具有从事生产劳动这种"自由的自觉的活动"的能力[3]。这一"自由"，不是动物式的、随意的本能宣泄，而是在实践中对客观规律性、必然性的认识与把握——如

[①恩格斯说："人来源于动物界这一事实已经决定人永远不能完全摆脱兽性，所以问题永远只能在于摆脱得多些或少些，在于兽性和人性的程度上的差异。"见《反杜林论》，《马克思恩格斯选集》第 3 卷，人民出版社 1972 年版，第 140 页。
②《1844 年经济学哲学手稿》，《马克思恩格斯全集》第 42 卷，人民出版社中译本第 1 版，第 119 页。
③马克思说："人的类特性恰恰就是自由的自觉的活动。"见《1844 年经济学哲学手稿》，《马克思恩格斯全集》第 42 卷，人民出版社中译本第 1 版，第 96 页。]

人对鱼虾的豢养，依据的就是鱼虾特有的习性和生长规律；这一"自觉"，也绝非个体意识的无限扩张，而是对人类自身生存与发展趋向的深刻理解——人培育了无数类的金鱼，虽然遵循了鱼类必须在水中生活的规律，但并不考虑金鱼能否显现正常鱼类的特性，可否在江河湖海里生存，而是有意识地使金鱼的色彩、体态等等变得越来越丰富多彩，从而满足人的审美需要。当人类凭借劳动制造出第一件工具（砍砸器、刮削器、石斧、石刀之类）时，他就在物种关系方面把自己从动物状态提升出来了。而任何一种动物都不具备人类的这一生产劳动的能力。诚然，动物也有筑巢（如蜂巢、蚁穴、燕窝等）、营食（如工蜂酿蜜，蜘蛛张网等）的种种本领，但这些本领都在其本能活动的范围之内，不具任何自由自觉的性质①。在电子化、信息化时代的今天，随着自由的自觉的活动能力的大大扩展，人类对动物的超越就越来越明显了。

其次，在社会关系方面，人类的提升表现为"一种能够有计划地生产和分配的自觉的社会生产组织"②的最后确立，从而结束了人与人之间残酷对立、弱肉强食的状态。由于人类的生产劳动是一种群体的、社会的行为，所以人要超越动物，就必须随着生产力的发展，在生产关系方面进行不断地变革以至革命，建立起基于公有制的人人平等、自由，互助互爱的人际关系。

马克思主义经典作家对于人的本质的科学揭示，成了朱光潜后期美学思想立论的依据。在上世纪 30 年代的著作中，朱光潜认为"美纯粹是主观的，既没有自然性，也没有社会性"③；而在学习了马克思主义之后，他提出了"美是客观与主观的统一"的见解，由"'美是主观的'转变到'主客观统一'的"④。他说：

> 首先，美确实要有一个客观对象，要有"巧笑倩兮，美目盼兮"这样美人的客观存在。不过这种姿态可以由无数不同的美人表现出来，这就使美的本质问题复杂化。其次，审美也确要一个主体，美是价值，就离不开评价者和欣赏者。如果这种美人处在空无一人的大沙漠里，或一片漆黑的黑夜里，她的"巧笑倩兮，美目盼兮"能产生什么美感呢？凭什么能说她美呢？就是在闹市大白天里，千千万万人都看到她，都感到她同样美么？老话不是说："情人眼底出西施"吗？不同的人不会见到不同的西施，具有不同的美感吗？

从把美归结为"纯粹是主观的"，到强调"美确实要有一个客观对

①马克思在谈到蜜蜂建造的蜂房会令建筑师惊叹时就说："最蹩脚的建筑师从一开始就比最灵巧的蜜蜂高明的地方，是他在用蜂蜡建筑蜂房以前，已经在自己的头脑中把它建成了。劳动过程结束时得到的结果，在这个过程开始时就已经在劳动者的表象中存在着，即已经观念地存在着。"（《资本论》第 1 卷，《马克思恩格斯全集》第 23 卷，人民出版社中译本第 1 版，第 202 页。）
②关于人的两次"提升"，参见恩格斯：《自然辩证法》，《马克思恩格斯选集》第 3 卷，人民出版社 1972 年版，第 458 页。
③朱光潜：《论美是客观与主观的统一》，《朱光潜美学文集》第 3 卷，上海文艺出版社 1983 年版，第 44 页。
④《谈人》，《谈美书简》，上海文艺出版社 1980 年版，第 28 页。

象"，表明了朱光潜美学思想的一大飞跃。

那么客观对象的美是怎样产生的呢？朱光潜对此是从社会实践的观点来加以阐释的。他指出："实践是具有社会性的人凭着他的'本质力量'或功能对改造自然和社会所采取的行动，主要见于劳动生产和社会革命斗争。应用到美学里来说，文艺也是一种劳动生产，既是一种精神劳动，也并不脱离体力劳动；既能动地反映自然和社会，也对自然和社会起改造和推进作用。作为一种意识形态，文艺归根到底要受经济基础的决定作用，反过来又对经济基础和政法的上层建筑发生反作用。人与自然（包括社会）绝不是两个互不相干的对立面，而是不断地互相斗争又互相推进的。因此，人之中有自然的影响，自然也体现着人的本质力量，这就是'人化的自然'和'人的对象化'，也就是主客观统一的基本观点。"朱光潜还说："费尔巴哈由于片面地强调感性的直观（对客体所观照到的形状），忽视了这感性活动来自人的能动活动方面（即实践）。毛病出在他不了解人（主体）和他的认识和实践对象（客体）既是相对立而又相依为命的，客观世界（客体）靠人来改造和认识，而人在改造客观世界中既体现了自己，也改造了自己。因此物（客体）之中有人（主体），人之中也有物。"①

从总体来看，朱光潜的这些论述，确实是从唯物史观出发，对人与自然的关系作了相当简明的科学阐释。

第一，当生产劳动将人从其他动物中提升出来以后，就形成了人与自然之间互动的辩证关系：人通过自己的劳动，使自然向着有利于人的生存、生活的方向不断衍变，把盲目的自然变成"人化的自然"，变成"人的无机的身体"②；而同时，人在改变自然的时候，也改变了自己，提高了自己的认识能力与实践能力，用哲学上的话来说，就是扩展和提升了自己的"本质力量"。

第二，人与自然之间的互动，既使人的本质在自然中得到了显现，又使人从自然方面获得了日益丰富的对象，这就形成了主体（人）与客体（自然）之间越来越密切的相互依存、相互渗透的辩证关系。

第三，人的本质在客观世界（自然事物和社会产品）中的显现，使人类"在他所创造的世界中直观自身"③成为可能，这就是对美和美感的实质的哲学阐释。客体的美的存在，离不开作为主体的人，但却是不以任何个人的主观意识为转移的——当然，这是就现实美（包括自然美与社会美）而言的；艺术美是艺术家的创造，自然离不开艺术家的主观意

［①《谈人》，《谈美书简》，上海文艺出版社1980 年版，第27—28页。

②马克思："自然界，就它本身不是人的身体而言，是人的无机的身体。人靠自然界生活。这就是说，自然界是人为了不致死亡而必须与之不断交往的、人的身体。"见《1844 年经济学哲学手稿》，《马克思恩格斯全集》第42卷，人民出版社中译本第1 版，第95 页。

③马克思：《1844 年经济学哲学手稿》，《马克思恩格斯全集》第42 卷，人民出版社中译本第1 版，第97页。］

识，但对于欣赏者来说，其审美价值依然是客观的——美感则是对人的本质力量的自我观照，不同的人有不同的人生经历、文化水平、审美素养等等，其审美能力和审美情趣自然也会大相径庭。[①]

第四，作为人类审美意识结晶的文学艺术，属于精神生产范畴，是美感的物态化形式，它的根源在客观社会生活。

当然，在总体上肯定朱光潜后期美学思想的同时，我们也应该注意到他的某些表述，在理论上也存在着明显的不准确之处。

不准确之一，是没有严格区分"主体"同"主观"这两个虽有联系却不尽相同的概念。"主体"，是相对于"客体"而言的，当我们把客观世界称为客体时，"主体"只能是指与客观世界对立统一的"人"；"主观"，则是指人的心理、意识等观念性的东西。作为主体的人，当然有他的"主观"，但人首先是具有生命活力的客观个体，除了"主观"之外，他还有改造客观世界的实践活动能力，这绝不能一股脑儿以"主观"来加以概括。所以，要是把"主体"的内涵完全融入"主观"之中，实际上就有意无意地忽略了人类改造世界的实践活动能力的意义，这无疑是同朱光潜本人后期强调实践的观点相抵牾的。

不准确之二，是将"主客体统一"与"主客观统一"相提并论，这是混淆"主体"与"主观"，而必然导致的失误。美是人生的一种价值，美的存在确实离不开人的存在，在一切美的事物中，都直接或间接地显现着人的本质力量，从这个意义上，可以说美是"主客体的统一"。然而，我们却不能因此把美视为"主客观的统一"，因为除了艺术美要以艺术家的审美意识为前提之外，自然美、社会美都是人类社会实践活动的产物，是不依赖任何个人的意识而客观地存在着的。朱光潜所举的具有"巧笑倩兮，美目盼兮"的美人，其实无论是否有人感受，是否处在沙漠里或暗夜中，她的美都是客观存在的。至于人们是不是对她产生美感，那是受各人自身的主观条件所制约的，并不影响她的美或不美。因而，说美的存在、美感的产生，都要依赖于主体，是正确的；而说美的存在，一定要依赖主观，就不那么科学了。

不准确之三，是对"美"和"艺术"没有作出必要的区分。如果真正坚持以唯物史观作为科学的美学理论的哲学基础，那么就应当承认，美不仅仅存在于艺术之中，而是人类在生产实践中将自身的本质力量外化、对象化在客观的感性事物中的结果，这就是现实美。正是由于现实美的存在，才使人们能够在他所创造的世界中直观自身，而发展了自身

[① 在这本《导读》中，不可能对美与美感作深入细致的论述，如有兴趣，可参阅刘叔成等著：《美学基本原理》，上海人民出版社2001年3版。]

的审美感悟能力，为艺术美的诞生打下了基础。

二、艺术创作的实质

艺术创作的问题，可以说是这本《谈美书简》的中心内容。从书的"目录"看，在全书13篇中，除前4篇与最后一篇外，其余8篇都是对艺术相关问题的论述（第7篇的标题虽为"从生理学观点谈美与美感"，但仍然以艺术为中心）。书中对于艺术创作实质的揭示，主要集中在四个问题：艺术是一种生产劳动、艺术特有的思维方式、审美意象的开拓与升华、艺术的创作方法。对此，我们将分别加以论述。

1. 艺术是一种生产劳动

"艺术是一种生产劳动"，这个命题看来似乎人人都容易明白，其实却包含了深刻的美学道理。

肯定"艺术是一种生产劳动"，就是承认艺术创造与生产劳动有着紧密的联系，承认生产劳动在美的创造中起着决定的作用。在私有制下，"劳心者治人，劳力者治于人"[①]的观念，长期统治着人们的头脑。广大直接参与生产劳动的劳动者，都被看成智力低下，浑浑噩噩的群氓，根本不懂美是何物，更谈不上美的创造。朱光潜在他早年撰写的《文艺心理学》和《谈美》里，都不无讥讽地写道：

> 一个海边农夫当别人称赞他的门前海景美时，常会羞涩地转过身来指着屋后的菜园说："门前虽然没有什么可看的，屋后这一园菜却还不差。"[②]

朱光潜的意思显然是，劳动大众囿于实用功利的考虑，面对碧波连天、气势恢宏的海景，也不能产生些微的美感，他们津津乐道的则是自己种植的、那在文人雅士的眼光里同美毫不相干的一畦菜地。

这是一种露骨的偏见。前面我们已经阐明，美恰恰诞生于人类的生产劳动，是劳动实现了人与自然之间的物质交换，使人把自身的本质力量物化在客观事物中，从而创造了美。马克思在《资本论》里分析劳动时就深刻指出：

> 在劳动过程中，人的活动借助劳动资料使劳动对象发生预定的变化。过程消失在产品中。它的产品是使用价值，是经过形式变化

[① 《孟子·滕文公上》。

② 《文艺心理学》，《朱光潜美学文集》第1卷，上海文艺出版社1982年版，第22页；《谈美》中文字稍异，见《朱光潜美学文集》第1卷，上海文艺出版社1982年版，第457页。]

124

而适合人的需要的自然物质。劳动与劳动对象结合在一起。劳动物化了，而对象被加工了。在劳动者方面曾以动的形式表现出来的东西，现在在产品方面作为静的属性，以存在的形式表现出来。[①]

这样的产品，在实现其使用价值满足人们的物质需要的同时，由于凝聚了人的创造才能，显现了人的本质力量，也就具有了审美价值，能在一定程度上满足人的审美需要。原始人最早用来装饰自己的兽皮、贝壳等等，正是他们劳动的产品。所以，人类的审美活动与文艺创造，就蕴含在生产劳动之类的实践活动之中，是随着生产的发展而逐步发展并进而获得独立形态的。

通过辩证唯物主义和历史唯物主义的学习，朱光潜彻底摒弃了他青年时代轻视劳动和劳动大众的错误的美学观点，强调正是生产劳动才是美的创造的根源，而艺术生产也不过是一种精神性的生产劳动。他说："人在劳动中才开始形成社会。生产劳动就是社会性的人凭他的本质力量对自然的加工改造。在这过程中，自然日益受到人的改造，就日益丰富化，就成为了'人化的自然'；人发挥了他的本质力量，就是肯定了他自己，他的本质力量就在改造的自然中'对象化'了，因而也日益加强和提高了。这就是人在改造自然之中也改造了自己。"朱光潜认为，只有这样科学地理解人与自然之间这种能动的、辩证的关系，才谈得上"替美学和艺术奠定了一个马克思主义的哲学基础"。他还具体地论证说："从人类学和古代社会的研究来看，艺术和美是怎样起源的呢？并不是起源于抽象概念，而是起于吃饭穿衣、男婚女嫁、猎获野兽、打群仗来劫掠食物和女俘以及劳动生产之类日常生活实践中极平凡卑微的事物。中国儒家有一句老话：'食、色，性也。''食'就是保持个体生命的经济基础，'色'就是绵延种族生命的男女配合。艺术和美也最先见于食色。汉文'美'字就起于羊羹的味道，中外都把'趣味'来指'审美力'。原始民族很早就很讲究美，从事艺术活动。他们用发亮耀眼的颜料把身体涂得漆黑或绯红，唱歌作乐和跳舞来吸引情侣，或庆祝狩猎、战争的胜利。"[②]这无疑是正确而深刻的，值得我们认真领会。

在论证"艺术是一种生产劳动"的基础上，朱光潜介绍阐述了两种不同类型的审美者与审美对象，以此来进一步说明审美活动中的种种复杂情况，这对于深入理解许多美学问题，提高我们的文学艺术欣赏水平，是大有好处的。他举例说，绘画、雕刻等造形艺术，表现的是"在空间

[① 《马克思恩格斯全集》第23卷，人民出版社中译本第1版，第205页。
② 《谈人》，《谈美书简》，上海文艺出版社1980年版，第23—25页。]

上分布平铺的，也就是处于静态的"事物；而诗（文学）则叙述"在时间上先后承续的，也就是处于动态的"动作情节。因此，造型艺术应该在表现静态的事物的时候，努力"化静为动"；而文学就应该力求"化美为媚，就是把静止的形体美化为流动的动作美"。特别是他结合自己对《诗经·卫风》中《硕人》篇的描述所谈的体会，是很有说服力的（对此，我们在"文学在艺术中的独特地位"一节中还有进一步的论述）。

2. 艺术创作中的审美思维

艺术生产是一种精神生产，离不开人们特有的精神活动，这就是审美思维或形象思维。从美学发展史看，由于受到心理学科发展水平的限制，审美心理研究也相对比较滞后，其突出表现之一是对人们在审美活动中（包括在艺术创作和艺术欣赏中）的思维，没有公认的统一概念。

我国的《易传》[①]提出了"立象以尽意"的命题，认为人内心的种种意念，有时难以用言词概念来加以表达，只能通过具象的事物或图像来予以暗示。这说明古人早已认识到人类对于客观世界的把握，必须通过多种多样的思维形式。到了战国末期，《周礼》又提出了诗作中的"赋、比、兴"理论，后人围绕这一理论所作的多方面探讨，对揭示文艺创作中人们思维的特性，作出了重要贡献。魏晋南北朝时，著名文艺美学家刘勰（约465—约532年）汲取了顾恺之（约346—约407年）《论画》、陆机（261—303年）《文赋》的思想，在他的美学专著《文心雕龙》里，专列一篇《神思》来论述文艺创作的思维规律：

> 古人云："形在江海之上，心存魏阙之下。"神思之谓也。文之思也，其神远矣。故寂然凝虑，思接千载；悄焉动容，视通万里。吟咏之间，吐纳珠玉之声；眉睫之前，卷舒风云之色。其思理之致乎！故思理为妙，神与物游。

从"立象以尽意"到"神思"的提出，表明我国古代已对文艺创作中的思维规律，有了相当深入的认识。特别是刘勰的论述，已经揭示了这一思维所具有的跨越时空（"思接千载"、"视通万里"），将具象与抽象、主观与客观、精神与物质、情感与理智交相融会的特质。

西方对于文艺创作思维规律的研究，同样取得了不少重要的成果。古希腊思想家亚里士多德（公元前384—前322年）就注意到人类思维有不同形式，他说："显然，想象和判断是不同的思想方式，想象是可以随心所欲的，……而获得结论是不由我们作主的，结论有正确和错误之

[①是对《易经》、《周易古经》加以阐释、发挥的一部著作，共十篇，其中最早的篇目，产生于战国前期。]

分。"①以后，意大利的维柯、法国的狄德罗（1713—1784 年）等，对科学研究与艺术创作中不同的思维形式，又进行了比较深入的研究。在这方面影响最大的，当推俄国 19 世纪革命民主主义思想家别林斯基（1811—1848 年）。别林斯基不仅作出了"诗歌是寓于形象的思维"②的论断，而且对形象思维作了相当全面的阐释。他肯定科学家与艺术家的思维，都要从客观事实出发，以现实的材料为依据，并且都可以从感性认识上升为理性认识，这是两者共同的一面；不同的一面则是，科学家诉诸理智，艺术家诉诸想象，前者以三段论的逻辑推理来证明，后者以形象、图画来显示。

在极左思潮泛滥的年代，我国曾有人否定艺术创作和审美活动有独特的思维形式，所以朱光潜在《谈美书简》里费了相当多的篇幅来论证这个问题。随着拨乱反正的深入，审美活动中特殊思维规律的存在，已是不争的事实。目前学术界大都认为，人类的思维方式主要有两种：一是抽象思维或科学思维；一是具象思维或审美思维（形象思维）。在对自然界或社会事物的科学研究中，人们总是从具体的现象出发，经过分析、综合、判断、推理，达到对自然界和人类社会的规律性的认识，并把这种认识抽象为概念、公式、定理等等。人类的审美活动则不然，在包括艺术创作和艺术欣赏在内的审美活动中，人们对于美的感受、领悟尽管也有一个由浅入深、由片面到全面、由感性到理性的升华过程，但审美感悟不论达到怎样的深度，不仅始终离不开对象的具体特征，不会以概念、公式、定理的形式表现出来，反而进一步将对象的具体特征体悟得更加鲜明，把握得更为精到，同时还会把审美者自身的情意灌注其中。由此可见，审美思维是人们赖以进行审美活动的思维形式，它以对具体的美的对象的感知为起点，经过联想、想象和幻想，融会主体的情感，建构起独特的审美意象，使愉悦之情油然而生。

朱光潜对审美思维（形象思维）的阐述，特别强调它的具象形态并不会影响艺术品的思想价值和意义，他说："谁也不能否认文艺要有思想性，但是问题在于如何理解文艺的思想性。文艺的思想性主要表现于马克思主义创始人经常提到的倾向性（Tendanz）。倾向性是一种总的趋向，不必作为明确的概念性思想表现出来，而应该具体地形象地隐寓于故事情节发展之中。""一个作家只要把一个时代的真实面貌忠实地生动地描绘出来，使人们感到有'山雨欲来风满楼'之势（这就是'倾向性'的意义），认识到或预感到革命非到来不可，他就作出了伟大的贡献，不管

［①《心灵论》，《外国作家理论家论形象思维》，中国社会科学出版社 1979 年版，第 8 页。
②《〈冯维辛全集〉和扎果斯金的〈犹里·米洛斯拉夫斯基〉》，《外国作家理论家论形象思维》，中国社会科学出版社 1979 年版，第 56 页。］

他表现出或没有表现出什么概念性的思想。"①这是很有道理的。

审美思维活动中具象与抽象、主观与客观、精神与物质、情感与理智交相融会，就必定包含了思想价值和意义，而不需要特别"插进去一个等于概念的思想"，"把'概念'看作文艺的思想性，就是公式化、概念化的文艺的理论根据"。清代著名文艺美学家叶燮（1627—1730 年）视客观事物之"理"、"事"、"情"三者为诗歌及一切文艺创作的表现对象，认为作家艺术家应该以自己的"才"、"胆"、"识"、"力"这四者，去"衡在物之三，合而为作者之文章"，就能"大之经纬天地，细而一动一植，咏叹讴吟"②，创造出美轮美奂的作品来。有人质疑说："诗之至处，妙在含蓄无垠，思致微渺，其寄托在可言不可言之间，其指归在可解不可解之会；言在此而意在彼，泯端倪而离形象，绝议论而穷思维，引人于冥漠恍惚之境，所以为至也。……而先生断断焉必以理、事二者同律乎诗，不使有毫发或离，愚窃惑焉，此何也？"叶燮引证了大量优秀的唐诗名句，对这一非常尖锐的提问，作了极为精辟的回答："……偶举唐人一二语，如'蜀道之难难于上青天'、'似将海水添宫漏'、'春风不度玉门关'、'天若有情天亦老'、'玉颜不及寒鸦色'等句，如此者，何止盈千累万？决不能有其事，实为情至之语。夫情必依乎理，情得然后理真，情理交至，事尚不得焉？"叶燮进一步指出，"实写理、事、情"的作品，并非优秀的创作，唯有表达"不可名言之理，不可施见之事，不可径达之情"，而以"幽渺以为理，想象以为事，惝恍以为情"的作品，"方为理至、事至、情至之语"③，才能达到高超的艺术境界。

所以，在艺术创作以及一切审美活动中，人们通过审美思维获得的"理"，不是一般的概念、道理，而是同情意相契合的对于社会人生的感悟，它同科学思维所获得的理性认识相较，意味比较朦胧，不那么确定，因而给予审美欣赏者以驰骋想象的广阔天地。

3. 审美意象的开拓与升华

艺术与优秀的艺术是有区别的。艺术作品所创造的审美意象，有的巧夺天工、格调高雅，有的粗制滥造、情趣卑劣。因此，我们不能认为凡艺术一律都具有审美的积极意义和价值。艺术怎样才能达到内容与形式、意蕴与技巧的高度和谐一致，给欣赏者以强烈的审美震撼呢？这就涉及审美意象的开拓与升华；而这种开拓与升华，在侧重表现和侧重再现的艺术里，要求却不完全相同。

在《谈美书简》中，朱光潜把阐释马克思主义美学观作为重点，所

[①《形象思维与文艺的思想性》，《谈美书简》，上海文艺出版社1980 年版，第 101 页。②《原诗·内篇下》，《原诗》卷二。③同上。]

以在这一问题上，他只谈了侧重再现的艺术，阐发了恩格斯说的"每个人都是典型，但同时又是一定的单个人，正如老黑格尔所说的，是一个'这个'"①和"真实地再现典型环境中的典型人物"②，这些是对于优秀的叙事性艺术的审美要求。

在西方，对人物典型作过深刻论述的，一是黑格尔，一是别林斯基。黑格尔不仅以他的辩证法，为揭示典型创造的基本规律，提供了宝贵的思想材料，而且还阐明了典型人物所应具有的三大特征：性格的丰富性、确定性和整体性。黑格尔强调"人的心胸是广大的"，不是单调的，所以，"人物性格也须显出这种丰富性"；同时，人物丰富的性格的各个方面并非机械地堆砌在一起的，它必然"有一个主要的方面作为统治的方面"，由此使性格获得"定性"——即确定性；正因为如此，人物性格的"特殊性和它的主体性"便会"融会在一起"，形成本身的整一，"如果一个人不是这样本身整一的，他的复杂性格的种种不同方面就会是一盘散沙，毫无意义"。成功的人物塑造的三大特点，使这样的人物"每个人都是一个整体，本身就是一个世界，每个人都是一个完满的有生气的人，而不是某种性格特征的寓言式的抽象品"③。在别林斯基的文学批评实践中，典型问题占有十分重要的位置。他说："创作独创性的，或者更确切点说，创作本身的显著标志之一，就是这典型性——如果可以这样说的话，——这就是作者的纹章印记。在一位具有真正才能的人写来，每一个人物都是典型，每一个典型对于读者都是熟悉的陌生人。"④"熟悉的陌生人"，确切而生动地概括了文艺作品中典型人物的基本内涵：对于广大读者来说，典型人物是"熟悉的"，因为它集中了实际人生中具有普遍意义的东西，给人以似曾相识的感受；同时它又是"陌生人"，是作家的一个新的发现、新的创造，是人们从未见过的一个"这个"。

1888年，英国女作家哈克奈斯⑤请出版商把她的小说《城市姑娘》转给恩格斯。恩格斯在"无比愉快地和急切地"读完了小说之后，回信既肯定了作品"现实主义的真实性"和作者"真正艺术家的勇气"，又婉转地批评说：

> 如果我要提出什么批评的话，那就是，您的小说也许还不是充分现实主义的。据我看来，现实主义的意思是，除细节的真实外，还要真实地再现典型环境中的典型人物。您的人物，就他们本身而言，是够典型的；但是环绕着这些人物并促使他们行动的环境，也

[①《致敏·考茨基》，《马克思恩格斯选集》第4卷，人民出版社1972年版，第453页。
②同上书，第462页。
③《美学》第1卷，商务印书馆1979年版，第301—307页。
④《论俄国中篇小说和果戈理君的中篇小说》，《别林斯基选集》第1卷，上海文艺出版社1963年版，第191页。"熟悉的陌生人"，原译为"似曾相识的不相识者"。
⑤朱光潜译为"哈克纳斯"，现依《马克思恩格斯选集》所译。]

许就不是那样典型了。①

恩格斯对《城市姑娘》的批评，在借鉴前人、特别是黑格尔关于典型人物塑造的理论的同时，进而提出了人物与环境的关系问题，要求在叙事性文学艺术作品的创作中，实现人物、人物关系和作品所反映的时代这三者的统一。

人与环境相互依存，相对而言。"人创造环境，同样环境也创造人。"②环境是人们得以生存的客观条件的总和，不仅包括山川草木、气候风物等自然因素，而且还包括风俗习惯、社会体制以及人与人的关系等社会条件。自然环境是社会环境得以形成的基础，社会环境又影响和制约自然环境的演变、发展。对人物性格起决定作用的，主要是社会环境。由于文艺是生活的能动反映，因而叙事性文艺作品在塑造人物的时候，不能仅仅着眼于作品中人物间的协调统一，还应力求与作品所反映的时代相吻合。《城市姑娘》的女主人公耐丽，生活在一群毫无觉悟的劳动者中。她在遭到绅士格兰特的欺骗、玩弄直至抛弃之后，仍然幻想格兰特会怜悯她，不愿把真相告诉一直真诚地热爱着她的工人乔治，唯恐乔治对格兰特"做出什么不合适的事来"。耐丽这种逆来顺受的懦弱性格，就作品的人物"本身而言"是统一的，"够典型的"。然而，小说再现的是19世纪80年代的英国，工人阶级所进行的自觉的反抗，已有半个多世纪的历史，所以从时代的高度看，作品就不是那么典型了。因此，就叙事性文学艺术来看，要使作品创造的意象具有审美的积极意义和高度价值，它所塑造的人物及其相互关系就必须艺术地再现它表现的时代的本质或本质的若干方面，这也就是恩格斯所说"真实地再现典型环境中的典型人物"的基本含义。

至于侧重表现的抒情性的文学艺术，其意象的开拓与升华，主要在于把鲜明的独创性和人生意蕴内涵的丰富性、深刻性有机统一起来，创造出"言有尽而意无穷"③的意境来。所谓"独创性"，不仅在于艺术家对自己表现的对象（物、事、情）的特征，有准确的把握，更在于他对这一特定对象有自身独有的感悟和崭新的形式创造，像歌德（1749—1832年）说的那样使自己的创作成为"我的骨头中的一根骨头，我的肉中的一块肉"④。法国近代大雕塑家罗丹（1840—1917年）说得好："所谓大师，就是这样的人：他们用自己的眼睛去看别人见过的东西，在别人司空见惯的东西中能够发现出美来。"⑤要是一个艺术家对人生虽有一定

〔①《致玛·哈克奈斯》，《马克思恩格斯选集》第4卷，人民出版社1979年版，第461、462页。

②马克思、恩格斯：《德意志意识形态》，《马克思恩格斯选集》第1卷，人民出版社1972年版，第43页。

③严羽：《沧浪诗话》，郭绍虞校释：《沧浪诗话校释》，人民文学出版社1961年版，第24页。

④爱克曼辑录：《歌德谈话录》，人民文学出版社1978年版，第146页。

⑤《罗丹艺术论》，人民美术出版社1978年版，第5页。〕

的体验和感悟，却难以形成自己独特的、与他人迥然不同的审美意象，那最好不要贸然创作，否则他的作品就不会有激动人心的力量。所谓"丰富性、深刻性"，是指意象的内涵无论其情、其事、其理，都寄寓了艺术家真切的情思，并表达了丰富的人生体验或对生活必然性的体悟。请看"诗圣"杜甫（712—770年）的《登高》：

> 风急天高猿啸哀，渚清沙白鸟飞回。
> 无边落木萧萧下，不尽长江滚滚来。
> 万里悲秋常作客，百年多病独登台。
> 艰难苦恨繁霜鬓，潦倒新停浊酒杯。

这首脍炙人口的七律，在精确而极富力度地表现夔州长江边上秋天景色的同时，将潦倒多病的诗人萦萦于国事人生的博大情怀倾注其中，从而使全诗营造的意境远远超越了一般秋天的自然景象，沉郁而多彩，悲凉而壮阔，真可谓"含情而能达，会景而生心，体物而得神"，句句"灵通"，"参化工之妙"[①]。由此可见，抒情性艺术作品意境的开拓与升华，包括艺术家主观世界的"意"和表现于作品中的客观现实的"境"这两个方面。社会人生中能够显示生活真谛的对象，是构成意境的客观基础；而在有限的事物形态中，传达出艺术家对人生价值的真切而深刻的体悟，则是开拓意境的关键。

4. 艺术的创作方法

创作方法，是艺术家在创作中所遵循的，按照一定的审美要求表达思想情感、再现社会生活、建构作品意象的原则。创作方法的问题，是文艺美学中一个重要而复杂的问题。说它重要，是因为任何一个艺术家要进行创作，不管他主观上怎样认识，他都必然要遵循一定的创作方法，而创作方法不同，艺术品的审美取向就不同，给欣赏者的感受也不同；说它复杂，除朱光潜已经说到的几个理由外，还有一个就是由于自19世纪中叶以来，文学艺术的创作方法呈现出越来越多元化的趋向，特别是现代派、后现代派的创作方法，往往是"你方唱罢我登场"，令人眼花缭乱，有时人们还没有来得及作出反应，它已经销声匿迹，不知去向了。

在《谈美书简》里，朱光潜集中谈了现实主义、浪漫主义，特别是两者的关系问题，因此我们的"导读"也仅仅就此作一些阐发。

第一，现实主义和浪漫主义的基本内涵。

现实主义、浪漫主义的概念，尽管18至19世纪才出现在欧洲，但作

[①王夫之语，见《姜斋诗话》卷下，第二七。]

为审美原则，无论在西方还是在东方，都是古已有之的。在我国最早的诗歌总集《诗经》里，如果说《伐檀》、《将仲子》可以作为古代现实主义的代表的话，那么《硕鼠》、《蒹葭》就已将浪漫主义精神体现得相当充分了。

现实主义的审美要求是，按照生活的本来面目再现生活，塑造人物，抒发情感。现实主义的作品，大都侧重于描绘客观现实的精确场景，表现实际生活中的人物和感情，而绝不代之以作者的愿望。浪漫主义则表现出对现实的极端不满，热情地讴歌人类美好的理想，"力图加强人的生活意志，在他的心中唤起他对现实和现实的一切压迫的反抗"[①]。

第二，现实主义和浪漫主义的区别。

两者的这种区别，可以从以下三方面来认识。

在处理艺术与现实的关系上——现实主义强调在对人生现实的如实描绘中，透视社会生活的本质；浪漫主义则不屑于对现实作精确的描绘，而力图表现生活的理想。这种审美原则上的区分，在唐代杰出诗人杜甫、李白（701—762 年）的代表作中表现得十分明显。"彤庭所分帛，本自寒女出。鞭挞其夫家，聚敛贡城阙。""朱门酒肉臭，路有冻死骨。"[②]杜甫诗中这些对比鲜明的诗句，将敲骨吸髓的剥削和贫富之间的尖锐对立，表现得触目惊心。李白也对腐败、黑暗的现实极端不满，但他却不屑于对此加以具体的刻画：

> 弃我去者，昨日之日不可留；
> 乱我心者，今日之日多烦忧。
> …………
> 抽刀断水水更流，举杯消愁愁更愁。
> 人生在世不称意，明朝散发弄扁舟。

《宣州谢朓楼饯别校书叔云》中的这几句诗，把李白面对黑暗现实狂放不羁的浪漫主义精神显现得极为生动。

在人物性格的塑造上——现实主义刻画的中心是实际生活中各种各样的人物，并力求精确地表现他们的生活状态；浪漫主义则赋予人物以理想的光辉，致力于英雄性格的塑造。首先公开亮出现实主义旗帜的法国画家库尔贝（1819—1877 年），就是以他的《石工》和《奥南的葬礼》震动了巴黎的画坛。这两幅画都把现实中普普通通的石工、村民摆在画幅的中心，激起观众对自己周围人们命运的关注，突出地表现了现实主

[①高尔基：《俄国文学史》，新文艺出版社1956年版，第71页。②《自京赴奉先县咏怀五百字》。]

义的特点。而浪漫主义画家德拉克洛瓦（1798—1863 年）的《自由引导人民》，以强烈的色彩和对比展现了法国大革命中悲壮的一幕，激发人们为自由、为美好的理想而战斗，它的精神显然是浪漫主义的。

在艺术技巧和手法上——现实主义往往采用细腻的描绘，客观的叙述，冷静的刻画，素朴的语言；浪漫主义则大都具有宏伟的气势，磅礴的激情，昂扬的节奏，大胆的夸张，绮丽的幻想，缤纷的语言。当然，技巧、手法对于创作方法而言，是服从于一定的审美原则的，不居主导的地位。所以，我们在认识现实主义、浪漫主义技巧、手法上的这些特点时，要仔细辨析它的作用，不能简单地以技巧、手法的特点来取代创作方法的要求。

第三，现实主义与浪漫主义的共同点。

从创作实际看，现实主义和浪漫主义的共同点主要表现在：其一，在对现实的态度上，两者都出于对现存事物和社会秩序的不满，要求创作能够促进社会的改革和发展。现实主义的办法，是通过揭示现实矛盾，引起人们疗救的注意；浪漫主义则强调在对于理想的讴歌中，激发人们反抗的意志。其二，在对艺术的审美把握上，两者都意识到艺术应该比普通的实际生活更集中、更强烈，并以各自的方式追求艺术的真实，实现意象的开拓。因此，两者虽为不同的审美原则，却表现出某些内在精神的相通。

第四，现实主义和浪漫主义相结合的趋势。

现实主义和浪漫主义不但有一些共同的要求与相通之处，而且还有合流的趋势。高尔基说："在伟大的艺术家们身上，现实主义和浪漫主义好像永远是结合在一起的。"[①]朱光潜对高尔基这一看法由衷地表示赞同："我个人仍认为两种创作方法虽然是客观存在，却不宜过分渲染，使旗帜那样鲜明对立。我还是从主客观统一的观点来看待这个问题。诗人是反映客观事物的，而反映客观事物却要通过进行创作的诗人，这里有人有物，有主体，有客体，缺一不行。"

其实，现实主义和浪漫主义这种融合的趋势，并非艺术家、理论家的主观妄想，而是有相当的现实依据的。现实和理想在历史发展的进程中根本不能截然割裂：一定的理想，必定产生在一定的现实发展的基础上；而一定的现实又必然会导向一定的理想。我国近代国学大师王国维（1877—1927 年）曾经说过：

［①《谈谈我怎样学习写作》,《论文学》，人民文学出版社 1978 年版，第 163 页。］

有造境，有写境，此理想与写实二派之所由分。然二者颇难分别。因大诗人所造之境，必合乎自然，所写之境，亦必邻于理想故也。

自然中之物，互相关系，互相限制，故不能有完全之美。然其写之于文学中也，必遗其关系、限制之处。故虽写实家亦理想家也。又如何虚构之境，其材料必求之于自然，而其构造亦必从自然之法则。故虽理想家亦写实家也。[①]

王国维的这些论述，把现实主义（即所谓"写实"）和浪漫主义（即所谓"理想"）之所以难以分割的原因，讲得相当透彻，可以帮助我们理解朱光潜的意见。

三、文学在艺术中的独特地位

一些刚刚接触文艺美学的人，对于为什么美学理论中时而使用"艺术"，时而使用"文学艺术"或"文艺"等概念颇感费解。这种费解的客观原因，就是由于这些概念在使用中有时是相通的，有时又有细微的差别。广义的"艺术"，是音乐、舞蹈、绘画、雕塑、建筑、工艺、文学、戏剧、电影、电视剧等等通过建构审美意象来反映生活的种种意识形式的通称；狭义的"艺术"，则不包括文学这门特殊的艺术（为什么特殊，下面将作论述）。有时候，为了突出文学在各种艺术中的地位，就把广义的艺术称为"文学艺术"；而"文艺"，就是文学艺术的简称。

由此可知，意象是艺术区别于其他意识形式的共同特点。根据各种艺术构造意象的方式和使用的材料的不同，以及艺术家在创造他的作品时主观倾向的隐显等等，可以对艺术分类列表如下[②]：

［①《人间词话》，滕咸惠校注：《人间词话新注》，齐鲁书社1981年版，第36页、第40页。②分类表采自刘叔成等著：《美学基本原理》，上海人民出版社2001年版，第175页（稍作增加）。］

主体 客体	呈现于空间的静态的	呈现于时间的动态的
偏重于表现	实用艺术：建筑艺术、工艺	表演艺术：音乐、舞蹈
偏重于再现	造型艺术：雕塑、绘画	综合艺术：戏剧、电影
兼有表现及再现		语言艺术：文学

从以上分类不难明白：雕塑、绘画、工艺、建筑艺术等等，适宜于表达呈现于空间的、静态的对象，而拙于表现具有时间流动性的事物和

人们的情意；音乐、舞蹈、文学等等，则适宜于创造呈现于时间中的动态意象，传达和渲染人们丰富的情感，而拙于刻画占据一定空间的静态的事物（至于戏剧、电影、电视剧等综合艺术，当然在这两方面都有其优越之处）。

文学是使用语言为媒介来建构意象的语言艺术，同表演艺术、造型艺术、综合艺术相较，它有鲜明的特点和独特的地位。朱光潜之所以在《谈美书简》中着重讲述了这个问题，是要鼓励青年人进行文学创作的勇气："我们每人每天都在运用语言，接触到丰富多彩的社会生活，思想情感时时在动荡，所以既有了文学工具，又有了文学材料，那就不必妄自菲薄，只要努一把力，就有可能成为语言艺术家或文学家。当文学家并不是任何人的专利。"

为了使朱光潜的这个良苦用心得以实现，我们将围绕怎样把握文学的特点再作一些必要的阐释与补充。

首先，文学具有意象的间接性。

一般说来，艺术创造的审美意象都有虚实结合的特点，它把抽象蕴含在具象之中，因而可以直接作用于人们的视觉、听觉、触觉等感官。而在这一点上，文学同其他种类的艺术却有很大的区别，文学借以建构意象的媒介是语言，而不是客观的物质材料本身——既不是形体、色彩，也不是声音、旋律——语言对于人们的感官来说，只不过是一种视觉（文字）或听觉（语音）的符号，一种代码，不能直接显示所要表现的事物。因此，它所提供的意象不像其他艺术那样是直接的，而是间接的。人们只有明白了某种文学所使用的语言的意义，才能对其意象加以感悟。面对西方的音乐、舞蹈、绘画、雕塑、电影等艺术样式，一个正常的人总会有或多或少的感受。像看印象派画家莫奈（1840—1926年）的绘画《日出·印象》、罗丹（1840—1917年）的雕塑《思》，观赏柴可夫斯基（1840—1893年）的芭蕾《天鹅湖》，不论你在绘画、雕塑、音乐、舞蹈等方面素养如何，你总会对这些作品有或多或少的感受。然而，对于外国文学作品，要是没有经过翻译，而你又不懂它的语言的话，那就任何感受也不会产生了。所以，要欣赏一部文学作品，就要了解和掌握它所使用的语言，对其语言加以"破译"。

其次，文学对社会人生的概括极为广泛。

文学区别于其他艺术的这个特点，也直接同语言联系着。由于语言是人与人之间进行交际的最主要的工具，"是思想的直接现实"[①]，所以它

［①马克思、恩格斯：《德意志意识形态》，《马克思恩格斯全集》第3卷，人民出版社中译本第1版，第525页。］

的表现力——尤其是在表现人的思想情感上——远远超过任何其他手段，这就决定了文学可以对社会人生作出极为广阔的概括。黑格尔说："语言的艺术在内容上和在表现形式上比起其它艺术都远较广阔，每一种内容，一切精神事物和自然事物、事件、行动、情节，内在的和外在的情况都可以纳入诗，由诗加以形象化。"[①]大家只要结合自己在艺术欣赏中的体会，就不难明白黑格尔这个意见的道理。音乐通过音声建构的审美意象，尽管可以涉及广泛的领域，但它由于主要诉之于人们的听觉，其表达的思想情绪就显得较为空灵，在揭示社会人生上远远不及文学。至于借助于线条、色彩、形体等的造型艺术，虽然比较实在、具体，但却又受到空间范围的限制，其概括力同文学相比，便大为逊色了。这就是为什么古今中外被称为"百科全书"式的艺术作品，全都是就某些文学杰作而言的，如巴尔扎克（1799—1850年）的《人间喜剧》、托尔斯泰（1828—1910年）的《战争与和平》、曹雪芹（？—1763或1764年）的《红楼梦》等。

再次，文学大都有丰富的思想内涵。

任何艺术作品，由于都包含了作者的主观情意，体现了这样那样的思想内容，所以都有或强或弱，或隐或显，或单一或复杂的思想倾向。而在各种艺术门类中，最富于思想意义的，当首推文学。这是因为：一来，文学可以反映广阔的社会人生，揭示人物丰富复杂的内心世界，具有极大的思想容量；二来，在文学作品中作者可以通过主观抒情的方式，对作品表现的内涵加以渲染、申发直至评价，从而使作品具有哲理的色彩，深化其思想深度，这是表演艺术、造型艺术等根本无法实现的。

在理解文学作为语言艺术所具的以上三个特点时，重点是对意象的间接性的把握。意象的间接性，既是文学的短处，又是它的长处。由于文学作品创造的意象不能直接作用于人的感官，因而就不像其他艺术那样具有强烈的直观性。面对其他艺术样式，其意象总会激起人们产生或多或少的感受；而文学使用的语言，却可以阻断——对于那些不懂得这种语言的人来说——人们对其意象的把握。这显然是文学同其他艺术相较所表现出来的一个弱点。然而，从另一角度看，意象的间接性恰恰又构成了文学的一大特色，一大长处——那就是给欣赏者留下了驰骋自己想象的广阔天地。

由于各种艺术不仅有共同的起源，而且在产生的初期往往有着不可分割的联系（如诗、歌、舞在开始时是合为一体的），所以中外学者一开

[①《美学》第3卷下册，商务印书馆1981年版，第10—11页。]

始往往看重各种艺术的共同点，而忽略了它们的区别。西方一些评论家，以诗歌中画面的多寡，作为衡量诗歌价值的标准；我国古代则有"诗画本一律"[①]的理论。注意文学同其他艺术有相通的一面，自然不无道理；但是，文学之所以为文学，正在于它同其他艺术有别。随着人类文明的发展，人们的认识日益深化，对各种艺术特点的把握也越来越精微。德国美学家莱辛（1729—1781 年）于 1766 年出版了他的代表作《拉奥孔》，论述了绘画与诗的区别（《拉奥孔》的副题就是《论绘画和诗的界限》）。在古希腊的传说中，祭司拉奥孔由于得罪了神灵，他和他的儿子都被海神派来的蟒蛇缠死。莱辛将根据这个传说创造的雕塑《拉奥孔群像》，同古罗马大诗人维吉尔（公元前 70—前 19 年）的史诗《伊尼特》中对于拉奥孔的描写加以对比，指出作为造型艺术的雕塑和作为语言艺术的文学，在表现美的时候有着不同的要求与特点。史诗中描写拉奥孔因为痛苦而"放声狂叫"；雕像则处理成嘴巴微微张开的呻吟，既避免了造型上的"丑"，又由于"趋向顶点"而给欣赏者留下了展开自由想象的广阔天地。

因此，莱辛强调，绘画、雕塑提供的是占有空间的意象，长于刻画静态的对象，因而它的最高原则在于"表现美"；诗（文学）是时间的艺术，宜于表现动态的东西，所以要尽量"化美为媚"，避免对美作静态的描绘。[②]莱辛的意见，破除了自古以来人们的误解，具有振聋发聩的作用（歌德在他的自传里就曾谈到这一点）。

我们来看一下宋玉（约公元前 290—前 222 年）《登徒子好色赋》中对于美女的描写：

> 天下之佳人，莫若楚国；楚国之丽者，莫若臣里；臣里之美者，莫若臣东家之子。东家之子，增之一分则太长，减之一分则太短；著粉则太白，施朱则太赤。眉如翠羽，肌如白雪，腰如束素，齿如含贝，嫣然一笑，惑阳城，迷下蔡。

这是文学中描写女性美的名言。然而，要是我们仔细加以分析，就不难发现，作者所采用的各种手法的表现力，是很不相同的。手法之一，是较为"实"的比喻，作者竭力用自然或生活中的实际事物来比拟女性之美的特质，如"眉如翠羽，肌如白雪，腰如束素，齿如含贝"等；手法之二，是不那么确定、显得较为"虚"的描写，如"增之一分则太长，减之一分则太短，著粉则太白，施朱则太赤"，其实并没有说明这个美人

[①苏轼：《书鄢陵王主簿所画折枝》。
②莱辛的见解详见《拉奥孔》，人民文学出版社 1979 年版，第 119—122 页。]

有多高、多白、多么富有血色等等；手法之三是从效果来揭示人物之美，即莱辛所说的"化美为媚"，如"嫣然一笑，惑阳城，迷下蔡"。显然，就文学而言，后面两类手法，更能激活欣赏者的想象，使人们按照自己的审美情趣、审美理想来揣摩这个美人之美，因而更有韵味，更富审美的表现力。

文学作为以语言这种符号为媒介来建构审美意象的艺术，难以像造型艺术那样精确、具体、实实在在；但却可以寓虚于实，将作家的审美体悟表现得更为空灵，更有情趣，最大限度地激发欣赏者的想象。拿对桂林山水的描绘来说，韩愈（768—824 年）的"江作青罗带，山如碧玉簪"[①]，诚为名句，但却不及贺敬之（1924—　）的《桂林山水歌》中的这么几句有韵味：

> 云中的神呵，雾中的仙，
> 神姿仙态桂林的山！
> 情一样深呵，梦一样美，
> 如情似梦漓江的水！

这就是因为韩愈只注重比喻的精确，未能表达出人们在观赏这些山水时特有的主观体验。贺敬之虽然使用了"神"、"仙"、"梦"、"情"等虚幻、朦胧的字眼，但却将桂林山水那特有的神韵和人们的体悟表现得淋漓尽致，因而耐人寻味。

当然，我们也不应该把语言建构的审美意象所具的较为虚幻、较为朦胧的特点，推向另一个极端，使人们像猜谜一样难以捉摸、难以理解。语言建构的意象同样应该具备虚实结合的特点，能给欣赏者以真切的感受，从而激发他们的联想与想象，这大致上就是前人所说的可以意会，难以言传 ——即尽管人们难以确切地道出文学意象的所指，但却能够体悟到它的内涵，而绝非不知所云，莫名其妙。

四、其他

《谈美书简》中朱光潜提到西方美学中不少有影响的学说（诸如"直觉说"、"移情说"、"心理距离说"等），对他早期美学思想的影响。为此，我们在这本《导读》的最后，分别对这些学说作一点简明的评介，以利于大家的美学学习，并对朱光潜美学思想的来龙去脉有更为清晰的

[①韩愈：《送桂州严大夫同用南字》。]

认识。

1. 直觉说

在人类长期的社会实践活动中形成的审美心理，其最为突出、最为显著的特点，就是它的直觉性。"直觉"，是"intuition"的意译。我国古代没有"直觉"这一概念，前人使用的是"即目"、"所见"、"直寻"这样一些术语，其含义大致与"intuition"相近，强调美感的获得一要依赖于对于对象的直观、直感，二是没有抽象推理的思维过程。

西方学者很早就描述和探讨了审美过程中的直觉问题。德国美学家鲍姆加登在创建美学学科的时候，就对美学下了这样的定义：

> 美学作为自由艺术的理论、低级认识论、美的思维的艺术和与理性类似的思维的艺术是感性认识的科学。[①]
> 美学的目的是感性认识本身的完善（完善感性认识）。而这完善也就是美。据此，感性认识的不完善就是丑，这是应当避免的。[②]

鲍姆加登把美感看成人们的一种低级感受，认为它是由"低级认识"能力所接受的观念 —— "感性认识"，是"在严格的逻辑分辨界限以下的"[③]。所以，鲍姆嘉登指出，人们的审美心理虽然"明晰"，但却"混乱"[④]。这些论述表明鲍姆加登虽然注意到了审美心理的直觉性特点，却不能对它作出科学的解释。他把审美心理的获得，归之于人类的"低级认识"，把美感等同于初级形态的感觉，显然都与人们的审美实践经验相背离。

在西方对直觉作出深入探讨的，主要是法国思想家柏格森（1859—1941年）和意大利美学家克罗齐（1866—1952年）。

柏格森是哲学史上直觉主义的第一个创导者。他否定逻辑的力量，抹煞理性的价值，强调只有直觉才能把握真理。他说：

> 所谓直觉就是指那种理智的体验，它使我们置身于对象的内部，以便与对象中那独一无二、不可言传的东西相契合。[⑤]

柏格森关于直觉即"理智的体验"（亦译"理智的交融"）的命题，尽管带有几分神秘的色彩，但我们不能不承认它包含着值得人们重视的真理——直觉融会了"理智"与"体验"，超越了通常所说的感性与理性的严格分野，达到了现象与本质、感性与理性、主体与对象的有机统一。这确实可以说是对审美心理实质的一种相当深刻的猜测。对于以理智把

[①鲍姆嘉腾（即鲍姆加登）：《美学》，文化艺术出版社1987年版，第13页。
②同上书，第18页。
③同上。
④同上书，第17页。
⑤《形而上学引论》，《西方现代资产阶级哲学著作选辑》，商务印书馆1964年版，第135页。]

握对象和以直觉把握对象的区别，柏格森作了形象而通俗的说明：

> 从一切可能采取的视点给一个城市摄下的那些照片，尽管可以无限地互相补充，却永远不会与它们所摹写的那个原物、与人们在其中走来走去的那个城市本身相等。用一切可能采用的语言给一首诗作出的翻译，尽管不断地添加新的辞藻，彼此互相订正，给所译的诗创造出一个越来越逼真的肖像，却永远不会再现出原诗最内在的意境。

> 当一个人抬起胳膊的时候，他完成了一个动作，他对这个动作是在内心中有单纯的知觉的。但是对于在外面观察这只胳膊的我来说，它是通过一点、然后又通过另一点动着，而这两点之间又会有另外一些点，因此我要是动手去数它们的话，是永远数不完的。所以，从内部着眼，绝对就是单纯的东西；而从外部去看，它与那些表达它的符号相比，就成了一块金币，其价值是无法用分币偿清的。①

柏格森所举的"城市摄影"、"诗歌翻译"、"胳膊抬起"这三个例子，确实有相当的说服力。事物和现象的感性形态，的确无比丰富、无比复杂，是难以用抽象的方法具体的加以揭示的。柏格森通过这三个例子，力图否定科学研究与抽象思维的意义，否定理性认识的价值。柏格森强调："没有什么业已成就的事物，有的只是正在生成的事物；没有什么自保的状态，有的只是变化的状态。静止永远只是表面的，也可以说是相对的。"柏格森有一句名言，那就是："实在就是运动性"。柏格森认为，一切凭借概念、判断、推理，凭借理性的科学研究，都"把实在的真正本质放过了"②。因此，柏格森提出了一条相反的路，那就是依赖直觉，凭借直觉进入世界内部。他说：

> 实际上我们的理智是可以走一条相反的途径的。它可以置身于运动的实在之内，采取实在的那种不断变化的方向，总之，它可以通过一种理智的体验把握实在，这种体验就称为直觉。③

人们只有依赖直觉才能达到绝对，这就是柏格森为什么要提倡直觉主义的道理之所在。

柏格森的直觉理论有其合理的、深刻的方面，但他夸大直觉的作用，将其同科学的理论认识相对立，就显然是荒唐的了。其实，人类认识、

[①《形而上学引论》，《西方现代资产阶级哲学著作选辑》，商务印书馆 1964 年版，第 136 页。

② 同上书，第 146—147 页。

③ 同上书，第 147 页。]

掌握客观世界的方式、途径是多种多样的，各种方式、途径，既有其长处，自然也有其局限。夸大某一方式、途径的局限，抬高另一种方式、途径的意义，不利于人类全面地认识和把握客观世界。当代科学——核物理、航天科学、人工智能、仿生学等等的发展，充分说明了科学的理论认识的作用和意义，这种作用和意义是单纯的直觉永远也无法取代的。

柏格森的直觉说，其成就主要在哲学方面；在美学上将直觉说系统化的，是意大利的著名美学家克罗齐。克罗齐在他的美学代表作《美学原理》中，对审美活动中的直觉，作了全面的分析，提出了"直觉即表现"这个举世闻名的命题。克罗齐说："美学只有一种，就是直觉（或表现的知识）的科学。这种知识就是审美的或艺术的事实。"①克罗齐为什么主张"直觉即表现"呢？他的理由主要是："以'成功的表现'作'美'的定义，似很稳妥；或者更好一点，把美干脆地当作表现，不加形容字，因为不成功的表现就不是表现。"②

在《文艺心理学》、《谈美》等青年时代的著作里，朱光潜不但照搬了克罗齐的观点，而且把克罗齐的观点推向了极端。他说：

> "美感的经验"就是直觉的经验，直觉的对象是……"形象"，所以"美感经验"可以说是"形象的直觉"。③

朱光潜把审美经验，亦即审美心理称为"形象的直觉"，确实抓住了它的主要特点；问题在于，直觉，或"形象的直觉"其科学的内涵究竟应当怎样理解呢？朱光潜当年的解释是：

> ……知的方式根本只有两种：直觉的和名理的。这个分别极为重要，我们必须先明白这个分别然后才能谈美感经验的特征。……一切名理的知识都可以归纳到"A为B"的公式。……直觉的知识则不然。我们直觉A时，就把全副心神注在A本身上面，不旁迁他涉，不管它为某某。A在心中就是一个无沾无碍的独立自足的意象。A如果代表玫瑰，它在心中就只是一朵玫瑰的图形。
> 这种见形象而不见意义的"知"就是"直觉"。④

这些解释明白无误的意思是：所谓"直觉"就是知的最初阶段的活动，它不涉及其他任何东西，不假思索，不审意义。正是基于这样的理解，朱光潜认为人的知识越少、越单纯，就越能感受对象的美。因此，他赞成老子说的"为学日益，为道日损"，强调"美感的态度就是损学而

［①《美学原理》，《〈美学原理〉〈美学纲要〉》，外国文学出版社1983年版，第21页。
②同上书，第89页。
③《文艺心理学》，《朱光潜美学文集》第1卷，上海文艺出版社1982年版，第12页。
④同上书，第10—12页。］

益道的态度"；他甚至认为，初生婴儿第一次睁眼看世界，最富审美特点[①]。

这种对于直觉的理解，虽然包含某些合理的因素——主要是审美活动的实现，要求主体同对象实际功利保持一定的距离——但就其基本精神而论，却违背了人们的审美实践。不需要多少历史知识和审美经验，人们就可以断定，文明人的审美能力远远超过了原始人，而一个初生的婴儿，则实在谈不上有什么审美能力。人们的审美能力，是同自身的实践经验、文化教养、知识积累等分不开的。因此，我们不能把审美直觉同作为人类最初级的认识的感觉等同；我们应当从人类丰富的审美实践经验出发，认真研究审美直觉的科学内涵。

审美具有突出的直觉性，然而审美直觉又绝非作为人类认识初级形态的直觉（感觉）。所以，要把握审美直觉的科学内涵，首先就要区分直觉的两种形态：初级形态与高级形态。作为直觉，它的产生依赖于主体的感官与对象的直接接触，这是直觉的共性，也是两种形态的直觉之所以被称为直觉的原因；然而，直觉的初级形态与高级形态在内涵上却有着质的区别，这是我们必须弄明白的。克罗齐在提出他的"直觉即表现"的美学理论时，他对于直觉的解释，实际上同朱光潜的解释有很大区别。克罗齐承认"文明人的直觉品有大部分含着概念"，并不是什么"孤立绝缘的形象"。克罗齐对直觉而又混化了概念的情况作了相当精辟的分析：

> 有一个更重要更确定的论点须提出：混化在直觉品里的概念，就其已混化而言，就已不复是概念，因为它们已失去一切独立与自主；它们本是概念，现在已成为直觉品的单纯原素了。[②]

克罗齐根据整体决定部分的性质的原理，论证了混化在直觉中的概念之所以不再是概念的理由。例如，优秀的文学作品中的人物的哲学论辩并非起一种概念的作用，它是为塑造作品中的人物形象、表现人物性格服务的，与作为科学的哲学概念有原则区别。同样，绘画中的种种色彩，并非体现物理学上各种色彩的客观意义，而是描绘人物形象的具体手段。所以，克罗齐对于直觉的理解，同朱光潜的理解并不完全相同，他不但不否定概念的因素，而且还强调文明人的直觉品混化了概念的成分。

事实上，就心理科学揭示的规律而言，直觉明显地具有两种不同的形态：一是作为人类心理活动最初级形态、最基本原素的直觉，如《文艺

[① 《文艺心理学》，《朱光潜美学文集》第 1 卷，上海文艺出版社 1982 年版，第 14 页。
② 《美学原理》，《〈美学原理〉〈美学纲要〉》，外国文学出版社 1983 年版，第 8 页。]

心理学》中所说的初生婴儿第一次睁眼看世界时所得的那种感觉，它当然不带任何理性的成分；一是在丰富的人类社会实际基础上产生的、包含着不可否认的理性因素的直觉，如孩子可以根据脚步声，判断是家中的哪一位亲人——爸爸、妈妈、奶奶还是爷爷，又如有经验的司机可以从发动机的运转声判定汽车的故障……毛泽东在《实践论》里早就指出：

> 我们的实践证明：感觉到了的东西，我们不能立刻理解它，只有理解了的东西才更深刻地感觉它。①

毛泽东所说的"更深刻的感觉"的这种"感觉"，显然就是我们所说的高级形态的直觉。这种直觉的产生，不是出自人的本能，而有待于社会实践经验的积累；所以，在它的感性形态中包含着经验的内容，体现着理性的因素，已经不是初级形态的直觉那种纯感性状态。对于成年人而言，单纯的初级形态的直觉是很少见的，大多数都混化了概念的因素。人类的审美心理是在长期的社会实践过程中，经过无数的中介环节，而逐渐形成的；就个人而论，要具有审美能力，也不是一出生就与之俱来的。初生的婴儿实在谈不上有什么审美能力，他不可能欣赏任何艺术美，也不可能对人生之美、自然之美作出反应。因此，作为审美心理的重要表现形态的直觉，不可能是低级形态的直觉，而只能是高级形态的直觉。

当然，蕴含在感性直观中的审美心理所具有的理性，同科学认识所达到的理性也有分别，它缺乏科学认识的理性的那种明确性与清晰度，实际上是前人所说的一种"悟"。法国美学家雅克·马利坦（1882—1973年），在他的美学代表作《艺术与诗中的创造性直觉》中，论证了"诗性直觉"（即审美直觉）的理性内涵问题。他说，写作这本书的"主要目的"之一，是"同智性或理性在艺术与诗中所起的根本作用有关"。马利坦指出：

> 同想象一样，智性也是诗的精髓。但理性（或智性）并非只是逻辑意义上的理性，它包含一种更为深奥的同时也更为晦涩的生命；当我们越是力图去揭示诗的活动的幽微之处时，这种生命便越是显现在我们面前。换言之，诗使我们不得不考虑这智性，考虑它在人类灵魂中的神秘源泉，考虑它以一种非理性（我不说反理性）或非逻辑的方式在起作用。②

作为托马斯·阿奎那（1226—1274年）的忠实信徒，马利坦的理论，

[①《毛泽东选集》第1卷，人民出版社1991年版，第263页。
②《艺术与诗中的创造性直觉》，三联书店1991年版，第15—16页。]

带有明显的宗教色彩。但是，他肯定"智性或理性在艺术与诗中所起的根本作用"；指出艺术与诗中的"智性或理性"同"逻辑意义上的理性"有别；强调"智性也是诗的精髓"；并提出艺术与诗中的理性，"包含一种更为深奥的生命"：这些确实相当中肯，并富有启发性。马利坦还对"诗性直觉"的理性内涵作了如下分析：

> 诗人只是在这种情况下认识自己的：事物在他心中产生反响，并在他唯一醒悟的时刻和他一道从沉睡中涌现出来。换言之，诗的第一要求是诗人对他自己主观性的隐约认识。这一要求是与另一要求对于外在世界和内在世界客观实在的把握不可分割的。诗人这种对于客观实在的把握，不是通过概念和概念化的认识，而是通过一种隐约的认识。而这种隐约的认识，就是我称之为通过情感契合而达到的认识。[①]

这一分析有两点值得注意：第一，消融在感性形态的直觉中的理性，是隐约的、模糊的，缺少理论认识的明晰性、确定性；第二，理性同诗性直觉的结合，是通过"情感契合"实现的。尤其是第二点，对于我们深入理解审美直觉的科学内涵，极为重要。

总之，直觉只有融会了理性，体现了领悟，才能成为人类的一种高级心理活动，才是审美所必不可少的。马克思在他的《1844年经济学哲学手稿》中，之所以着重论证了人的感觉不同于非人的、原始人的感觉，强调五官感觉的社会化、人化，指出"五官感觉的形成是以往全部世界历史的产物"[②]，正是因为要真正形成人的意识、人的感觉，只有同动物一样的感觉器官是不够的。一切能成为真正的人的享受的感觉，只能产生于人们的社会实践中，只能依赖于"人的本质的客观地展开的丰富性"[③]。人们对于音乐的欣赏，不同于动物、植物对声音的感受。应当承认，动物、植物都有感受某种声音的能力，但这种能力绝非对音乐的欣赏。据说，奶牛、小麦等动植物，"听"了小夜曲之类的乐曲，能够增加产量；即便如此，也不能证明这些动植物有欣赏音乐的能力，因为如果"听"交响曲或进行曲，其产量反而会下降。所以，动植物不过只有感受声音的能力罢了。至于对色彩、线条等的形式感受力，更是为人类所独有；人类对色彩不是作出纯生理的反应，像西班牙的公牛，而是能领会其中丰富而复杂的社会内涵。这就是马克思强调人的感官必须社会化的根本理由之所在。

[①《艺术与诗中的创造性直觉》，三联书店1991年版，第93—94页。
②《马克思恩格斯全集》第42卷，人民出版社中译本第1版，第126页。
③《1844年经济学哲学手稿》，《马克思恩格斯全集》第42卷，人民出版社中译本第1版，第126页。]

2. 移情说

审美心理同其他心理活动的一个显著区别，是它并非完全受控于客观对象的属性，它带有主体的强烈的主观情意色彩。人们尽管习惯于把审美心理活动的成果称为美感，但"美感"实在同人类的其他感觉——如冷感、热感、声感、色感、痛感等——不同。其他感觉虽然也有个体之间的差异，但大多是强弱程度的不同，不像美感那样绝非限于程度的差异。面对同一个美的对象，有人觉得很美，有人觉得一般，有人甚至觉得丑。这种主观情意上的差异，早就为人们所察觉。我国唐代诗人戎昱（生卒年不详）在他的《秋月》一诗中写道：

> 江干入夜杵声秋，
> 百尺疏桐挂斗牛。
> 思苦自看明月苦，
> 人愁不是月华愁。

这首诗的作者早就注意到了，人们面对秋夜的月色所产生的愁思，实在同对象——秋天、月色等没有多大关系，而是出自个人的内心体验。如果这首诗是以论文的形式出现，那我们就可以说它是最早的审美移情理论了。

同样，法国早期印象派诗人波特莱尔（1821—1867年）在他的《恶之花》的第81首《痛苦的炼丹术》里也有这样的诗句：

> 乐者开颜，
> 歌颂江山；
> 愁者鼻酸，
> 诅咒天地。
> 同一物也，
> 乐者见之则呼为生命与光明；
> 愁者见之则呼为丧服与寒茔。

"同一物"所引起的不同以至相反的审美心理感受，说明了人们的审美活动过程，具有非常明显的主观情意色彩。这种现象应当怎样加以科学的解释呢？

德国18世纪美学家弗里德里希·费歇尔（1807—1887年）和罗伯特·费歇尔（1847—1933年）父子，首先创导"移情说"对此加以说明。罗伯特·费歇尔指出，审美的最高阶段，会出现主体把自己沉没于对象之中去的现象，这就是所谓的"移情"：

> 我们把自己完全沉没到事物里去，并且也把事物沉没到自我里去：我们同高榆一起昂然挺立，同大风一起狂吼，和波浪一起拍打岸石。①

此后，里普斯（1851—1914 年）在他的《论移情作用》中，进一步对"审美移情"说作了系统的阐发。里普斯考察了大量的移情现象，得出了这样几条原则性的意见：第一，"移情作用所指的不是一种身体感觉，而是把自己'感'到审美对象里面去"②——即移情不是外物引发了主体的感受，而是主体情感的外射，也就是他说的"'感'到审美对象里面去"。第二，审美欣赏"是对于自我的欣赏，这个自我就其受到审美的欣赏来说，却不是我自己而是客观的自我。"③第三，审美感受同人类的其他感受不同，并不需要有相应的（美的）对象存在。里普斯说："审美的快感可以说简直没有对象。""它是一种位于人自己身上的直接的价值感觉，而不是一种涉及对象的感觉。"④

里普斯的这些见解，对后世的审美心理学说产生了重大影响，他的理论揭示了不少审美心理的特点，值得认真地加以研究。这里需要指出的是，里普斯关于审美欣赏的对象实际为"客观的自我"的思想，既深刻，又片面。

其深刻在于，他肯定了审美意识实为一种高度发展的人的自我意识，体现了欣赏者对于自身情意、价值的首肯，如果仅仅就此而言，他对美感实质的理解，极其近似于我们所说的"美感是对人的本质力量的自我观照"。⑤——当然，里普斯所谓的"自我"，是审美的个人，而我们所说的"自我"，则是指社会的人、人类。

其片面则是因为他把"客观的自我"一律当作"移情"的产物，抹煞了生产实践对于实现自然与人之间的物质交换的意义，从而否定了审美对象的客观存在，把移情现象完全归之于人们的主观情思。

事实上，人们的审美感受不管带有多少主观因素，都不可能同对象的审美价值无关。一般说来，面对壮丽的景色、宏伟的建筑、欢乐的乐章、慷慨的诗篇……人们决难产生缠缠绵绵、低沉婉转的审美情感。里普斯之所以失误，主要的原因有二：第一，他不懂得人类通过物质实践活动实现的自身本质力量的外化，和人的意识在感受外在事物时的"外

[①朱光潜：《西方美学史》下卷，人民文学出版社 1964 年版，第 257 页。
②《论移情作用》，马奇主编：《西方美学史资料选编》下卷，上海人民出版社 1987 年版，第 855 页。
③同上书，第 847 页。
④同上。
⑤参见刘叔成等著：《美学基本原理》第六章第一节，上海人民出版社 2001 年版，第 250—259 页。]

射"，是有原则区别的。第二，他没有分清个人的自我意识和人类的自我意识。审美活动中人们实现的对于自身本质力量的直观，不仅仅是对个人情意的感受，而主要是对人类创造才能的领悟。

同时，我们还必须明白，"移情说"关于在审美活动中主体将情感"移入"或"外射"到对象里去的说法，并不科学。事物与人、客体与主体之间的相互影响、相互渗透，唯一的途径是人的物质生产活动；离开了物质生产，人的主观情意是无论如何也无法"移入"或"外射"到对象中去的。里普斯所说的情感移入，其实并不是移到对象之中，而只不过是移入到对象在自身头脑中的表象而已。前引戎昱诗中"思苦自看明月苦，人愁不是月华愁"所体现的移情，是愁苦之人将自己的愁苦"移入"了自己头脑中的月亮；所以，要是这时也有一个欢乐的人在赏月的话，他看到的月亮必然就是欢乐的，丝毫也不会受到愁苦之人头脑中那愁苦之月的影响。

在把克罗齐的"直觉说"推向极端的同时，朱光潜早年也把里普斯的"移情说"加以绝对化了：

> 我们知觉外物，常把知觉所得的感觉外射到物的本身上去，把它误认为物所固有的属性，于是本来在我的就变成在物的了。比如我们说"花是红的"时，是把红看作花所固有的属性，好像是以为纵使没有人去知觉它，它也还是在那里。其实花本身只有使人觉到红的可能性，至于红却是视觉的结果。红是长度为若干的光波射到眼球网膜上所生的印象。如果光波长一点或是短一点，眼球网膜的构造换一个样子，红的色觉便不会发生。患色盲的人根本就不能辨别红色，就是眼睛健全的人在薄暮光线暗淡时也不能把红色和绿色分得清楚，从此可知严格地说，我们只能说"我觉得花是红的"。我们通常都把"我觉得"三个字略去而直说"花是红的"，于是在我的感觉遂被误认为在物的属性了。日常对于外物的知觉都可作如是观。"天气冷"其实只是"我觉得天气冷"，鱼也许和我不一致；"石头太沉重"其实只是"我觉得它太沉重"，大力士或许还嫌它太轻。
>
> 云何尝能飞？泉何尝能跃？我们却常说云飞泉跃；山何尝能鸣？谷何尝能应？我们却常说山鸣谷应。在说云飞泉跃、山鸣谷应时，我们比说花红石头重，又更进一层了。原来我们只把在我的感觉误认为在物的属性，现在我们却把无生气的东西看成有生气的东西，

把它们看作我们的侪辈，觉得它们也有性格，也有感情，也能活动。①

这些论述不仅表明朱光潜犯了与里普斯同样的错误，而且他比里普斯走得更远，把属于物的属性的"红"——即物能反射若干长度的太阳光波的属性，这种属性尽管可以有种种不同的名称，但它作为物的属性却是客观的，不以人的意志为转移的——也说成了人的感觉。在这一主观唯心的观点的支配下，朱光潜进一步把美说成纯主观的："世间并没有天生自在、俯拾即是的美，凡是美都要经过心灵的创造。……美就是情趣意象化或意象情趣化时心中所觉到的'恰好'的快感。"②

在 20 世纪 50—60 年代的美学大论辩中，朱光潜自我批评说："我的《文艺心理学》、《谈美》、《诗论》之类的书籍，本是从唯心观点出发的，与中国过去封建的文艺思想，与欧美的哲学、美学、心理学和文艺批评各方面的思想，都有千丝万缕的联系。我在唯心阵营里基本态度是调和折衷的，'补苴罅漏'的，所以思想系统是驳杂的，往往自相矛盾的。……我的文艺思想是从根本上错起的，因为它完全建筑在主观唯心论的基础上。"③这种真诚的、严格的学术批判精神，充分显示了朱光潜的学者风范，是一切有志于美学和其他学科研究的人，都应当学习的。

3. 心理距离说

"心理距离说"是西方审美心理学说中的又一种在世界范围内产生了巨大影响的学说，其实，早在这种学说形成之前，一些美学家已经发表了某些相近的见解。例如，英国美学家博克（1729—1797 年）在论述崇高感时，就曾强调它的产生有赖于"危险与痛苦"的对象同人有一定的距离。这可以说就是"距离说"的萌芽。然而作为唯物主义者，博克强调的是人与对象之间的实际距离，而不是自我设定的精神方面的"心理距离"。

首先提出"心理距离说"的，是美学家布洛（1880—1934 年，原籍瑞士，1902 年起一直在英国剑桥大学任教）。布洛认为，在实际生活中能否获得审美愉悦，不决定于对象的客观条件，而决定于主体自我设定的"心理距离"。所谓"心理距离"，即审美者自我想象的本人同对象之间的"距离"。在《"心理距离"——艺术与审美原理中的一个因素》一文中，布洛设定了一个著名的例子，来说明为了保证审美活动的正常进行，主体必须保持自身与对象之间的适当的"心理距离"。布洛写道：

[①《谈美》，《朱光潜美学文集》第 1 卷，上海文艺出版社 1982 年版，第 462—463 页。②《文艺心理学》，《朱光潜美学文集》第 1 卷，上海文艺出版社 1982 年版，第 153 页。③《我的文艺思想的反动性》，《朱光潜美学文集》第 3 卷，第 4 页。]

想象一下海上大雾的情景吧：对于大多数人，这是一种极不愉快的经验。且不说身体的劳累和诸如耽搁旅行而间接产生的不快，海雾还容易引起特殊的焦虑，对看不见的危险的恐惧，以及注视着和聆听着远处方位不定的信号而引起的紧张。航船无精打采地运行，它发出的警报，立即刺激着乘客的神经；那种特殊的、期待着的、默然无声的焦虑和紧张不安，总是同这种遭遇相连的，这使得一场大雾，对于航海专家和对于无知的未出过海的人，都同样感到海的可怕（由于海雾的默然无声与徐缓迷漫，则显得更为可怕）。

可是，海雾也可能成为强烈乐趣与愉悦的源泉。就像每个人在爬山的愉快中不去顾及体力的劳累与危险那样（不可否认，虽然这些情况也可能偶尔闯入喜悦的情绪并从而加强这种情绪），让我们暂时抛开海雾带来的危险和实际上不愉快的经验吧；注意一下那"客观地"构成这一现象的特征——在你周围是迷迷蒙蒙的半透明的乳状的帷幕，它把事物的轮廓弄得模糊不清楚，并把它们改变得奇形怪状；观看一下空气的浮动吧，给你的印象似乎是，只要伸出你的手并让它消失在白色的屏帐之后，你就可以触摸到那远处的海妖；去注视一下那乳状的光滑的水面吧，真会觉得它没有任何危险似的；……①

从这个例子，布洛得出了"距离的作用不是简单的而是相当复杂的"这一结论。他指出：距离"有否定的抑制的一面——割断事物的实用的方面以及我们对待事物的实践的态度，它还有积极的一面——精心制作在距离的抑制作用所创造的新的基础上的经验。"②因此，布洛把距离视为"一切艺术中的一个因素"，他说："正是由于这个理由，'距离'也是一条审美原理。"③所以，只要丧失"距离"，"都意味着丧失审美欣赏"。布洛指出："存在着两种丧失'距离'的方式：或者是'距离太近'，或者是'距离太远'。"④

布洛所说的距离显然与博克说的不同。博克讲的是对象与主体之间的实际距离，只有当客观存在的危险，不对人构成威胁时，才能变痛感为特定的美感——崇高感，所以博克认为崇高感是隐含着痛感的快感；而布洛强调的则是主体自身对于对象的态度——所谓"心理距离"，这种距离是个人的心灵就可以决定的。

其实，就布洛的例子而论，处于大雾中航船上的人，既会意识到危

[①《"心理距离"——艺术与审美原理中的一个因素》，马奇主编：《西方美学史资料选编》下卷，上海人民出版社1987年版，第1028—1029页。
②同上，第1030页。
③同上。
④同上书，第1035页。]

险（只要它客观地存在着），又可以感受到海雾的美，两种感受所由产生的具体对象，其实并不相同。布洛所谓的距离的适度，即不要"或者是'距离太近'或者是'距离太远'"，事实上并不决定于个人的主观心态，而是由主体与对象的实际关系所制约、所决定的。例如，虽然在海上遇见了大雾，但船长已明确告诉乘客，周围并无暗礁或别的航船，因而不存在任何实际危险，这时人们当然就可以心旷神怡地领略海雾之美了；反之，如果船长警告说四处礁石密布，危机四伏，要乘客穿上救生衣，集中在甲板上，随时作好遇险的准备，那么除了白痴会无动于衷外，任何人也难以再去欣赏海雾之美了。我国古代有一个笑话，说一个极为爱刀的人，当刽子手把他的头砍落地上时，那头边滚边赞美说："好快刀！"要是布洛及其追随者听到这个笑话，不知会不会认为这真是一颗富有审美能力的头？！

由此可见，实际的功利关系在审美活动中起着举足轻重的作用。在现实生活里，当实际的利害过于突出时，人们的审美心态是无由产生的。在生死攸关的激烈战斗中，谁也不可能去欣赏一个战士的动作是否美；在万分惊恐时，即使莫扎特（1756—1791 年）的最美的乐章，也难以唤起人们的审美感受；饥肠辘辘的穷人，自然不会对食物形式的美作出反应……这些人生经验的提示，一切正常的人都不难明白。荀子（约公元前 313—前 238 年）说："心忧恐，则口衔刍豢而不知其味；耳听钟鼓而不知其声；轻暖平簟而体不知其安。"① 这是无数人的实践早已证明了的真理。

此外，审美心理的形成，还有决定于主体与对象之间的实际感受关系能否建立。人的感官的感受能力，受到感官与对象之间实际距离的制约，其范围是可以科学界定的。对于视觉来说，不仅它所能感受的光波的波长有一定的限度，而且即使是在肉眼可以感受的光波的范围内，距离太远的东西人们仍然无法看见，距离太近处在瞳孔跟前的斑点，人们也难以辨析。同样，就听觉而言，如果不是凭想象，人们绝对听不见千里之外的莺啼；而音响的声音要是过大，乐音就可能成了噪音，欣赏音乐时的美感就必定变成痛感……当然，如果着眼于客观的距离，而不是主观设定的心里距离，那么布洛的见解还是富有启发性的。它可以使我们懂得，审美心态的产生，一般只能出现在人们的实际需要已经降到比较次要的地位的时候。

[① 《荀子·正名》。]

朱光潜在《谈美》中有这样一段论述：

我的寓所后面有一条小河通莱茵河。我在晚间常到那里散步一次，走成了习惯，总是沿东岸去，过桥沿西岸回来。走东岸时我觉得西岸的景物比东岸的美；走西岸时适得其反，东岸的景物又比西岸的美。对岸的草木房屋固然比这边的美，但是它们又不如河里的倒影。同是一棵树，看它的正身本极平凡，看它的倒影却带几分另一世界的色彩。我平时又欢喜看烟雾朦胧的远树，大雪笼盖的世界和更深夜静的月景。本来是习见不以为奇的东西，让雾、雪、月盖上一层白纱，便见得很美丽。①

《谈美》中还举了许许多多的例子，来证明布洛理论的正确，证明"美和实际人生有一个距离，要见出事物本身的美，须把它摆在适当的距离之外去看"②。然而，我们要是仔细想一想，就会发现朱光潜所举的全是审美者与审美对象之间的实际距离，而不是布洛主张的"心理距离"。

在人类的审美活动中，个体要进入审美状态，的确要超越同对象之间的直接功利关系；要是实际功利关系过于突出，那么就像我们前面说的，人们的美感便无由产生了。美感的这种超越个人直接功利的性质，表现在许多方面：真正的审美，绝不出于实用的目的，审美者并不考虑对象的实用价值就获得了审美愉悦；真正的审美，尽管伴随着一定的情感体验，有时这种情感极为活跃、相当强烈，但审美者却不会立即作出实用性的现实行动的反应；真正的审美，当愉悦之情油然而生时，审美者总是急于与他人分享，渴望得到人们的认同；……凡此全都表明，美感无关于个人的利害，不是自私的享乐。③

因此，审美活动中审美者与美的对象之间的实际"距离"，除前面已经论及的感官同对象的恰当距离外，还关系到事物的实用价值是否已"退居二线"。这就是马克思为什么说"忧心忡忡的穷人甚至对最美丽的景色都没有什么感觉；贩卖矿物的商人只看到矿物的商业价值，而看不到矿物的美和特性"④的道理之所在。

[①《朱光潜美学文集》第 1 卷，上海文艺出版社 1982 年版，第 454 页。

②同上书，第 456 页。

③当然，在美感的超越个人的直接功利的这个特点背后，蕴含着间接的社会的功利因素，美感的特点之一，就是"超功利而含功利"。详细论述参见刘叔成等著：《美学基本原理》，上海人民出版社 2001 年版，第 278—283 页。

④《1844 年经济学哲学手稿》，《马克思恩格斯全集》第 42 卷，人民出版社中译本第 1 版，第 126 页。]

马克思主义美学的历史定位（提纲）*

在美学发展史上，马克思主义美学的诞生，标志着美学真正成为一门独立的、对社会发展具有重要意义的社会科学。然而，美学界对此却有不同的看法。有些人甚至认为，就马克思主义而言，谈不上有什么完整的美学体系，所以"马克思主义美学"这一范畴不能成立。

一、关于"体系"的争议

由于马克思主义的经济学、政治学等，都有马克思主义经典作家的专著作为依据，而美学则确实找不到一本专著，因此学术界曾开展"有没有马克思主义美学"以及"马克思主义美学包括哪些方面，其体系如何"的争论。

其实，某种独立体系的学说的形成，其形态是多种多样的，有的有专门的著作，有的就没有。例如，我国先秦诸子的种种对后世产生了重大影响的学说，就不是由一本本专著确立的。所以，作为某种思想体系或学说是否成立，不能以一种固定的格式来判断，更不能要求像黑格尔的学说那样形成一种自我封闭的结构或体系。马克思的学说，诚然有的有专著——如《资本论》，然而相当一部分却并没有专著，包括马克思的哲学。

马克思诸种学说的生命力，在于它同人们的社会实践的不可分割的联系，所以它是开放的，而不是封闭的，它将随着人们社会实践活动的发展而发展。

马克思主义美学在人类社会科学中的存在及其相对完整的体系，是不容否认的。这是因为：

第一，马克思建立了历史唯物论和唯物辩证法，这就为新的美学的创立提供了崭新的世界观与方法论。

在1890年8月5日给康·施密特的信中，恩格斯强调不能把"唯物主义的"这个词作为"套语"或标签"贴到各种事物上去"。他说："我们的历史观首先是进行研究工作的指南，并不是按黑格尔学派的方式构造体系的方法。必须重新研究全部历史，必须详细研究各种社会形态存在的条件，然后设法从这些条件中找出相应的政治、私法、美学、哲学、

［＊1994年写于汕头大学。］

宗教等等的观点。"(选四，第475页）马克思主义美学正是在这一世界观和方法论的指导下诞生的。

第二，在世界观和方法论的基础上，马克思主义经典作家阐释了有关"美"与"审美"（包括艺术）的一系列问题。

例如：

（1）确定了审美现象存在的范围——马克思主义认为，自然界发展到人类的出现，才有了"自我意识"。即只有人才能把"我"，把自身当作对象（认识对象、加工改造对象，等等）。这就确定了美与审美的一切现象，仅仅存在于人（或相类于人，如外星人）的世界中。

（2）论述了美与美的规律——马克思在研究人的活动特点时，揭示了人的行为同动物的活动的质的区别。指出了人是按照"美的规律来建造"的，这就为科学的美学研究提供了打开宝库的钥匙。

（3）揭示了美与美感（生活与艺术、创作与欣赏）的辩证关系——马克思强调只有音乐才能激起人的音乐感，同时又承认没有音乐感的耳朵，最美的音乐也不是对象，这就极为辩证地解决了美与美感的关系问题，使我们不仅对美的本质有所理解，而且也对美感的实质作出了科学的界定。

（4）探讨了艺术创作与发展的种种基本规律——马克思主义认为，人类艺术地对世界的把握，不同于其他思维形式对世界的把握。马克思、恩格斯还研究了艺术创作的典型化规律、现实主义的方法，以及艺术发展中的不平衡现象和继承革新的辩证关系，等等。

总之，马克思主义者在美学上的贡献是多方面的、系统的。其中最为关键的一点就是：指出了以往被美学家们忽视的人类最基本的实践活动——物质生产劳动，是自然人转化为社会人（即马克思所说"真正的人"），以及人类一切文化和"人的享受"得以形成的根本源泉，从而回答了美的奥秘之所在。

第三，马克思主义美学体系的建立，包含了其他马克思主义者所作出的贡献。

例如，列宁、毛泽东、梅林、拉法格、普列汉诺夫、卢那察尔斯基、高尔基、鲁迅……以及现当代的许多信奉马克思主义的学者。

二、马克思主义美学的划时代贡献

马克思主义美学的诞生，标志着美学研究经过几千年的探索，终于步入了真正科学发展的时期，不再受唯心主义的羁绊。在美学发展的初期（臣属期）、中期（独立期），美学研究都未能彻底摆脱唯心主义的束缚。即使像费尔巴哈、车尔尼雪夫斯基这样杰出的唯物主义思想家，也不例外。费尔巴哈离开了人类的社会实践，仅仅抓住了一个抽象的所谓"类"本质；车尔尼雪夫斯基对生活的理解，并不完全符合唯物史观。

（1）马克思主义美学揭开了笼罩着"美"的各种神秘外衣，使其复归于人世。

在历史上：

有人从"神"或"理念"寻求美：柏拉图、黑格尔，以及中世纪神学家阿奎拉、普洛丁等。

有人从"物"（包括作为物的自然人）的自然属性或形式寻求美：毕达哥拉斯、贺迦兹等。

有人从"人的观念"寻求美："移情说"、"审美态度说"、"美在主观说"，以及"美是生活"观的局限，等等。

马克思把飘浮在空中的"美"，拉回到人世实实在在的土地上。

（2）马克思主义美学突破了以往美学观的局限，拓展了美学研究的广阔领域。

美即艺术或"美的艺术"的观念，在美学研究的领域长期处于统治地位，这就大大束缚了人们的审美视野，使几千年来对于美的奥秘的探究，难以得到实质性的突破。

马克思科学地论证了"劳动创造美"，从而把美学研究的范围扩展到人类生活的各个领域。换句话说，美并非仅仅存在于精神生产中，物质生产活动中更广泛地存在着美与美的创造。马克思指出的这个事实，无疑扩大了人们的眼界，开拓了美学研究的领域。

（3）马克思主义美学将审美理想融合于社会理想之中，强调了审美的能动方面。

审美的能动方面，并非像唯心主义美学家主张的那样，只限于意识的作用。事实上，人类的主观能动性，首先是一种实践创造的才能，审美自然也不例外。

"审美"，绝不是单纯地认识美、感受美，而主要是创造美、发展美。所以，"审美"中蕴含着"立美"。人类只有把相对消极被动的感受、认识变为积极主动的创造、发展，才能真正提高审美的自觉性，使人生得到不断的美化。

马克思主义美学这些远超前人的贡献，其划时代的意义是不言而喻的！

卷二·文艺管窥

文学艺术的审美特质*

认识事物，在于认识事物的特殊性，就是将这类事物同其他事物科学地区别开来。那么，究竟什么是文学艺术呢？文学艺术同其他事物又有什么联系和区别呢？这就是我们首先需要明白的问题。

近年来，在西方文艺思潮的影响下，一些学者认为，文学艺术就是文学艺术，同其他一切（特别是政治、经济等等）无关，主张文学艺术应当回到自身。在这种主张下，一些文艺创作完全脱离了社会人生，竟然变成了语言、符号的嬉戏。

其实，从远古的神话到今天现代派、后现代派的创作，一切文学艺术无不根源于人类实际的现实生活，是社会生活中特有的现象。因此，揭示文艺的特质，就要从社会人生的实际状况入手，看看它是人类活动中的何种现象？究竟属于精神还是属于物质？它与其他社会生活中的现象又有什么联系和区别？

一、文艺创作与欣赏是人类生活中特有的精神现象

文学艺术只存在于人类社会之中，是适应社会的人的需要而产生、发展的。尽管古代人们曾经传说人是向"神"或自然事物学习，才懂得文学艺术的创造的；但事实上这不过表明了古人的一些模糊的认识，并不科学。

在远古时代，文学艺术的创作直接与人们的劳动生产联系着，或表达收获的喜悦，或祈祷未来的丰收，甚至不少作品将劳动的情景加以重现，以便把经验传授给后人……随着历史的前进，文学艺术同社会生活的关系越来越复杂，有一些竟然给人以与社会人生毫无关系的印象。然而，就是那些缥缈朦胧、描神画鬼的作品，仍然曲折地传达了作者对于社会人生的体验。《聊斋志异》中一些"鬼"之所以如此可爱，正由于作者在人世中处处看见到了丑恶，所以才把美好和善良赋予了"鬼魅"。因此，蒲松龄才在《聊斋自志》中，将他的这本奇书，称为"孤愤之书"[①]。同样，在现代派艺术中，一些艺术家之所以那样热衷于形式的追求，也有其深刻的社会根源。

[* 本文于 1995 年写于汕头大学。包括本文在内的以下五篇文章，系 1996 年为中央广播电视大学《文艺学概论》电视录像课的文字稿。其摘要收入国家教育委员会高等教育司编的《升华与超越》第 4 辑，高等教育出版社 1998 年版，篇名《文艺的审美特质与欣赏》。
① 《聊斋自志》。]

生物学家曾经发现，某些动物，甚至植物能对音乐作出反应，因而有人就认为文学艺术并非人类所专有。其实，这是很大的误解。生物学家的发现，不过说明一些生物能接受声音的刺激，并不足以说明生物具有欣赏音乐的能力。正如马克思所指出，能够欣赏音乐的"音乐的耳朵"和"能够感受形式美的眼睛"，同动物的、非人的耳朵和眼睛不同，它来自"自然的人化"、人类感官的社会化，是人类进入社会历史的结果①。

同人类的物质生产有别，人类文学艺术生产所提供的不是满足人们物质需要的产品。画中的葡萄不能吃，雕塑的骏马不能骑……在人类社会所涉及的物与心、存在与意识、物质与精神、社会存在与社会意识两类领域中，文学艺术的创造品虽然有的具有客观物质的形态，但就其实质而言，只是一种精神性的东西，显然只能属于社会意识范畴，其物态化的形式，是一定的社会人生在作家艺术家头脑中的反映的产物。所以，毛泽东说："作为观念形态的文艺作品，都是一定的社会生活在人类头脑中的反映的产物。"②

承认文艺是人类精神活动的产品，确认它的社会意识性质，不过说明了现实生活是第一性的，文学艺术是第二性的，而不是要把文艺等同于生活中的人、事、物。古代文艺美学中的"摹仿说"、"镜子说"，在肯定文艺来自现实生活上，有其积极意义，但大都忽略了文艺创作中的主观因素，对作家艺术家心灵的作用估计不足。事实上，即使是那些极为强调精确再现客观事物的现实主义作品，仍然渗透了作者的主观情思，表达了他的鲜明爱憎。

我们看列宾的著名油画《不期而至》，画面上呈现的确实是一个相当客观的场面：意外出现在门口的革命者，引起了家中人的不同反应。然而，通过人物眼神的出色表现，画家有力地揭露了沙皇统治的罪恶与凶残。画面右方那个稍大一点的男孩，眼中透露的些微喜悦之情，尽管尚未抹去原先的惊疑，但却表示他已认出这个意外归来的"陌生人"原来正是自己最亲密的亲人；而年幼的女孩的一脸惊恐，则把现实的黑暗、统治者的凶残，表现得令人永远难忘。画家鲜明的爱憎之情，无疑燃烧在他的每一笔触之间。

同"摹仿说"、"镜子说"相反，古代文艺美学中的"心灵表现说"则认为文艺创作与现实无关，全然是作家艺术家自我心灵的表现。这种观点在强调创作中的主观因素上，其意义不能低估；但要是认为文艺创作可以脱离现实、脱离生活，那就大错特错了。人们的一切心灵活动总

[①马克思：《1844年经济学哲学手稿》，《马克思恩格斯全集》第42卷，人民出版社中译本第1版，第125—126页。
②毛泽东：《在延安文艺座谈会上的讲话》，《毛泽东选集》第3卷，人民出版社1991年版，第860页。]

有其现实的因缘，作家艺术家当然不会例外。所以，在文艺的表现性中，总融会了再现的成分；而文艺对生活的再现又灌注了心灵表现的因素。因而，文学艺术对社会生活的反映，正是再现与表现的有机统一。

对于文学艺术而言，再现与表现是相互关联、辩证统一的。所谓"再现"，是指刻画客观世界中的人、事、物，使现实生活再度呈现在作品中；所谓"表现"，即传达作者对于社会人生的自我感受与体验，在物态化的形式中显现作者自己的情思。在不同的艺术门类、不同的具体作品中，再现与表现有着不同的比重。一般说来，造型艺术如绘画、雕塑等，大都侧重于再现（现代造型艺术有注重表现的倾向）；而表演艺术如音乐、舞蹈等，则以表现为主。在文学里，抒情类作品以表现见长，叙事类、戏剧类作品则往往以再现取胜。然而，再现与表现的成分尽管可以有所偏重，却绝不会相互分离而偏废。

一部作品不论如何侧重于再现，都不会没有表现的因素，它从内容的选择、加工到形式的追求、锤炼，都凝聚了作者的人生体验，显现了他的创造精神。前述列宾的《不期而至》，就说明了即使在强调精确地再现客观场景的现实主义作品中，仍然包含了艺术家的主观情意，打上了艺术家心灵的烙印。同样，即使在表现因素极为突出的音乐创作中，再现的成分也不能抹煞。一方面，艺术家的情意激荡，总有其生活的来源；另一方面，他的情意的表达常常又要借助于客观的事物，即我国古代文论所说的"借物抒情"。琵琶古曲《十面埋伏》的韵味，同楚汉之争的壮烈史实的联系，自不待言；就是《春江花月夜》、《二泉映月》这类倾诉艺术家主观情思的乐曲，也隐约地显示了社会现实的矛盾。在《二泉映月》舒缓轻柔而又不时透露出沉郁刚劲的旋律中，我们强烈地感受到了一个执着于生命的、有残疾的艺术家对于黑暗现实的抗争。

就文艺的根源论，再现是基础，一切文艺的产生及其对社会人生的作用，只有放到一定的社会历史背景中，才能得到合理的解释；就具体作品的创作而言，表现则居于主导的地位，它来自作家艺术家的人生体验与审美追求，是他的心血的结晶。黑格尔说得好：单凭"外在的方面并不足以使一个作品成为美的艺术作品，只有从心灵生发的，仍继续在心灵土壤中长着的，受过心灵洗礼的东西，只有符合心灵的创造品，才是艺术作品。"[①]

总之，我们在认识文学艺术这种特殊的社会现象时，不能为一些表面的东西所模糊，必须透过表象，把握其社会意识的性质。首先懂得文

[①《美学》第 1 卷，商务印书馆 1979 年版，第 36—37 页。]

艺是人们精神活动的产品，是一定的社会生活在作家艺术家头脑中的反映的产物；其次明确文艺对生活的反映，不是镜子似的机械地、被动地，而是能动的再现与表现的辩证统一：再现是基础，表现为主导。

二、审美意象——文艺独特性之所在

对于文艺社会意识性质的认识，是我们认识文艺特质的基础。有了这个基础，我们就要进一步研究文艺同其他社会意识的区别，这个区别就在于它所特具的审美意象。

马克思主义认为，自然界发展到人类才有了自我意识。这也就是说，只有人类才能对自身及其生活实践进行反思、研究。当原始人在自己的劳动实践中创造出了如鲁迅所说的"杭育杭育"派的诗歌以后，人类也就开始了对自身文艺实践活动的反思，力求对什么是文学艺术作出科学的界定。

我国古代提出了"诗言志"的见解，主张"在心为志，发言为诗"；以后又有"文以载道"的学说，强调诗词文章不过是传达真理的工具。古希腊的哲学家们，则从多方面阐发了文艺模仿自然人生的见解，有的甚至以为人类是由自然现象或动物的活动才学会了文学艺术的创作。古代学者的这些见解，现在看来虽然不那么科学，但都或多或少包含了一些值得我们珍视的东西。例如，"诗言志"的学说，就合理地说明了文学艺术同人们心志活动的关系；"摹仿说"尽管有很大的局限，但把文艺的根源归之于客观世界，还是有一定道理的。

在我国古代，特别值得一提的，是宋代美学家严羽的"妙悟说"。严羽在他的《沧浪诗话》中有这样一段论述：

> 夫诗有别才，非关书也；诗有别趣，非关理也。然非多读书，多穷理，则不能极其至。……诗者，吟咏情性也。盛唐诸人惟在兴趣，羚羊挂角，无迹可求。故其妙处透彻玲珑，不可凑泊，如空中之音，相中之色，水中之月，镜中之象，言有尽而意无穷。[①]

严羽关于"诗"（广义的"诗"泛指文学艺术）的这一论述，尽管未能采取科学论著的逻辑语言，但却体现了我国古代学者对于文艺审美特质的深刻把握：第一，文艺（"诗"）有别于一般的学术著作和道理，即"非关书"、"非关理"也。第二，文艺是作者情性的流露，有一种特

[① 《沧浪诗话·诗辨》。]

殊的难以言传的妙处——"如空中之音，相中之色，水中之月，镜中之象，言有尽而意无穷。"第三，文艺同社会人生有着难以分割的联系，因而"非多读书，多穷理，则不能极其至。"第四，反对"以文字为诗，以才学为诗，以议论为诗"①；作家艺术家要创作出优秀的文学艺术作品，必须在多读书、多穷理的基础上获得对于人生现实的"妙悟"，他说"大抵禅道惟在妙悟，诗道亦在妙悟"，"惟悟乃为当行，乃为本色"②。严羽的"妙悟说"在中外文艺美学史上确实占有非常突出的地位。

至于西方古代文艺美学的建树，当首推以黑格尔为代表的德国古典美学。他们对于文学艺术中作者心灵的巨大作用的认识，对艺术创作、艺术欣赏规律的深刻阐发，除我们前面已经论及的以外，在以后的讲述中还会继续介绍，现在就不多说了。

20世纪以来，我国文艺理论的发展，深受19世纪俄罗斯革命民主主义思想、理论的影响。别林斯基关于"形象"和"形象思维"的见解，在一个相当长的历史时期中，虽然也有少数人提出过批评，但总的来说却成了我国文艺理论界阐释文艺特质的占主导地位的观点。直到改革开放以来，这种观点才受到学术界普遍的质疑。

别林斯基曾以诗歌与哲学为例，来论证艺术同理论的区别，他说：

> 哲学家用三段论法，诗人则用形象和图画说话，然而他们所说的都是同一件事。……一个是证明，另一个是显示，但他们都是说服，所不同的只是一个用逻辑论证，另一个用图画而已。③

在别林斯基的著作中，这一观点还有许多类似的说法，我们不再一一引证。就别林斯基的这个基本观点来说，一方面，他肯定了人们的思想意识（无论是哲学还是文学艺术）有相同的现实依据和社会作用，即所谓讲述"同一件事"和"都是说服"；并且他还注意到了文学艺术有不同于哲学社会科学的特殊形式——这无疑应该充分肯定，给它以应有的历史地位。另一方面，它又确有许多不够准确、不够科学之处。

第一，虽然同为社会意识形式，文学艺术与哲学社会科学的内涵绝不能机械等同，不能说它们讲述的是"同一件事"——科学以"理"为重，艺术以"情"为主。

第二，要是说社会科学主要通过客观规律的揭示，以理服人，即所谓"说服"的话，那么文学艺术则不然，它主要通过以情动人，而实现潜移默化。要是把文艺当作说教的工具，就必然违背了文艺的真正特质。

第三，用"形象和图画"来规范文艺的特质，不仅有循环论证的弊

[①《沧浪诗话·诗辨》。
②同上。
③《1847年俄国文学一瞥》第1篇，《别林斯基选集》第2卷，时代出版社1952年版，第429页。]

病（因为"图画"本身就是一种艺术），而且显然受到了"摹仿说"的影响，忽略了音乐之类侧重于表现的艺术的特点。法国启蒙主义思想家卢梭说得好："音乐家的艺术绝不在于对象的直接模仿，而是在于能够使人们的心灵接近于（被描述的）对象存在本身所造成的意境。"①

第四，"形象和图画"所强调的是文学艺术的客观的、具象的方面，而文学艺术由于必须有心灵的灌注，其价值往往正在于主观的、抽象的方面。

因而，近年来以"形象"作为文艺特质标示的观点，逐渐为"意象"论所取代。学术界普遍认为，文学艺术的特质，恰恰在于审美意象的建构。这不仅有别林斯基所说的形式方面的不同，也有内涵上的重大差异。那么，应当怎样科学地理解审美意象的内涵呢？

西方学者对于"意象"的阐释，要到十七八世纪之后；而我国先秦诸子的论著，即已接触到"意象"的问题，《周易·系辞·上》在分析"书不尽言，言不尽意"的现象时，便提出了"立象以尽意"观点，认为通过具体的、有形的"象"，可以将不尽的意传达出来。到了魏晋南北朝时期，刘勰在他论述审美思维的专篇《文心雕龙·神思》中，明确提出了"意象"这个有关文学艺术审美特质的中心范畴，指出一切富有独创精神的艺术家，都是凭自己脑海中的意象来进行艺术创造的——即所谓"独照之匠，窥意象而运斤"。

"意象"一词，顾名思义包含"意"与"象"、主观与客观、抽象与具象两个相互区分而又紧密关联的部分。审美意象是文学艺术反映社会生活的特殊形式，是作家艺术家审美意识的结晶，是他们根据实际生活的感受、体验、认识创造出来的具体、可感而又带有强烈感情色彩和审美价值的情境。理解"审美意象"应当注意这样几个问题：

"审美意象"的来源是作家艺术家的实际生活体验，完全脱离实际生活，审美意象便无由产生。文艺理论中唯物论与唯心论的区分正在于此。

"审美意象"不是生活事实的机械模仿或记录，它是作家艺术家心灵的创造，浸透了他们的主观情思，是一种意识性的东西。换句话说，同客观存在的人、事、物相较，审美意象具有虚拟、幻象的性质。不懂得这一点，就违背了唯物辩证法。

"审美意象"包括"意"与"象"，即主观与客观两个方面，是"意"与"象"辩证统一所形成的情绪氛围、情意状态，即情境。在侧重再现的作品中，我们不能只见客观的人、事、物，而忽略其中所蕴含的

［①转引自汪流等编：《艺术特征论》，文化艺术出版社1984年版，第214—215页。］

作者的情意；在偏重表现的作品中，也不应忘记制约着作家艺术家情意的实际人生。

"审美意象"将抽象体现于具象之中，是具体的、可以直接作用于人的感官的。将文学艺术等同于哲学讲义，就谈不上审美意象的创造。

总之，审美意象是文学艺术特质之所在。它既标示了文学艺术有不同于哲学社会科学的具体对象——对人的生活及其命运作整体上的把握；又体现了人们把握现实的不同需要——不是追求理论认识的深化，而是满足审美情意的需求。

三、审美意象的特点

审美意象的特点大致包括：

1. 虚实结合

作为一切文学艺术共同特质的审美意象，同作家艺术家心灵中的审美体验有别。审美体验是内在的、纯精神性的东西；审美意象则是心灵因素的物态化——也就是说，任何意象总要凭借一定的物质材料（如形体、色彩、声音或语言符号等）将心灵的东西客观化，使之成为人们感官所能把握的对象。这就意味着它是具象的、"实在"的，是人们的感官能够直接加以把握的具体的东西。另一方面，审美意象中一切客观的东西无不经过了作家艺术家心灵的灌注与创造，包含着难以言传的意味，这就是"虚"，是某些相对抽象的东西。所以，虚实结合构成了审美意象第一个显著的特点。

然而，从文学艺术发展史看，人们对审美意象的这一特点，往往会产生种种误解，或强调具象，将艺术等同于实物，斤斤计较毫发之真，使创作失去了应有的韵味；或追求抽象、朦胧，不是把艺术当作哲学意念的演绎，就是将艺术应有的意味变成欣赏者难以捉摸的一片虚无，令人如堕五里雾中。

意象虚实结合的特点，在造型艺术如绘画中的一个突出表现，就是"白"与"黑"的统一（"计白当黑"），由于画幅的整体建构，画面上没有着色的地方，并不意味着"无"，它仍然是"有"，仍在传达着特定的情意；在表演艺术如音乐中，则体现为"有"与"无"的相辅相成（"此时无声胜有声"）；在语言艺术文学中，即为古人常说的"含不尽之意见于言外"[1]、"片言可以明百意"[2]、"言有尽而意无穷"[3]等等。认真

[①梅圣俞语，见欧阳修：《六一诗话》。
②刘禹锡：《董氏武陵集纪》。
③严羽：《沧浪诗话·诗辨》。]

163

领悟意象的这一特点，对于文艺创作和欣赏都有重要的意义。

2. 情理结合

审美意象是作家艺术家心血的结晶，具有鲜明的情感色彩。这同理论性的科学论著形成了强烈的反差。科学家对于客观规律的揭示，自然要受到他的情感的驱动；但在一般情况下，他们的情感不会渗透到其著作的论断中。

审美意象所具的浓烈情感色彩，使一些文艺理论家、美学家得出了审美意象与理无关的结论，这就是文艺美学中的"非理性主义"。其实，审美意象尽管具有突出的情感意味，但绝不排除"理"的成分。情理结合恰恰构成了审美意象的又一个特点。

一切意象虽以"情"为主，然而都有一定的"理"蕴含其中。这种"理"，不是一般科学著作概括出来的抽象道理，而是某种基于社会人生实践的感悟，是生活的情理。正是由于这种特定的"理"的作用，审美意象中的情感才与人们的日常情感有了明显的区别。这种区别，可以从向度、浓度、深度、纯度、精度几个方面来加以把握，是我们在理解审美意象时应当特别注意的。

第一，情感的向度，即指向性。

日常情感是由主体与对象之间的直接功利关系所制约的，或迎或拒，都出于功利得失；审美情感则不然，它超越了直接的物质利害，指向对象所蕴含的社会人生意蕴。例如，美感是一种快感（审美愉悦之情），却不是一般的生理快感。生理快感的获得，要求主体占有以至于消灭对象——饥肠辘辘的人只有将食物吃下去，才能产生生理上的快适，因而这种快感具有"排他性"、"独占性"。审美则让对象保持自身的独立，超越直接的功利关系，而注目于其中所体现的人生意蕴和价值，显现出瞩目的"共享性"、"普遍性"。在人们欣赏美的对象——无论是社会事物、自然事物，还是文学艺术作品——的时候，总希望得到其他人的赞同，从而在大家共享中获得最大的审美满足，就说明了这个道理。

第二，情感的浓度，即情感的强烈程度。

一些作家艺术家在谈到自己的创作时，往往强调感情如何强烈，给人的印象似乎是，如果不是比日常情感强烈三分，就不可能创作出感人的作品来。其实，就审美心理而论，这样的强调并不科学。日常情感由于受制于直接的个人功利，所以它的浓度大都高于审美情感。西方美学家曾经指出，一个嚎啕痛哭的小孩所释放的感情，要比一个出色的歌唱家演唱时表达的感情"真实"、强烈得多。要是歌唱家完全处于日常情感的支配之中,他(她)的演唱就不可能出色;只有当歌唱家重新将自己的日常情感加以体验,深入把握这一情感的社会人生意蕴时,才能使其演唱达到出神入化的境地,这是很有道理的[①]。

第三,情感的深度,即情感的社会历史内涵。

在深度上审美情感远远超过了日常情感,它突破了个人体验的范围,包含着社会人生的普遍价值。英国文艺批评家罗斯金说,一个少女可以为她失去的爱情而歌唱,一个守财奴却不能为其失去的钱财而歌唱[②]。这正是因为,一般说来少女爱情上的痛苦,具有普遍的社会意义和价值,而守财奴的痛苦,则完全属于个人。因此,文学艺术的创作不能一味玩弄个人情感,而要开掘那些个人体验中具有社会历史普遍意义的东西。

第四,情感的纯度,即情感的纯净度。

在现实生活中,由于客观环境和复杂的人际关系的交互作用,具体的人的思想情感往往呈现出复杂多样,甚至相互矛盾的情况。艺术作品中表现的情感,大都经过了艺术家从一定的中心出发的筛选、提炼,删除了种种杂质,因而比起日常情感来就要纯净得多。

有人以为,一些史诗性的大型作品,其情感内涵的丰富、复杂,是普通的人们难以望其项背的,远远超过了日常情感,所以不能说审美情感在纯度上不同于日常情感。这是一种误解,因为文学艺术的审美意象所体现的情感,不论多么复杂丰富,即使如史诗般可以称作"生活的百科全书",它也是多样的统一,而不像日常情感那样杂乱。因此,尽管它在浓度上不及日常情感,但它的纯度却很突出,这就是它具有强烈的感人力量——即古人所说的"入人之深"——的原因。

第五,情感的精度,即情感精细的程度。

意象所体现的审美情感,比起日常情感来,要精致、细腻得多。日常情感的原发性,使它不可避免地显得粗糙;审美情感经过艺术家理性的整理,自然就显得精致而细腻。这是不言自明的,我们就不多说了。

总之,意象之"理",渗透在意象之"情"中,不是一般的科学道理;而意象之"情",由于有"理"融会于其中,也就不是普通的日常感情了。意象中饱含的丰富的情感因素,经过了艺术家的反复体验和理性整理,超越了初级的日常情感,而成为情理结合的高级情感。

3. 主观性与客观性结合

除了某些直接抒情的作品外,大多数文艺作品展现的几乎都是客观

[①苏珊·朗格:《艺术问题》,中国社会科学出版社 1983 年版,第 23—24 页。
②普列汉诺夫:《艺术与社会生活》,《〈没有地址的信〉〈艺术与社会生活〉》,人民文学出版社 1962 年版,第 225 页。]

的场面、情节、人物；然而，正如一切抒情作品都以它们特有的方式和手段，再现了客观现实生活一样，叙事类、戏剧类的作品在它们所展现的客观场景中，同样饱含了艺术家的主观情意。因此，审美意象的又一特点，就是主观性与客观性结合。

审美意象的主观性，在于意象本身的导向性。意象不论显得多么客观，总体现了作家艺术家一定的意图、目的，隐含着他的主观导向——艺术家总像一个隐秘的向导一样，在暗中引导着人们进入自己所创造的艺术世界，让人们爱自己之所爱，恨自己之所恨。意大利影片《警察局长对检察官的自白》的片头所展现的人的额头皱纹的大特写，寓意深远地显示了导演对于错综复杂、钩心斗角的社会现实的人际关系的洞察；要人们注意那些隐含在他人内心深处的危险。影片中的警察局长，尽管具有丰富的斗争经验，事事小心，高度警惕，仍未能逃出毒手。所以，即使这样一个看来非常客观的细节处理，依旧包含了艺术家的主观情思。

审美意象的客观性，体现在意象营造所凭借的现实生活材料本身所具有的客观意义。意象不论怎样具有突出的主观色彩，都不可能完全脱离客观材料；而材料本身的意义则是多方面的，与艺术家的主观认识、爱憎倾向不一定全部吻合。这是我们在欣赏文艺作品时必须懂得的又一个问题。

从审美意象的价值来看，尽管同它的客观性——即作品展现的客观社会生活的容量的丰啬——有相当密切的关系，但决定性的因素却是蕴含在作品意象中的作者的主观思想倾向。

4. 社会功利性与审美愉悦性结合

社会功利性与审美愉悦性结合，是审美意象的又一个重要特点。所谓"社会功利性"，是说一切审美意象都有这样那样的社会意义和价值，对社会人生起着或积极或消极的作用；所谓"审美愉悦性"，则是指所有的审美意象均能对人们的情绪产生影响，引起人们的兴趣，使人感到愉快。

在日常生活中，人们对于文学艺术的欣赏，大都不是出于功利的考虑——不是为了受教育——而是为了休息和娱乐。可是，这一休息和娱乐的追求，却可以给人以启发和教育。古罗马的学者早就肯定了文学艺术这种"寓教于乐"[①]的特质。所以，我们对于审美意象的这个特点，也应加以重视。

[①贺拉斯：《诗艺》，《〈诗学〉〈诗艺〉》，人民文学出版社 1962 年版，第 155 页。]

艺术的思维活动与创作过程*

在了解文艺的审美特质的基础上，我们将进一步探索文艺的创作规律，首先要讲的就是文学艺术是怎样创造出来的，即文艺创作中的思维活动与创作过程的问题。

一、审美思维的性质与特点

作为精神产品，一切文学艺术创作都是作家艺术家思维活动的产物。这种思维同科学研究中的抽象思维有明显的区别，一般称之为审美思维或形象思维、艺术思维、具象思维。

古代学者早就注意到了作家艺术家在创作活动中，有不同于科学研究和日常生活的思维方式。刘勰在《文心雕龙·神思》里，将这种思维方式的特点，概括为"神与物游"，认为处于这种状态中的人们，"登山则情满于山，观海则意溢于海"。"神与物游"、"情满意溢"，主观与客观、主体与客体、人类与自然，呈现出一种相互渗透、相互交融的状态，这确实抓住了审美思维的特质。审美思维是人类审美活动（包括文学艺术创作活动）所采取的思维形式，它以审美感知为起点，经过联想、想象和幻想，形成审美意象，实现审美愉悦。同科学研究中的抽象思维相较，审美思维表现出以下主要特点。

第一，始终不脱离活生生的具体感性材料。

人类的思维总有一个从感性到理性不断升华的过程，审美思维自然也不例外。然而，在科学研究中，从感性到理性的升华，要求抛弃具体的感性材料，不断抽象更抽象。像人们对于"数"的研究，当然是从现实生活中事物间数量的关系开始的，但当人们得出 $1 + 1 = 2$，或者更抽象一点，得出 $A + A = 2A$ 的时候，已经不问这个"1"或这个"A"具体指的是什么东西。审美思维则不然，它从具体的审美对象的感受始，在上升为蕴含理性的体悟时，并不将所有的感性材料统统抛弃，而是保留、强化并完善那些符合自身审美情趣、审美追求的感性的东西，实现寓理性于感性之中。

第二，联想、想象和幻想居于突出的地位。

[＊1995 年写于汕头大学]

无论在物质生产领域还是在精神生产领域，人类要有所创造，有所发明，就不能不凭借想象和幻想的能力。要不是在人类生存的初期，人们就想象和幻想飞上天空，离开地球，就不会有今天的环球航运和宇宙飞船……联想、想象和幻想在人类发展进程中的作用实在太巨大了。

然而，联想、想象和幻想，只是科学家探寻真理的驱动力，使他们获得某种假设、某种预测；他们绝不能仅仅凭借联想、想象和幻想得出科学的结论。科学真理的求得，一定要有事实的依据，逻辑的论证。而在以文学艺术创作为代表的审美思维活动中，想象则被一些艺术家称为"各种官能的皇后"[1]，失去了联想、想象和幻想，审美意象就无法构成，审美活动也就不成其为审美活动。

在文学艺术创作中，联想、想象和幻想的作用，主要表现在两个方面：一是完成意象的整体建构，二是给客观的事物注入主观的情意与生气。高尔基曾说："科学工作者研究公羊时，用不着想象自己也是一头公羊，但是文学家则不然，他虽然慷慨，却必须想象自己是个吝啬鬼，他虽毫无私心，却必须觉得自己是个贪婪的守财奴他虽意志薄弱，但却必须令人信服地描写出一个意志坚强的人。"[2]这确实是创作中必须做到的。

第三，伴随着强烈的情感活动。

情感出于人们对于客观事物或主体行为是否满意的反应，是一种特殊的心理形式。它反映的不是客观对象本身，而是对象与自身的关系。人们的行为，往往受制于一定的情感。列宁说："没有'人的感情'，就从来没有也不可能有人对于真理的追求。"[3]

但是，在抽象思维的过程及其结果中，情感的投入却可能导致结论的谬误。一个外科医生往往避免给自己过于亲密的人动手术，就是怕情感过于激动而失手；科学家自然也不能单凭情感而作出任何结论；……文学艺术的创作则不然，审美思维要求主体情感的投入，完全不动情感，审美意象的建构就难以实现。

总之，审美思维同抽象思维一样，都要遵循人类思维的一般规律，从感性到理性；但两者又有不同的特点，否认这些特点，不利于文学艺术的创作和审美活动的开展。

二、文艺的创作过程

与物质生产不同，作为精神生产的文学艺术创作的过程，很难像生

[1]波特莱尔：《1859年的沙龙》，《西方文论》下卷，上海译文出版社1979年版，第231页。
[2]《论文学技巧》，《论文学》，人民文学出版社1978年版，第317页。
[3]《列宁全集》第20卷，第255页。]

产流程那样划分若干明晰的阶段。有些文学艺术作品的创作，似乎凭借的是艺术家一挥而就的神来之笔，显得格外神秘。这些都给揭示文艺的创作过程，增添了困难。然而，总结前人的经验，我们还是可以对文艺创作的过程，作出总体的把握的。清代著名画家郑板桥（郑燮）关于自己画竹的过程，曾经作过这样的说明：

> 江馆清秋，晨起观竹，烟光、日影、雾气，皆浮动于疏枝密叶之间。胸中勃勃，遂有画意。其实胸中之竹，并不是眼中之竹也。因此磨墨展纸，落笔倏作变相，手中之竹，又不是胸中之竹也。[①]

郑板桥关于他画竹过程的阐述，可以帮助我们理解文艺创作的基本过程。他以眼中之竹、胸中之竹、手中之竹，说明了画竹的三个阶段，相当于文艺美学中所说的审美感受、艺术构思、艺术传达这三个相互关联的过程。

1. 审美感受

我们说过，文学艺术的创作，总是在一定的生活积累的基础上产生的。但是，生活实践的过程，并不就是文学艺术创作的起点，积累生活经验也还没有进入创作过程。创作过程发轫于作家艺术家对生活的审美感受。生活经验与审美感受的区别在于，前者不过是主体对于自己经历过的客观事实的记录；后者则要求主体用自己的心灵来把握这些客观的东西，投入自己的情思，化为自己的血肉。所以，所谓"审美感受"，就是指作家艺术家将客观的事物主观化、心灵化，感悟对象世界的人生意韵，也就是我国古代学者所说的"化景物为情思"[②]。

对于文学艺术创作来说，作者的生活经验要化为审美感受，关键在于必须注意对生活阅历的主观体验。高尔基认为，每个人都有成为艺术家的禀赋，之所以有许多人并没有成为艺术家，只是因为他们不注重个人的感受，不善于开掘自己的内心世界。他说：

> 每一个人都有艺术家的禀赋，在更细心地对待自己的感觉和思想的条件下，这些禀赋是可以发展的。
>
> 摆在人面前的任务是：找到自己，找到自己对生活、对人们、对既定事实的主观态度，把这种态度体现在自己的形式中，自己的字句中。[③]

作为一位伟大的作家，高尔基的这些意见，深刻地道出了文艺创作

[① 《题画竹》。
② 范晞文：《对床夜语》卷二。
③ 《文学书简》上卷，人民文学出版社 1962 年版，第 426 页。]

的特殊要求，对于一切文艺爱好者，都是极大的鼓舞。只要我们在自己的生活经历中，投入感情，加强体验，用自己的整个身心去把握客观世界，我们就有可能成为一个文学艺术的创造者。

19 世纪俄罗斯伟大作家托尔斯泰在讲到自己的创作时就曾说过：

> 见到成千人的饥饿、寒冷与屈辱，我不但在理智上，良心上，而且是整个身心地理解了这一点，就是：在莫斯科存在着万千的这种人，而我们许多别人却用牛排和鲟鱼把自己填得发胀，用呢绒和地毯来盖马匹和地板，——不论世界上一切有学问的人关于这事实的必然性说些什么——这就是罪恶，不是只犯一次而是经常犯的罪恶。……因此我当时感到，现在也感到，将来也会不断感到，只要我有多余的食物而有人乏食，只要我两套衣服而有人无衣，我就参加了一种经常犯了又犯的罪恶。
>
> 我逃不掉这一思想。就是：这二者（贫和富）是有联系的，前者是后者的结果。[①]

托尔斯泰的这些话，不是一般的政治理论，而是他对社会人生的独特的审美感受。他强调自己"不但在理智上，良心上，而且是整个身心地理解了这一点"，这种"整个身心地理解"恰恰就是审美感受最突出的特点。只要读过托尔斯泰那些闪耀着永恒光芒的伟大作品，如《复活》、《安娜·卡列尼娜》、《战争与和平》、《塞瓦斯托波尔》、《哈吉·穆拉特》等，我们就不难明白他的这种审美感受在创作中的巨大意义。

2. 艺术构思

艺术构思是创作过程的中心环节。作家艺术家对生活的审美感受，虽然已经进入了创作过程，但由于这些感受还是零碎的、分散的，所以还难以构成完整的审美意象；审美意象的构成，有赖于作家艺术家积极的构思活动。所谓"艺术构思"，指的是作家艺术家依据一定的意图在自己的内心世界中把丰富而零乱的审美感受孕育为完整的意象体系的过程。这也就是郑板桥所说的由"眼中之竹"到"胸中之竹"形成的过程。因此，在把握艺术构思的内涵时，我们要注意以下几点：

第一，艺术构思是围绕作者的创作意图展开和进行的，有别于审美感受的随意性、分散性。同构思无关的作者的其他审美感受，一般不进入他的视野，即使有时进入了，也会被忽略以至于排除。因而，与审美感受时作者大都受客观对象的支配，被动性大于主动性不同，在艺术构

[①]《那么我们怎么办？》，引自《社会主义现实主义论文集》第 1 卷，人民文学出版社 1958 年版，第 247—248 页。

思时，客观方面已退居次要地位，作者的主观能动性则起着主导的作用。

第二，艺术构思的目标，是要在作者的内心世界中建构起完整的审美意象或意象体系。因此，他要将自己的审美感受进行筛选、整合、创造、重建。筛选、整合，是根据创作表现的中心，对已有的审美感受进行选择、归类，使之更为集中，更加鲜明；创造、重建，则是凭借作者创造性的想象，对审美感受进行加工，创建出一个个生意盎然的鲜活的意象来。在创作《蛙声十里出山泉》的时候，齐白石当然要调动与蛙相关的种种审美感受，诸如山川、树木、溪流、蝌蚪……以及他对生命律动的理解等等，但绝不可能把他一生积累的所有的审美感受都和盘托出，否则他就无法进行创作。画面上那游动在潺潺溪流中的蝌蚪，将"蛙声十里出山泉"的意境，体现得极为完美，使人们在自然的韵味中，对社会、人生产生了相当深切的感悟。

《蛙声十里出山泉》的创作，清楚地表现了艺术构思怎样克服审美感受的分散性、零乱性，实现意象的完整建构，使我们对这个问题，有一个比较具体的认识。

第三，艺术构思强化了作家艺术家审美感受所蕴含的主观情意。前面说过，审美感受同生活经验的重要区别，就在于它有作者主观情意的投入，然而由于审美感受的分散性，不但各种情感往往缺乏内在的联系，而且还限制了这种情感投入的深度。艺术构思中完整意象的建构，使情感的投入集中深入、融会贯通。

至于艺术构思完成后的具体形态，则因作者的习惯、创作任务的巨细等等的不同，而有所区别。有人让构思储藏于自己的脑海里，这就是所谓的"腹稿"；有人则以提纲、草稿、蓝图等形式，把构思的要点记录下来；如此等等。

3. 艺术传达

艺术传达（艺术表现），是文学艺术创作流程的最后一道工序，指赋予构思成果以物态化的形式。郑板桥所说的从"胸中之竹"到"手中之竹"，指的就是在艺术构思的基础上实现艺术传达。

就创作而言，从构思到传达，即从作者的主观、心灵到作品的客观、实际。一方面，构思越清晰、越成熟，传达就越顺利、越流畅；另一方面，作者对于借以实现传达的物质材料（形、色、声等）或符号（语言）的掌握程度，技巧上的修养，又起着积极的能动作用，它不仅使构思获得了物态化的形式，能够作用于他人的感官，而且还反过来使构思进一步得以完善。托尔斯泰在创作《复活》时，为了准确勾勒卡丘霞·玛丝洛娃在法庭中出场时的肖像，将手稿修改了二十来次。托尔斯泰最初描写是：

> 她是个瘦小而丑陋的黑发女人，她所以丑陋，是因为她那个扁塌的鼻子。

以后他作了这样的修改：

> 她的脸本来就不漂亮，而且在脸上又带着堕落过的痕迹。

定稿却改为：

> 她头上扎着头巾，明明故意的让一两绺头发从头巾里面溜出来，披在额头。……两只眼睛又黑又亮，虽然浮肿，却仍旧放光，跟她那惨白的脸儿恰好成了有力的对照。[1]

托尔斯泰的这些改动，应该说对作品的整体构思和玛丝洛娃的性格并不起决定的作用；但是经过艺术大师的这种精心锤炼，确实更精当地再现了人物性格和环境氛围。"两只又黑又亮的眼睛"，表现了青年时代玛丝洛娃的聪明善良；故意溜出来的一两绺头发，暗示了黑暗腐败的现实对她的摧残；……这不仅比最初的描写出色，而且也比直接点出"脸上又带着堕落过的痕迹"，含蓄而富有韵味。

在我国古代文艺美学中，出现过"大美无言"、"大音希声"[2]的见解，它所包含的哲理，丰富而深刻，但如果仅就艺术传达来说，则只是注意了传达的消极方面，以为只要有"言"、有"音"，就会限制了真正的美的表现；其实，传达还有完善构思的积极作用，是我们绝对不能忽视的。无声的音乐，无言的文学，在艺术家的内心不论多么完美，都是没有意义、没有价值的；只有经过传达，才能最终赋予艺术以生命，使构思的成果不至于白费。

文学艺术的创作过程，就是审美意象的建构过程，其复杂多样的情况，是难以一一阐释的。审美感受、艺术构思、艺术传达这三个阶段的划分，并没有截然的界限，我们在理解上必须注意其互相渗透的内在联系。

[①有关材料见《伟大的作家，巨大的劳动》，《文艺学习》1956 年第 5 期。②《老子》。]

艺术的真实性与典型性[*]

对于创作规律的理解，不能局限于懂得文艺的创作过程和作家艺术家的思维特质，还必须进而了解艺术的真实性和典型性问题。因为，只有具有真实性和典型性的文学艺术，才是优秀的有生命力的。

一、艺术的真实性

在人们早期对于艺术的理解中，往往将艺术现象等同于实际生活，以为艺术越像实物，其成就便越高，其价值就越大。这种观点一直影响到今天人们对文学艺术的评价。在日常生活里，大家一般都习惯于用"像不像"来判定文艺作品的优劣。这种观点其实非常片面，违背了文艺的审美特质。

文学艺术作为一种心灵的产品，不必要也不可能提供实物；文艺作品尽管可以具有客观事物的形态，但它不过是一种观念性的虚幻的东西，不是客观存在本身。雨果说："艺术的真实根本不能如有些人所说的那样，是绝对的现实。艺术不可能提供原物。"①这是很有道理的。

在我国汉魏六朝时，随着文艺的发展，人们对艺术的审美特质有了更为明晰的认识，首先在绘画的创作上提出了"传神"、"君形"的见解，继而扩大到各个艺术领域。东晋大画家顾恺之强调，一幅人物画是否成功不在于形体画得如何，决定的关键在于能否通过眼睛表达人物的精神，即"传神"②。《淮南子·说山训》中有这样一段论述：画西施之面，美而不可说；规孟贲之目，大而不可畏：君形者亡焉。

这些见解意识到了文学艺术的创作不在于追求与实物类同，而要注重精神世界的表现，显示了对审美规律相当深入的把握。

同生活事实相较，文学艺术建构的审美意象有这样几个特点：一是艺术提供的是客观事物的虚象、幻影，不具备实物那种直接的功利价值；二是作为物态化了的审美意识，艺术只有显示了作者心灵的光辉，传达出一般人难以言传的情致，才会具有真切感人的力量；三是艺术必须经过艺术家对生活材料的筛选、加工、虚构、创新，才能显示其内在的真谛与神韵。所以，简单地说，艺术真实就是"幻中之真"。它是虚幻的，

[＊1995年写于汕头大学。

①《〈克伦威尔〉序》，《雨果论文学》，上海译文出版社1980年版，第61页。

②原文是"四体妍媸无关妙处，传神写照正在阿堵中"，见《世说新语·巧艺》。]

因为一个个被人们赞为栩栩如生的人物、意象，其实只存在于作品中、画布上，不是现实的生命客体；它又是真实的，因为它能通过虚幻的形式，传达出生命律动的韵味，激发人们真切地体悟实际人生。我国传统的戏曲，在真幻的结合上达到了一个很高的境界。一方面，它用虚拟的景物和程式化的表演，让欣赏者意识到这是一个艺术的幻境；另一方面，却又通过真切的人际关系和人物情感的表现，使人们感到真实可信。大家看一看《三岔口》的表演，就可以加深对于艺术真实这个特质的认识。

在不同的艺术类型、艺术样式里，艺术真实的具体形态，有着不同的侧重面，一般可分为事真、理真、情真。

一切以再现为主的艺术，均以"事真"为其主要特点。所谓"事真"，当然不是说作品叙述的都是生活中实际存在的事实，而是说这些作品不论采取多么虚幻的形式，它所揭示的人生状况及其逻辑发展，总或多或少同社会历史相吻合。《三国演义》讲述的故事和塑造的众多人物，同历史事实实在大相径庭；然而，这部古典小说名著，却以壮阔的场面，恢宏的气势，以及鲜活的人物意象的建构，展现了封建时代人际关系的基本风貌，蕴含了极为丰富的社会经验，使一代又一代的读者在审美享受中得到多方面的启迪。

所谓"理真"，指的是作品建构的审美意象侧重于艺术家的人生感悟，包含着相当深刻的哲理。像陈子昂的《登幽州台歌》、苏轼的《题西林壁》、茅盾的《白杨礼赞》等。这类作品的价值，主要不在于揭示了生活事实，表达了具体的思想情意，它们给人审美享受，是因为它们蕴含了耐人寻味的人生哲理，既有理论的深刻，更具艺术的韵味。

"情真"，亦称"意真"，指作品的审美意象融会了作家艺术家来自实际人生体悟的真情实意，所以它是艺术真实最核心的要求，最基本的形态。文学艺术创作如果不是凝聚着作者的真情实意，就必然违背了艺术真实的要求。王国维在《人间词话》里提出，真正优秀的艺术家，应该"不失其赤子之心"，道理正在于此。

艺术追求的事真、理真、情真，都带有虚幻的性质，同现实生活中的事、理、情有原则性的区别。清人叶燮在论及艺术中审美的理、事、情的特质时，强调"惟不可名言之理，不可施见之事，不可径达之情，则幽渺以为理，想象以为事，惝恍以为情，方为理至、事至、情至之语"[①]，确实道出了艺术创作中事、理、情所具有的审美特性。同时，事真、理真、情真，在具体的作品中虽可以有不同的侧重，但三者的关系却是相互渗透，难以分割的。情真，作为艺术真实的核心，必然贯串于事真、理真之中；而作者的真情实意，尽管居于中心的位置，但它的萌动、滋生，仍然依赖于现实的"事"、"理"，不是个人的无病呻吟。

总之，艺术真实尽管深深地扎根于实际生活之中，但却不同于普通的生活事实，而是一种"幻中之真"。作为意识性的东西，它以虚幻的形式体现了作家艺术家对于生活的精心提炼、加工和创造，因而比普通的实际生活更鲜明、更强烈、更集中；它灌注了作者的真情实感，体现出他们对于人生真谛或生命律动的发现、认识。就此而言，艺术真实确实高于生活事实。

二、艺术的典型性

艺术的典型性问题，同真实性密切相关，是意象真实性的进一步发展、深化。文学艺术的共同特点，在于意象的建构，因而意象是一部作品能不能称为艺术的先决条件；但仅仅建构了意象，并不一定是一部优秀的作品。在文学艺术史上，那些真正受到人们喜爱，传之永远的不朽之作，不仅意象真切、生动，而且还蕴含了丰富的人生体验，传达出大众的情感，显现着时代的精神，能给人们以巨大的审美满足，这就涉及我们要进一步研究的文学艺术的典型性问题。从屈原的《离骚》到曹雪芹的《红楼梦》，从鲁迅的《狂人日记》、郭沫若的《女神》到杨沫的《青春之歌》、郭小川的《向困难进军》，直至新时期以来许多作家的杰出作品，无不显示了这样的特色。

所以，典型是优秀的文学艺术的根本标志，是艺术美的根源。一切典型都必然是出色的审美意象，而意象则未必全具有典型性。作家艺术家的审美追求，正在于建构具有高度典型性的审美意象。

在文学艺术理论中，"典型"范畴出现较晚。西方的文艺，从古希腊的神话、史诗起，就比较侧重于再现，注意研究人物性格的塑造，因而其美学理论早就使用了"个性"、"性格"等概念，到了十八九世纪，"典型"才作为一个重要的范畴被提了出来。在我国情形则有所不同，由于诗歌、特别是抒情诗的发展居于突出的地位，所以人们首先注意到的，是诗歌创作中"连类不穷"[1]、"片言可以明百意"[2]这类特点；到了明清以后，随着小说的日益成熟，才出现了"性情"、"气质"等概念；至于典型范畴的运用，则是本世纪以来受西方理论影响的结果。

[①《文心雕龙·体性》。

②刘禹锡：《董氏武陵集记》。]

175

由于"典型"范畴最早是用来评价文学艺术中人物性格的塑造的，所以在相当长的时期里人们对于什么是典型，主要也从人物性格上加以解释。不少人认为，所谓典型就是个性与共性的统一。这种看法在极为宽泛的意义上，虽有一定道理，但并没有讲清楚艺术典型的特质。第一，这种理解没有顾及典型意象的虚幻性和它所蕴含的作者心灵创造的因素；第二，局限于叙事类作品的人物塑造，难以包含抒情性作品的典型特质；第三，可能导致把任何事物都看成典型的错误——辩证法早就指出，世间的万事万物，一个人，一条狗，以至一片树叶，一株小草，无一不是个性与共性的统一，那么我们难道能说一切都是典型、特别是艺术典型吗？因此，把艺术典型说成是个性与共性的统一，并不那么确切，那么科学。

艺术典型的意义，早已从人物塑造的领域扩大到了一切优秀的文学艺术的创作，它指的是艺术创造的鲜明的独创性与人生意蕴内涵的深刻性、普遍性的辩证统一。

对于典型而言，审美意象的独创性，不仅表现在作家艺术家对自己所描绘的典型的特征的把握上，而且更体现在他对这一特定对象独具的感悟与发现上，体现在他的崭新的形式创造上。就此而言，典型是作者的血肉，是他的"创作之子"。面对同样的审美对象，一片风景，一段生活，一个人物，一种情感……杰出的艺术家创作出来的审美意象都不会雷同。齐白石说："庐山亦是寻常态，臆造从心百怪来。"确实，古往今来有多少艺术家建构了有关庐山的意象，其中真正有价值的，必然千姿百态，与众不同，表现了艺术家突出的独创精神。法国雕塑巨擘罗丹也说："所谓大师，就是这样的人：他们用自己的眼睛去看别人见过的东西，在别人司空见惯的东西上能够发现出美来。"[①]如果一个作者虽有自己对生活的体悟，却找不到与前人迥然不同的审美意象来加以表现，那就难以实现典型意象的建构。

所谓深刻性、普遍性，是指意象内涵对于人生体验的艺术概括，无论其情，其理，其人，其事，都要具有广泛的社会意义，乃至体现了某种历史发展的必然和规律。从这个方面看，一切典型又绝非仅仅属于作者个人，不能片面地理解为他的"个人之子"，艺术典型属于大众，属于时代，是人类共有的精神财富。纯粹个人的东西，就不可能给人们以心灵的震颤。"诗圣"杜甫的许多脍炙人口的诗篇，都可以使我们具体地认识艺术典型的这一特质。在《春夜喜雨》中，有这么几句：

[① 《罗丹艺术论》，人民美术出版社 1978 年版，第 5 页。]

好雨知时节，当春乃发生。

随风潜入夜，润物细无声。

诗人通过一个"潜"字，把"润物细无声"的春雨的特点和意蕴表现得惟妙惟肖，耐人寻味，既发前人之所未发，又体现出与广大农民思想情绪的息息相通，从而将独创性和深刻性、普遍性完美地融合在一起，使意象具有高度的典型性。

典型是作家艺术家的独创，从这个角度看，每一个典型就是一个特殊的世界、特殊的类别；或者说，典型是无法分类的。但是，要是从艺术有偏重于再现和偏重于表现这两大类来看，它们所创造的典型，各自自然有其共同的要求。对于偏重再现的艺术，典型的表现主要就是典型人物、典型环境，我们将在之后详细加以阐释。现在先讲一讲偏重表现的艺术的典型问题。

偏重表现的艺术，一般没有人物，更谈不上环境的展现，它的典型性就在于它所建构的富有独创性的意境包含了丰富而深邃的思想情意，具有相当大的思想深度。

"意境"是我国古代文艺美学中有关诗论的重要范畴，最早见于王昌龄的《诗格》（是否王昌龄所作，学术界有不同看法）。在《诗格》中，他就山水、抒情、言志三种类型的诗，提出了物境、情境、意境这"三境"。尽管王昌龄讲的意境，同作为文艺美学范畴的意境，在内涵上还有相当大的区别，但他对"三境"的分析，已经注意到了心与物，思与境，情与象，也就是意识与现实、主观与客观的融会，这就为后人深化"意境"说，奠定了基础。刘禹锡在《董氏武陵集记》中说：

> 片言可以明百意，坐驰可以役万景，工于诗者能之。……诗者其文章之蕴邪？义得而言丧，故微而难能；境生于象外，故精而寡和。

这段话的意思，突出强调了以诗歌为代表的抒情类作品具有超越意象表层的丰富内涵，因而它是文章中特别精微而又含有深意的；人们对于诗歌的理解，主要不在于表面文字的认识，而在于透过文字理解其意义，把握它生于"象外"之"境"。这就同后来司空图所谓的"象外之象，景外之景"[①]一脉相传。

侧重表现的艺术作品的意象建构的典型性，就是要开拓富有人生意蕴的意境，把作者个人的心灵同广阔的社会人生联系起来，在个人的体

[①《与极浦书》。]

验中传达人民的心声和时代的精神。别林斯基说：

> 一位伟大的诗人讲到自己，讲到自己的我，也便是讲到普遍事物——讲到人类，因为他的天性包含着一切人类赖以生活的东西。因此，每一个人都能够在他的哀愁中认出自己的哀愁，在他的灵魂中认出自己的灵魂，不但把他看作是诗人，并且也把他看作是人，是自己的人类同胞。[①]

别林斯基的这段论述，把侧重表现的艺术作品的典型性，阐释得清晰而中肯，即使在今天仍然有着现实的意义。

侧重再现的艺术作品的重点，在于刻画人物性格，因而它的典型性尽管涉及情节、场面等诸多因素，但中心则是人物和环境的典型问题。

人与环境是相对而言的。环境，是人类赖以生存的客观条件的总和，既包括山川草木、气候风物等自然环境，更涉及风俗习惯、社会制度以及人与人的关系等社会环境。社会环境的形成，不可能脱离一定的自然环境，是以自然环境为基础的；同时，自然环境的发展演变，又不能不受到社会环境的影响与制约。

对于人物性格起主导作用的究竟是自然环境还是社会环境呢？旧唯物主义者的回答是自然环境。他们认为，一方面人的生理遗传属性，规定了人的性格特征；另一方面，如同植物的特性受制于一定的自然风物一样，人的思想性格也受制于气候、地理等自然环境因素。这些见解虽然摆脱了上帝造人的神学观念，但却不能被认为是科学的。

唯物辩证法认为，作为一种生命客体，虽然人永远不可能没有生物性（动物性、兽性），但人之所以能超越一切生物（动物），成为真正意义上的人，恰恰是由于他的社会性。就具体的个人而言，无论是其共性还是其个性，都是受一定的社会关系所制约的。因而，时代氛围、文化传统、风俗习惯、民族心理、人际关系等等社会环境，才是决定人物性格的主要因素。一个人出生之后，要是立即离开了人类赖以生存的社会环境，就必然丧失种种人的特性，像印度发现的"狼孩"、我国发现的"猪孩"一样。

承认环境制约人的性格，只是问题的一个方面，人之所以为人，还有通过自己的社会实践能力改造环境、改造自身的一面。马克思、恩格斯说："人创造环境，同样环境也创造人。"[②]只有从这两方面加以认识，才能科学地理解人与环境的辩证关系。

[①《〈莱蒙托夫诗集〉》，《别林斯基选集》第2卷，上海文艺出版社1963年版，第507页。
②《德意志意识形态》，《马克思恩格斯选集》第1卷，人民出版社1972年版，第43页。]

典型人物和典型环境的概念，是恩格斯明确提出来的。1888 年，英国女作家哈克奈斯把她的小说《城市姑娘》寄给恩格斯，恩格斯认真地读了她的作品，批评说《城市姑娘》就作品本身而言，是够典型的，但是如果从小说中人物生活的时代环境看，就不是那么典型了。恩格斯说："据我看来，现实主义的意思是，除了细节的真实之外，还要真实地再现典型环境中的典型人物。"①同现实中人物和环境的关系一样，文艺作品中典型人物与典型环境的关系，也是辩证的统一。

所谓"典型人物"，是指作品中那些体现了作者的审美理想和情趣，与作品展现的特定环境相吻合，既有较大的思想深度而又显示出鲜明的个性特征的人物；而典型环境，则是作家围绕这些人物所建构的、体现一定时期人际关系本质的独特环境。关于典型人物、典型环境这一定义性的阐释，我们应当注意以下几点：

第一，判断人物是否典型，不能离开作品所建构的一定的环境；而环境的典型性，也是相对于一定的人物来说的。在具体作品中，有的人物、环境都有相当高的典型性；有的人物比较典型，环境的典型性不那么充分；有的则环境（作品所显示的人际关系与时代风采）相当典型，人物较为一般；如此等等。但是，绝没有人物极为典型而环境毫不典型，或环境十分典型而人物却不典型的作品。这是因为，离开了特定的典型环境，就谈不上人物的典型性；反之，脱离具体的典型人物，环境是否典型也就失去了意义。曹禺《日出》中的陈白露，这个有一定追求、一定抱负、心地相当善良的女子，之所以觉得"太阳不是我们的"，在日出之际陷入自杀的末路，不能不归罪于那个黑暗的环境，这在当时确实十分典型。然而，要是把这样的性格，放在改革开放的今天，那就不能说是典型的了。在社会主义的条件下，像陈白露这样的女子，不必也不会走向自杀之途。

第二，作品中环境与人物的辩证关系，还表现在人物与人物彼此之间又可以成为对方的典型环境的一个侧面。换句话说，人物与人物的关系，也就是人物与环境的关系。因此，同典型人物一样，典型环境也是特定的、具体的。不仅表现同时代社会生活的优秀作品，其典型环境不会雷同；而且就是在同一部作品中，对于不同的典型人物，其典型环境也有区别。这个问题教材已有说明，我们就不再举例了。

第三，典型人物将较大的思想深度与鲜明的个性加以结合的特质，使他总有这样那样的概括性。他（她）既可以概括一定的阶级、阶层，

[①《马克思恩格斯选集》第 4 卷，人民出版社 1972 年版，第 426 页。]

如喜儿（《白毛女》）、杨子荣（《林海雪原》），等等；也可以概括一种极为特殊的社会关系，成为社会节点上一个独特的"这个"、独特的世界，像鲁迅笔下的阿Q。

由于典型人物的这种概括性，文学史上不少出色的典型，竟成了与之相关的某类人的"共名"：智慧出众者，被称为"诸葛亮"，性格勇猛者被赞为"猛张飞"（《三国演义》），悭者者是"葛朗台"（《欧也妮·葛朗台》），阴险者系"马克白"（《马克白》）……

典型人物之所以能成为"共名"，一是由于作品艺术上的卓越成就，使它广泛地进入了人们的生活，家喻户晓；二是人们在欣赏这些作品时，将人物性格的某一侧面加以突出——如诸葛亮的智慧，葛朗台的吝啬，等等，用来泛指与之相类的人们的性格特征，而不是把现实的人同它完全等同。所以，作家在塑造典型人物时，必须如黑格尔所说的那样，把人物当作一个鲜活的生命个体，一个独特的世界，而不能把他表现为"某种孤立的性格特征的寓言式的抽象品"[①]。

三、审美意象的典型化

文艺的典型性既然这样重要，那么作家艺术家怎样才能使自己的创作达到典型的高度呢？这就涉及审美意象典型化的问题。

所谓"化"，是指使事物向某个方向、某种状态发展、演化；而"典型化"，指的就是使本来不那么典型的人、事、物，向着典型的方向发展、变化。在文学艺术创作中，典型化就是对作家艺术家的生活感受进行提炼、加工，使之成为艺术典型。所以，典型化的过程，就是艺术典型的创造过程；而创造艺术典型必须遵循的法则，就是文艺美学中所说的典型化的规律。

社会生活作为文学艺术的源泉，既然与之相比有无可比拟的生动性、丰富性，那么，人们为什么还需要文学艺术呢？毛泽东的回答是：

> 虽然两者都是美，但是文艺作品中反映出来的生活却可以而且应该比普通的实际生活更高，更强烈，更有集中性，更典型，更理想，因此就更带普遍性。革命的文艺，应当根据实际生活创造出各种各样的人物来，帮助群众推动历史的前进。例如一方面是人们受饿、受冻、受压迫，一方面是人剥削人、人压迫人，这个事实到处存在着，人们也看得很平淡；文艺就把这种日常的现象集中起来，

把其中的矛盾和斗争典型化，造成文学作品或艺术作品，就能使人民群众惊醒起来，感奋起来，推动人民群众走向团结和斗争，实行改造自己的环境。①

这段论述言简意赅，在科学的世界观的基础上，概括了文艺创作的丰富经验，将典型化的规律作了精辟的阐释。

第一，文艺的典型化，必须建立在丰富的生活体悟的基础上。

美国作家欧内斯特·海明威在总结自己创作经验的时候，提出了著名的"冰山原理"。他谈到自己的作品《老人与海》，"本来可以写成一千页那么长，小说里有村庄中的每个人物，以及他们怎样谋生，怎样出生，受教育，生孩子等等的一切过程"，然而这些统统被他删去了。这就像冰山一样，显现在海面上的不过是它的八分之一，"八分之七是在水面以下的"。海明威说："冰山在海里移动很是庄严宏伟，这是因为它只有八分之一露在水面上。"②确实，古今中外的优秀文艺创作之所以有一种震撼人心的巨大力量，原因之一就是由于它所显现的意象包含了丰厚的人生意蕴，寓无限于有限之中。庄子说："且夫水之积也不厚，则其负大舟也无力。""风之积也不厚，则其负大翼也无力。"③这个真理用于文学艺术创作之中，也就是要求作家艺术家要把自己建构的审美意象建立在广阔的生活基础的感悟之上。

第二，典型化必须对日常生活作高度的艺术概括。

在讲意象的特点时，我们就说过具体、可感的意象同时就具有虚的、概括性的一面，因而典型创造必须经过高度的艺术概括，这是不言自明的。问题在于怎样才算高度的艺术概括？从毛泽东上述有关叙事作品典型化的论述，可以明白高度的艺术概括，关键在于把艺术描写的个性生动性和社会意蕴揭示的深刻性有机结合起来。在这个问题上，以往的学者常常陷入这样那样的片面之中，有的强调个性，而忽视共性，从而导致"恶劣的个性化"④；有的注重共性，却把典型变成了统计的平均数或"时代精神的单纯的传声筒"⑤；有的则脱离社会历史，将共性与个性抽象化……这都有悖于典型化的规律。下面我们将就艺术中侧重于表现和侧重于再现两类不同的情况，具体分析一下艺术描写的个性生动性和社会意蕴揭示的深刻性是怎样实现统一的。

侧重表现的艺术，以主观情意的渲染、表达为主，它的典型化主要体现为意境的开拓，即在作品有限的、独创的意象中融会作者对于无限的生命律动和人生追求的体悟。人与动物的重要区别之一，就是动物始

[①《在延安文艺座谈会上的讲话》，《毛泽东选集》第 3 卷，人民出版社 1991 年版，第 861 页。
②"冰山"理论及其他》，《"冰山"理论：对话与潜对话》，工人出版社 1986 年版，第 85 页。
③《庄子·逍遥游》。
④恩格斯：《致斐·拉萨尔》，《马克思恩格斯选集》第 4 卷，人民出版社 1972 年版，第 344 页。
⑤马克思：《致斐·拉萨尔》，《马克思恩格斯选集》第 4 卷，人民出版社 1972 年版，第 340 页。]

终受客观必然性所支配，而人类通过自己的实践，却可以从必然王国向自由王国不断迈进。因此，作家艺术家在抒发自己独特的个人体验的时候，不仅要有真情实感，而且还要善于提炼、开掘这种个人的情感，竭力发掘其中有人生意义的东西。

鲁迅《野草》开头有这样两句："当我沉默的时候，我觉得充实；我将开口，同时感到空虚。"在 1927 年 4 月下旬那个特定的时期，作者锤炼出来的这两句极为简洁的个人感受，无疑蕴含了丰富的人生意蕴。对此，鲁迅本人的文章曾有过解释：

> 我靠了石栏远眺，听得自己的心音，四远还仿佛有无量的悲哀，苦恼，零落，死灭，都杂入这寂静中，使它变成药酒，加色，加香。这时，我曾经想要写，但是不能写，无从写。这也就是我所谓"当我沉默着的时候，我觉得充实，我将开口，同时感到空虚"。[①]

被称作散文诗的《野草》的许多篇章，其实都具有这种含义深远的特点，体现出作者对于生命律动和人生追求的高度自觉，其典型性非同一般。

侧重再现的艺术的典型化，集中于人物性格的塑造，也就是要善于通过人物特定的社会地位、独特的生活阅历所形成的鲜明个性，体现其社会关系的本质和促使他行动的历史潮流。电影剧作家梁信结合他创作《红色娘子军》的体会，论述了这个问题。现在，我们先看一下影片中"二进南府"这一片段。

影片的这个片段，确实如梁信所说，存在很大的不足：既没有把握住人物（琼花）的特定性格，也未能深刻地揭示社会冲突，只是在一般惊险片惯用的手法上做文章，流露出做作和雷同的缺点。因此，艺术描写的个性生动性同社会意蕴揭示的深刻性，不仅有相互区别、相互对立的一面，更有相互联系、相互渗透的一面；文艺创作的典型化，就是要辩证地将两者统一起来。在现实世界里，每个人都处于一定的人际关系中，他的思想、情感、性格、爱好、趣味、习惯等等，主要就是受这特定的关系决定的。作家只有对此有真切的体验和感悟，才有可能创造出性格鲜活的艺术典型来，既准确地刻画出特定的性格，特定的情态，又深刻地揭示其社会历史的必然。

所以，文艺创作典型化的问题，实质上就是要求作家艺术家站在社会人生的前列，在积极投入生活之流的过程中，将自己对于生命律动的理解同社会生活实际相融合，化为含义深远的审美意象。

[①《怎么写》，《鲁迅全集》第 4 卷，人民文学出版社 1991 年版，第 18—19 页。]

浅谈文艺的阶级性与人性*

自从原始社会解体以后，人类社会一直处于阶级对立之中；阶级和阶级斗争，成为人类社会生活的基本内容，制约着人们的思想情感，规定和影响着阶级社会中各种社会意识形式的形成与发展。因此，研究文艺的社会属性，不能不对文艺的阶级性及其与人性的关系有一个正确的认识。

一、阶级社会中文艺的阶级性

在阶级社会中文艺的阶级性问题，是一个有关文艺基本社会属性的重要问题，如果不能科学地加以理解，就会在认识阶级社会中的文艺现象时，走上迷途，作出种种违背实际的判断。

阶级社会中的文艺为什么会有阶级性呢？这是由作家的阶级性和文艺表现对象的阶级内涵决定的。

第一，在阶级社会中，每个人都在一定的阶级地位中生活，他个人的利害同他所属的那个阶级紧紧地联系在一起，他的思想情感不可避免地打上了或隐或显、或强或弱的阶级的烙印。作家艺术家以他的创作，参与社会现实的活动与斗争，他从事的是社会意识方面的工作，这就决定了他的阶级自觉性往往比一般人更为鲜明、突出。所以，高尔基把文艺家称作"阶级的耳目与喉舌"，指出：作家艺术家可能不认识这一点，否认这一点，然而他永远都必然是阶级的器官，阶级的感官。他感受、体现并描写本阶级、本集团的心情、愿望、不安、希望、热情、利益、缺点和优点。他在自己的发展过程中本身也受着这一切的限制。他从来不是、也不可能是"内心自由的人"、"一般的人"①。高尔基的这一见解，是经得起阶级社会中文艺实践的检验的。

第二，阶级社会中文艺的表现对象是充满阶级矛盾和阶级斗争的社会人生；面对这样的现实，作家艺术家不可能不流露自己的爱憎和倾向。

在阶级社会中，自然科学家当然也有一定的阶级属性，但集中他们研究成果的作品——自然科学著作，却大都没有什么阶级倾向。这是因为他们所面对的是没有什么阶级属性的自然现象，其利害对一切人都一

[＊1995 年写于汕头大学。
①《本刊的宗旨（论现实）》，《论文学》，人民文学出版社 1978年版，第 216 页。]

视同仁，并不区分什么高贵者或低贱者。文艺家则不然，他所要表现的社会人生、传达的思想情感，都有这样或那样的阶级倾向和内涵，因而他即使想公正、客观，实在也不可能做到。

二、文艺阶级性的复杂表现

对于阶级社会中文艺现象的认识，我们既要肯定其阶级性的存在，又必须懂得这种阶级性的表现是极为多样复杂的。造成这种复杂性的原因，除了阶级斗争本身的复杂性外，最主要的就是"意象大于思想"这个问题。

高尔基早就说过，"文艺形象（即'意象'）几乎永远大于思想"[①]。这是什么意思呢？这里所说的"思想"，是指人们对于人、事、物的抽象理论认识；它的内涵一般总是明晰的、具体的。而文艺艺术借以表现生活的意象（形象），由于将抽象蕴含在具象之中，其内涵往往可以从多方面加以体悟、认识，因而是复杂多样的，有时连作者本人也难以将它说清楚，甚至同作者的主观意图产生一定的矛盾。

鲁迅在谈到人们对《红楼梦》的看法时，就说过各种各样的人会得出完全不同的结论。至于现在我们将《红楼梦》看作封建末世的兴衰史，看作封建社会的百科全书，这显然也不是曹雪芹所能有的认识，而是我们在科学的世界观的指导下，从《红楼梦》的意象体系得出的前人难以得出的结论。

文艺艺术作为审美意识的物态化形式，具有同现实生活一样丰富多样的形态，所以能给不同的人以不同的感受和认识，这就使它的阶级性的表现更为复杂。

三、文艺对于人性的表现

在阶级社会中，文艺具有阶级性，那么它是否还要表现人性呢？对此曾经产生过不少模糊以至于错误的认识。有人认为，文艺一律以人性为本，同阶级性无缘，文艺一旦带上了阶级性，就失去了它的审美特点，不成其为文艺。有的人恰恰相反，以为在阶级社会中，文艺只能表现阶级性，与人性无关，文艺如果追求人性的表现，就会陷入地主资产阶级"人性论"的泥坑。

[① 《再论〈19世纪青年人的故事〉》，《论文学》续集，人民文学出版社1979年版，第374页。]

其实，人性的表现，是文艺艺术的重要内涵，即使在阶级社会里也不例外。仅就我国文艺为例，从《诗经》、《楚辞》，到唐宋以降的诗、词、曲，直至明清小说和现当代作品，其优秀动人的篇章，无不展现了它所产生的那个时代特定的人性美。

理论界所以在文艺表现人性上产生这样那样的分歧，除了阶级斗争方面的原因外（即一些人以抽象的"人性"，来否定以至于诋毁革命人民的人性），主要则是由于离开了唯物史观来认识人性问题，把人性看成一切时代、一切人们所具有的万古不变、与生俱来的属性。事实上，人性是人之所以区别于其他事物、尤其是动物的基本属性，它显然不是天生的、与生俱来的。我们知道，人既是一种动物，又是对动物的超越；这种超越的实现，决定于人的社会实践，首先就是人类特有的生产劳动。所以，随着社会实践的发展，人性也就得到了不断的丰富；要是排除了一切社会历史的因素，那么所谓"万古不变、与生俱来"的人性，不过就是动物性。

有人以为，人性是人的自然属性与社会属性的统一。这尽管似乎很全面，但其实并不科学。因为，人的自然属性不过是形成人性的基础，而不是人性本身；只有在自然属性的基础上，由人的社会实践所规定的人的社会属性，才是人性所涉及的范围，也就是说人性实际上是人的一种社会属性。马克思说："人的本质并不是单个人所固有的抽象物。在其现实性上，它是一切社会关系的总和。"[①]毛泽东也指出："有没有人性这种东西呢？当然有的。但是只有具体的人性，没有抽象的人性。在阶级社会里就是只有带着阶级性的人性，而没有什么超阶级的人性。"[②]道理正在于此。

当然，我们说人性是人的一种社会属性，并不是说人的任何社会属性都是人性。作为社会历史发展的积极成果，人们使用"人性"一词，一般都给予积极的、肯定的价值。就此而言，人性只能是那些顺应、符合以至促进社会历史发展的人们的基本属性；而反动派的反动性（也是一种人的社会属性），则不属于人性的范围（不是说反动集团的任何个人都不具备任何一点人性）。

作为人的一种社会属性，人性受制于人们所处的集团的社会关系；在阶级社会里，由于阶级关系在一切社会关系中居于支配的地位，所以人性无不带有或弱或强的阶级烙印——然而，带有不是只有，我们不能把人性同阶级性简单地等同起来，更不能以阶级性来抹杀人性的存在，

［①《关于费尔巴哈的提纲》，《马克思恩格斯选集》第 1 卷，人民出版社 1972 年版，第 18 页。
②《在延安文艺座谈会上的讲话》，《毛泽东选集》第 3 卷，人民出版社 1991 年版，第 870 页。］

陷入庸俗社会学的泥坑。在教材里，我们讲到马克思对燕妮、毛泽东对杨开慧的真挚而深沉的爱，说明这种爱不是抽象的对"人"的爱，甚至也不是一般的对"无产阶级的爱"，而是特定的无产阶级革命者对自己心爱的人的爱。看一看毛泽东的《贺新郎》这首词：

> 挥手从兹去。更那堪凄然相向，苦情重诉。眼角眉梢都是恨，热泪欲零还住。知误会前番书语。过眼滔滔云共雾，算人间知己吾和汝。人有病，天知否？
>
> 今朝霜重东门路。照寒塘半天残雪，凄清如许。汽笛一声肠已断，从此天涯孤旅。凭割断愁丝恨缕。要是昆仑崩绝壁，又恰像台风扫寰宇。重比翼，和云翥。

这种特定的无产者之间的爱情，既带上了阶级的色彩，又不能以一般的无产阶级感情来取代。因为，人性是受具体的人际关系所制约的，阶级关系不过是人际关系中的一种，尽管居于主导的地位，但却不能囊括或取代其他人际关系。

在影片《魂断蓝桥》中，悲剧之所以发生，除了偶然的原因外（如火车误点，误传的噩耗恰巧此时被女主角听到，等等），同当时的社会风尚、男主角世袭贵族家庭的身份，都有相当大的关系。所以，它所表现的爱情，既有一定的阶级内涵，又有某些符合人生追求和社会发展的东西，因此有相当感人的力量，使影片成为不朽的传世名作。

认识了文艺阶级性与人性之间的这种辩证关系，就应该懂得社会主义的文艺创作理应努力表现无产阶级和革命人民的人性美、人情美。

文艺鉴赏的规律[*]

一部文学艺术作品创作出来之后，要是根本没有人阅读、欣赏，那么即使创作得再好也是没有意义的。所以，鉴赏问题，同样是文艺美学中的重要问题。

一、文学鉴赏的特质

文学鉴赏是一种极为广泛的群众性的文学活动，它是人们通过审美思维所实现的对于作品意象的感受、体验、欣赏和鉴别，具有明显的主观直觉性及意象再创造的特点。

同作家的创作需要依赖审美思维一样，进行文学欣赏也必须遵循审美思维的规律。文学通过语言符号提供给读者的，不是这样那样的概念、结论，而是一个个鲜活的、完整的审美意象。因而，在欣赏文学作品的时候，绝不能像读哲学社会科学著作那样条分缕析，满足于概念的清晰，推理的科学，论述的严密，等等；欣赏文学作品，就要直觉作品建构的审美意象，并投入自身的思想情感而加以体验和感悟。梁启超在讲到他读唐代诗人李商隐的《锦瑟》、《碧城》、《燕台》等诗时说："这些诗，他讲的什么事，我理会不着；拆开一句一句的叫我解释，我连文意也解不出来。但我觉得他（它）美，读起来令我精神上得一种新鲜的愉快。"① 梁启超的这种感受，是人们在文学艺术欣赏中经常会产生的。它说明了在欣赏过程中，人们对于审美意象的把握，具有整体性的特点。

同这种思维活动的整体性相联系，人们对于作品意象的领悟，大都是朦胧的，不确定的，有相当强的主观性——这也就是古人所说的"诗无达诂"②，"仁者见仁，知者见知"③，等等。当然，如果单纯从创作看，作家建构的审美意象在虚实结合之际，总有他力图表现的内涵，是不确定的确定；而欣赏者领悟这个审美对象，由于投入了自己的主观情思，所得就更不确定了。王夫之说：

> 作者用一致之思，读者各以其情而自得。……人情之游也无涯，而各以其情遇，斯所贵于有诗。④

[*1995 年写于汕头大学。
① 《中国韵文里头所表现的情感》，《饮冰室合集·文集》第 13 册，中华书局 1941 年版，第 120 页。
② 董仲舒：《春秋繁露》卷三。
③ 周济：《介存斋论词杂著》。
④ 《姜斋诗话》卷一。]

他对文学意象欣赏活动中，由于欣赏主体情意投入而形成的不确定性，显然有了更为明晰的认识。确实，不仅因为不同的读者有不同的主观情意，而使欣赏活动显得多姿多彩；而且同一个读者，在不同的心意状态下，也会对同一部作品有不同的体悟，这就增加了文学艺术欣赏的意味与乐趣，使人们常常流连忘返。

总之，文学鉴赏同一般的阅读活动是有区别的，我们在理解它的特质的时候，必须注意到它对审美思维活动的依赖，它的意象直觉的性质，它所要求的欣赏者的情感投入，以及意象再造这几个相互关联的特点。

二、文学欣赏活动中的意象再造与超越

由于欣赏者主观情意的投入与契合，文学艺术的欣赏就由被动转向主动，具有欣赏者自身创造的意味，是一种意象的再创造。

"再创造"的"再"，说明欣赏活动要以作品提供的意象为根据，没有作者创作时那种"控引天地，错综古今"①的自由；而"创造"一词，却又确切地道出了欣赏不是完全被动的，它包含了欣赏者积极建构的一面，通过欣赏者的意象再造，可能实现对作品原有意境的突破、超越。

再创造的境界，是文学艺术鉴赏活动中的一个高级阶段，是在鉴赏者审美思维高度飞扬的情况下实现的，它给人们带来了极大的审美愉悦和享受。在各种艺术的鉴赏中，对文学作品，特别是那些侧重表现的作品的鉴赏，更有赖于鉴赏者的审美意象的再创造。首先，文学凭借语言建构的意象的间接性，使欣赏者不经过想象的飞驰、再造，就难以领略作品意象的内涵；其次，在文学作品中，审美意象虚实结合的特点表现得尤为充分，它给欣赏者留下了许多进行意象再创造的"空白"。请看白居易的这首诗：

> 花非花，雾非雾。
> 夜半来，天明去。
> 来如春梦几多时，
> 去如朝云无觅处。

这大概可以算是我国古代文学里最为通俗、意境最为邈远的一首"朦胧诗"了。它讲的是爱情，是理想，是机遇，还是其他的什么，实在难以确定，然而它无疑能激发人们的思绪，使人在不同的际遇中获得不

同的感受和启迪。

意象的再造，同作家的创作活动一样，确实难以划分明显的阶段，但如果加以细细的体察，那么它大致包括重建、体悟、超越这三个相互渗透的阶段。

所谓"重建"，是因为作品提供的可以说是一个"言有尽而意无穷"的——即不那么直露的——审美意象，因而读者在欣赏时，就要通过自己的审美思维，补足那些空白的、无穷的内涵，使意象在自己的脑海里成为一个完整的艺术世界。这就是卡西尔说的："从某种程度上可以说，如果不重复和重构一件艺术品藉以产生的那种创造过程，我们就不可能理解这件艺术品。"[①]所以，重建是品味和鉴赏的第一步的基础性工作，要是没有重建文学意象的能力（其他艺术由于其意象的直观性，"重建"的实现一般是在瞬间完成的），事实上就难以欣赏文学作品。不过，重建作品的审美意象，不是也不可能是作品意象的全部还原，而是鉴赏者从自身经验出发的一种揣摩，因而已经具有一定程度的意象再造的性质。

"体悟"，是在重建的基础上进行的，指的是欣赏者在重建意象之后，必然以自己的情思玩味作品意象中那些隐秘、幽微之处，领略其弦外之音、象外之旨，尽力使自己的心灵、情感与作品的意蕴相契合。

至于"超越"，则是因为欣赏者在心灵的契合中，实际上已经不是被动的接受，而是主动的发挥，所以他获得的意象及其韵味，完全可能超越了作者及其作品，马其昶说：

> 若夫古人之精神意味，寓于文字中者，固不可猝遇，读之久而吾之心与古人之心冥契焉，则往往有神解独到，非世所云云也。[②]

要是说"吾之心与古人之心冥契"还属于体悟这个层次的话，那么"神解独到"便是一种超越了。正是由于欣赏活动中的这一超越，才使欣赏具有如此大的魅力，使人感到"咀嚼有余味，百过良未足"[③]，必须一而再、再而三地品味，从而投入自己不同的感悟与体味，满足欣赏的需要。这也就是说，在欣赏活动中欣赏者的体味，完全可以同作者的用心有这样那样的出入，所以前人说过，"作者之用心未必然，而读者之用心何必不然"[④]，这是很有道理的。

大家熟悉的苏轼的《前赤壁赋》的描绘，有助于我们领会欣赏的再创造性质。当"苏子与客泛舟游于赤壁之下"时，面对"白露横江，水光接天"的景色，产生了"飘飘乎如遗世独立，羽化而登仙"的感受，

[① 《人论》，上海译文出版社 1985 年版，第 189 页。
② 《〈古文辞类纂〉标注序》。
③ 元好问：《与张仲杰郎中论文》。
④ 谭献：《复堂词话》。]

便不禁扣舷而歌：

> 桂棹兮兰桨，击空明兮沂流光。
>
> 渺渺兮予怀，望美人兮天一方。

歌声催动了客人的情致，使他吹洞箫而和之，"其声呜呜然，如怨，如慕，如泣，如诉"，"舞幽壑之潜蛟，泣孤舟之嫠妇"。然而，苏子与客的审美情怀实在有很大的不同。客所以在洞箫声中传达出无尽的幽思，是因为他感到了在渺茫的时空中自身的孤独和渺小，"哀吾生之须臾，羡长江之无穷"。苏子则凭辩证思维进入了一个更高的境界："自其变者而观之，则天地曾不能以一瞬；自其不变者而观之，则物与我皆无尽也，而又何羡乎？"所以，尽管客自以为领悟了苏子之歌的意象，吹洞箫"依歌而和之"，但他所得到的、表达的意味，却同苏子有相当大的区别。

总之，在艺术欣赏活动中重建、体悟、超越这三个相互渗透的阶段，显示了文学艺术欣赏的意象再造的性质。我们可以说，没有再造，就没有欣赏；而欣赏，特别是最富审美意味的欣赏，恰恰是为了超越，为了在欣赏活动中实现读者自身创造的自由。

三、文学鉴赏中的共鸣

共鸣，是文学鉴赏活动中的一种重要现象。文学社会作用的发挥，常常是通过共鸣实现的。这种现象，不仅出现在欣赏社会思想倾向相同的作品的时候，而且也出现在欣赏时代、阶级、民族等等均有区别的作品的时候。因此，鉴赏活动中的共鸣，是一种特殊的欣赏的一致性。

1. 共鸣的内涵

"共鸣"本来是一个物理学的名词，指的是发声体所发的声音，引起了其他发声体的应和，也发出了同样频率的声音。所以，物体之间共鸣的出现，其前提条件是振动的频率相同，频率不同是不可能产生共鸣的。有人因此套用物理学上"共鸣"的概念，或者强调共鸣只存在于阅读本阶级作品的时候，或者以为生活在社会现实里的人有什么超社会、超现实的与生俱来的共同性。这些看法其实都违背了人们文艺鉴赏的实际，是不科学的。

人类思想情感的交流，是一种极其复杂的精神现象。因而尽管我们借用了物理学的"共鸣"一词，但绝不意味着精神上的共鸣同物理上的共鸣就是一回事。事实上，不仅不同时代、不同民族、不同阶级的人，其思想"频率"不可能完全相同；而且就是生活在相同时代、相同民族、相同阶级的人，甚至是一对双胞胎，其思想"频率"也不会完全一样。文艺鉴赏中的共鸣，不过是指在鉴赏活动中作品意象所蕴含的思想情感，激起了欣赏者思想情感的回旋激荡，爱作者之所爱，恨作者之所恨，即读者对作品所表达的思想情感的认同。简单地说，文艺鉴赏中的共鸣，就是读者的思想情感同作品意象内涵的思想情感的相通或相似，而不是两者完全等同。

在认识文艺鉴赏中的共鸣现象时，应当注意这样几个问题：

第一，共鸣是鉴赏活动中一种高级的精神状态，同一般的欣赏有别。一般的欣赏，虽然也要求欣赏者有意象的再造、情感的投入，但却不一定会产生情感的激荡和震动；共鸣是一种高度的认同，是欣赏活动中的高峰体验。"高峰体验"，是人本主义心理学家马斯洛提出的一个重要范畴。他说：

> 处于高峰体验中的人具有最高度的认同，最接近其真实的自我，最富有个人特色……在高峰体验中认同的意义的臆造的成分减少到最小限度，而发现的成分增加到最大程度。

在高峰体验中，主体与对象形成了"'你—我'一元关系"、"艺术欣赏者化为音乐、绘画、舞蹈，而音乐、绘画、舞蹈，也就变成了他"、"在高峰体验中，表达和交流常常富有诗意，带有一种神秘与狂喜的色彩"[①]。高峰体验是人们生活中的一种常见现象，共鸣正是这种现象在文艺鉴赏里的表现。

第二，共鸣与鉴赏活动中表现出来的一般喜悦之情有别。当欣赏对象满足了欣赏者某方面的审美需要时，就会得到欣赏者的喜爱；这种喜爱可以侧重内容方面，也可以侧重形式方面，甚至仅仅欣赏作品的某一场面，某个细节，某些辞藻，如此等等。共鸣所表现出来的喜悦，一是集中于作品的思想情意，二是更为炽烈，正如前面已经提到的，它带有"狂喜的色彩"。

第三，共鸣是欣赏者思想情感与作品意象内涵的意蕴相通、相近，而不是两者的完全一样。这是我们理解欣赏活动中的共鸣的关键。否则，将两者机械等同，不是陷入抽象的"人性论"，就是犯庸俗社会学的错误。在欣赏电影《红楼梦》中林黛玉"焚稿断痴情"这场戏时，人们大

[①《自我实现的人》，三联书店 1987 年版，第 256—265 页。]

都会产生共鸣，甚至不免潸然泪下，但生活在社会主义时代的我们，当然不会同林黛玉的情感完全一样，大家的共鸣是出于对林黛玉的遭遇的同情、理解，在哀其不幸的时候，意识到那个腐朽的社会及其伦理规范，绝不能再流传于人间。

2. 形成共鸣的美学原因与社会原因

共鸣的产生，同文学艺术的审美特征分不开。艺术揭示生活的特质就在于它的意象性，而一切具有较高艺术价值的作品，其意象无不构成了一个完整的、独立的世界。在欣赏活动中，人们一旦进入了这个世界，就难免为作者的思想情意所左右，为之激动，与之共鸣，忽略了现实的种种矛盾和斗争。这就是产生共鸣的美学上的原因，也是共鸣得以形成的前提条件。换句话说，要在欣赏活动中形成共鸣，被人们所欣赏的对象，一定要符合审美的规律，有相当强的艺术召唤力；那些粗制滥造的东西根本没有什么审美意味，当然就不可能使人产生共鸣。

然而，有了这个前提条件，作品并不一定能引起人们的共鸣。古往今来，每个时代都有一些优秀的文学艺术，不仅得不到统治者的共鸣，反而遭到他们的排斥、禁毁，像《西厢记》、《牡丹亭》、《水浒传》、《红楼梦》这样一些艺术精品，在明清数百年间，多次遭到查禁、销毁，就是明证。所以，作品艺术上的成就只不过是共鸣之所以产生的一个基本条件；至于欣赏者是否会对它产生共鸣，则还有深刻的社会历史原因。

迄今为止，人类的文明史仍然是在阶级分化、阶级对立的情况下演进的，所以马克思、恩格斯在《共产党宣言》中说：

> 毫不奇怪，各个世纪的社会意识，尽管形形色色、千差万别，总是在某种共同的形式中运动的，这些形式，这些意识形式，只有当阶级对立完全消失的时候才会完全消失。[①]

这一论述阐明了各个时代社会意识的联系与区别的社会根源，为我们理解文学艺术鉴赏中的共鸣现象，提供了理论根据。它告诉我们，只要人们生活的社会历史条件有相近、相似、相通之处，他们就有可能产生思想情感上的共鸣。这些条件大致包括社会矛盾类同、生活处境近似和实践经验相通这三个方面，这就不一一具体分了。对于形成共鸣的这种社会原因，需要强调说明的是：

第一，人类历史是在对立统一的矛盾中演进的，对立是基本的、绝对的，统一则是相对的、有条件的。因而现实生活中的任何个人，其思

[① 《马克思恩格斯选集》第1卷，人民出版社1972年版，第271页。]

想情感都会有自身的特点，不会与他人完全相同，特别是对于不同时代、不同民族、不同阶级的人来说，这种差异就更为明显。这就进一步说明了我们绝不能机械地套用物理学中"共鸣"的概念，把文艺鉴赏中的共鸣，说成思想"频率"完全一致。岳飞的《满江红》、文天祥的《正气歌》所表现的爱国主义，同抗战时期华夏子孙同仇敌忾的爱国主义，其内涵就有许多区别；同样，奥斯特洛夫斯基为无产阶级事业贡献一切的献身精神，同牛虻自然也不能全然等同。这是我们在认识共鸣现象时，不能不明白的。

第二，鉴赏活动中的共鸣，决定于社会历史条件制约下的人们思想情感的历史联系，而不是抽象不变的"人性"。

早在我国先秦时代，孟子就注意到了人们在审美活动中感受的共同性问题，他从"天下"的人都喜爱易牙的烹调，都欣赏师旷的音乐，都把子都看成美男子，得出了"口之于味也，有同耆焉；耳之于声也，有同听焉；目之于色也，有同美焉"[1]的结论。在几千年前，这不能不说是一种非常卓越的见解。但是，从孟子将人的耳、目与口相提并论，可以看出他主要是从人的自然属性（生理属性）来认识问题的，因而存在很大的局限。就生理感官而言，人与人之间当然有共同性存在，但这种共同性不足以解释人们在欣赏作为社会意识形式的文学艺术时，何以会产生共同性（共鸣）。其实，对人来说，五官特别是其中的耳、目，并非单纯的生理感官，而是社会化的感官、人化的感官。所以，马克思在《1844年经济学哲学手稿》里，强调"人的眼睛和原始的、非人的眼睛得到的享受不同，人的耳朵和原始的耳朵得到的享受不同"，而把"有音乐感的耳朵、能感受形式美的眼睛"所获得的感觉，称为"确证自己是人的本质力量的感觉"[2]。因此，揭示文艺鉴赏中共鸣的根源，不能将它生理化、抽象化、先验化，而必须牢牢把握住其社会历史原因。历史决定了人与人之间的差异、隔阂，也决定了人与人之间的联系、共鸣。

[1]《孟子·告子上》。
[2]《马克思恩格斯全集》第42卷，人民出版社中译本第1版，第125—126页。]

中介、反映及其他

——关于"社会心理中介"说的断想*

一

读了陆一帆同志关于"社会心理中介"说的两篇文章——《关于文艺本质的思考提纲》和《社会心理：文艺反映生活的中介》，听了他在广东中国文学学会新会年会上的发言，看了他为会议提供的论文《再论社会心理是文艺反映现实的中介》，对他所持的观点，总算有了比较清晰、全面的了解。

一帆同志认为，理论界在意识形态（包括文学艺术）的问题上，以往一直误解了历史唯物主义，把文学艺术等等意识形态都说成是"直接反映经济基础"的，而事实上马克思、恩格斯早就指出，除了人类社会生产的初期——那时观念、思维、精神交往等才是"人们物质关系的直接产物"——以外，在社会生产力进一步发展出现社会大分工以后，意识形态与经济基础的关系就不是直接的了。一帆同志赞同普列汉诺夫对马克思主义经济基础与上层建筑理论的如下概括：

（1）生产力的状况；

（2）被生产力所制约的经济关系；

（3）在一定的经济"基础"上生长起来的社会政治制度；

（4）一部分由经济直接所决定的，一部分由生长在经济上的全部社会政治制度所决定的社会中的人的心理；

（5）反映这种心理特性的各种思想体系。①

一帆同志认为，只有普氏的这个"公式"，才能科学地说明复杂的社会现象的内在联系，对文学艺术的本质作出科学的概括。他因此强调：

第一，一切文学艺术，包括工艺美术、建筑艺术等等在内，尽管表面上同经济基础似无任何联系，实际上却无一例外都是"意识形态"，都是"上层建筑"，因为通过社会心理的折光，经济基础的制约作用是赫然可见的。

第二，作为上层建筑和意识形态的重要形式的文学艺术，都有"非

［＊本文发表于《中山大学学报（社会科学版）》1992 年第 03 期。
①《马克思主义的基本问题》，《普列汉诺夫哲学著作选集》第 3 卷，三联书店 1962 年版，第 195 页。］

194

常鲜明的阶级性"。"阶级思想感情是其他社会心理（阶层、民族、时代等心理）的核心，同时也是个人意识的核心，它对人所有思想感情起着支配作用"，"阶级思想感情一旦形成以后，便成为人们反映现实的折光镜。不同阶级有不同的思想感情，因而便有各自反映现实的折光镜，对各种事物的认识、看法就有所不同。同一事物在对立阶级思想的折光下，会得出两种完全相反的映象和思想来"。

应当承认，一帆同志强调的这两点，恰恰是将近一百年前普列汉诺夫为了迎接资产阶级学者对马克思主义的挑战，而在他的《唯物主义史论丛》、《马克思主义的基本问题》等著作中提出上述著名"公式"的主要理由。普氏精确而深刻地阐明，要了解"米努哀脱"舞，要懂得18世纪法国的绘画，要认识雨果、德拉克洛瓦、柏辽兹的浪漫主义艺术，单单知道这些艺术产生时的经济因素是不够的，必须进一步考察"非生产阶级的心理"，懂得这些艺术所赖以形成的那一特定社会的"精神状况和道德状况"，把握产生这些艺术的"时代的心理"。普氏早就指出，社会的生产阶级和非生产阶级，"这两个阶级当中的每一个阶级都是从他们自己的观点来观察一切东西的，而这种观点的特点是由他们的社会地位来决定的。阶级斗争给斗争两方面的心理涂上了色彩。"[①]表面上同经济因素相距甚远的文学艺术，实际上透过社会其他精神因素的影响，仍然摆脱不了经济基础的最后规范作用。

所以，我认为一帆同志的见解，尤其是他所希望达到的目的，不仅值得肯定，而且还有相当强的现实针对性。只要不是过于健忘，人们当会记得，文学艺术"非意识形态"、"非上层建筑"的观点，曾作为一种"创新"的学说出现于学术界。宣传这种观点的人主张，文学艺术应当"回到自身"，不必面向生活、面向现实，不应受到经济、政治的"干扰"。一帆同志的论述，无疑有助于纠正这种"新论"的失误。

二

不过，一帆同志的论文，却也有一些提法值得商讨。其中一个突出的问题是：意识形态（包括文学艺术）"直接"反映经济基础的观点，如果说在马克思主义传播到我国的初期，曾经为某些人所持有，那么，20世纪50年代以来，随着马克思、恩格斯著作的大量翻译、出版，特别是马克思、恩格斯关于历史唯物主义的信的发表，便很少见到还有人坚持

[①《马克思主义的基本问题》，《普列汉诺夫哲学著作选集》第3卷，三联书店1962年版，第187—188页。]

这种观点了。何楚熊同志在与一帆同志商榷的文章中曾说："艺术是一种远离经济基础的上层建筑，与基础之间的联系要通过一些'中间环节'才能实现。这是业已取得共识的问题。"这一说法，我想连一帆同志也不能否认它是符合我国学术界的实际情况的吧？

既然如此，一帆同志为什么还要花费这么多的力气来论证文学艺术并非"直接"反映经济基础呢？答案只有一个，那就是他要借此推导出"文学艺术并非直接反映社会生活"，文学艺术直接反映的是"社会心理"，通过社会心理才"间接反映社会生活"。

"文学艺术不是直接反映经济基础。"

"文学艺术不是直接反映社会生活。"

这两个命题难道可以完全等同吗？在此次讨论中，有的同志的论文，正是把"经济基础"与"社会生活"等同看待的——如尹康庄同志就把这"两个命题"视为"一个命题"，他说："文艺与经济基础、社会生活的关系不是直接的，其间存在着中介因素，这个命题早在（20 世纪）80年代初就提出来，并有一些建树性的理论阐述。"应当客观地承认，一帆同志对"经济基础"与"社会生活"两个概念内涵的区别，还是比较注意的。他曾强调说明：

> "经济基础"与"社会生活"是不相同的。"社会生活"内容很广泛，包括生产力、生产关系（经济基础）、政治制度、社会心理。"经济基础"只是社会生活的一部分。

区别既然是客观的，一帆同志就应当清楚，依据普列汉诺夫的"公式"，确实可以说明文学艺术与经济基础一般并不存在直接的联系（我认为"联系"的提法比"反映"准确，理由后面详述），却难以得出文学艺术不是直接反映"社会生活"的结论。因为，社会生活既然包括社会心理，那么文学艺术"直接反映社会心理"（这是一帆同志一再坚持的主张），不是仍然可以看作"直接反映社会生活"，或者至少是"直接反映某一部分的社会生活"吗？

一帆同志关于文学艺术"直接反映社会心理"，以"社会心理为直接源泉"的观点，除理论根据不足，并有悖于形式逻辑的原则外，至少还有两个问题值得研究：

其一，就文学艺术创作而言，把社会心理看作是"文艺的直接源泉"，是不是意味着文学艺术创作可以"直接"从社会心理出发来进行构思？照一帆同志自己的解释，"所谓社会心理，就是一定时期一定社会群众的日常意识，具有自发、零碎、芜杂、浑沌和比较直观的特点。它的内容包含感觉、映象、思想、情感、理想、传统习惯等。"那么，第一，社会心理显然属于"意识"范畴，而不属于"存在"范畴；第二，社会心理作为"社会群众"的日常意识，自然就是一种综合，一种概括，而不可能具有什么鲜明的个性特色。要是真是这样，一帆同志关于"各艺术品都是社会心理的直接反映"的观点，不就是主张文学艺术创作应当把某种抽象的意念作为源泉，从抽象的观念出发吗？这样的主张，无疑同文学艺术创作的审美规律相去甚远。

其二，就作家艺术家而论，要是他们"反映"的就是社会心理，像一帆同志主张的那样以社会心理作为创作的"直接源泉"，那么他们如果经过理论探讨把握了社会心理，了解了时代精神，是否就能成功地进行文学艺术创作呢？他们还有没有必要深入人民群众火热的斗争生活？在半个世纪前发表的《在延安文艺座谈会上的讲话》里，毛泽东同志认为，文学艺术创作不能从观念出发，不应在艺术作品中写哲学讲义。作家艺术家的思想不论多么丰富、先进，也只有植根于人民群众的生活之中，以社会生活为源泉，才能生机勃勃，充满活力。所以，毛泽东同志亲切地号召一切革命的、有出息的文学家艺术家，"长期地无条件地全心全意地到工农兵群众中去，到火热的斗争中去，到唯一最广大最丰富的源泉中去，观察、体验、研究、分析一切人，一切阶级，一切群众，一切生动的生活形式和斗争形式，一切文学艺术的原始材料"①。他着重指出，一切文学家艺术家"必须"如此，"才有可能进入创作过程"。中外文学艺术史上无数优秀作家艺术家的创作经验全都证明，停留在对社会心理或时代精神的一般理解与把握上，是绝对创作不出优秀的作品来的。19世纪挪威伟大的剧作家易卜生，是一个"喜爱思想，也就是说，对道德忧心忡忡，注视良心问题，要求从一个共同观点来看一切日常生活现象"的人。这种对于思想性的追求，正如普列汉诺夫所说，"就其本身而论，不但不是缺点，相反地，而是很大的优点"。然而，表现在易卜生的剧作中，"有些地方趣味盎然，引人入胜，有些地方几乎是索然无味"。这是为什么呢？普列汉诺夫对此作了相当深刻的分析：关键在于易卜生是否把他所了解的思想真正化为"他的血和肉"。要是艺术家所了解的思想未能同生气蓬勃的实际生活相融合，"那末它就会对艺术作品发生有害的影响，那末它就会给艺术作品带来冷淡、沉闷和枯燥"；相反，思想性要是

［①《毛泽东选集》，人民出版社1991年版，第817页。］

有丰厚的生活基础，化作艺术家的血和肉，那就一定能在进行创作时不致使他困惑不安、陷于谬误、感到困难[①]。由此可见，作家艺术家尽管不论自觉与否，都应当对社会心理、时代精神等等有所把握，有所体味，但他们的创作却不能也不应该从抽象的社会心理或时代精神出发，以之作为创作的"直接源泉"。

一帆同志总该非常熟悉 1859 年马克思写给拉萨尔那封论悲剧的著名的信。在那封信里，正是马克思本人，对文学艺术创作中的"席勒式"的倾向，表现出否定的态度，不赞成作品"把个人变成时代精神的单纯的传声筒"，而主张"更加莎士比亚化"[②]。这不是明确无误地说明文学艺术创作不能单纯地从社会心理或时代精神出发，不应以之作为创作源泉吗？

文学艺术的特质在于审美。作为人类审美意识的物态化形式，优秀的创作都是人类在自己创造的世界中直观自身的结果。所以，它的源泉只能是社会生活，而不是社会心理。"社会心理作为社会意识，看不见摸不着，不是感觉的对象、不是审美观照的对象，因而也不可能是艺术直接反映的对象。社会心理寓于活动着的社会生活中的人和事。从这个意义看，与其说艺术直接反映社会心理，通过反映社会心理反映现实生活，还不如说艺术必须通过对现实生活的反映，方能显现社会心理的某些方面。"我个人认为何楚熊同志的这些意见讲得相当中肯，确实值得一帆同志深思。

三

"反映"、"反映论"等辩证唯物主义的基本范畴与概念，曾一度被学术界的某些人弄得相当模糊、含混。在此次关于"社会心理中介"的讨论中，一些同志的论述，就把"反映"、"表现"、"写出"等概念混用，一帆同志亦在其列。为了论证社会心理是文学艺术反映的对象，他引述马克思、列宁的话说：

> 文艺并非仅仅反映社会物质存在。"任何真正的哲学都是自己时代精神的精华"（马克思语），托尔斯泰是"俄国千百万农民在俄国资产阶级革命前夕的思想和情绪的表现者"（列宁语）。文艺描写社会物质存在是重要的，但更重要的是写出时代精神，写广大群众的

[① 参见普列汉诺夫《亨利克·易卜生》，《普列汉诺夫哲学著作选集》第 5 卷，第 525—526 页。
② 《马克思恩格斯全集》第 29 卷，人民出版社中译本第 1 版，第 574 页。]

思想感情。

似乎马克思说哲学"是自己时代精神的精华",就意味着承认哲学"反映"时代精神,列宁指出托尔斯泰"表现"了资产阶级革命前夕俄国千百万农民的"思想和情绪",就是主张托翁作品"反映"了农民的思想和情绪,甚至"写出时代精神",就是靠"反映"时代精神,如此种种。

不错,一帆同志引证的确实是马克思、列宁讲过的话,但是,这绝对不能作为一帆同志把社会心理当作文学艺术反映的直接对象、直接源泉的理论根据。马克思在《第179号〈科伦日报〉社论》里写的这句话,是为了回答"哲学是不是也应该在报纸上谈论宗教问题?"的质问。马克思强调,哲学家不应该"幽静孤寂、闭关自守并醉心于淡漠的自我直观",而应双脚立地探讨各种现实生活中的实际问题,成为"自己的时代、自己的人民的产物"。因此,他风趣地说:"哲学不是世界之外的遐想,就如同人脑虽然不在胃里,但也不在人体之外一样。"正是为了辨明"究竟是'头脑'属于这个世界,还是这个世界是头脑的世界",马克思才深刻指出:"任何真正的哲学都是自己时代精神的精华,所以必然会出现这样的时代:那时哲学不仅从内部即就其内容来说,而且从外部即就其表现来说,都要和自己时代的现实世界接触并相互作用。"①显然,马克思恰恰不是说真正的哲学"反映"时代精神,而是说哲学只有"和自己时代的现实世界接触并相互作用",体现"自己时代精神的精华",才算得上是"真正的哲学"。换句话说,马克思正是要求人们超越精神与精神之间的关系来掌握哲学,懂得哲学与现实世界的必然联系。至于列宁把托尔斯泰称为"俄国千百万农民在俄国资产阶级革命快到来时的思想和情绪的表现者",其含义尤为明确,其中"表现"二字,是绝不能用"反映"来替代的。列宁认为,托尔斯泰的作品反映的是俄国革命,或至少是革命的某些本质方面,因此他才把托尔斯泰称为"俄国革命的镜子"②。

事实上,"反映"是唯物主义哲学特有的重要范畴。虽然在日常生活里,人们常常比较随意地使用"反映"这一概念,但在学术探讨中,则应当要求概念的准确。一切哲学派别,不管它怎样具体论证思维主体同客体的关系,只要它承认人的认识来源于客观世界,是客观事物及其规律在人类头脑中的反映,它在认识论上就属于唯物主义。马克主义的辩证唯物主义,则不仅承认存在决定意识,社会存在决定社会意识,而且强调社会实践对人的认识的制约,强调人的头脑在反映客观世界时的能

[①《马克思恩格斯全集》第1卷,人民出版社中译本第1版,第120—121页。
②《列夫·托尔斯泰是俄国革命的镜子》,《列宁选集》第2卷,人民出版社中译本第1版,第369页。]

动作。所以，"反映"这一范畴，标示的是认识领域内主体与客体的关系。毫无疑问，各类意识形态之间也存在着相互影响，甚而有时还会呈现出互为因果的情况，但这种种相互影响或因果联系，归根结蒂都要受到客观物质因素的制约，作为精神现象它们只能是物质存在的反映。因此，表达各种意识形态之间的联系、影响，一般不宜采用"反映"这一范畴，而以使用"表现"、"传达"、"体现"等术语为妥。

当然，一帆同志并非完全不懂"反映"范畴在辩证唯物主义哲学中的科学内涵，他为了说明"从存在变成意识要经过人们的反映"，就曾引用过列宁在《黑格尔〈逻辑学〉一书摘要》里的论述："认识是人对自然界的反映。……在这里的确客观上是三项：第一，自然界；第二，人的认识＝人脑（就是那同一个自然界的最高产物）；第三，自然界在人的认识中的反映形式，这种形式就是概念、规律、范畴等等。"[①]列宁的论述不仅指出了人脑在反映现实存在时的能动作用（对客观世界的"一系列的抽象"）及其局限性（人脑只能"有条件地近似地把握着永恒运动着的和发展着的自然界的普遍规律性"），而且将"人脑"同人脑的产物——"自然界在人的认识中的反映形式"——作了明确的区分。而一帆同志由于对"反映"范畴的科学内涵有所忽略，所以他就未能准确地领会列宁的论述，没有严格划清人脑同人脑的产物的区别。在阐释心理学提供的"S（刺激）——O（人脑）——R（反映）"公式时，一帆同志竟然这样写道："人脑（O）不仅是一个特殊的生理机能，而且还包括心理因素（要求、欲望、思想感情、价值观念及个性等），这些心理因素对认识影响很大。"这就把要求、欲望、思想感情等人脑的产物，亦即反映（R），同人脑混同了。果真如此的话，人们不禁要问：要求、欲望、思想感情等等是先验地存在于人脑之中的吗？这样唯心主义与唯物主义到底又有什么区别呢？

四

围绕"社会心理中介"说的讨论，呈现出共同切磋、各家争鸣的可喜现象，既没有帽子的飞舞，也没有不切实际的捧场。支持一帆同志观点的文章，虽着重于说明赞同的理由，但也对他的某些论点提出了商榷的意见；持否定意见的同志，在展开论证自己的观点的同时，或对一帆同志的探求精神和学术勇气，或对一帆同志的若干具体见解，都作了肯

[①《列宁全集》第38卷，人民出版社中译本第1版，第194页。]

定。这种互相商讨以求真理的态度，无疑将对理论的深化起积极的促进作用。

长期以来我国的理论探讨往往难以形成真正的学术氛围，多的是形而上学，少的是唯物辩证法，总是容易走向极端。这种现象同现实生活中个人生存时间的短暂、生活空间的狭小，使人们难以把握客观世界在时间、空间上的无限性不无关系。社会实践终于打开了人类智慧的大门，让人们明白不仅在宏观上宇宙是无限的，而且就微观而言，一切事物也都是无限的。人类的认识，永远不可能穷尽某一事物，而只能向它的种种属性、本质不断靠近。所以，当列宁在《唯物主义和经验批判主义》中指出"意识都不过是存在的反映，至多也只是存在的近似正确的（恰当的，十分确切的）反映"[①]时，确实为人类认识和把握自己的意识，揭示了一条颠扑不破的真理：一切意识，即使是正确的意识，也只具有相对真理的意义。

认识一般事物尚且如此，认识文学艺术这种复杂的人类精神现象就更不用说了。从远古的"诗以言志"、"文以载道"，到近代的"性灵论"、"境界说"，这些对于文学艺术的看法，尽管都存在着这样那样的片面性，但却表现了前人对于文学艺术的属性和本质认识的逐步深入。马克思主义的传播，为我们理解意识形态（包括文学艺术）同社会物质存在的关系打下了基础，党的十一届三中全会以来，学术界又在文学艺术的审美特质上取得了共识。因此，我以为当前的主要课题在于怎样具体而又深入地揭示文学艺术的审美特质，揭示审美活动中直觉与领悟、情感与理智、创新与传承、超脱与功利、主观与客观等等的辩证关系。至于"社会心理中介"说，即便承认它是正确的，也只能作为把握文学艺术审美特质的基础或入门，而不是对文学艺术审美特质本身的阐释。

所以，我主张将"社会心理中介"的讨论，引向文学艺术审美特质的研究。

[①《列宁选集》第2卷，人民出版社中译本第1版，第332页。]

"内""外"之辨

——兼论中外有关文学特质的见解*

自我意识是自然界发展到人类出现以后的产物，是人之所以为人的主要特点之一。在人类发展的历史进程中，人们不仅通过物质生产实践力求把握客观世界，揭示其特质和规律；而且也企求不断加深对自身及其创造物的认识，以便获得越来越多的自由。当文学作为人类的精神产品取得独立的形态以后，人们便围绕"文学究竟是什么"、"文学的特质何在"、"文学在人们的生活中到底有什么作用"等问题，进行了长期的、锲而不舍的探寻，提出了种种各具特色的理论。对这些理论一一加以梳理，有助于我们真切地理解文学的特质，澄清当前某些模糊的认识，促进新时期文学的发展。

一

人们对于事物的认识，其普遍的规律总是从感性到理性，从简单到复杂，从现象到本质。表现在对文学特质的理解上，无论在中国还是在西方，学者们的认识都有一个由浅入深、由表及里、由片面到全面的过程。

在一般人眼里，"浅"、"表"似乎就是事物的形式，"深"、"里"则为事物的内容；换句话说，人们的认识过程就是由形式而逐渐深入到内容。然而，文艺美学的发展，恰恰说明了人们的这种认识同实际状况并不完全相同。

当古希腊的哲人把人类的文学艺术活动同自然界的现象或动物的行为相等同，甚至提出人们只是在摹仿自然和动物时才有文学艺术创作的时候，他们的认识不管含有多少合理的因素，仍然是肤浅的。同样，当《毛诗序》道出"诗者，志之所之也；在心为志，发言为诗"的时候，尽管比"摹仿说"要深刻一些，但离真切把握文学（"诗"）的特质，其距离也不是很近。

"浅"、"表"属于文学的"外"，"深"、"里"属于文学的"内"；就此而言，似乎人们对文学"外"（形式）的把握，先于对"内"（内

［*本文被收入吴宏聪主编《岭南文论》第二辑，广东高等教育出版社1996年版。］

容）的认识。然而，在古人对文学比较肤浅、比较表面的认识中，注重的恰恰是文学内在的诸种因素，而忽略了文学形态上所具的真正特质；这又应当说是重"内"而轻"外"了。这一矛盾现象，证实了黑格尔早已揭示的真理，事物的内容和形式是相互依存、相对而言的：

> 关于形式与内容的对立，主要地须得确切把握住一点：即内容并不是没有形式的，内容即具有形式于其自身，同时亦一样的有其外在的形式。于是可以有双重的形式。有时就形式之自身反映言，形式即是内容。另时就形式之不反映自身言，形式便是与内容不相干的外在存在。我们这里遇着的即是形式与内容之本来的绝对关系的问题，是即形式与内容之相互回转，所以内容非他，即形式之回转到内容，形式非他，即内容之回转到形式。这种相互回转乃是思想重要的特征之一。①

离开了形式去谈内容，其实不是对内容的真正把握；同样，无视内容而奢谈形式，也不是对形式的科学理解。这种内容与形式相互依存、相互转化的辩证关系，甚至抽象派的创始人康定斯基也不否认：

> 形式是内在意蕴的外在表现。
>
> 因此，每个人都不应该编造一个万能的形式之神。只要有一种形式能表达内在的反响，人人都会孜孜地追求它。所以，不能只去求助于一种形式。
>
> 这种提法必须正确地理解。每个有创造性的艺术家具有自己认为是最佳的表现手段，因为它非常恰如其分地体现了他内心渴望表达的思想。可是，绝不能由此得出错误的结论，说这种对某个艺术家是最适当的表现手段，也是或应当是其他所有艺术家最佳的表现手段。
>
> 既然形式只是内容的一种表达方式，内容又因不同的艺术家而异，那么很明显，就可能同时存在众多具有同样良好的效果的不同形式。形式是由必需创造的。例如，生活在海洋深处的鱼没有眼睛，大象有一长鼻子，变色蜥蜴能变幻它本身的颜色，如此等等。
>
> 这样，每一个艺术家的精神就反映在自己采用的形式中。形式是个性的标志。②

康定斯基十分注重形式，但他之所以如此注重形式，则是因为在他

［①《小逻辑》，商务印书馆 1962 年版，第286—287 页。
②《论形式问题》，《论艺术里的精神》，四川美术出版社 1985年版，第116 页。］

看来，艺术家所创造的形式，是他的精神、他的个性的体现。

所以，文学的"内""外"的关系，是无法机械分割的。没有对文学形式的真正认识，也就不能科学地把握文学所呈现的不同于其他意识形式的内容；反之亦然。

二

如上所述，当人们未能对文学的审美特质作整体把握的时候，无论他单纯看重文学的内容还是注目于文学的形式，都不会是十分科学的。古代学者所提出的摹仿、缘情、言志、载道、移情诸种理论，在一定范围内都有它们的积极意义，都道出了部分真理，但如果从揭示文学艺术的特质来看，其局限也是不言自明的。人们甚至可以说，模仿不是艺术，日常情感的抒发、伦理道德的阐释，也与艺术无缘，如此等等。正是出于对传统观念的挑战与唾弃，19世纪以来唯美派、形式派、结构主义、解构主义等等才应运而生，他们在"为艺术而艺术"的大旗下，以"回到艺术自身"的堂皇理由，席卷了西方的文艺美学和理论批评，自以为高扬了作家艺术家的主体意识，深入到文学艺术的内在本质，然而，他们的片面性绝不亚于古代的学者们。

以西方现代派为代表的这种对于文学艺术特质的认识，在改革开放新时期以来，对我国的文学艺术界产生了巨大的影响。一方面，改革开放是历史的必然要求，是在人类社会发展日趋一体化的形势下的一种自觉的选择，闭关自守，拒绝西方一切科学技术与思想文化的成就，就不可能建设有中国特色的社会主义；因此，借鉴是必需的，是符合时代要求的。另一方面，刚刚过去的那个"大革文化之命"的时代占统治地位的"左"的思潮，又叫人回忆起来不寒而栗，文艺界有识之士每想起那时对文艺的社会性、阶级性的一味强调所导致的图解政策、味同嚼蜡的百花凋零的局面，便不由自主地认同西方当代的种种学说，认为艺术必须回到自身，"面向自我"，才称得上是真正的文艺，而文学理论则只应研究文学的语言、结构，不用去管社会人生那些"文学之外"的东西。

"文学回到自身"，是一个相当诱人的主张。世界上的万事万物，一旦失去了自身，也便失去了它的存在价值，文学自然不能例外。问题在于文学的"自身"究竟是什么？把文学与政治、经济、伦理、道德、历史等相等同，当然不能算是对于文学自身的把握。那么，将文学说成是单纯的形式或语言构造的技巧，以为作家的创作不过是性本能的表现……这些见解难道就真正符合"文学自身"的要求吗？

理论的难点恰恰就在于揭示什么是"文学自身"。

三

文学是审美意识的特殊的物态化形式。它的特殊，表现在以语言为手段来建构物态化的审美意象。"文学自身"，就是通过语言建构而实现的物态化创造：这应该是我们今天可以达到的共识。

作为审美意识形式之一，文学的创作与欣赏，离不开人们的直觉、直观。正如图解概念不能称为文学创作一样，将文学当作政治历史教科书来看，也不是真正的文学欣赏。从事文学活动，必须承认并强调人们的直觉、直观。我国现代美学的奠基者朱光潜先生曾经相当深刻地将人们的审美经验称作"形象的直觉"。[①]但可惜的是他始终未能对审美直觉作出科学的阐发。在他青年时代撰写的《文艺心理学》、《谈美》等著作中，还把审美直觉等同于人们初级形态的感觉，甚至说什么初生婴儿的第一次睁眼看世界，就是最具审美特点的直觉。[②]这就把审美直觉同人类初级形态的感觉（当然，也可以称之为"直觉"，不过要明白它是直觉的初级形态）画上了等号，显然是不科学的。把握文学的审美特征，既要肯定并强调直觉的意义和作用，又要正确地揭示审美直觉的科学内涵，不但要把它同初级形态的直觉区别开来，而且还要认识它与同为高级形态的智性直觉的不同，懂得审美直觉在感性的形态中包容了生命的意蕴，蕴含了悟性的内容，是主体与对象之间的一种情感契合。[③]它是具象的，又是抽象的；是真实的，又是虚幻的。正如一些西方学者所说，审美直觉"对某种特殊的事物加以抽象地处理，使它以某种具体的形式呈现出来"。[④]

正是由于体悟到了审美直觉的这种情感契合的性质，所以古往今来不少作家、美学家都突出地强调了文学艺术是对"情"的表达。在我国，从陆机"诗缘情而绮靡"的主张，到近人提出的"使情成体"说，以至于许多作家艺术家对自己创作时情绪激荡的描绘，给人的印象似乎是情感越真实、越强烈，文学艺术的创作就越成功、越动人。这实在是一个很大的误解。

审美要实现主体与对象之间的情感契合，当然不能没有情感的投入；

[①《文艺心理学》，《朱光潜美学文集》第1卷，上海文艺出版社1982年版，第12页。
②同上书，第10页。
③参见拙文《"此中有真意，欲辨已忘言》，《审美文化丛刊》第1辑，汕头大学出版社1994年版。
④苏珊·朗格：《科学中的抽象与艺术中的抽象》，《艺术问题》，中国社会科学出版社1983年版，第169页。]

但是，审美情感绝非日常情感，它需要经过理性的整理，使浓度得到淡化，而深度获得开掘。鲁迅当年曾经批评许广平的诗作感情过于炽烈，指出"我以为感情正烈的时候，不宜做诗，否则锋芒太露，能将'诗美'杀掉。"①这是对于包括诗歌创作在内的人类审美活动的基本规律的深刻揭示。当代美国符号论美学家苏珊·朗格对此也发表了相当中肯的意见：

> 一个专门创作悲剧的艺术家，他自己并不一定要陷入绝望或激烈的骚动之中。事实上，不管是什么人，只要他处于上述情绪状态之中，就不可能进行创作；只有当他的脑子冷静地思考着引起这样一些情感的原因时，才算处于创作状态中。然而对于自我表现来说，却根本不需要构思，也不需要冷静清晰地阐述。一个嚎啕大哭的儿童所释放出来的情感要比一个音乐家释放出来的个人情感多得多，然而当人们步入音乐厅的时候，决没有想到要去听一种类似于孩子的嚎啕的声音。假如有人把这样一个嚎啕的孩子领进音乐厅，观众就会离场，因为人们不需要自我表现。②

确实，一个孩子的嚎啕大哭所释放的情感的"强度"、"力度"及其"真实性"，都会远远超出艺术家创作时的情绪状态，但它却绝不是审美的。朗格讲得十分清楚，艺术家只有再次重温自己的情感体验，并"冷静地思考着引起这样一些情感的原因时，才算处于创作状态中"。艺术创作的经验，以及人们的一切审美活动，全都证明了朗格这一论述的科学性。由此我们可以明白，文学艺术中表现的种种情感，严格说来都不是原发的、自然的（自然状态的），而是经过理性筛选、组合、整理的情感再唤起、再体验。因而，表演艺术理论中"体验派"和"表现派"的见解，都有部分道理，也都有各自的片面性。表演艺术家不论怎样投入"规定情景"，也不可能完全丧失自我，失去理性；当然，作为艺术表演和审美创造，他们也不应该、不可能丝毫不动感情。

融会了理性的审美情感，其功利性质同日常情感相较，也有明显的区别。康德在《判断力批判》中关于审美判断"是没有任何利害关系"③的论述，深刻地见出了就个人的直接功利而言，审美心理确实具有超功利的性质；但是，康德忽略了一个重要的问题，那就是既然不含任何功利，人们为什么又要那么执着地、孜孜不倦地追求美？作为审美意识具体体现的文学艺术难道对于社会人生就没有什么意义吗？由于远离了人类的社会生产实践，所以康德不懂得在审美心理超越个人直接功利的形

[①《两地书》，《鲁迅全集》第 11 卷，人民文学出版社 1991 年版，第 97 页。
②《艺术问题》，中国社会科学出版社 1983 年版，第 23—24 页。
③《判断力批判》上卷，商务印书馆 1964 年版，第 41 页。]

态背后，隐含着为许多人所忽略的间接的、社会的功利。普列汉诺夫在评述康德审美判断非功利性质的观点时指出：

> 功利是借理智来认识的；美是借直觉能力来认识的。前者的领域是打算；后者的领域是本能。同时——这一点必须记住——属于直觉能力的领域要比理智的领域广阔得不知多少；在享受他们觉得美的对象的时候，社会的人几乎从来没有认识清楚那同他们关于这个对象的观念联系在一起的功利。在极大多数场合下，这种功利只有科学的分析才能够发现出来。审美的享受的主要特点是它的直接性。但是功利毕竟是存在的；它毕竟是审美享受的基础（我们要提醒一下，这里所说的不是个别的人，而是社会的人）；如果没有它，对象看起来就不会是美的。①

普列汉诺夫的论述，至少包含了这样几层意思：

第一，审美心理同人们一般的认识有别，它依赖于感受的直接性、直觉性。普列汉诺夫强调，在审美活动的过程中，社会人大都"从来没有认识清楚那同他们关于这个对象的观念联系在一起的功利"。这就意味着，从个人的审美活动来看，审美确实具有超越个人功利的性质。一旦卷入与对象之间直接的功利纠葛，审美便难以实现。

第二，功利"毕竟是审美享受的基础"，它是可以经由科学分析来发现的。在普列汉诺夫的美学名著《没有地址的信》中，他正是通过对人类学所提供的大量原始材料的分析、研究，科学地揭示了隐藏在审美心理背后的功利因素。

第三，进一步指出蕴含在审美心理中的功利，不是个人的直接功利，而是社会的间接功利，不是就个别人而言，而是就"社会的人"而言的。

如果说，普列汉诺夫阐发的第一层意思，是对康德理论的借鉴、吸取的话，那么后两层意思便是对康德理论的重大突破和发展。康德在分析审美判断的超功利性质时，着眼点恰恰是个人同对象之间的直接关系，忽略——也可以说根本没有认识到——对象与社会（社会人）的关系。所以，普列汉诺夫的观点，除了个别用语显得有些模糊外——例如，他把人的直觉能力称为"本能"，而没有像马克思那样认识到，人的感觉就其生理属性而言，虽是本能的、自然的，但却必须在人的社会实践中，实现了社会化、人化，因而人的感觉通过实践"直接变成了理论家"②——其精神实质是全面而深刻的。

[①《从社会学观点论十八世纪法国戏剧文学和法国绘画》，《普列汉诺夫哲学著作选集》第 5 卷，三联书店 1984 年版，第 497 页。
②《1844 年经济学哲学手稿》，《马克思恩格斯全集》第 42 卷，人民出版社中译本第 1 版，第 124 页。]

20 世纪 80 年代以来，我国理论界曾经掀起过一阵康德热，审美超功利的观点似乎成了不必论证的科学结论，由此而产生的对于新时期文学艺术创作的影响，不能说是积极的。其实，要真正把握文学艺术的特质，就必须懂得，审美具有超功利而含功利的性质。它超越的是个人的、直接的功利，蕴含的是社会的、间接的功利。

人类的审美是一个极为复杂的领域，需要研究的问题很多，本文仅就几个主要的问题谈一点个人的看法；至于文学因为用语言来建构审美意象，其特点当然与绘画、音乐等其他艺术有别，这个学术界没有太多争议的问题，本文就不再赘述了。总之，我们只有认识"内""外"间的辩证关系，从直觉与体悟、情感与理智、超脱与功利等的对立统一中，把握文学的审美特质，才能科学地阐明文学现象，而不致重蹈唯美派、形式派的覆辙。

文学是审美的，审美是不能脱离社会人生的。

卷三·书信杂谈

时代的声音和"小鸟般的歌唱"*

汪浙成同志在《春兰秋菊，菜羹肉脍》①一文里，批评了古典文学研究中"脱离每个作家实际情况"来评价作家在文学史上的地位的倾向，指出我们不能因为杜甫、辛弃疾伟大，而其他作家和他们不同，就否定其他作家，以至于把这些作家"划入反现实主义阵营"。这意见是有启发性的，值得引起我们的注意。但是，汪浙成同志在这篇文章里所提出的评价古典作家的标准却是错误的。

汪浙成同志在他文章的最后，引用了别林斯基的这段话："我们不能用拜伦的尺度去衡量歌德，犹如不能用歌德的尺度衡量拜伦一样：这是两个恰恰相反的天性，谁要是指责歌德，说他不会以拜伦那种精神去生活和写作，或者颠倒过来指责拜伦，那他就荒唐之至了。……批评家的任务完全不在于确定为什么歌德不像席勒那样生活和写作，而在于说明为什么歌德要像歌德那样生活和写作，而不像另外什么人……"并且说"这段话把评论古典作家的任务和方法，说得透彻极了。"他根据这个观点，认为杜甫和陶渊明，辛弃疾和李清照不过是"春兰秋菊，不同其芳；菜羹肉脍，各有其味"，根本分不出什么高下。这也就是说，只要古代作家的创作是有个性的，就应该被肯定，对它们一视同仁，让它们"同时并存，各显特色，互献异彩"。作品个性化的程度成了评价古代作品的最根本的标准，这不能不说是歪曲了（误解了？）别林斯基的话的原意。别林斯基是在论及优秀作家创作的个人特点时，讲述了上面那段话的，话里的意思不外是要我们在分析作品、评价作家时，尊重作家的个性，不要因为这个作家和那个作家的个性不同而肯定这个，否定那个。所以他举例说："世上有暴躁和鲁莽的人，也有冷静和谨慎的人；如果暴躁的人说冷静的人在世界上是多余的，没有他们世界会更好一点，那他是在撒谎；冷静的人要是对暴躁的人作着类似的评语，他也同样是错误的。"②显然，这谈的不是批评作家的根本标准和方法的问题。

毛主席早就指示过我们，文艺批评的标准，一是政治标准，一是艺术标准，而在"任何阶级社会中的任何阶级，总是以政治标准放在第一位，以艺术标准放在第二位的"。毛主席又说："无产阶级对于过去时代的文学艺术作品，也必须首先检查它们对待人民的态度如何，在历史上

[＊本文发表于 1959 年 11 月 29 日《光明日报·文学遗产》，第 289 期。

①见《光明日报·文学遗产》，第 279 期。

②《别林斯基论文学》，新文艺出版社 1958 年版，第 138 页。]

有无进步意义，而分别采取不同态度。"我们说屈原比宋玉伟大，杜甫比陶渊明伟大，辛弃疾比李清照伟大，关汉卿比马致远伟大等等，都是从这个基本的标准出发的。

这种评价古代作家作品的标准，为汪浙成同志所反对。他以为这是一种"无理要求"，并嘲讽地说："在讨论陶渊明和李清照的时候，有的同志所采取的，正是这种变相的东坡式的批评。他们责备陶渊明，否定陶渊明，因为陶渊明没有像杜甫那样真实地反映人民痛苦生活，揭示残酷的阶级对立和尖锐的民族矛盾；他们批评李清照，非难李清照，因为李清照没有像辛稼轩那样在词里表现出爱国主义思想。"照汪浙成同志看来，古代作家的作品没有深刻地揭示现实生活里的矛盾，没有表现出爱国主义的思想，都是不应该被责备、被批评的。这样，我们将怎样来鉴别古代遗产中的精华和糟粕呢？所以，要是所谓"东坡式的批评"的主要"罪状"就是从时代的形势、阶级斗争的关系来评价古代作家作品的话，我倒愿意做一个这种"东坡式的批评"的追随者。的确，正是因为杜甫、辛弃疾的作品深刻地反映了现实，揭示了尖锐的阶级矛盾、民族矛盾，体现了人民群众的要求，鼓舞着人们为美好的理想而斗争，促进了历史的发展，所以我们才肯定他们的伟大，说他们发出了时代的声音。和辛弃疾几乎同时的李清照的诗词中充满了"冷冷清清，凄凄惨惨戚戚"的情调，而缺少慷慨激昂的爱国主义思想，这不能不说是由于阶级地位的局限和社会环境的制约（她是一个女子），今天，我们应当运用历史唯物主义的观点，正确阐明古代作家和人民的关系、在历史发展中的作用，从而给予正确的评价。

汪浙成同志还给他的主张提出了这样的论据："优秀的诗人总是能够在自己作品中构成一个独特的形象或品质，呈现出鲜明而完整的创作个性，凭借它们，指示出生活的这一方面或那一方面的。"这诚然是不错的；但因此就认为作品的题材和主题不重要，重要的只是作品个性化的程度，那就大错特错了。一个作家的作品不可能"含育万汇，无所不包"；然而生活的这一面和那一面却是有区别的——题材是有差别的，布封说得好："壮丽之美只有在伟大的题材里才能有"[①]。作品个性化的程度虽然对作品的社会意义、艺术价值都有相当大的作用，可是决定作品的社会意义和艺术价值的毕竟是作品内容的深刻程度和作品与时代精神的联系。

因此，我们把这一作家与那一作家互相比较，目的不仅在于看出他

[① 《布封文钞》，人民文学出版社1958年版，第10页。]

们创作上的特殊风格（个性），而且更是要看出他们和时代的关系怎样。一个渺小的（甚至反动的）作家的"小鸟般的歌唱"，也可能是有个性的，但这个性不能不与伟大作家有别。

别林斯基说得好：

> 没有一个诗人能够由于自身和依赖自身而伟大，他既不能依赖自己的痛苦，也不能依赖自己的幸福；任何伟大的诗人之所以伟大，是因为他的痛苦和幸福深深植根于社会和历史的土壤里，他从而成为社会、时代，以及人类的代表和喉舌。只有渺小的诗人们才由于自身和依赖自身而喜或忧；然而，也只有他们自己才去谛听自己小鸟般的歌唱，那是社会和人类丝毫也不想理会的。[①]

从个性化的程度出发来评价古代作家作品，就必然把我们带入迷途。这是我们不能不警惕的！

[① 《别林斯基论文学》，新文艺出版社1958年版，第26页。]

其文、其思、其人

——黄惠元《异国家乡》等著作读后感言*

因为孩子早已入籍澳大利亚，我们夫妇于 1999 年、2002 年、2006 年前后三次来澳探亲。

第一次抵达墨尔本，世界著名的花园城市给我们留下了极为深刻的印象，那湛蓝的天空，飘浮的白云，灿烂的阳光，金色的海滩，旖旎的雅那河水，以及隐藏在绿树丛中的幢幢民居与善良、友好的人民，一切的一切，都让我们难以忘怀。可是，那次来澳，主要的目的并不是观赏异国的风景，享受宜人的气候，而是为了促成孩子的婚事。那时他已年近不惑，却迟迟未能成婚。我们来后，帮他收拾房间，选购家具、电器，张罗婚事……婚礼完成后不到一个月，就回上海了。

第二次到澳洲，时间长达八个月，除照看两个小孙儿外，还有机会到墨尔本及澳洲其他的著名景点诸如企鹅岛、堪培拉国会大厦、悉尼歌剧院与大桥、黄金海岸、大堡礁等地旅游了一圈，留下了许许多多美好的回忆。

有了前两次的经历，对第三次的澳洲之行，就不再抱什么奢望，以为不过是在南半球的暑期，帮助照看照看孙儿。想不到却有了意外的、最大的收获，那便是结识了澳洲著名华人作家、资深记者黄惠元先生。

讲到"结识"，似乎有些言过其实。"识"人之难，古人今人的感慨都特别多，而我仅仅与黄惠元先生通了几次电话，见过三次面，扣除进餐、闲聊的时间，真正的思想交流，算足了也不到一个小时。然而，正是这短暂的交谈和黄惠元先生的几本著作，让我认识了他，了解了他，对他的思想性格、为人作风有了清晰的理解。

初识黄惠元先生，是经亲家黄静常先生的引荐，到他们夫妇家里登门拜访。寒暄几句之后，他就把长篇小说《苦海情鸳》与时论合集《华声集》赠给我们，并要我们提出意见。

"文如其人"这句古话，在黄惠元先生的著作里得到了最有力的证明。拜读他的大作，不仅了解了其波澜起伏、曲折错综的人生，而且对他的所爱、所憎、所思、所求，都有非常清晰的认识。

他磊落光明，从不掩饰自己的见解和主张。作为职业的传媒人物，

［＊本文写于 2007 年 4 月 16 日，于墨尔本。］

访谈中的对象，上自政府要员，下至平头百姓。无论对象为谁，黄惠元先生都尽情表达自己的主张，倾诉个人的爱憎。这种情况在他的著作里随处可见。尤其可贵的是他特别重视基层百姓的反映。黄惠元先生曾经受某些人的蛊惑，但在对来澳访问演出的西藏艺术团团长群培及农奴之女出身的著名艺术家才旦卓玛进行专访之后，却撰写了热情洋溢的文章《西藏已发生翻天覆地的变化!》——请注意他为这一标题添加的醒目惊叹号，在《异国家乡》全书中另外只有《霍克总理与亚裔人士在一起!》一篇也加了惊叹号。显然，对比某些敌对势力和群培、才旦卓玛的不同说法，他更信服社会地位低下、出身农奴的艺术家们的言论。所以，他激情洋溢地写道："（才旦卓玛）由一个目不识丁的女农奴，变为名传海内外的歌唱艺术家，这变化不可谓不大，'没有西藏的变化，就没有我的今天，没有国家的信任培养，我也不可能有今天'，这是她的结论，说完，她脸上绽放出自豪灿烂的微笑。"

他诚挚朴实，平易近人，没有些微名人学者的架子。前面提到，在赠送他的大作给我们时，黄惠元先生曾言及要我们"雅正"。当时以为，所谓"雅正"、"批评"，不过是赠书给人时的一番客套，想不到过了十多天，他真的打电话来征询我们的意见了。诚挚应该用诚挚来对待，在电话里我就"共产党"和"公有制"两大问题与他交换了意见，谈了自己的不同看法。他听后不但没有生气，而且进一步把他准备再版的散文集《异国家乡》和准备出版的游记书稿，专程送到我们面前，恳切地再次要求提出意见，并为之写序。这种虚怀若谷的态度，更令人肃然起敬。

作为著名的澳洲华文作家，在波谲云诡的世界文坛，他义无反顾地高举写实主义的大旗，倡导文学切近人们的现实生活的观念，并身体力行，取得了令人瞩目的成就。在《愿写实主义文学遍地开花》一文中，黄惠元先生给文学下了这样一个定义："真正的文学是反映社会现实的，它是以实际生活为素材，以语言文字为工具，通过作者人生的观察、认识与想象、用艺术的手段，作形象的表现，而构成一个由内容和形式统一的作品。"（第189页）这个定义在目前文坛上"自我表现"说、"情意抒发"论、"美就是性"等主张甚嚣尘上的氛围里，难免被一心追求新潮的人们视为迂腐、陈旧。然而，在我看来，真理恰恰掌握在黄惠元先生手中。他反映柬埔寨现实生活的小说《苦海情鸳》、特写《弱絮随潮何处飘》等诸多作品，揭开了柬埔寨历史上最黑暗的一页，让世人了解了波尔布特的统治所造的种种罪孽，这种作用是任何"新潮"作者的作品，都难以望其项背的。

如果说在社会见解上，我与黄惠元先生还有所不同的话，那么在文艺思想上却可以说是志同道合者。希望通过这次相识和短暂而直率的交谈，我们能成为前人所珍惜的"诤友"，在年逾古稀的有限岁月里，彼此切磋，相互批评，真正做到黄惠元先生在他的诗作《述怀》中所表达的：

> 有愿献身为社稷
> 无心守拙惜余年

《走出哲学迷宫 面向现实世界》序言[*]

马克思主义诞生以来，迎接了种种社会思潮的无数次挑战，有的是公然的反对，有的则以认同的形式出现。尽管有人一再宣布马克思主义已被"粉碎"，有人声称马克思主义早已"过时"，有人号召创立"新形态的马克思主义"，但马克思主义却在工人阶级和全体人民群众的革命实践中、在一次又一次的应战中，得到了丰富和发展。

在马克思逝世一百一十一周年之际，白勤铮同志的《走出哲学迷宫 面向现实世界》的出版，既是对这位无产阶级伟大导师的很好纪念，也从一个小小的侧面证明了马克思主义理论的不可战胜的强大生命力。

—

建设有中国特色的社会主义的伟大实践，要求我们坚定地、大胆地走改革开放的道路，积极地吸收人类一切有价值的成果。西方科学技术、艺术文化、学术理论、思想观念等等，都应当进入我们的视野，得到研究和借鉴。

然而，在色彩斑斓的西方社会思潮面前，20 世纪 80 年代中期前后，我国有些学者昏昏然失去了辨析能力。他们忘记了马克思主义最重视人的因素，把主观能动性的有无，看作人与动物的主要区别之一，竟然以为马克思主义是"无主体的哲学"；他们高扬"主体性'的旗帜，却丧失了自身的主体性，在自己的论著中一再重复西方思想家那些经不住实践检验的观点；他们指责毛泽东、列宁，以至恩格斯和后期的马克思，却并未认真研究一下马克思主义经典作家的著作……在解决存在与意识、物质与精神、主观与客观、主体与对象、个人与社会这样一些有关哲学根本理论的问题上，他们严重地脱离了人类的社会实践，远离了马克思主义的基本原则。这就是一度相当活跃，并迷惑了一些年轻人的"现代主体性哲学"思潮。

在《走出哲学迷宫 面向现实世界》的前半部中（第一至第六章），作者通过对"现代主体性哲学"代表性观点——诸如"实践本体论"、"存在本体论'等——的分析，相当精确地论证了恩格斯、列宁哲学思想

[＊见白勤铮：《走出哲学迷宫 面向现实世界》，汉语大词典出版社1994 年版。]

的科学性、深刻性，及其对于人们社会实践的指导意义。并且又指出，那些以恩格斯的"物质本体论"、列宁的"反映论"为靶子的学者认为恩格斯、列宁是从马克思的"实践哲学"倒退了，而其实倒退的恰恰是"批评者本人"。他的论述之所以具有较强的说服力，主要在于：

第一，认真、细致地对比了"现代主体性哲学"的主要论点同马克思主义经典作家的观点的区别，力求完整、全面，绝不断章取义；

第二，严格区分实践活动与认识活动、物质生产与精神生产——"现代主体性哲学"正是有意无意地混淆了这些概念的科学内涵，从而达到对于主观意识和个人作用的夸大，把个人凌驾于群众、社会之上；

第三，坚持实践是检验真理的标准，在分析种种理论观点的时候，不是从抽象的思辨出发，而是牢牢抓住历史的线索，紧密结合人类的实践经验，这就是马克思在一个半世纪前强调的："我们不是以空论家的姿态，手中拿了一套现成的新原理向世界喝道：真理在这里，向它跪拜吧！我们是从世界本身的原理中为世界阐发新原理"。[①]

二

《走出哲学迷宫　面向现实世界》的后半部（第七章至第十章），进一步论证了马克思主义哲学思想发展的轨迹，它怎样从黑格尔、费尔巴哈出发，而又超越了他们——这虽然可以说是马克思主义发展史的常识，但正是在这些常识问题上，学术界一再发生思想的纷扰，因而作者的阐发具有明显的现实针对性和理论意义。

在论述马克思对黑格尔、费尔巴哈的批判继承时，鉴于西方和我国的一些"马克思主义者"故意抬高《1844年经济学哲学手稿》等马克思早期著作的价值，否定马克思后期历史唯物主义的学说，以及有关无产阶级革命和无产阶级专政的理论，本书作者着重阐释了马克思前后期思想的逻辑联系，指出两者之间既存在着发展的内在必然性，又有阶段性的转变与飞跃。他说："从《手稿》（指《1844年经济学哲学手稿》）到《提纲》（指《关于费尔巴哈的提纲》）和《德意志意识形态》所发生的思想方法和表述方法的根本性的转变或革命性的飞跃之中，马克思强调从现实历史出发，诉诸'变革的实践'，而要求'把哲学搁在一旁'，作为普通人来科学地研究现实和历史，反对一切摆脱世界、脱离实际的'纯粹理论'虚构，则是完全一致的、越来越明确的立场、观点和态度。"

[① 《摘自〈德法年鉴〉的书信》，《马克思恩格斯全集》第1卷，人民出版社中译本第1版，第418页。]

（第九章）这个中肯的结论，说明了马克思之所以能够超越黑格尔、费尔巴哈以及一切资产阶级学者，成为无产阶级的伟大导师，重要原因之一就是因为他绝不把自己的视野和工作局限于精神的领域，懂得不能以"批判的武器"来代替"武器的批判"，他注重的是人民群众创造历史的社会实践，是无产阶级的革命斗争。

正是由于把社会实践看作人类历史的本体，马克思才揭示了究竟应当怎样科学地理解作为历史主体的"人"的内涵——这既不是脱离社会的"自然人"，也不是抽象意义上的单个人。

> 对于历史唯物主义者来说，历史的主体，是指一定历史阶段上代表社会生产力和生产关系发展水平和进步趋势的组成一定社会集团而构成历史动力的人们，即人民和代表他们的社会力量，而不是说任何个人或社会集体无条件地都是历史的主体。（第七章）

"现代主体性哲学"的创导者，尽管一再宣扬人的"主体意识"，要找到文艺、审美，直至政治活动中"失落"了的"主体性"，要重新塑造"人的形象"，但他们恰恰不懂得真正意义上的"人"与原始人、非人的本质区别，完全忽略或者忘记了马克思一再强调和反复声明过他的出发点是"现实的人"、作为"社会的存在物"的人、"人类社会或社会化的人类"。"现实的人，是自然性（生命）、社会性（生活方式）和历史性（文化教养）的三维结构。……只有依靠社会的组织结构和历史文化的系统功能，人类才有可能作为人类而存在和发展，个体的人才有可能作为人而生存和发展。""因此，既不能孤立绝缘地看个人，也不能抽象地看社会，必须把人与自然、个体与类、个人与社会、社会存在与社会意识、物质文明与精神文明，作为历史地有机构成的辩证发展过程来考察。"（第七章）

《走出哲学迷宫　面向现实世界》的这些见解，使我们在五光十色的有关"人"的学说中，能够保持头脑的清醒，不致陷入唯心主义的误区。

三

白勤铮同志于 20 世纪 50 年代中期，毕业于北京师范大学中国语言文学系，曾留校担任著名美学家黄药眠先生的助教。他数十年来不论遇到什么挫折，甚至被下放到闽中深山区的中学任教，仍一直坚持文艺学、美学的研究工作；他从考察文艺现象，步入审美领域，进而发展到对于社会思潮和现实问题的哲学思考，关注着思想文化界的各种动向，潜心研究，笔耕不断。他把马克思主义作为自己的行为准则，把共产主义的理想贯串于自己的人生道路，身体力行，执着追求。

在这本《走出哲学迷宫　面向现实世界》中，我们不难看出他对马克思主义的深入钻研与领悟。同时，我们还可以发现一个坚持马克思主义理论教学的人，怎样重视人类发展途程中的一切有价值的东西——他绝不盲目排斥西方现代各种有影响的社会思潮，而是从马克思主义的世界观出发，结合人类的实践对其一一加以检验。例如，对于理论界某些人援引量子力学的"测不准关系"和皮亚杰的发生认识论原理，"来证明认识就是'意义创造'、'符号创造'，真理就是'主客观的统一'，人所能接触、感知的只是'第二自然'，即人类实践所构成创造的'人化的自然'，等等"，他作了分析、批判；而同时对量子力学、发生认识论本身，则作了实事求是的评价：

> "测不准关系"属于科学认识和观测工具或实验手段发展水平和完善程度的问题，它只是指明了观测工具和实验手段在研究微观世界物理现象的实践活动中所具有的客观局限性，并不能证明客观对象是否存在或者不可以认知，爱因斯坦就表明了这样的观点。心理对于信息的整合作用，则属于主观认识、心理活动功能的本质特征。它只是关于对象的意识或观念的建构作用，根本不涉及客体对象本身实体存在及其物质结构，物理构成；因此只是属于心理学研究的意识形式，而与物质结构、物质运动形式无关。这二者分别从科学研究的实验手段和心理功能两个方面揭示了人类认识世界的能动性和相对性。（第五章）

这种追求真理的实事求是的精神，应当在学术探讨中得到发扬。

当然，由于本书论述的是哲学基本问题，涉及的面又相当广，勤铮同志的阐发，总使人感到过于浓缩、过于简括，对于一般读者来说，一些地方显得比较艰深。如果今后有可能加以充分的展开与充实，那将更有利于广大读者的接受。

《青年人生美学》序[*]

一

汕头教育学院郭定国教授的《青年人生美学》与读者见面的时候，距离 21 世纪来临的倒计时，大约只有 500 来天了。

在新的世纪，人类将面临资源匮乏、大气污染、环境恶化、人口爆炸、生物链遭破坏等等严重问题的挑战。为了解决这些对人类来说生死攸关的问题，夺取比即将过去的 20 世纪更加辉煌的成就，使社会的发展进入一个更为自觉、更加高级的阶段，需要人们作出多方面的努力和奋斗，其中一项既带基础性又具方向性的工作，就是人的素质、特别是青年人的素质的培养与提高。说它带基础性，是因为社会是由人组成的，没有人也就没有社会；说它又具有方向性，则是由于人的素质制约着人的行为和实践，素质不同必然决定人们的前进有不同的方向。没有高素质的跨世纪的年轻一代，就谈不上经济、政治、科技、文化、艺术等一切的进步，人们所期待的光辉灿烂的未来也就肯定难以到来。

着眼于此，就会明白《青年人生美学》一书出版的重要意义。

二

郭先生在他的书里开宗明义地宣称，在这世纪之交的年代，人们最根本的思考和追求，"应该是学会审美做人的问题"^①，这确实很有见地。正是在这一明晰的认识的指导下，作者在退休之年，仍不敢稍加懈怠，孜孜以求地从审美的高度认识、研究青年时期人生的各种问题，探索青年人得以美化的基本规律，为建立"青年人生美学"这门新兴科学而作出自己的奉献。

美学是人学。因为在一切人文科学中，只有美学才对人作全方位、整体化、流动性的研究，从而揭示人之所以为人的真正本质，把人和其他事物特别是动物区别开来，使人们的一切行为和创造更符合客观规律，更具自觉性，充分发挥人的潜能^②。因此，我赞同本书作者反复强调的一

[＊本文写于 1998 年 4 月。见郭定国著：《青年人生美学》，作家出版社 1998 年版。

①郭定国：《青年人生美学》，汕头大学出版社 1998 年版，第 1 页。以后凡引自该书的引文，不再一一加注。

②参见拙文《美学是人学》，《汕头大学学报》1997 年第二期。]

个观点："美是人性的精华，是人类最根本的一种特质，它是人的生命所最需要的人生最可贵的东西。没有美，人类就不可能生存发展；一个人如果失去了美，他的生命就黯然无光。"正是基于这样的美学思想，《青年人生美学》一书既注目于青年人生美的理论探讨，又致力于剖析青年人生的美化在当前遇到的种种实际问题，从而形成了这本著作的一些鲜明特色。

首先，目的清晰明确。

这种贯串于全书始终的鲜明的目的性，不仅同作者的美学观念紧密相连，而且与他对即将来临的新世纪向人们提出的要求的深刻理解有密切的关系。在"跨世纪青年应学会审美做人"一节里，一方面作者分析了当前世界的特点与趋势，指出"要和平、求稳定、谋合作、促发展，是今天时代的主流。……中国极需要一个长期稳定的国内外环境。我们正集中精力发展经济，正在建设有中国特色的社会主义。我们的目标是在 21 世纪中叶实现现代化，把我国建设成一个富强、民主、文明的社会主义国家"。另一方面他又强调"所谓现代化归根到底，是人的现代化"，世界各国之间的经济竞争，"实际上是人才的竞争，而人才的竞争首先取决于对跨世纪人才的培养和教育"，"其中最重要的是审美做人的素质教育"。正是有了这鲜明的认识和审美的动力，作者才能克服一切困难，完成本书的撰写。

其次，论述切合实际。

就"青年人生美学"的创建而言，核心观点的确立，理论框架的建构，基本范畴的阐释，等等，诚然重要，但更为重要的则是能否科学地回答青年人生过程中面临的种种困惑和问题，满足跨世纪青年人的需要。本书不仅在论述的过程里，处处注意结合当前青年的实际问题，而且把重点放在青年人怎样创造美的人生上。全书除"引论"外，分上下两篇，共 20 讲。上篇"青年人生美的理论导向"，主要阐述基本理论问题，如"美是什么"、"审美与人生"、"灵魂与肉体"、"信仰与追求"、"金钱与人格"等共 10 讲；下篇"青年人生美的实践创造"，分析现实生活中常令青年人迷惑的问题，诸如"事业与职业"、"顺境与逆境"、"生与死"、"爱与憎"、"义与利"、"公与私"等，同上篇一样，也占 10 讲。不仅如此，作者还注意把当今生活中发生的事例，作为自己审美分析的对象，使理论阐述更有针对性和说服力。

再次，表达明白晓畅。

提起美学理论，学术界、教育界的人士大都知道，要将它的理论阐释通俗化，绝不是一件容易的事。本书的主要读者，是十几岁到二十多岁的青年人，要是过于艰深，就会大大影响它的社会效果，因此作者在内容阐释、文字表达上都作了极大的努力，力求青年人容易理解与把握。学习美学，包括学习青年人生美学，首先就会遇到怎样理解"美"的问题；历来的美学为"美"所下的定义，大都相当抽象，读者要立即理解，往往比较困难。本书作者为"美"下的定义则不然：

> 美是人性的精华，是人类最根本的一种特质，也是人的思想灵魂的最高信仰和最高统帅，它是人们为了生存发展需要而不断追求、不断探索与不断创造的具有审美欣赏最高价值而又使人心中喜乐爱恋的人生最可贵的东西。

尽管这一美的定义是否完善还有待探讨、争论，但把美归结为人类的根本的特质、人生最可贵的东西，显然既抓住了美之所以为美的根本，同时又为青年人所易于明白。

最后，探索富有新意。

从学术建树看，这一点当然最为重要。郭先生撰写他的这本著作，是从现实的需要出发，意图建立一门有利于国计民生，有利于社会发展的新的科学，他说："对美学研究来说，我仍同青年人一样雄心勃勃，努力在人类美学史上创建一门新的科学——研究青年如何审美做人的科学，即青年人生美学。"为此，他总结自身的经验，借鉴、吸取古今中外研究的一切积极成果，进行大胆的探索。这种探索，无疑是富有新意的。

三

一门科学的创建，一般不是一个人的努力所能实现的。即将出版的这本《青年人生美学》，自然也有一些值得进一步探究的问题。

"青年人生美学"作为一门学科，其研究范围尽管是清晰明确的，但它应当树立哪些中心范畴？它的理论逻辑怎样？它和其他科学，如伦理学特别是青年伦理学的关系如何？本书论述青年人生美从理论导向到实践创造所涉及的20个问题，是否包括了青年人生美学这门学科的所有主要问题？是否都是青年人生美学所应该回答的问题？例如，作者在上篇第九章"金钱与人格"的开头写道：

金钱与人格的问题，是人生过程中非正确解决不可的一个重大问题，也是人生观、价值观的一个重大问题。在现代社会，一个人活着，既需要金钱而离不开金钱，也需要做一个真正的人而离不开审美做人的人格。金钱与人格，两者的关系是什么？我们应该如何正确处理金钱与人格的关系？这是本文所讲的中心课题。

这段话中的"离不开审美做人的人格"要是改为"离不开做人的人格"，去掉"审美"两字，那不就是伦理学所要回答的问题吗？

此外，书中关于"不是哲学统帅美学，而是美学统帅哲学"，"只有审美，才是人类思想灵魂的最高信仰和最高统帅，才是人类生存发展的最根本的精神原动力"等等的论述，大概哲学家们、经济学家们、社会学家们都会有自己各自不同的意见。

真理愈辩愈明。真理的发展，是在实践中通过不同意见的探讨、争鸣来实现的。郭先生说得好："任何一门新兴科学的诞生，像新生婴儿一样，都非经过大喊大叫不可。"这种婴儿的哭叫，虽然不可能一下子就成为旋律优美的音乐或不朽的诗篇，但正像鲁迅指出的，它有存在发展的权利，它的未来是难以限量的[1]。

作者在本书的"后记"中说，《青年人生美学》的出版要是能起到抛砖引玉的作用，"那么，对我这个'老青年'来说，就获得最高的无限的美的快乐，美的享受和美的满足了"，这是一种值得称道的学者的风范。其实，就学科建设而论，郭教授奉献给大家、特别是青年的《青年人生美学》，绝不是砖而是玉，是有益于青年人生的美化、有益于社会的进步的玉。

[①鲁迅：《未有天才之前》，《鲁迅全集》第1卷，人民文学出版社1991年版，第168页。]

我的三点不同看法[*]

我感到在探讨引进自然科学和国外学术观点时，要以我为主，冷静地科学地分析，不要妄自菲薄。刘再复同志的文章思想敏锐，问题提得尖锐，但在一些基本问题上有偏差缺陷。

第一，文章过多地套用了类似无序平衡状态、张力、场等自然科学术语，不仅外行，就是学理工的也未必知其所云。

第二，文章观点有些矛盾，他提出在观念上和方法上都要革新，可是具体论述时的东西并不新。如他相当赞赏的勃兰兑斯《十九世纪文学主潮》，这本书的观念和方法就不是新的。

第三，刘再复同志在论述"给人以文学对象主体地位"时谈到："我国文学在接受历史唯物主义世界观指导之后，我们的作家更深刻地了解历史，了解人和动物的区别，了解人不是自然的人，而是社会的人，而社会是阶级社会，因此，社会人的本质乃是阶级本质。在这种观念建立之后，我们往往把人只是当作被'社会'结构（主要又是阶级结构）所支配的没有力量的消极被动的附属品"等等。他用简单的直线因果律来解释机械决定论产生的动因，这是错误的。

文学理论界确实存在机械论和忽视人的主观能动性的观点，但这绝不是接受马克思历史唯物主义的必然结果。我们要认真总结教训，但不要轻易对历史上复杂现象简单地下否定结论，像泼脏水连同把孩子泼掉一样。

［＊本短文载于1985年9月30日《文汇报》第三版"文艺百家1985年第38期"。该期"争鸣"栏"编者按"：本报七月八日发表刘再复文章《文学研究应以人为思维中心》以后，引起社会上极大反响。上海师大中文系在九月十八日的学术交流会上专门讨论了这篇文章，老教授和中青年教师各抒己见，热烈争鸣。现把讨论会的部分发言摘要发表，以期展开更深入的探索。］

一颗跳动着的真心

——叶铭惠《海之恋》读后*

十多年前，我刚刚到汕头大学任教，负责指导几个夜大学生的毕业论文，其中就有叶铭惠评论毛泽东诗词的论文《横空出世》。那时，在一些年轻人眼里，马列主义、社会主义已经过时，所以对她不顾他人的议论，坚信自己的认识和真理的勇气，留下了相当深的印象。现在，收到她寄赠的诗集《海之恋》，读后对她的作品与为人更有了进一步的理解。

在文艺创作里，纯熟的技艺与真率的内容炉火纯青般的高度统一，往往难以实现。不少著名的艺术家，随着经验的积累，技艺的纯熟，大都失去了其创作初期那动人的真率，这正如孩子与成人一样。铭惠的作品，尽管就艺术而言可以挑出这样那样的不足以至缺欠，但无论是诗歌、散文还是小说、评论，其动人之处恰在于显现了一颗跳动着的真诚、善良，对人生充满希望的心，表明了从20世纪60年代开始直至当前作者的心路历程：对生活是积极地投入，勇敢地干预（如《辱》、《（菊豆）好看不好看》、《处女膜》等）；对情爱，是真切地期待，正确地抉择（如《别了，星星》、《死去吧，爱神》等）；对自身，是严格地要求，无情地解剖（如《幻灭者的悲哀》、《那儿都一样》等）；……从青少年直至中年，对崇高理想的热切向往，对真诚情怀的殷殷期待，对美的渴望、善的追求，在作者迈出的每一个脚印中全得到了清晰的表现。

《海之恋》里的不少作品，写于"文革"中，留有那个时代的明显印记，但作者仍坦直地将它们发表出来，这在许多文人的眼里，肯定是太傻了，他们喜欢文过饰非，把自己打扮得"一贯正确"，来欺骗青年的读者。其实，金无足赤，人无完人，圣人、伟人是这样，普通人更不可能例外。《赠友人》、《劳动的开端》、《那儿都一样》、《别了，星星》等，尽管都留有"左"的思潮的痕迹，但却无例外地把作者一贯的追求和人格力量表现得相当突出。所以，我认为对现实、对历史、对事物、对他人、对自己，总之对人生一切的正确态度，就是要坚持一分为二，实事求是。过去的稚嫩甚至失误，并不意味着就没有值得肯定、发扬的东西。

正确地认识自己，正确地认识人生，正确地把握艺术规律，就能在文艺创作上不断地向上攀登，我们期待着叶铭惠有更优秀的作品问世。

［＊本文发表于《汕头特区晚报》2001 年 2 月 6 日第 11 版。］

怆怀瓣瓣寄真情

——读司马攻的悼念文章有感 *

几年前，在汕头出版的一本刊物上，读到了司马攻先生的一篇悼念文章，那是悼念翁永德先生的，题目叫作《看你，在火光之中》①。我虽然接触过一些泰华文学创作，不过对翁永德先生知之甚微，但读着读着就止不住眼泪夺眶而出。文中所述那突然发生的意外灾难，那凝聚着作者真情，似乎未加修饰却又包含强烈对比的文句，在我的脑际回旋，给我以极大的震颤——

> 翁老，你一生几经沧桑，数十年来跨越了那些沸腾的，苦难的，以及安定、宁静的岁月。但一月七日那天，你想蹀过路面并不宽广的四坡耶马路，你蹀不过。

> 我知你数十年来在文化的道路上，你没有栽过交，这一回是你跌得最重，也是你生命最后一次扑跌。

> 我呆望着你，看你的相貌：你眉长，耳长，下巴长。我曾对你说：你是一个长寿之相，虽年近八十，尚能多享二十年。

> 可是，今天医生说道：你只能多活一天！

> 看你，在火光之中，我含悲送你故去。

> 唉！阴阳之隔就在火里、火外！

> …………

尽管时间已经过去了好几年，而此文、此情仍难以忘怀。现在，又收到了4月初司马攻先生寄自曼谷的、他刚刚出版的散文集《人妖·古船》。在这本新作里，除了上述一篇外，还收录了他另外5篇悼念文章：《岁月，留不住一个黄昏的残梦》、《悼秦牧先生》、《锲而不舍 终身以之》、《身处异邦 心怀故国》、《魏老，安息吧》。这5篇文章，同《看你，在火光之中》一样，营造出苍凉凄伤的氛围，表达了真切质朴的情怀，在平实的文字中蕴含着隽永深厚的意味，是不可多得的悼念文章。

这些悼文之所以如此动人，其中一个重要的原因，就是作者讲的，它是自己不想写而又被情感驱动非写不可的：

[* 与胡凌芝合写。

① 《潮声》，1995 年第 5 期。刊物的标题，比《人妖·古船》少一个字，为《看你，在火光中》。]

几年来我的几位好友，也是泰华文坛的宿将相继逝世，我悲痛之余撰文哀悼。……这些悼文是我不想写，不愿写，而我与逝者生前的感情，骤然间人天两隔，一阵阵怀念之情涌上心头促使我动笔。[①]

这种随情感流动而生发的文字，像宋代文豪苏东坡所说的山泉、江流一样，随物婉转，自然赋形，"常行于所当行，常止于不可不止"[②]，去雕饰，无斧凿，因而令人感到特别亲切，特别动情。

在作者悼念的这些人中，有的年纪较轻，有的年纪较长，不少还比他大了一二十岁，但司马攻先生并不因年龄的差距而生分，即使对长于自己十几二十来岁的人，在尊重、敬仰的同时，仍把他们视为挚友，亲切地倾注自己的情怀。像在悼念吴继岳先生一文中，作者一方面写道："吴老，你比我大二十多岁，我不敢与你称为莫逆之交，你应该是我的老师。"另一方面又直抒自己的情意：

> 离开医院内心极为忧闷，我见你龙钟颓唐，病骨支离。奄奄如风中之烛。不禁怅然叹息。……
>
> 你几次进医院，这一次住得最久，病情也最严重，我很为你担心。虽然你意志力坚强，求生力至盛，但年登耄耋，况且病入膏肓，我心中悲忖，怕你再也过不了这一关了。[③]

这些文字完全出自人的真意实情，不因面对长者而矫饰，所以能深深牵动读者的心。

庄子在《逍遥游》中说："且夫，水之积也不厚，则其负大舟也无力"，"风之积也不厚，则其负大翼也无力"。要写出感人肺腑的悼文，没有平时的生活积累和文艺素养，当然也"无力"实现。作为作家，司马攻先生有极其敏锐的审美观察力，善于在看似平常的生活琐事中，见出人的素养和品格的美。因此，他能在短短的悼文里，通过一件或几件小事的叙述或描绘，将他所崇敬的人的精神活脱脱地勾勒出来。

例如，秦牧住在泰国的酒店，洗衣服本可"交酒店代为处理，费用由'泰华作协'负责"，然而，"秦牧先生的衣服都是他自己动手洗的，由于没有熨过，就有一些皱纹出现在他的衣服上"；当参观鳄鱼湖的时候，秦牧对鳄鱼的养殖很有兴趣，但问他要不要买一点鳄鱼皮的工艺品作纪念时，他说："不必啦，我也有一条鳄鱼皮制的裤带，是我留居在泰

[①《〈人妖·古船〉自序》，见该书卷首，泰国八音出版社1998年版。
②苏轼：《自评文》。
③（见《岁月，留不住一个黄昏的残梦》，《人妖·古船》。]

国的姐姐两年前送给我的。这裤带太名贵了，我没用过。我把它钉在壁上作为纪念。"司马攻先生就是以这样不起眼的一些小事，突出了中国现当代著作等身的散文大师秦牧的为人和品格。为了显示李栩先生对泰华文学锲而不舍的关注与投入，悼文强调了他的遗作（《不重钱财重文才的陆留》）和他逝世时的情景："他是坐在椅子上断气的，他左手握烟壶，桌上放着稿子，唉！他临终时还孜孜矻矻地在灯下埋头写作。"

由于抓住了这桩桩件件作者耳闻目睹亲身经历的故事，所以司马攻先生的散文，篇篇不落俗套，寓真情于平直之中，耐人寻味。

其实，要是看得宽泛一点，那么收入《人妖·古船》里的悼文，并不止这6篇——《病树前头万木春》尽管不是悼文，但撰写的时候，魏登先生已经说不出话来。因此作者在《魏老，安息吧》中说："魏老，我要对你表达的，要将你的心意告诉朋友的，大都在《病树前头万木春》中说过了。"所以这篇文章确实也有几分纪念（悼念）之意。另外，《兰姐》一篇，事实上也是一篇悼文，一篇极为特殊的悼文。说它特殊，不仅因为作者悼念的是一位自己属下的挡车女工，更是因为作者的悼念，满怀真切而深刻的歉疚。

兰姐爱兰花，她把自己栽培的两盆长得特别美的风兰，挂在作者的办公室（经理室）的窗口。作者通过手下的厂长，叫兰姐拿走了风兰。当作为经理的作者知道兰姐从此就不再养兰时，心里曾经想过："凡事都有一个例外，兰姐喜欢风兰，养几盆也不会妨碍什么的。"却没有对属下说出来；兰姐病重了，不能再工作，她提出一个要求："让她住在工厂的宿舍里养病"，厂长根据厂规，没有答应她。作者想说"凡事都有一个例外"，但觉得应多考虑一下，终于没有说。过了几天，当厂长告诉他兰姐死了时，他震惊、痛悔，决定到佛寺去，为兰姐赠经。"为一个很普通的女工赠经，这是一个例外。"那天晚上，他在佛寺兰姐的灵前上香后，想道：

> 这一次例外对兰姐有什么好处呢？假如她得到的是第一次，或第二次的例外，对她的心灵多少有些安慰，现在呢？就是有更多的例外对她也是一无所补的！

这种内疚、懊悔，不只胀痛了作者的心，而且也震荡着读者的灵魂，使人们明白在人际关系中，应该多一点爱心，多几分宽容，多想一想"凡事都有一个例外"。

事实上在追悼逝者的时候，作者几乎都有这种自责、内疚的心情。他为没有备"只鸡斗酒之仪"到吴继岳先生灵前而叹息；为不要打扰秦牧而错过了最后见面的机会而内疚；为李栩每次都到机场送他出国，给他挂花串，自己一次次回来时竟没有带一点礼物送他而懊恼：

> 李栩兄：你多次到机场送我，给我挂花串，我这次送你入土，没有花串，没有花圈，只有几滴老泪，一把黄土，赠你。

作者的感叹、懊恼还有很多很多。他在悼念逝者、回首往事的时候，用"爱"的手术刀严格地解剖自己，有时几近于苛责。他赞扬"犯而不校"像蚌一样的宽容精神：

> 蚌当砂砾、石碎侵入到蚌的体内，刺痛着蚌，而蚌却慢慢地、慢慢地把这些砂砾、碎石变成珍珠。

他指出人要做到这一点，比起蚌来"需要以更多的痛苦去接受"①。总之，我以为司马攻先生的悼文那穿透人心的力量，同这种严于律己、宽以待人的崇高精神和博大胸怀，是有着密切的联系的。

悼文、祭文，在中国文学发展史上有着悠久的历史和优良的传统，韩愈的《祭十二郎文》，就是脍炙人口的名篇。但如果仅就文章的内涵而言，应当说韩愈的感伤、自责，主要着眼于家族、亲属的关系，同司马攻先生的悼文瞩目于社会、人生，其意义显然是有所区别的。作者呈现给人们的"瓣瓣怆怀的心"②，所以可贵，也就不言自明了。

[①《淡淡的愁　深深的爱》，《人妖·古船》第14页。
②《悼秦牧先生》，《人妖·古船》第39页。]

永远无法弥补的遗憾 *

当杨象富先生告知我们，他的胞弟杨象宪先生突然辞世时，一股莫名的悲怆和遗憾久久地纠结在我们的心头。

象富先生是宁海中学高我一届的大师兄，毕业后即留校担任老师，直至副校长，对数学教学及宁中建设作出了杰出的贡献。而象宪先生则素昧平生，要不是 2006 年宁中八十周年校庆时，象富先生送给我们一本象宪先生的画册，我们还不知道他是潘天寿的高足、全国知名的国画大家。

我们不懂画，只是对画有自己的偏爱。就油画而言，列宾的《伏尔加河上的纤夫》、《不期而至》，会激起我们的心灵震颤，但却难以欣赏毕加索那些震撼世界的画幅；对于国画，我们崇拜的是齐白石、徐悲鸿的作品，而对世人公认的张大千的杰作，竟然没有多少共鸣。

看了象宪先生的画册，他那融工笔与写意于一炉的作品，令我们仿佛感受到了齐白石、潘天寿画作的意趣。几经踌躇，终于在 2010 年不揣冒昧地向象富先生提出：希望得到一幅象宪先生的大作。象富先生办事认真、严谨，我们的要求提出没几天，便收到象宪先生寄自济南的挂号邮件，一幅意趣盎然的花鸟精品赫然呈现在眼前。

[＊与胡凌芝合写，发表于杨郁编著：《翰墨遗香：杨象宪纪念集》，东方出版社 2013 年版。]

　　我们的兴奋、感动真是难以用言语来形容。除了寄去一本刚刚修订完成的第四版《美学基本原理》，略表我们的谢意外，总希望有一天能到济南，拜见象宪先生，当面倾诉我们的感激之情。

　　然而，我们这个小小的愿望，终于永远无法实现了。

　　"人生七十古来稀，如今只是小弟弟"，民间流传的这句顺口溜，道出了生活在独立、富强的祖国的广大民众对现实的感受与期盼。对于运气走笔，泼墨作画的书画大家，经过从幼年到壮年的学习、探索、创新，到七十来岁，就会像白石老人等许许多多画家一样，进入"随心所欲不逾矩"的创作成熟期、丰收期。其创作与心灵相交通，与造化共沉浮，"常行于所当行，止于不可不止"（苏轼：《自评文》）。

　　当人们期待着画坛大丰收的时候，年仅70余岁的象宪先生，竟会那么突然地离开了大家。这是多么大的损失啊！

一年和一生——我的"树人"情怀*

1945 年春天，日本侵略者攻占黔南名城独山，我们家生活的贵阳岌岌可危，因此便随母亲逃难到父亲工作的重庆，居住在沙坪坝。到重庆后，我考入了位于小龙坎的树人小学六年级，于 1946 年夏天毕业。

我在树人小学念书的时间只有一年，许多往事早已淡忘，现在连当时学校的负责人和老师们的姓名也难以记清了，只记得同班的同学有甘敏学、刘继康、李耀椿。可是，这短短的一年，却在我的一生中留下了难以割舍的怀念。

进树人小学之前，除了母亲给我念《水浒》、读《三国》，教我背《孟子》、《论语》和一些古诗词外，我从未进过正规的学校，也没有离开过母亲的呵护。这是因为七八岁时，确诊我右髋关节患上了骨结核。那时，贵阳还没有治疗结核病的特效药，医疗的唯一办法，就是让关节停止活动。所以医生给我上了从腿部直到胸部的石膏，人就只能平躺在床上，吃喝拉撒一切都得母亲照顾，这样整整过了三年。骨结核钙化后，又经过一年多的下床调养、活动，才能跛着脚行走，有了上学读书的可能。

在我的印象里，当时的树人小学已经相当有名。学生们并不都是附近的孩子，还有许多来自重庆市区，所以虽为小学，竟也收住宿生——似乎是四年级以上的学生都可以申请住读，至于有没有低年级的学生，则记不清楚了。我的家，离学校不算太远，可是因为右腿的残疾，不可能每天来回走路上学，所以也成了一名住读生。

一个从来没有离开过家庭，一直依偎在母亲身边，不足 12 岁而又身罹残疾的孩子，陡然进入学校住读，恐怕很难摆脱孤寂、无助以至于畏惧的心理。然而，在学校的一年里，从未感到有人因残疾而对我抱讥讽、歧视的态度，反而深感老师和同学对自己的关爱与尊重。

有了这样良好的学习生活的开端，后来我无论在重庆南开中学、南京锺英中学，还是在上海麦伦中学求学，都没有出现过任何心理障碍。1998 年，广东汕头市评选自强模范，市残联的负责同志了解到我的这种心态，觉得与一般残疾人的自卑心理有很大不同，深感奇怪，问及是何原因时，我才意识到自己在树人小学的这段经历的意义。

[*写于 2006 年，于
上海百合花苑。]

我在树人小学读书的时候，学校的教学是严格而有质量的。记得国文课学的并非全部是课本上的文章，还选学了冰心的《寄小读者》、朱自清的《荷塘月色》等文情并茂的散文，要求同学达到能够背诵的熟练程度。

不知道是不是由于受了这种潜移默化的陶冶，我从上海麦伦中学毕业投考大学时，竟放弃了在高中成绩相当突出的物理、数学，选择了北京师范大学中文系，终身成了一名与语文打交道的教师。

说来很有一点奇怪，树人小学一年的学习，似乎就决定了我的一生。

我深情地怀念我的启蒙学校——树人小学。

难忘万绿湖[*]

此次新丰江之行，给人留下了几多遗憾。无论是前一周，还是后一周，甚至两周、三周、四周……都是水光潋滟的晴天，唯独当我们的船把我们带到万绿湖各个景点的时候，满天笼罩着雨云。时大时小、时疏时紧的雨，加上一阵阵的冷风，使许多人只能躲到船舱里，聊天、打盹、睡觉，在朦胧中领略那无边的山色；出海的"双龟"不知何时隐匿得无影无踪，直奔"伏鹿（福禄）"之岛的航船，也因为冷风骤雨而匆匆掉头……这一切的一切，都使我们在返回汕头的火车上，感到非常的遗憾。这种遗憾，更因为那些令人留念的回忆而大大增强了。

听说联谊会组织大家去河源，开始就产生了许多疑虑。记得在前几年毕业生分配的时候，一些来自河源的学生，怎么也不肯回到自己的家乡。这样的地方，真有什么值得游览、考察的吗？然而，置身在河源的土地上，登上新丰江水库的大坝，品尝着具有客家独特风味的"竹筒豆腐"和"酿酒"，面对那山山水水出奇的绿，我想，要是朱自清先生有幸见到万绿湖山水的绿，他一定会写出一篇格外出色、格外动人的《绿》。温州仙岩山梅雨潭的"绿"，尽管有它的特色，它的韵味，但比起绿到万处的万绿湖的绿，其韵味、气势都难免稍逊一筹。看到河源在改革开放形势下迈出的坚实步伐，你就不能不希望在河源多待一些时间，甚至直接投身于河源的建设。几位终于回到河源的前几届中文系毕业生，以他们事业上的成就，说明了在河源这块土地上是大有可为的。他们有的在机关里成了领导得力的助手，有的为家乡经济的腾飞筹划了数十亿元的资金，谈起未来，他们都雄心勃勃，相信自己的故乡和自己的事业，定会有一个辉煌的未来。

最令人留恋难忘的，是河源人情感的真挚与热情。导游小王和小黄，对我们这些老头老太太，从迎接到送别，照顾得真是无微不至。你想看新丰江上那些特色鲜明的景点，她们早就为你作了安排；你想品尝客家特有的饮食，她们在提供风味餐点的同时，还让你享受到那乡土人情特有的氛围；在她们情意洋溢的介绍中，时时透露出客家人的自豪；……凡是这次活动的参加者，都不会忘记她们娓娓动听地讲述的"望郎归"的传说。那个涕泪滂沱依傍在家乡大地上的客家女子，她的深切的怀念，

［＊写于 1997 年，于汕头大学。］

集中体现了客家人的情意，这是至今也未改变的。在远离河源的汕头大学，耳边似乎还响起小王渴望进一步学习的话语……

对于河源的种种怀念，更增添了这次短暂的新丰江之行的遗憾。我相信不久的将来，会再有一次这样的行程，而一扫这次的遗憾，增添无尽的怀念。

致友人

一

一宁：

你好！接 17 日来信后所发的短信，当收到了吧？

这两个星期因为家里一下子增加了一个大人、两个小孩，弄得我们常常手足无措。昨天晚上，他们终于飞回墨尔本了，这才有时间答复你的长信。

我们不仅赞成你写回忆录，而且对信中的许多观点深表赞同。诸如："咱们生活在一个承先启后的时代，是承先启后的一代。在皇冠落地之后，在'救救孩子'的呐喊声中，咱们经历了'站起来了'的欢乐，也体验了空前的（但愿也是绝后的）从肉体到精神的饥渴，还品尝了举世无双的浩劫与皮鞭……这些历史，这些成功的经验，失败的教训，都必须反映、记载和总结，尤其是 1957 年那段历史，及它所延伸出来的一切"；"列宁不是说过'忘记过去就意味着背叛'吗？结果是历史的悲剧将会在全民的遗忘中重演。因此，写的目的只有一个：为了悲剧不再重演，为了子孙后代不再遭此厄运，为了中国更加美好的明天。我想，只要抱着这个共同的目的，无论当年是'左'、是'中'、是'右'，都应当也可以真实地客观地写，只是角度不同罢了"；"50 年代的大学生是最富使命感、责任感的，让咱们完成历史赋予咱们的使命吧！也许，这是咱们能够为国家、民族做的最有价值的，也是最后的一件事了"；……

然而，目前我们还没有写回忆录的打算和激情，其中一个重要的原因是对往事的记忆已不是那么清晰，而学生时代的日记、信件等等在"文革"中遭查抄散失，如果硬写，失真的可能性极大。此外，我总觉得自己那时尽管在年级党员中党龄最长，还担任了年级支部书记，但事实上却是一个少不更事的学子，根本没有任何社会阅历，因此对当时北师大党委内显露出来的矛盾都弄不明白，更不用说市委和中央了。"文革"结束之后，我曾想过：毛泽东在"七大"报告里，对新中国成立后面临的形势与任务有着十分清醒的认识，对新民主主义的长期性也有充分的估计，为什么到了 1956 年、1957 年，他的看法竟会发生如此大的变化？是当时国际、国内环境的影响，还是个人思想、品质的问题？但到现在我仍然找不出令自己满意的答案。对大背景缺乏应有的认识，而要写自身的感受，就难免陷于井蛙之见。

来信中提及的几个问题，尽我们的可能答复如下：

（1）把我定为"右派"的结论是由哪些人（或哪个人、哪个组织）作出的？是根据什么作出的？不会仅凭一张大字报吧？而且那大字报中究竟哪里是反党反社会主义的？那份《雷一宁问题的结论及处理意见》是谁整理及抄写的？

答："反右"开始以后，初期划定"右派"都比较慎重，是经党委和总支讨论的；至于后来划的大量"右派"，是否还经总支、党委讨论，我就不清楚了。关于你个人的"处理意见"，是何人"整理与抄写"，现已回忆不起来。

（2）改正时，是哪些人对我班的"右派"问题进行复审的？是根据什么说我是错划的？据我所知，在"右派"问题改正时，不仅只是发一个通知，干巴巴地说一句"你的'右派'问题属错划"，还要发一个《关于×××右派问题的复审意见》之类，在《意见》中一般都会一一列出×××"反右"时的言行，然后分析其思想动机是否属于反党反社会主义。可是我只收到一份简单的通知书，没有收到《意见》书，为什么？划和不划都应当有充分理由，可是我至今稀里糊涂。

答：不清楚。只知道梁××、傅××和在京的一些同学曾参加这一工作。谈到改正时的"通知"，我连自己的也根本没有见过（改正时我在北师大美学班进修），只是上海师大中文系党支部的同志来信告诉我，那时的言论"属认识问题"，原处分撤销。

（3）听说当年北大划了 1500 名"右派"，北师大划了多少？其中有多少"极右"？多少"女右"？中文系呢？中文系 1957 届呢？中文系1957 届丙班呢？

答：不清楚。可向梁××了解。

（4）听说李××等三人（是哪三人？有我吗？）是后来补进去的。为什么非要补？是哪个人（或哪些人、哪个组织）决定补他们的？根据什么补的？他们的"罪状"是什么？

答：就我所知，所谓"补"只是后来同学中的传闻，当时没有定什么指标（就是有指标，我们年级也早已大大超过了），因此不存在什么

"补"不"补"的问题。可能因为李××、潘××划得比较晚，就传出了"补"这一说。潘兄是因为在作鉴定时谈了他对当时国际、国内不少大问题的看法，由我向党委汇报，被党委定为最一般的"右派"，一年后摘帽（若我当时不是那么"少不更事"，不向党委汇报，潘兄自然就不会有什么问题了。因此，潘兄是我对其深感内疚的同学之一）；××则是因为发现了她给湖南朋友的信里有什么"问题"——为什么会发现？怎样发现的？现在已记不清了。

（5）2000年在雁栖湖，临离开那天丙班的座谈会上，叔成兄作了一个较长的发言，你说的是"后悔……"还是"不后悔……"？事后我怎么会听到对此截然相反的反映？那是你的自省啊！因此，我建议你干脆把它写下来，或者根据目前的想法重写。你以为如何？

答："不后悔"一说，是就读中文系而言的。中文是我中学时学得最差的一门课程，因此到北师大报到时，中学的班主任要我转到物理系，结果没有转，我不后悔。至于"反右"中伤害到许多同学，我作为年级支部书记当然有不可推卸的责任，而尤其令我感到不安的是甲班的范××、张××，乙班的谷××，我们班的潘××（具体情况信中不再赘言）。

以上的"我们"指凌芝、叔成，"我"则为叔成个人。

谨此祝

健康！

叔成、凌芝

2005年3月27日

荣生：

13日来信及有关"反右"斗争的回忆录已收到。谢谢你的友谊与信任。自1954年前从甲班调到3班以后，虽然我们之间的交谈不算很多，但你长于思考、勇于探究、执着于真理的精神，仍深深地留在我的脑海里。读了你的来信与回忆录，激起不少思绪，要说的话实在太多，一时可能也难以说清楚。因为在我看来，要对1957年的事、对新中国的历史（包括其成就和失误）作出较为符合实际的判断与评价，非得有一个宏观的、基本的看法不可，而我现在对此的认识还相当模糊。

2000年9月，同学们雁栖湖大聚会的最后一天上午，丙班开了一个座谈会，会上我谈到了 1957 年的事，说自己深感愧疚与对不起的同学有甲班的范××、你，乙班的谷××、丙班的潘××等。关于你的错划为"右派"，我的责任确实很大。

然而，事情的起因似乎与你的回忆有些出入：首先是方铭在党内谈到大家应该认真帮助党整风，思考《论无产阶级专政的历史经验》里提及的社会主义制度某些环节上的不足等问题，不要总是纠缠在个别人的作风或个别事件上（指"何穆事件"中何的问题）。方铭还说，党员也可以参加群众组织，并以自己的行动把整风引向健康的方向。我在支部和《火星报》传达了方铭的意见，于是许多党员就参加了"地层之声"，而谷××（当时已是预备党员）更牵头在乙班组织了"苦药社"。你好像是听了这一传达，才写了《论以党代政》交给我看，看后没有发现什么大问题，因此就让《火星报》的同学拿去抄成了大字报。当时我很高兴，觉得你的行动响应了方铭的号召，已经先行一步（在北师大错划的"右派"得以改正前，我写了一封信给师大中文系总支和学校党委，其中就说到你与潘××等的情况，大约因此"复审意见"里才有了"党委委员方铭"如何如何那段文字）。

到临近毕业时（可能已是 8 月中下旬），支部正在讨论处分我的问题，这时你告诉我，因为这张大字报，你已被定为"右派"。这完全出乎我的意料，让我很吃惊，觉得很对不住你。

大约是 1957 年 7 月底 8 月初的一天上午，北师大中文系党总支召集四年级支部委员讨论处分党员的问题。第一个讨论的对象就是 6 班的张明道[①]，与会的四年级支部委员和总支书记李×，根据明道发表在《地层之声》上的几篇杂文，都认为他是反党反社会主义的"右派"分子，而我却坚持他是一个好党员。明道其实是由于自己以往看问题比较简单、片面，有些教条主义，整风开始以后，他经过学习，发现了这些欠缺，于是写杂文"为官僚主义者画像"。他在文章里所说的官僚主义者，不是别人，就是他自己[②]。围绕张明道问题性质的争论，一直到中午都未能决定下来。因此，休会后我就对总支书记李×说，看来我不适合再担任支部书记的工作，还是回班级算了。经李×同意，我就回到班里，不再过问党团员的处分问题，所以对你被定为"右派"非常惊讶。

另外，关于北师大我们年级的"反右"斗争，我有两点可能不那么正确的认识：

其一，在对"右派"、对犯错误的党团员进行批判时，绝大多数的

[①在讨论处理党员的支部大会上，尽管我和一些党员为明道申辩，最后还是作出了定为"右派"、开除党籍的决定，不过后来党委审批时改成留党察看两年。明道毕业分配到重庆南岸的一所中学。他不仅不顾经常爬山的劳累，全身心投入教学工作，而且还在经济困难时期省出口粮等帮助他人，致使全身浮肿，心脏病加重。到 1961 年，终于无法再坚持教学工作，只得回汉口老家养病，1962 年这位优秀的共产党员就离开了我们，年仅 27 岁。

②整风期间，明道认真学习毛泽东延安整风时写的文章，并把"墙上芦苇，头重脚轻根底浅；山间竹笋，嘴尖皮厚腹中空"抄录下来，贴在自己的床头，以自省。]

"左派"积极分子（包括梁××、杜××等主持我们年级工作的同志）都是基于他们当时的认识，而非出于个人恩怨和踩着别人的肩膀向上爬的用心。正像你在来信中所说："假如当年没有把我打入另册，我自然也会在反右的第一线冲锋陷阵的。"

"文革"以后多数揭示"反右"错误的文艺作品，包括像《天云山传奇》这样优秀的电影，都把基层的"反右"描绘成出于个人恩怨与目的，我觉得是将问题简单化了。真正需要我们深思的，恰恰就是为什么真诚拥戴革命的人却会把同样拥戴革命的人往敌人那边推打？为什么不能设身处地为他人多想想，多几分理解与宽容？要回答这些问题，大约得检查我们的思维定势与传统观念。

其二，我个人当时也认为自己是犯了严重的错误，因而受到撤销党支部书记、校团委委员职务的处分，合情合理。因此，"反右"后我一直抬不起头来，夹着尾巴做人。真感到处分错了，已到了"文化大革命"后期，这说明了自己并不一贯正确。

以上情况，大致还是记得比较清楚的。以下我想就有关的问题简要地说一点自己的很不成熟的看法，如有不当，请指正。

第一，在改革开放前的历次运动中，我和我的家人先后都受过多次冲击。我母亲因与胡风和他的朋友有所接触，就成了肃反重点审查的对象；我的哥哥在念交大航空工程系三年级时，参加抗美援朝战争，是空军上尉，立过三等功，但因在1957年的整风中讲了部队领导对知识分子不够了解、不够尊重的话，就被划为"右派"，开除军籍、开除公职，下放到梨树县当农民；"文革"中，我的父母被当作特务、叛徒，我则作为漏网"右派"、黑手、反动学术权威在大礼堂被揪了出来，抄家、批斗；……尽管如此，我至今仍信仰共产主义，信仰辩证唯物论和唯物史观。

改革开放以来，我大略涉猎了西方种种学说，纠正了以往对其不屑一顾、嗤之以鼻、盲目排斥的错误态度，觉得这些五花八门的学说，也体现了无数有识之士的人生追求，包含了他们的真知灼见，不乏合理的因素，可以借鉴，应该汲取，但却始终认为最为科学的哲学社会科学学说是马克思主义，是辩证唯物论和唯物史观。

当然，马克思主义最核心的内涵究竟为何，我不一定能说清楚，但我相信：物质是第一性的，意识是高度发展的物质（人脑）的产物；人类是进化而来的；人类的历史经历了无阶级社会与阶级社会，最后必将进入到消灭阶级、人人自由自觉地生活的共产主义社会；人类及其社会生存与发展的最基本规律，是存在决定意识，意识反作用于存在；历史的发展体现为无数偶然中的必然，伟大的人物可以起伟大的作用，但其作用毕竟还是有限的；……

第二，基于这样的世界观、人生观，我以为中国共产党的成立，中国共产党的胜利，是历史的必然；中国共产党发展过程中的失误，以至建国后的诸多荒唐的举措，也不能不说有其深刻的历史原因，不能仅仅归结为某个人或某些人的修养和素质上的欠缺（就像陈独秀、胡适、瞿秋白等都有其伟大的一面，而其失误也并非由于纯个人的原因）。

第三，建国初30年的诸多失误，在我看来主要原因之一就是中国革命是在自给自足的封建小农经济的基础上起步的，不但缺乏必要的物质条件（经济基础），而且也没有足够的精神支撑——事实上即使多数共产党人本质上并不差，但也难以达到共产党员的真正要求（不完全是他们个人素质有什么问题，而是现实的条件制约了他们的头脑和视野），即便像毛主席老人家如此远见卓识的人，也超脱不了唯物辩证法的这条规律（不是意识决定人们的存在，而是存在决定人们的意识）。

新中国成立前后的一段时间，他老人家（其实那时他并不老）的头脑还是相当清醒的，他一而再再而三地强调：只有经过新民主主义，才能进入社会主义；新民主主义不等于社会主义，是一个相当长的历史阶段；新中国成立后不能"毕其功于一役"，不可以"走无产阶级专政的社会主义的路"；人民包括民族资产阶级，人民民主专政不是无产阶级专政；等等。然而，没过多长时间（其间还有一场抗美援朝战争），他却让新中国的历史走了一些弯路。

前些天和上海师大马列教研室的一位退休老师谈到这个问题，我说自己也想不明白为什么。他解释道，老人家虽然讲了这么多，但其实他自己也没有真正想通，所以经济上有了一些发展（我想，还可以加上"打败了美帝"），就以为可以跑步进入共产主义了。这可能有几分道理，说明客观现实的存在怎样制约了人们的头脑。

第四，关于"反右"我还要说几句：尽管好像还有若干"右派"没有平反（几百个？几十个？几个？一两个？），然而"扩大化"的结论却不是对历史的科学总结。

1957年时，社会上有没有非历史反革命的反共、反社会主义的人？回答无疑是肯定的，可是真正持反对态度并见之于行动的，应该说少之又少，更多的是观望、怀疑或不理解新社会的某些举措。因此，个别或少数反对者的存在，不应该成为开展大规模群众运动的理由。真正的共产党人理应有宽广的胸襟，以解放全人类为己任，尊重他人、相信他人，以推己及人的精神，通过耐心细致的工作，等待、启发那些心存疑虑的人的幡然醒悟（溥仪在《我的前半生》里讲到的抚顺战犯收容所的工作人员，我以为最具体、最形象地显示了共产党人的这种品质；溥仪的亲属已经揭发了他藏有珠宝，而当溥仪自觉坦白时，这些管教者充分肯定了他的进步，只字不提他们早已掌握了这个情况，只是在等待他的觉醒）。

第五，所谓"社会主义初级阶段"和"有中国特色的社会主义"，在我看来，就是在坚持社会主义的方向下，大力发展生产力，为此而充分借鉴欧美发达国家的经验，引进市场经济使之服务于建设社会主义、共产主义的目的。没有高度发展的生产力，是不可能走向社会主义的，而且走向社会主义的，很可能还是像马克思说的那样，不是一个国家，而是一批国家，一批世界的主要国家。

市场经济的发展，不可能完全避免资本原始积累阶段的种种弊端，"向钱看"便成为人们无法回避的追求。几乎一切部门、一切人士，都或深或浅地染上了金钱的颜色，带上了铜臭味，让人不寒而栗，觉得为此付出的代价似乎太高了。然而，想想资本原始积累时的欧美各国，相比之下，我国的现状就好得多了。由此可见，改革开放以来，我党中央领导始终保持着清醒的头脑，在鼓励民间资本发展的同时，尽量减少其副作用，使绝大多数民众的利益得到保障。

此外，你的回忆录中似乎还有几处不很准确：

第1页（指原稿）：《这是为什么？》好像是人民日报评论员文章，不是社论。

第2页：（1）团内处理的时间应在8月；（2）"同情右派者即右派"，真是中央文件的原文吗？我觉得即使在那个年代也不太可能。

第4页：在班级作鉴定者为"敌我矛盾"，就我记忆，一般同学都在小组作鉴定，而班干部、团支委则在全班作鉴定。确定"右派"则需通过班级。

第9页："如果说我有错误，……为权力所忌。"主要原因应该不是"权力所忌"。

镜春对你的情况更了解，回忆录寄给他看了吗？如你同意，我想寄给他和莫××看看（××兄是从香港回来的，肃反中由公安局下令审查，结果查出是在港为地下党工作过的好同志，他看问题相当深刻，我在他的书信中受益匪浅）。

余言后谈。祝春祺！

叔成

2006 年 3 月 25 日

二

玉青：

　　两封来信都收到了。人们的认识都有一个发展变化的过程，1979 年的复查结论反映了参加复查的同学（大约是梁××等）那时的认识，现在看来自然有许多不妥之处。对此，我赞成你们的看法，不必深究，一切向前看。"往事如烟俱忘却，心底无私天地宽"。

　　我有一个学生，是"文革"中负责监督、批斗我的班级的班长，他在 20 世纪 80 年代给我写了一封长长的信，谈到他当时内心的矛盾与事后的歉疚之情。其实，这个学生是很讲理的，一些过激的行动只能在当年的时代氛围中找到根源，而绝非他个人的责任。因此，我们后来成了相当知心的朋友。

　　明年毕业 50 周年的聚会如能如期在成都举办，上峨眉山还是去九寨沟，或者两处都去，就看大伙的兴趣了。

叔成

2006 年 6 月 20 日

玉青：

　　信收到，谢谢你的关心。上海这几天确实够热的，我们睡觉都开了空调。

　　非常赞同你对生死的辩证态度。去年，我给汕头大学一位老师的信里也谈及这个问题：

　　　　梁东汉先生（汕大老教授，在我之前任中文系主任）曾说起有位汕头大学的老师看见他健康地从广州治骨折（他 80 高龄在家里摔断了腿）回来，高兴地祝他"长命百岁"，他却回答道："千万不要长命百岁。到了生活不能自理的时候，就请人一枪把我打死。"这当然是玩笑话，"打死"更是违法的，但老先生这种乐天知命的人生态度，却令人非常感动。确实，如古诗所说"人生不满百"，不必"常怀千岁忧"。既然我们欢乐地迎接"生"，那也就应该坦然地面对"死"。可是一些同事、朋友的遽然离去，还是令我们深感意外而感伤。

因为孩子给了我们上航假期的旅游抵用券，限在 7 月 31 日前使用，所以我们订了明天到千岛湖的两日游，后天傍晚回到上海。这次千岛湖之旅主要是乘四星级的游轮，不会走多少路，天热一点，估计问题不大。

叔成
2006 年 6 月 30 日

玉青：

先后两封来信都收到了，谢谢你和林大哥的相邀。

自 1986 年年底被调到汕头大学后，于我母亲在长春期间，我们每年暑期都到长春一聚。1991 年是最后一次到长春，这年的 10 月，哥哥在上课时突发心肌梗塞，姐姐就把妈妈接回上海，这样我们寒暑假都到上海看望母亲，直到她老人家于 1994 年年底去世。

母亲去世后，哥哥的心脏病又发作过一次，后又查出了膀胱癌——其实是误诊，原发部位是肾脏，拖到 2000 年，癌细胞已全面扩散，哥哥因此也就离开了我们。哥哥走后，我们再也没有到过长春，其中重要的原因是不太好处理与嫂嫂一家的关系。

在与我哥哥结婚前，嫂嫂结过两次婚，对象都是哥哥航校的同事。她的第一个丈夫因病去世，留下一女一男；第二个丈夫在水库游泳时溺水身亡，生有两个儿子。哥哥因为单身，常常照顾、资助他们一家，久而久之有了感情，才结了婚。婚后，他们没有再生孩子，而嫂嫂的孩子直到哥哥去世，都一直叫他叔叔，只有孙儿辈才叫他爷爷。

嫂嫂的大女儿在北师大工作，大儿子一家在四平，都不在长春。嫂嫂原来偏爱么儿，和他们一家三口同住，而与老三一家闹翻了，平时不来往。到哥哥病重时，老么一家现出了原形，不仅对哥哥恶语相加，而且哥哥从小带大、最宠爱的孙女（他们的女儿）连进房间看看哥哥都不肯。这样的原形毕露，让嫂嫂明白了自己过去的偏爱不当，这才与老么一家分开，与老三生活在一起。

因为嫂嫂的儿孙辈与我们毫无血缘关系，接触又很少，所以对他们家庭的矛盾，我和姐姐都采取不介入的态度，听由嫂嫂自己处理。

曼礼的网页，我一直打不开，接你的信后，再次一试，居然就打开了，真是丰富动人，令人大开眼界，得向她好好学习。

叔成
2006 年 7 月 10 日

玉青：

信收到。信中所说"你哥这辈子是受了很大的委屈和打击，要不，一个英姿勃发的青年军官，是很有前途的"，让我感触良多。

一个人的遭遇，除个人条件及时代因素外，同周围的人、特别是领导者的素质也有很大的关系。记得在给张××的信里我曾经提到，在我心目中，共产党人应该像抚顺战犯收容所的管教人员那样，"有宽广的胸襟，以解放全人类为己任，尊重他人、相信他人"，即使对某些思想意识跟不上形势的人，也要"以推己及人的精神，通过耐心细致的工作，等待、启发"他们（当然，这在共产党人取得政权以前大概难以做到，可是在取得政权之后，我认为理应做到）。当年哥哥所在的航校有一些这样的共产党人，但更多的则不符合这个标准。我曾见到有关我哥哥处分的意见，当时他是在领导多次动员下，才在一次整风座谈会上谈及他们学校的领导对知识分子的特点不够了解、尊重的问题，意见极为一般，问题也提得不尖锐，要是在一般单位，顶多检讨几句了事。而航校的领导竟把他定为了"右派"，开除军籍、开除公职，下放到榆树县劳动。哥哥所在部门的支部书记是一个颇有党性原则的同志，曾为他据理力争，要不是出身好，军籍可能也保不住。

哥哥被定为"右派"后，妈妈曾要我规劝他，我想到自己在北师大整风中的言行比哥哥出格得多，而哥哥并没有错，觉得没什么可规劝的。

在农村劳动的十多年间，贫下中农对哥哥倒是相当不错的。他们并不囿于对"反党反社会主义的右派"的成见，而是尊重人的现实表现，肯定哥哥为人诚挚、本分，乐于助人、不计报酬的品质，再加上哥哥还有在交大学习了三年的理工功底，能帮助农民解决生产中的种种技术问题，因此即使是在"文革"中，哥哥也没有受多大的苦——要是留在文教单位，那罪可能就遭大了。

1984 年 2 月间，我到哈尔滨参加电大的教学会议，路过长春，见到哥哥航校的那些老同事，他们一致说哥哥有"一颗金子的心"。能有这样的知己，应该说哥哥的一生没有白过。只是尽管嫂子对他不错，但他对儿孙们付出的毕生的心血，不仅没有得到回报，而且在离开人世前还遭到他们的恶语相加和冷眼相看，实在太令人痛心了。……

叔成
2006 年 7 月 15 日

玉青：

你和林大哥好！先后两封信都收到了，林大哥概括的 12 个"不"①，体现了我们这一代为人处世的原则，准确、简明，而隐含着做一个平民百姓、一个真正的人的自豪。

看到你们孙子、孙女的照片，真的很羡慕——不仅因为一个是帅哥，一个是靓女，而且因为他们都即将步入社会了。我们的孙子、孙女则都很小。这是由于长子结婚 9 年才有了我们的大孙子，他下半年刚刚步入初中；而老二结婚时已 36 岁，他的两个孩子，大的 6 岁，小的 4 岁半，要长大成人，还早得很。附上他们的照片 3 张。

叔成
2006 年 7 月 20 日

玉青：

两封来信先后收到了。

关于余秋雨，当然是一个绝顶聪明的人。他虽是上海戏剧学院的毕业生，但"文革"中为上海写作班（丁学雷、罗斯鼎）写文章时，却能将文、史、哲、经、教育等等方面，都写得符合"要求"——他在回忆录《借我一生》里，只承认被抽调到《文汇报》参加写批判"斯坦尼"的文章，而且最后因不合要求而未被采用，根本不提为"石一歌"②与写作班写大批判文章的事，扮成"文化大革命"的受害者（尽管有当年知情者的一再点破，他却一概予以否认）。在我看来，这是他德与才方面表现出来的矛盾。

如果仅仅就才而言，作为文化名人，他不愿意在文化知识上下苦功，有时甚至满足于想当然的一知半解、随意发挥，并公然声明非如此"我就再也搞不出任何像样的学术，写不出任何能读的文章"（见《余秋雨教

［①友人在来信中说：你老林大哥休闲在家，喜给自己画像。他说自己这辈子无论在部队还是在地方，无论担负什么工作，基本上可以用 12 个"不"字来概括：职位不高，责任不轻；能力不强，困难不辞；功劳不大，苦劳不避；工作不挑，名利不图；挫折不少，一生不计；生活不富，原则不弃。我说那你不是许多今人所认为的傻瓜一个吗？
②石一歌原为"复旦大学、上海师大复课教材编写组（《鲁迅传》编写小组）"，于 1972 年成立，隶属于上海写作组。组长是华东师大（当时已并为上海师大）的教师陈孝全，其成员有吴欢章、高义龙、王一纲、余秋雨等11 人，因而发表文章时署名"石一歌"。"石一歌"是"十一个"成员的谐音。］

授敬告全国读者书》），真不知道是什么逻辑?!

举一个金文明批评他的例子（见金文明：《石破天惊逗秋雨——余秋雨散文文史差错百例考辨》）：在《文化苦旅》中《家住龙华》一篇的"编后附记"里，余秋雨三次把北宋吴越忠懿王钱俶写作"钱俶常"。金文明查出，余秋雨的这段文字，是对《龙华志》卷二"龙华寺"下述文字的翻译：

> 宋太平兴国三年，吴越忠懿王钱俶常夜泊海上。风雨骤至，草莽间祥光烛天，钟梵隐然。询其地，古龙华寺基也。遂命大盈庄务将张仁泰赍金重建。

可是因为余秋雨"既不熟悉五代史，不知道吴越忠懿王名叫钱俶；又不通训诂，不了解'钱俶'后面的'常'可以通'尝'，表示'曾经'的意思。他只认为'常'就是'经常'，忠懿王这次是偶尔'夜泊海上'，正遇'风雨骤至'、'祥光烛天'，'常'在这里讲不通，于是便想当然地把它往前面的'俶'字上靠，造出了一个史无其人的'钱俶常'"（《石破天惊逗秋雨》，书海出版社2003年版，第205页）。

金文明的批评有理有节，切中肯綮，但余秋雨置若罔闻，绝不因此修正他的失误，还把自己说成"君子"，而将批评者诬为"小人"。真不知当今的中国文化界，还有没有是非，有没有公理？

叔成

2006年8月2日

玉青：

来信收到了。你自己动手把电脑弄好了，很不简单。前些时候，我的电脑在上网时也出现了问题，网络断断续续，一会儿能上，一会儿又断了。昨天请宽带网的维修人员上门查看，才发现是因为我安装电话机时接线不妥造成的。他还给我安装了他们公司最新的极速上网软件，现在上网比以前更方便快捷了。

在"资本"的驱动下，急功近利成了各行各业一致的弊病，文化、艺术等精神生产领域也难以例外。早在20世纪80年代初，上海师大一位古代文学青年教师（现在当然早就是教授了）就在会议上公开说，从事古代文学研究，要在学识上超越老年教师实在太难，甚至不可能，只能引进"新方法"来实现"突破"。而所谓的"新方法",不过是套用西方近当代文艺批评的术语,借以糊弄人而已。真正沉下心来做学问的能有几个?

最近看《范府大院》,感觉还不错,但电视中竟把范府所有人的姓都写成"範"(包括这些人的墓碑、牌位)。这样大型的电视连续剧,从制作到播放,参与的人员大概不止几十个,更不用说观审者了,但这样一大批文化人、文化名人,却连作为姓氏的"范"并非繁体的"模範"之"範",也搞不清楚,让人哭笑不得。

叔成

2006 年 8 月 11 日

玉青:

你和林大哥好!两封来信都收到了。

对易中天我了解不多,上次去信时,有感于当今名人余秋雨的"学"而"无术"或"术之不足",而正巧看到了报载上海大学葛红兵教授对易的批评,加上我在汕头大学任中文系主任时,易曾联系到汕大来,考察中我觉得他做学问不很踏实,因此就把他带上了,看来可能对易颇为不公。

葛在报上指出:易的品评有庸俗化的倾向,注重微言、细节,忽略阐发大义——中国人的国家观、忠义观;讲课趣味不高,如讲刘、关、张"寝则同床,恩若兄弟"时,竟说"这三个人'寝则同床'时,他们的太太在哪里?";用词媚俗,如把诸葛亮称为"帅哥";如此等等。

我也看了几次易在中央电视台的"品三国",觉得在普及三国历史知识方面,除有一些迎合听众的言词值得商榷外,他的品评应该说还是有益的,将他与余秋雨并论确有不妥。

叔成

2006 年 8 月 28 日

玉青:

你和林大哥好!

前些时候在给莫××的信里,谈了有关"江文"的看法。××兄接信之后,马上给我打电话,说这让他吓了一跳。其实,他同意信里的观点,不过认为此事只宜腹议,而不应见诸文字。他还说,明年毕业 50 周年的成都聚会，他争取参加，与广州方面的同学一起乘飞机到成都。

我觉得××兄是多虑了。一方面，言论自由的宽松环境正在渐渐形成，以书信、日记中的文字罗织人的罪名毕竟已成过去；另一方面，到了我们这把年纪，早已超脱种种功利打算，理应坦坦荡荡地直抒胸臆。前不久，在北京朝阳区文化馆出版的一本内部刊物《芳草地》上，看到严文井20世纪90年代中期写的一篇三百来字的短文《我仍在路上》，很有几分同感。

我仍在路上
严文井

现在我仍然活着，也就是说，仍在路上，仍在摸索。至于还能这样再走多少天，我心中实在没有数。

我仍存一个愿望，我要在到达我的终点前多懂得一点真相，多听见一些真诚的声音。我不怕给我自己难堪。

我本来就很贫乏，干过许多错事。

但我的心是柔和的，不久前我还看见了归来的燕子。

真正的人正在多起来。他们具有仁慈而宽恕的心，他们有眼泪，但不为自己哭。

我仍在路上，不会感到孤单。

我也不会失落，因为再也没有地方可以容我失落。

一九九五年六月七日

据约严文井写稿的黄伟经说，严老1993年10月答应写稿，而这短短的三百来字竟写了一年八个月，并且寄来的手稿上还有作者的多处改动，诚为呕心沥血之作（见《芳草地》2006年第3期第99页）。

对于年过古稀的老人来说，在路上的时间显然不会太多了。这最后一段路程，由于摆脱了种种功利的羁绊，理应走得更坦然、更自在、更潇洒，因此能够更真切地领悟真理，更坦率地表达自己的真情实感，不必隐晦、不必躲闪，真正做到"直面惨淡的人生"。

革命的途程，不是涅瓦大街的人行道，难免会有这样那样的挫折，我们只是希望挫折少一点、小一点，让广大人民多几分幸福。

叔成
2006年8月30日

玉青：

　　你好！今天发来的信收到了，谢谢关心。

　　上海立秋以来，凉快了几天，但到了 8 月下旬秋老虎竟大显神威，创造了今年入夏以来的连续高温。我们午休和晚上就寝都得躲在空调房间里，日子还算过得去。当然，进入 9 月，秋老虎再厉害，也是强弩之末，预报说明晚冷空气就将抵达上海，最高气温会降到 30℃ 以下，真正的秋天毕竟要来临了。

　　事物都是辩证的，老生活在四季如春的条件下，不一定对健康有利。有冷有热，不时冒一身汗，可能对调节人体的抵抗能力还有好处。陶××平时生活极有规律，进入老年更是怕动，总担心环境、条件的变化会引发疾病，所以连杭州附近的地方都不去玩。我则认为，人的生活既要有规律，又要在一定时间、一定范围内有意识地打破这一规律，以便在新的条件下求得新的平衡。因此，2000 年北京聚会和 2004 年桂林旅游，我都一再动员他参加，结果活动下来，他感到相当不错。

　　用电脑写信，如果很短，可以直接进入信箱写。而要是长信，因为有的信箱有规定时限，一旦超过，便会自动删除。因此，较长的信最好在 Word 文档写，然后复制下来，再打开信箱，敲击最上一行的"编辑"，选择"粘贴"即可。这样即使发信时出了问题，原信还保留在 Word 文档中。

叔成

2006 年 9 月 3 日

玉青：

　　长信收到，因为手头有点事，回信迟了。

　　俄罗斯之旅，等以后再说吧。至于抵押房产一事，网上曾有争议，一些人认为不合中国传统与伦理，然而我却觉得不失为适应当前社会发展的办法。由于竞争的激烈和人类寿命的延长，老年人越来越多，孩子们又顾不上照顾他们，要安享晚年，让生活丰富多彩，势必得自己解放自己，自己安排自己的生活。这样，老一辈、小一辈都各自减去了负担。

　　我有一个怪论，是关于"尊老爱幼"和"百事孝为先"的。"爱幼"可以说是天性，为了种属的繁衍，必须呕心沥血，甚至以牺牲自我的方式来呵护幼仔的成长；而"尊老"、"孝"则不是天性，是人类进化的产物，是人类与动物的区别之一，因此在人类社会中理应发扬。可是，发扬一定得处理好合适的"度"与采取恰当的方式，如果因为尊老、尽孝而影响了"幼"（后代）的成长与发展，那对整个人类社会而言，就将导致倒退。所以，不能要求儿孙像亲长爱他一样来爱护、关注亲长，不然势必对人类自身的前途不利。记得日本影片《狐狸的故事》里，老狐狸精心呵护小狐狸到一定阶段，就凶狠地将它赶走，让其在奋斗中得到发展，并且也不要求它今后有什么回报。这是动物界必须遵循的规律，否则其种属必定灭亡。尊老、尽孝使人类超越了动物，而这一超越仍不应违反自然的法则，不然人类的发展也就停止了。步入老年，只有想通了这个道理，才谈得上真正的"安度"，否则要是总希望孩子像自己当年对他们无微不至地关爱那样爱自己，那么心态往往就难以平衡（尊老、尽孝的责任主要应该由社会来负担，而不能全部落在家庭后辈个人身上）。

讲这番怪论，绝非为我们对父母的过激言行辩护。作为共产党人，我们都相信阶级论，但这种"阶级论"，多的是"左"的教条，少的是真正的马克思主义，其突出表现就是对人性的丰富、复杂缺乏认识。20世纪80年代初，当我在《马克思恩格斯全集》里读到马克思1856年6月21日写给燕妮的信时，受到很大震动。马克思在讲到他内心那炙热的爱情时（"我衷心珍爱你，自顶至踵地吻你，跪倒在你的跟前……"）说："然而爱情，不是对费尔巴哈的'人'的爱，不是对摩莱肖特的'物质交换'的爱，不是对无产阶级的爱，而是对亲爱的即对你的爱，使一个人成为真正意义上的人。"可见，在马克思的眼里，要是只知道抽象的"对无产阶级的爱"，而缺乏带有无产阶级倾向的对具体的人的爱和情感，那就还不是一个"真正意义上的人"。①

我们的父母不管在旧中国做过什么，都绝不是敌视新中国的人，更绝非死不悔改的顽固分子。对新的现实，他们可能还有这样那样的疑问，而总体则是拥护的、热爱的。抚顺战犯收容所的工作人员对于罪行累累的日本和国民党战争罪犯尚且抱着宽容、挽救的态度，启发他们放下屠刀，立地成佛，体现了共产党人解放全人类的博大胸怀。同他们相比，我们虽然入了党，却不仅缺乏共产党人的胸怀，而且离"真正意义上的人"的距离也还很远。回想"文革"中与父母"划清界线"的言行，真是愧疚难言。

［①《马克思恩格斯全集》第29卷，人民出版社中译本第1版，第515页。］

谈到具体问题，要说的话实在太多，只好到此先行打住。

问林大哥好！

叔成

2006 年 10 月 26 日

玉青：

…………

前些时候接雷××的信，并附有她的回忆录，××要我提出意见。因回忆录有 5 万来字，又看又想花了不少时间。××所受的罪确实很大，但因此在回忆录里表现出的对新中国、共产党的全盘否定态度，我决难赞同，怎样给她回信，也就还没有想好。现将她的回忆录转发给你，请你看看如何回答她才好。

叔成

2006 年 11 月 6 日

玉青：

你和林大哥好！……

非常同意你和林大哥有关××回忆录的意见。"党外有党、党内有派"、"革命不是涅瓦大街的人行道"，确是千真万确的真理。在共产党人的名号下，有毫不利己、专门利人的白求恩、焦裕禄，也有拉大旗作虎皮以整人为阶梯向上爬的分子。××等这些对新中国、新社会满怀热忱的学子，一踏上工作岗位就遇到这样的苦难，当然会产生愤懑与怀疑。我会根据这一看法给她写回信的。

…………

叔成

2006 年 11 月 16 日

玉青：

来信收到。这封谈及痛苦往事的信显示了你乐观开朗的性格，让我们读着读着就忍俊不禁[①]。事实上，不仅那两个看管你的学生，就是下令看管你的人，多半也是极"左"路线的受害者，而非十恶不赦之人。上

[① 友人来信中说："延边大学当年的厕所也是在离宿舍 50 多米的山坡上，上下四周都透风，冬天夜里上厕所，都是迫不得已，穿多少衣服，也是直打哆嗦。1966 年 11 月底，校内造反派为了要我的工作本（他们说是黑材料），把我看管起来，第一天，就因在我自己的宿舍，由两个女生通宵达旦地看着。我和她们说，我是不会逃跑的，你们也睡吧。她们不信。我上厕所，她们就跟到厕所。我气极了，心想反正睡不着，就和你们玩两把吧。你们不是不怕冷吗，我就有没有屎尿都装作有，每隔一小时去一趟，一蹲就是半个钟头，我的心火着，不知冷，她们可是冻得够呛。第二天，她们便把我关到学生宿舍去了。此事，我后来上厕所，常常想起，总感到好笑。"]

海师大"文革"中对立双方的红卫兵头头，都是中文系学生，他们在改革开放以来，对上海的文化建设均作了有益的贡献（其中一个就是撰写《石破天惊逗秋雨》的金文明）。

…………

我已给××写了回信，但还没有收到她的回复。现将回信附在后面。

叔成
2006 年 12 月 3 日

【附】

××：

你好！来信和回忆录收到。谢谢你的信任，在回忆录还没有出版之前就让我们先看了。

2000 年聚会时没有多少谈话的机会，同学们对你毕业后的遭遇也很少说及（可能知之甚少）。因此，读回忆录给我的震动很大，想不到你们（徐××、萧××等同窗）这些满怀热忱、期望着为建设新中国作出贡献的学子，一踏上工作岗位，就受了那么多的苦，遭了那么多的罪。《回忆录》不仅告诉人们许多鲜为人知的事实，而且警示后人务必记取历史的教训，彻底杜绝一切"左"的、在"革命"的旗号下实施的残害人的言行，让我们热爱的祖国迈步在一条康庄大道上，因此是很有意义的。

在极"左"思潮猖獗的日子里，我和我的父母、姐姐、哥哥也遭受了种种打击与折磨，有的可能不亚于你们所受的——像我的哥哥原是上海交通大学航空工程系三年级的学生，抗美援朝时参军做了文化教员（教数学），1956 年还立了三等功，而整风时由于在部队的座谈会上批评领导对知识分子不够尊重，便被定为"右派"，开除军籍、开除公职，到吉林梨树县当了十多年农民……尽管半个多世纪以来，我们的祖国、人民以及自己的家庭，经历了如此多的挫折与艰辛，共产党人中确实出现了不少拉大旗作虎皮以牺牲他人作为自己晋升阶梯的败类，但我仍坚信白求恩、张思德、焦裕禄那样毫不利己、专门利人的先锋的真实存在，坚信人类的未来不是这样那样的资本主义，而是消灭了剥削和压迫、人人自由自觉地生活的共产主义，虽然我们看不到这一天的到来。

在墨尔本的老二最近一再催我们到他们那儿聚聚，在孩子的假期里帮助照顾孙儿孙女，我们已决定赴澳 3—5 个月，现在正在办理签证。如果获得批准，大概下个月中旬就出发，明年4—5月回沪。

叔成、凌芝

2006 年 11 月 20 日

玉青：

你好！对于《不肯沉睡的记忆》，尽管还没有看到全书，但从雷××与张××的回忆录中，已有一个大体的了解。我既赞成回忆录的撰写和出版，又对作者们（特别是作序的钱理群）的视点持保留意见。出版这些当事人的回忆录，可以帮助人们了解半个多世纪前发生的事实，了解违背法制的"左"的路线造成的种种谬误与荒唐。可是，我又觉得要是回忆录导致人们把撰写者当年的见解当作真理，那距事实也是很远的。

历史的进程是不以任何人的意志为转移的，即使是伟大的天才，也不可能穷尽真理，不犯错误。在给张××的回信里，我曾说到自己"并不一贯正确"，后来想想，表达的意思不很清楚。我本来想说的是，尽管那时有关"肃反"等等的看法，事后看来有可取的成分，但其实自己的认识也是模糊不清的。我觉得，在 1957 年那样的国内、国际形势下，不要说青年学生们的见解还很幼稚、肤浅，就是以黄药眠等六教授为代表的一大批文化人，他们的主张也很难说就那么准确、可行（但因此而把他们定为"右派"，那就更是错上加错了）。因此，如果忽视了大的背景、大的形势，仅仅从个人的视野出发，以个人的得失为准绳，来对历史作出判断，其结论的科学性是很值得怀疑的。

我个人以为，解放后历次大的挫折，都与"大轰大嗡"的群众运动有关。要是不采取"大鸣大放"群众运动的形式，让人们各自自由发表意见，取其善者而从之，社会的进程尽管还会有弯路，但弯路毕竟会少一点、小一点；而大规模的群众运动的开展，令局面不好收场。

叔成

2006 年 12 月 11 日

玉青：

你好！手伤是中医还是西医给你治疗的？

以我的经验，治跌打损伤还是中医为好。20 世纪七八十年代，我骑

255

自行车摔断了右手腕舟状骨，是中医治好的。1991 年在杭州参加美学会议时，浙大的一位老师好心用摩托车相载，在上山坡时，因天下雨，摩托车滑倒，砸断了我左腿（好的那条腿）腓骨。在杭州由西医上了石膏，因为完全失去了行动能力，从杭州到上海，再从上海飞回汕头，都靠人背，到汕头下飞机时，是机长背的。回到汕头，改找汕大附属医院的中医看，立即拆去石膏，换成夹板，并兼服中药，不到一个月骨头就接好了，可以下地行走（尽管还相当痛）。

我对白雪覆盖的大地情有独钟，这可能是受了《沁园春·雪》的影响。记得 1968—1969 年"文革"期间，被揪出来批斗时，我被隔离在一间大教室里。那些年上海的冬天都比现在冷得多，每年都有几场大雪。而 1968 年的冬天似乎尤为突出，白雪覆盖了大地和楼宇，连河面也结了厚厚的冰层，个把礼拜都消融不了。

在寒气彻骨的教室里，我一个人一边学"毛选"，一边欣赏"白茫茫一片大地真干净"的雪景，企盼着早日回到"革命教工"队伍中。

冰雪覆盖的路面，对我来讲，说得上是寸步难行；但是正因为寸步难行，走路就特别小心，因此一次也没有摔倒过，甚至还从粮店背了 20 斤米回家。

你的性格让你处事大大咧咧，去年 5 月和这次的两次摔跤，大约都与此相关。不过，年纪大了，老摔总不是回事，以后对自己的事也得上点心。

叔成
2007 年 1 月 7 日

玉青：

两封来信都收到了。今年的聚会，因为大家都是古稀老人，确实得根据每个人的情况量力而行，不能有任何勉强。不过我还是想鼓动一些热心的同学联系安排小型的聚会，让我们这些老家伙有机会谈谈心。

我们离开上海前，刚刚与谷×× 取得联系，就收到了他的邀请函，说甲、乙班的一些同学在 12 月 20 日聚会于万州，除同学们谈心之外，还将游大、小三峡和三峡大坝，希望我们也能前往。那时由于是否赴墨尔本还没有确定，而我这个生在成都的贵州人竟从未到过三峡，因而对该次聚会有相当兴趣，表示如不到澳洲，定赴万州之约。随后，谷×× 就给我寄来了潘、雷、范等人的回忆录目录及钱理群的前言、范××的后记，并把他拟定的组稿细则发给了我，要我提意见。这时，我们已经决定来墨尔本，时间极为仓促，来不及细看他们的计划，只是简单地给他回复了一封信。

说起广州火车站附近（去机场的民航售票处就在这个区域内），偷抢之风猖獗，汕头大学的许多老师都领教过，放在身边的行李有时一眨眼就不见了，同林大哥的遭遇如出一辙。不过，我们在广、汕之间往返数十次，却还没有丢失过什么东西，倒是在北京宾馆的美学会议期间，被参加会议的学者"拎"走了我的数码箱，"拿"走了摄像机、照相机、身份证等等。因此，我个人以为，仅仅凭自身的遭遇得出广东"不宜居住"，并不全面。

叔成

2007 年 1 月 13 日

玉青：

信收到。看来对于 1993 年我在北京呼家楼宾馆（是解放军总后的一家宾馆）被窃一事，你以前并不了解。

我之所以肯定是与会的"美学家"偷了我的东西，其根据是：（1）与我同住的汕头大学另一位教授也带了一个数码箱，而且比我的大，就放在他的床边，不用打开橱柜，轻易即可拎走，但窃箱者却视若未见；（2）我带了照相机、摄像机（当时算比较先进的电子器材，国内价值一万余元，是 8 月到香港出席国际会议时刚刚购买的，还不足两个月），宾馆工作人员从未见到，只是在会议结束前的一天，在游览世界公园时用过，只有与会者才知道；（3）被窃时间为会议最后一天闭幕式完结后聚餐时；（4）在宾馆我下榻的房间是最高一层、最后面一间，距楼梯口最远，一般来说窃贼不会选择这样的房间。

事发后，北京朝阳区公安局刑侦队派探员查了一通，也认为极有可能是参加会议者所为，因而破案难度极大。

叔成

2007 年 1 月 20 日

玉青：

来信收到。关于被窃一事，要补充说明，呼家楼宾馆的房门客人无法上锁，必须叫楼层的服务员拿钥匙锁。因此，参加那次美学会的人，一般外出都不锁门，也没有其他与会者丢失东西——因此，我上次说"我下榻的房间是最高一层、最后面一间，距楼梯口最远，一般来说窃贼不会选择这样的房间"。

汉字确实过于复杂，一般人认半边字或望形念字，情有可原，而作为专家，则实在不可取。不过，商品经济时代，人们急功近利，一些学者走"好读书不求甚解"的路（只要知错能改，不像余秋雨），比那些"不读书而好求甚解"者，我认为还是有价值一些——他们毕竟还是在做学问，而不是靠"奇思妙想"，以大话、空话骗人、吓人。

叔成

2007 年 1 月 2 日

玉青：

新春佳节即将来临，谨向林大哥和你以及你们全家表示衷心的祝贺：快乐、健康、长寿、幸福、美满！

人各有志，有的人总是不甘寂寞，渴求在社会上有更大的知名度，一有机会便要显示自己。在我们的同学里，这样的人也不是个别的。莫××给我们的信里就批评过一些同学在《秋鸿》、《纪念册》及自己著作里的诗文、回忆录等等，一一指出其中的问题，或文过饰非，或自我张扬，或显示才学（譬如夹杂个别英文单词）……他的批评确实很中肯，有的可以说是一针见血，入木三分。我既赞同他的批评，又劝他对这些同学宽容一点，说的仍然是"人无完人"的观点。

…………

叔成

2007 年 2 月 14 日

林大哥、玉青：

新年好！春节过得一定很愉快吧？我们也汇报一下在澳洲过节的情况：

在澳洲过春节一共两次。一次是 2003 年，那年除夕晚上，亲家一家（包括他们的大女儿、大女婿，儿子、媳妇与两个孙女，三女儿、三女婿，四女儿与外孙女，共 12 人），以及我们一家 6 口，都齐集在他们家里吃年夜饭。第二天，我们又驱车到墨尔本著名的旅游景点企鹅岛玩，到年初二才各自回家。因是家庭聚会，而周边都是洋人的家庭，因此除了吃喝、玩耍，并没有显现出多少节日的气氛。

今年是第二次在澳洲过春节，亲家的二女、三女、四女都没有从国外（两个在巴黎，一个在台北）回来，所以全家的大聚会改成了各自分散在家里吃年夜饭（亲家与儿子算一家，大女儿、大女婿一家，我们一家）。家里欢聚的氛围虽不及 2003 年，但却感受到了中国的春节在澳州的氛围。

小年夜（2 月 16 日）出版的中文报刊《星岛日报》，用两个版面刊载了"丁亥年新岁政要祝辞"，包括澳洲总理霍华德、反对党领袖陆克文等在内。这在中国国内亦无先例，充分显示了中国和华人在世界上的影响。

大年初一由亲家的大女儿、大女婿安排，我们和亲家 4 个老人到市中心观赏国外的春节庆典。我们先到墨尔本最大的皇冠赌场，看场内声光组合的中国龙表演，而后又到唐人街感受浓浓的节日气氛——唐人街上红灯高挂，彩旗飘扬，锣鼓喧天，人山人海，一会儿是群狮狂舞，一会儿是巨龙出游……而令我们相当感动的是其中洋人不在少数，包括舞狮、舞龙的队伍里，也有许多高鼻子、蓝眼睛的人。

据亲家的大女婿说，除夕、春节时澳洲尽管并不放假，但这样的庆典每年都要举行。今年除夕、春节恰逢周六、周日，而如果不是假日，那就会把时间略为提前或推迟，反正庆典是一定要举行的，热闹的程度也大体相当。

随信附上照片两张，可见一斑。

叔成、凌芝
2007 年 2 月 20 日

玉青：

……我七八岁时就患了骨结核，在抗战时期的贵阳，缺医少药，连 X 光机都没有，拖了几年，直到腿已经伸不直，才确诊为右髋关节结核。

那时没有什么治疗结核病的药物，就靠上石膏固定，令关节不能活动。石膏从腿部一直上到胸部，人只能躺在床上一动不动，大小便全由我母亲照应，整整 3 年。有了这番经历，在对待疾病上，我有足够的耐心和毅力，做到患病时安心静养，不烦躁、不着急，像毛主席说的"让身体慢慢增强抵抗力"。

…………

叔成

2007 年 3 月 7 日

玉青：

信收到。

事物都在辩证地运动，人生的风云际遇是很难说得清楚的。小时候同时患骨结核的孩子还有两个，听妈妈说都没有治好，而我则侥幸地活了下来。那时，为了给我不能伸直的病腿上石膏，是用带子拴住我的脚，经过滑轮，下拴砖头，并不断增加砖头的重量，花 3—4 天的时间，强行把它拉直。那种疼痛令我在那段时间里根本睡不着觉。不过，那时年纪小，还有一颗不识愁滋味的"赤子之心"，情绪没有受什么影响，不觉得人生因此就暗淡了。

小嘉出生在 1962 年，正是经济困难最严重的时期，既订不到牛奶，买不到奶粉，凌芝又没有奶水，只能按奶糕（不知道你是否知道这种用米粉做成的婴幼儿食品？现在好像早已不生产了）包装上的说明，冲成较浓的米汤喂他，把小家伙饿得直哭，而我们竟以为他得了什么重病，月子里半夜带他上医院急诊。医生一番检查后，在病历上写下了"饥饿性啼哭"五个字，使人哭笑不得。医生说，喂奶糕怎么能搞成米汤那样，要加量调成厚厚的糊状，用调羹喂，才能把孩子喂饱。

凌芝产假（56 天）一满，小嘉就被送到里弄办的托儿所全托，一直到 4 岁多（1966 年秋天）——那时"文革"已开始，我们已被抄家，凌芝又被下放到安徽的农场劳动，我在紧张的"文革"批判活动中要照料老人和小勤，无法接送他上位于市区里的幼儿园，这才接他回到学校半托。小嘉的婴儿时期，是在几个里弄老阿姨的照顾下成长的，不能说很幸运。然而，这些年事已长、文化程度不高的阿姨，却令我们至今想来都非常感动。

在那个幼儿园，小嘉患过两次重病。一次，阿姨突然发现他无法站立起来，只会在地面爬行。她们也没有通知家长，就直接找一位中医治疗。医生说小嘉是"筋松了"，用中草药泡水给他洗泡，居然没几天便痊愈了，到现在也没有再出现什么问题。另一次是得了猩红热，等凌芝周末去接他时，也已病愈。那时这样的托儿所，孩子每月的托费连吃带住，还不到20元（不到个人月工资的1/3），可阿姨们竟然如此负责，如此为家长们着想，同今天的高收费托儿所及其管理办法形成了多么大的反差?!

从哲学的层面讲，人生不可能永远一帆风顺，得失盈亏，都是难免的、正常的、自然合理的。因此，我们不能怨天尤人，把自己交给盲目的命运来支配；而应该像范仲淹说的那样"不为物喜，不以己悲"（至于"先天下之忧而忧，后天下之乐而乐"，那是更高的要求），牢牢把握自身的命运，抓住机遇，竭尽个人的力量。

到了我们这把"从心所欲不逾矩"的年龄，理应想得更透彻。首先要保持孟老夫子所重视的"赤子之心"，不畏困难险阻，不知天高地厚，以愉快的心情对待每天的生活。其次是要健康，有了健康的体质，才能从事自己喜欢的种种活动。最后就是坦然直面与生俱来的"死亡"——像庄子说的，人生就是从无到有，从有到无，如此而已，何悲之有？

我们这样的瞎聊，不是所有的同学都愿意的，当然得悉听尊便。

叔成
2007 年 3 月 8 日

玉青：

从心所欲不逾矩的神聊，确实很有意思。在网上通了一年的信，方才明白"msnn"的深意①。当初从曼×的信里知道你的信箱后，就想了半天，可是怎么也想不出其含义何在。如此人生追求，令人很是感动。

说到"有我"、"无我"，其关系应该是辩证的；"有我"是基础，"无我"是追求。这是因为人乃社会的动物，个体的价值归根结底只能体现在社会群体之中。所以，"无我"恰恰是作为具体的人的"我"所企盼达到的一种境界——把个人的价值消融在献身于社会与大众的过程之中。1997 年北京甲、丙两班同学聚会时（你好像没有参加），交谈中我提到陶铸的诗句"如烟往事俱忘却，心底无私天地宽"，甲班一个同学当即反驳

[① 友人在来信中说："我把 msnn 做我的网名，自称木石奶奶，那是因为我做编辑工作以后给自己起的笔名是木石。所以这样，一是激励自己要学习衔木石填东海的精卫，要有顽强不屈艰苦奋斗的精神做人做工作；二是要学习铁道上的枕木和石子那种默默无闻，任劳任怨，甘为负重的精神，不图名争利，要甘为人梯；至于三嘛，是我看到有些人对离退休人员前后两种态度时想的。作为弱势群体成员，我想最好具有木石般的麻木……"]

说"世上就没有无私的人"。后来,在同李××通信时,她在信里也引用了陶铸的这两句诗,让我感慨了一番。甲班的同学早就入党,"反右"时好像也是"左派",而到了改革开放后,似乎已经忘记了共产党人以解放全人类为己任的职责;××被错划为"右派","文革"中又遭了那么大的罪,但仍以"无私"来要求自己。其实,只要不是咬文嚼字地死抠,"无私"、"毫不利己,专门利人"这些文字的内涵,完全可以清晰无误地为人接受。

我母亲的一生的确平凡而伟大。母亲不但生育了我,而且若没有她放弃工作,精心地呵护照料,我肯定早就离开这个世界了。抗战初期,她先后任贵阳实验小学校长、定番(现在的惠水)保育院院长(应李德全之邀),就因为我的病和为了照顾我们3个孩子,她辞去了一切工作——那时,我父亲已随他的恩师、好友王兆荣(又名王宏实,四川大学校长,民革中央常委;1932—1935年王任川大校长时,我父亲任川大秘书长)到上海做刺杀汪精卫的地下工作,家庭重担全部压到母亲身上。在我患病以后,她先是不辞辛劳,四处求医问药;后则无私无怨地伺候这个卧床整整3年的病孩,并在病床侧给我读《水浒传》、读《三国演义》,教我背《论语》、《孟子》,这才使我这个从未念过小学的孩子,第一次入学便考进了重庆著名的树人小学六年级,基本上跟上了同龄孩子的学习进度……

母亲出生于苏北泗阳穷苦农家,很小就被卖掉(因此我从不知道我姥姥家有什么人),几经苦难,才到北京念了小学、中学,最后进入北京女师大史学系读到毕业,并留校任舍监。她于1923年参加S·Y(社会主义青年团),1927年加入共产党。她在女师大学习、工作时追随李大钊,参加"五四运动",为学生代表,援助京汉铁路工人"二七"大罢工,组织女权运动大同盟,参加续路运动,反对女师大校长杨荫榆等。1927年7月,武汉形势紧迫,她受邓颖超之嘱离开武汉南下,从此失去了与党的直接联系,但仍为掩护赵君陶(李鹏的母亲、赵世炎的妹妹)、赵世兰(赵君陶的姐姐)、李沐英(中央监察司司长)等,做了有益于革命的工作。

新中国成立后,母亲并没有依赖同这些老革命人的关系寻求什么重要的工作,而是兢兢业业、任劳任怨地在上海纺织管理局做一个小职员——图书管理员兼职工学校教师。"肃反"运动中,因为一个熟悉胡风的朋友将她的箱子存放在我们家里,母亲受牵连而遭受相当长时间的审查,最后结论是"李知良是一个好同志"。应该说,审查对她的打击是很大的，而她绝无怨言，认为既有疑点，审查一下完全合理。到 1966 年 7 月，"文化大革命"刚刚掀起，上海师大中文系的领导由于对我"感兴趣"，便借我父母的历史做文章，抄了我们的家。父亲被戴上了"特务"的帽子，母亲则被诬为"叛徒"。好在父亲原单位的领导比较明理，知道他的所谓历史问题早已交代清楚，基本上没有怎样为难他；而对母亲的管理属于上海师大家属委员会，遭的罪就厉害了。"造反派"让她这个眼不明、耳又背，并且缠过小脚的古稀老人，到附近生产队的田头劳动，致使母亲摔下田坎，腰椎压缩性骨折。那时医院的医生不肯给母亲开病休证明（母亲早已退休，还需要什么病休证明呢?!），师院家属里负责的几个造反队员以此为由，仍要她每天坚持劳动改造，逼得母亲只能跪在地上一级级地擦楼梯，从一楼擦到三楼……

尽管如此，母亲对党的情感仍然无比深厚，当解放初她得知有可能恢复党籍时，在给友人的信里写道："最使我兴奋而高兴的，是我可以回老家。廿年来，我是流浪的孤儿，失群的羔羊，现在可以回家，这是多么可喜的事，多么高兴的事啊! 谢谢你，请你在没有回沪以前，问问如何办理手续。回家是我一向情愿的。"回家，回到党的怀抱，可以说是母亲梦寐以求的，直至她去世前几年，她还让我找上海师大党委提出她的恢复组织关系的申请。

在待人接物上，母亲胸怀博大，公私分明，严于律己，宽以待人。一次哥哥写来的信用了一个印有单位名称的信封，母亲便追问信封是否挪用了公家的，直到了解是单位发给个人用的，她才不再追究此事。好多次市场上某些产品过剩（例如蔬菜、水果），卖不出去，母亲就会买许多回来，尽管我们也吃不完，但她说与其让公家受损失，还不如大家分担一些。这类事情，要一一细说，真得花上不少时间。

叔成

2007 年 3 月 11 日

玉青：

你和林大哥好! 在与姜××聊天时，他谈到了王蒙的自传。我还没有看到，但却读到了他自传里的一段文字——"不设防"。就人际关系而言，我是极为赞同的（国际关系当然不能不设防）。凌芝和许多好友都一再提醒："防人之心不可无"。我却认为，对人处事，要是一开始就"防"

字当头，那还交得上什么知心朋友？

叔成

2007 年 8 月 18 日

三

李玲：

你好！来信及照片均收到，谢谢。

在学校时，因班级不同，基本没有什么接触，故而谈不上相互了解。此次无锡聚会，虽然短暂，却有了进一步了解的机会。同你的感受一样，我认为旅游之所以吸引人，正像体育活动之重在投入、参与，从而实现了人与环境、自然的融合，令人回味无穷。

在无锡时，我讲到 1991 年 3 月底在杭州摔断了我好的那条腿后，8 月初就冒着冲断铁路的洪水，到镜泊湖旅游。事实上，除了感受滔天洪水的威慑力量，能够观赏的镜泊湖美景已所剩无几。但那次出游，至今仍让人感到回味无穷。除此之外，2003 年年初，我们与刘××夫妇参加澳洲的旅行团前往大堡礁的经历，也值得跟你聊聊。

大堡礁位于澳大利亚东北海疆，绵延一两千公里。我们去的不是北端凯恩斯的主景区，而是最南端布里斯班东面的一个小珊瑚岛（Lady Musgrave Island）。在这个岛的海域里，全然不见绚丽多彩的活珊瑚，而只见到岸边散碎的堆堆珊瑚白骨。我们来回都得面对把游船掀翻、撕碎的恶浪，全船的游客呕吐得一片狼藉，只有我和××等少数几个人没有晕船。等回到岸上，导游（他没有和我们一起去）这才幽默地告诉大家，对于此处大堡礁的旅游，人们的感慨是："不去一辈子后悔；去了后悔一辈子。"令人哑然失笑。不过，我们不仅没有后悔，而且还把这次经历深深地铭刻在自己的脑海中。

附件里有用电脑合成的一张太湖全景图（因为没有用三脚架固定拍摄，右上画面衔接处有些模糊）。

叔成

2007 年 6 月 2 日

李玲：

　　长信收到。对旅游的态度，很能显示一个人的性格。从无锡回来，得知广东鼎湖山聚会仍然定在 6 月 3—5 日举行，没有改期（在无锡时大邓在电话里曾说，因许多人难以前往，考虑将聚会时间推迟），于是又赶紧通知了几个同学。

　　没有想到在通知陶××（3 班同学）时，他们夫妇很有兴趣，只是说如果凌芝与我不去，他们也就不去了。××兄一生谨慎，1974 年我们第一次外出旅游时，带两个孩子到杭州凌芝姑父家，见到了同在杭州的××兄夫妇和他们的两个女儿。××兄把孩子管得死死的，不许她们单独外出。所以，除了近在身边的西湖，他们夫妇和孩子连杭州的近处也从未去玩过。2000 年，要不是我们一再相劝，北京的聚会他也不会参加。有了登上慕田峪长城的经验，××兄终于觉得自己的身体也还可以应付，于是又有了 2004 年桂林之旅。此次一听到鼎湖山聚会的消息，他们夫妇在电话里就表现出分外的热情，于是我决定陪他们夫妇走一趟，大家商量后，买了 31 日往广州的特快车票。这趟车从上海到广州东仅花 17 个小时，可是不停杭州，所以约好××兄夫妇到上海站与我会合。想不到在买好火车票后，××兄竟疑窦丛生，吃不好，睡不好，终于未能成行。我想，今后他们外出的机会定然很少了。

　　××兄的这种性格，同我的性格差异极大。大概因为小时候闯过了死亡关，所以我在生活上很少顾虑，相信事情的成功往往就在坚持一下的努力之中。记得念外国文学时，读过莱蒙托夫的长篇叙事诗《姆采里（童僧）》。童僧逃出寺院以后，与大自然融为一体，他与豹子搏斗，伸手去捕捉闪电……他甘愿用天国与永恒去换取"童年时玩过的陡峻的阴沉的山岩间的短暂的几分钟时辰"。我尽管没有童僧的勇气，但却认同他的这种精神，总觉得应该提高生活的质量与内容，而不是一味计较生命的短长。

　　你想到 Lady Musgrave Island "体验一下在惊涛骇浪中挣扎"的滋味，恐怕很难实现。因为如果是参加旅游团到大堡礁，那去的一定是凯恩斯的大堡礁主景区，而到墨尔本、堪培拉、悉尼、黄金海岸旅游，旅行社一般也不安排去邦德堡（Bundaberg）海上的大堡礁。另外，从邦德堡乘船到 Lady Musgrave Island，风小了体验不到惊涛骇浪，风大了航船就会停运。我们那次去，就因为差一点开不了船，才有这番经历。

　　若×兄为什么会得出无锡聚会"失败"的结论？是不是该次聚会的中心在于筹划苦药回忆录的出版，而在无锡期间却没能就此展开充分的讨论？

去无锡前，我没有见到"不肯"[①]，而只读过张××的回忆录和雷××的《脱胎换骨记》并作了回复。因此，14日晚上大家交换意见时，我实在谈不出什么。可是，你所说的意见，有两点给我印象很深，后来我读了"不肯"的一些文章后，更向兴×表示自己极为赞同。一是对1957年的人、事，要有今天的视点和高度，否则可能引发某些法律纠纷——拿"何穆事件"中何的问题来说，范××写得比罗××有分寸得多，他不仅没有点何的名，而且把事情说成与"女学生的接触过分密切"，并进一步声明"这种风流韵事若在今天也许算不上什么了不起的新闻"，可是罗在21世纪撰写文章时，还把何说成"一肚子的男盗女娼"；二是书中所附当年揭露"苦药社"的文章，确实不该选录，它的确会给当年的受害者以第二次伤害。

今天先聊到这里，其他余后再谈。

叔成

2007年6月7日

李玲：

两封长信收到。真是出人意料，我想当然地以为一个在艺术学校任教的女同学不会关心理论问题，想不到你却有这样的理论素养，让人佩服。

之所以没有及时回信，是因为这几天我们正在请人改建厨房——我们2004年买的这套二手房，是1996年建成的全装修外销房，我们入住时基本没有做什么装修。十多年前的燃气灶没有自动熄火装置，燃气公司已多次发出不安全警告，而市场上新的灶具又无法装上我们的橱柜，因此一直拖到现在才作彻底改造。本以为此项工程一两天就可以完工，想不到却拖了整整6天。6天来不仅餐饮完全像打游击，而且清理废料、扫除尘土、搬运杂物，更让我们差点累得趴下。

因此，有关理论问题的信，还得等几天才能回复，请你谅解。

叔成

2007年6月9日

[①指《不肯沉睡的记忆》，中国文史出版社2006年版。]

李玲：

　　来信收到。上次因为急着发信，有两处失误：一是把"顺便"错写为"随便"。二是引述赵无眠的话不全——写信时凭记忆说了两点，本想发信前依据资料补充，可是忘记了。赵的概括是：中国历史上最伟大、世界历史上也罕见的军事家；建立了一个新的时代；结束了中国数十年争战不休的混乱局面；开创了数十年（至少）国内的和平时代；……加速了民族之间的融合、同化；发兵朝、越对抗当时世界第一强国美国，以一和一胜的战果威震国际；领导中国第一次与世界上大部分国家建立了平等的外交关系；第一次拥有核武器、第一次建成长江大桥、第一次自行设计制造出人造卫星、导弹、飞机、军舰、万吨轮；第一次实行一夫一妻制；还有第一个大型交响乐团、芭蕾舞团，第一个电视台，第一部彩色电影，数百所高等学校；推行简化汉字；……"可以说二十世纪的好事儿，全让他给轮上了"。

　　说真的，我不知道自己算什么派。过去"左派"吃香的时候，我被视为"中右"；现在大伙对"左"嗤之以鼻时，我又似乎有了"左"的色彩。其实，在给雷××的信里我早就说过，在中学时语文是我学得最差的一门功课，考入北师大中文系，让班主任老师（数学老师）骂了一通。因为缺少文才，教了一辈子的中文，不过是混碗饭吃。退休以后，没有出版社相逼，我就很少看书，更不用说写文章了。

　　也正因为闲着没事，所以愿意与老同学、老朋友聊聊天，把自己所思所想瞎扯一气，而不是想宣传自己的观点以影响他人。我非常赞同你说的："我们的任何'活动'都不可能左右历史的发展。"

叔成

2007 年 6 月 13 日

李玲：

　　到了我们这把"从心所欲不逾矩"的年龄，能同老同学神聊，实在是极为愉快的事。这种神聊，绝不会像年轻时那样，总以为真理就在自己手中，遇到不同意见，常常争个面红耳赤，甚至不欢而散；而会彼此尊重，静观社会人生的衍化。

　　前几年，汕头的一个学生来信说她信仰了基督教，并向我传授基督教的教义。我在回信中讲了这样几点：有无信仰，是人与动物的区别之一，有信仰比没有信仰好；在当今世界上信仰必定多种多样，不可能一律；多种信仰，自然有何者更科学的问题，个人完全可以自主选择；不同信仰应该尽量互相包容、尊重，不要相互排斥，视对方为邪说（邪教不在内），以求得世界的和平发展。

有了这种认识与态度，遇到不同信仰的人，也能心平气和地彼此相处。墨尔本的老二夫妇都是虔诚的基督徒，整天要说服我们信奉基督教。我告诉他们，我是一个顽固的无神论者，最好彼此尊重对方的信仰。他们仍不死心，成天向我们宣传教义，让我们参加教会的种种活动（做礼拜、听布道、参加团契活动与福音营等等），直到我们离开澳洲的前一晚，仍然要大家一起读《圣经》，希望在"世界末日"来临时，我们也能和他们一起进入永生的天堂。我和凌芝尽管不信，却尊重他们的安排，并且每次参加活动都很认真——听听各种声音，必然令自己增长了见识，兼听则明嘛。

因此，我们之间的聊天，你不必有什么顾虑，爱谈什么就谈什么。

叔成

2007 年 6 月 14 日

李玲：

信收到。诚如来信所说，对治理国家作出贡献的人，大都并非什么思想家、哲学家；而思想家、哲学家即便其哲学思想蕴含着许许多多的真理，如果真让他来治理国家，也不一定就能取得成功。所以如此，大概是因为理论与实践总存在这样、那样的矛盾的缘故。

然而，哲学思想对社会发展的影响，是极其深远、不能忽视的。共产党人的信仰来源当然是马克思主义。而毛主席之所以领导中国革命取得成功，得力于他对马克思主义的掌握（运用、发挥、发展，或如你说的"通俗化"——在我看来，通俗化的意义就不应低估），而不仅仅是"枪杆子里出政权"（那个年代掌握枪杆子的何其多也）。

暂时就写到这里，因为下午我们要到海南岛玩几天，到 24 日凌晨才能返沪，到时再继续聊吧。

叔成

2007 年 6 月 19 日

四

振平兄：

你好！大作收到，粗粗拜读一遍，没有仔细推敲。初步的看法是：

首先，赞同文章的结论——不要也不必搞"强制性批判"，不宜以运动的办法（大轰大嗡）来解决思想意识的问题。

在思想意识领域，划分"毒草"、"鲜花"是否妥当？有没有必要？就言论自由、"言者无罪，闻者足戒"而言，显然不应该提出"毒草"、"鲜花"的概念——"六条标准"是针对政治立场而言的，用来处理意识形态问题，就是当年似乎也有一些犹豫，所以出现"敌我矛盾按人民内部矛盾处理"的策略——而应该通过"百花齐放、百家争鸣"的自由论争，区分认识上的正确与错误、片面与全面，从而求得对真理的更深刻、更深入的把握。例如对《武训传》、《红楼梦研究》，以及胡适、胡风思想的批判等，在我看来都有其合理的一面，即揭示了唯心史观的局限，对提高人们的认识是有帮助的；可是，因为采取了运动的形式，将其视为反动的"毒草"，压服多于说理，反而容易回潮，不利于认识的提高并团结大多数（尽管并没有把孙瑜、俞平伯作为敌人）。"批判"的做法，事实上没有体现共产主义者的胸怀和马克思主义的基本原理。做思想意识形态的工作，理应像建国初期抚顺战犯收容所的干部们那样，有解放全人类的胸怀，尊重人、信任人，不能急于求成。

当然，在新中国刚刚建立的岁月里，面对凶恶地要把共产主义掐死在摇篮里的世界列强和国内暗藏的敌对势力（数以百万计的潜伏下来与派遣过来的特务、土匪、反动会道门），立即实现言论自由的条件具备吗，也是一个问题。

其次，也有一些想法供参考：

（1）研究总结建国以后意识形态领域内的经验与问题，不能就事论事，而必须顾及整个历史（包括国际国内）的全局与进程，否则就可能给人天大的错觉。

"反右"、"文革"，无疑都是我党在社会主义建设时期所犯的极大错误，但这绝不能仅仅归结为一个人或几个人的思想品质的问题。窃以为，"反右"的错误有其深刻的社会历史原因，对此尽管我现在还难以说清楚，但有一点却是肯定的：毛主席在 1956 年我国建设事业取得巨大胜利后，提出"百花齐放，百家争鸣"，绝不是阴谋整知识分子或民主人士，而是希望发扬基层民主，形成监督机制，克服执政党的官僚化与腐败。

可是天不随人意，紧接着就是国际形势的大动荡，苏共二十大、"波匈事件"接连发生，国内也有人要共产党下台，提出"轮流坐庄"……于是，毛主席得出了"事情正在起变化"的结论，整风变成了"反右"。

至于"文革"的发动，也与历次整风一样，主要是担心腐败导致资本主义复辟，希望形成自下而上的群众监督——我承担的"八五"社科重点课题"当代审美文化研究"的课题组成员祝东力（北大叶朗的研究生，一个难得的认真做学问的人）在《"红卫兵—知青一代"的前世今生》一文中，就毛泽东发动"文革"，作了这样的分析与推测："为彻底改造国家机器，他鼓动群众造反，发动'文革'。毛泽东希望：一方面避免欧美多党竞选的资产阶级民主，另一方面又能克服苏联斯大林主义的官僚政治，设想用体制外周期性的大规模群众运动（'过七八年又来一次'），来矫正单一政党长期执政的弊端。'文革'的初衷，本来是发动基层群众，包括青年学生，对执政党和政府进行批判、监督和吐故纳新。"我认为他的这个意见，值得认真对待。

历史的进程不以任何人的意志为转移。领导人违背建设新民主主义的初衷，发动"文革"，其结果只能是失败与混乱。不过，如能认真总结研究其中的经验教训，建立行之有效的群众监督机制，那将有利于人民民主的建设，使社会主义的体制日益完善①。

（2）大作论及的知识分子主要是从事文化艺术等意识形态方面工作的，与国防、科技等方面的知识分子的命运有相当大的差别（不然就不能解释建国后短短一二十年时间里，一穷二白的中国何以能在世界列强的包围中形成独立的工业、国防基础）；再考虑到解放初全国人口不过四五亿，就学的人数很有限，因此估计"右派"有几百万，被批的要大10倍，这应该不是事实——现在有些热衷于推销民主社会主义的精英，为了妖魔化毛泽东和共产党，竭力夸大受灾、受害的人数，我们对此应有所警惕。

（3）中国从事意识形态（文化艺术）工作的知识分子，大都深受英美文化的熏陶，其民主个人主义的思想在民主革命阶段能与共产党人达成共识，而步入社会主义阶段，产生抵触是难以避免的。毛主席意识到了这个问题，企图通过思想改造和各种批判，甚至"反右"、"文革"（应该说，"文革"主要不是针对知识分子的）等运动来解决问题，反而应了"欲速则不达"的古训。大作对知识分子存在的问题，虽有所分析，

[①"不做李自成"是毛主席一贯而坚定的思想。建国以后，对作为执政党的党员干部的腐败、官僚化，他深恶痛绝，所以亲自下令枪毙了刘青山、张子善——毛主席一贯不赞成轻易杀人，即使对满手沾满共产党人鲜血、扬言要取他的人头的日本与国民党战犯，也不例外。另外，李教在《我为什么要喊毛主席万岁》一文中也说："我不想，也不会为文革唱赞歌，因为我不想为悲剧唱赞歌。毛主席发现了问题，但他作为人而不是神没能解决问题，也只有那样深邃的思想才能发现如何在革命成功之后，保持巩固平民政权的本色——几千年来革命都逃不脱改朝换代的宿命——一个统治者代替了另一个统治者而已。也只有这样的英雄，才敢于向这个千年顽症发起了勇敢的冲锋——悲剧式的冲锋。否定文革，是要否定那种悲剧式的冲锋方式，不是也不应该是否定问题——毛主席发动文革的原因，现在这问题依然存在，而且更严重了。希望今天的我们的智慧，能在文革的悲剧中汲取教训，至少部分地解决这种问题，而不是借否定文革否定或回避问题，这个问题本身就是悲剧，只有敢于正视它，但这样的伟人也不能超越历史，超越历史就是悲剧。"李教论述历史的宏宽视野，对我多有启发。]

但觉得分量有些欠缺。

以上的初步想法，供兄批评指正。

叔成

2011 年 7 月 30 日

忠林：

你和夫人好！

最近的几次邮件往还，让我们的心（思想）接近起来。

记得"文革"结束后的一天，你曾因为作为抄家队长向我道歉，而我根本不记得抄家时谁是队长。不过这一道歉举动令我认识到你是一个办事认真，待人诚恳，对己要求严格的人。

除你外，还有一个向我道歉的，是 1965 级 5 班的班长王肇亨。我在东部礼堂被揪出来后，由他们班监管、批斗。后来将要复课时，工宣队指定由我与他一同讲授《智取威虎山》。讲完后，工宣队俞指导员总结时说："红卫兵小将的课，比资产阶级知识分子讲的好上许多倍。"大意如此，我记不得了。而此事却成了王肇亨的一块心病——他在零陵师专任教时写了一封长信给我，说讲课后回到宿舍，同学们纷纷表示祝贺，而他则内心充满了痛苦。他说，这样的"擂台"比赛，非常不公，无论他课讲得如何，胜利早就注定非他莫属。

其实，"文革"中的种种超常规的举措，是大的局势使然，一般不是任何个人的责任（当然，就上师大中文系而言，确有个别喜欢无中生有、落井下石、心底阴暗的人）。真要道歉的，也不应该是你与王肇亨。

现在，不仅我已垂垂老矣，你也不年轻了，应该可以更冷静、更客观、更理性地看待一切。

自从去年春天以来，我更加关注国内的种种大事，关注中国的道路与前途。为此，先后发了一些邮件给中学、大学的同学。我将把这些邮件陆续转发给你，希望听到你的意见与批评。

叔成

2013 年 4 月 8 日

佩玲：

谢谢关心与鼓励！

腿疼的情况比起去年 11 月同学们聚会时好多了，不过行动仍然不很方便，因此大多数时间都待在家里——儿子早就给我买了电动轮椅，但因小区的无障碍通道形同虚设，所以到现在还没有乘轮椅外出过。

说到"社会贡献"，实在十分惭愧。

麦伦—继光的五年学习生活（我是初二进麦伦的），是我一生中最怀念、最难忘的——初步形成了我唯物辩证的哲学观，社会主义—共产主义的历史观和献身劳苦大众的人生观。可是，由于 1953 年毕业前夕骨结核旧病复发，回到家里养病，未能听从恩师徐为之的教导选择物理专业，而是进了中文系，由此尽管主观上还算努力，但除了编著过几本教材，发表过若干文章外，真不知道自己这一生是否真正做了对广大劳动人民有益、对社会有贡献的事!？记得祥龙 20 世纪 80 年代曾说："陆汝矜（当年麦伦党支部书记孔慧英的丈夫，是否这几个字，记不准了）已经是青年数学家了，你要是学数理，成绩肯定还要好。"其实，能否达到陆汝矜那样的成绩并不重要，重要的是如果学理工，总会像你们那样为社会、为大众干成一点实事——修一座桥，铺一条路，以至为"两弹一星"流一身汗，出几分力……

为了让你深入了解，随后将把前些时候给阿斗、阿轩、毛头的信，陆续附上。

叔成

2012 年 8 月 31 日

阿斗：

这次聚会的最大收获之一，是有了你的邮箱，我们可以在网上聊天交流了。

在麦伦—继光的五年学习时间里，男同学中，你、我、祥龙大概算得上是最要好的、无话不说的同志了。尽管毕业后大家并没有中断联系，却谈不上思想交流，彼此之间的了解，也不过略知一二而已。

昨天在餐桌上，阿萧封我为"正统派"——这如果是指我仍然坚持共产主义的理想，坚持马克思主义、毛泽东思想，坚信无产阶级必须解放全人类最后解放无产阶级自己，那确实一点不错；如果是指我是一个既得利益者，在入党后的 60 多年中一直受到党的恩宠，一帆风顺，那就离事实太远了。

我的哥哥在上海交大念航空工程系，三年级时响应抗美援朝的号召毅然参军，并在航校的教学中因成绩突出，立了三等功，但 1957 年却被划为"右派"，开除军籍、开除公职，一刷到底，到农村做农民。母亲因"胡风案"受审查。到"文革"开始，父亲被说成"特务"，母亲则被当成"叛徒"……

在我入党后的 60 多年里，除了 5—6 年的学习期间还算顺利外，临近大学毕业，就受到了撤销党内外职务的处分。"文革"一开始我又被抄了家，连外出串联的资格也没有。1968 年工宣队、军宣队进驻后，我更被当作"破坏大联合的黑手"、"漏网右派"、"周扬文艺黑线的走卒"、"反动学术权威"、"剥削阶级的孝子贤孙"，在上海师大大礼堂被揪出来批斗。后来我虽然恢复了组织生活，却又受到党内严重警告的处分。入党60 多年，我自认为一直在努力为人民服务，为全人类摆脱剥削压迫而奋斗，却从未像某些人那样被评为优秀党员。

因此，我之所以至今坚持共产主义的信仰，不是出于家庭或个人的恩怨，而是基于自己对人类历史进程和中国历史发展的认知：

我不相信欧美列强对中国劳苦大众会有什么好心；

不相信他们所谓的民主、平等、人权等美好的言辞；

不相信世界列强会放弃他们掠夺、剥削、压迫第三世界广大人民的图谋；

不相信资本会自动放弃利润最大化的追求；

…………

奥巴马在澳大利亚电视台公开说：

> "……if over a billion Chinese citizens have the same living patterns as Australians and Americans do right now then all of us are in for a very miserable time, the planet just can't sustain it, so they understand that they've got to make a decision about a new model that is more sustainable that allows them to pursue the economic growth that they're pursuing while at the same time dealing with these environmental consequences."

这段话可译为："如果超过十亿的中国居民也像澳大利亚人、美国人现在这样生活，那么我们所有人都将陷入十分悲惨的境地，因为那是这个星球所无法承受的。所以中国领导人会理解，他们不得不作出决定去采取一个新的、更可持续的模式，使得他们在追求他们想要的经济增长的同时，能应对经济发展给环境带来的挑战。"

奥巴马的"坦诚"，说明了他们为什么要处心积虑遏制中国的发展，说明他们多么希望中国分崩离析为李登辉主张的七个（以至更多，像南方某报所鼓吹的那样）邦联。

今天先谈这些，以后我会把前些时候给阿轩、毛头的邮件陆续发给你，让你了解我的思想与当前的纠结。

叔成

2012 年 5 月 16 日

阿轩、毛头：

你们好！

乍暖还寒的三月风云，让我的心情相当纠结。

我自信是一个比较乐观的人，一生也大都像雷锋那样"听党的话"——虽然往往跟不上形势，在"反右"与"文革"中两次受到党内处分，但消灭剥削和压迫，实现社会主义、共产主义的信念始终依旧。

去年因腿痛难以站立，不能参加庆祝同学们八十大寿的活动，躺在床上脑海里断断续续回响起一首歌曲的旋律与词句。后来在网上一查，才知道是苏联电影《明朗的夏天》的插曲：

> 朋友
>
> 我亲爱的手风琴你轻轻地唱，
>
> 让我们来回忆少年的时光，
>
> 春天驾着鹤群的翅膀，
>
> 飞到了遥远的地方——
>
> 过去的事情就让它过去，
>
> 我们并不惋惜，
>
> 嘿……我们深厚的战地友谊，
>
> 就在那行军路上温暖我们的心，
>
> 那道路引导我们奔向前方。
>
> 嘿哎——嘿哎—— 那道路引导我们奔向前方。
>
> …………

尽管这一生有不少时光被浪费了，但毕竟为国家的独立富强尽了点滴之力，相对于现在一些只顾自身安乐的人，不但不惋惜、后悔，反而多少有些得意。

　　无论是中学岁月还是大学时期，对我的一生都起了决定性的作用。要是说麦伦中学的五年学习初步规范了我的世界观，那么北师大中文系的四年生活，更坚定了我的共产主义信念。记得进入北师大后不久的一次组织生活，讨论一位1952级（当时中文系的党员不多，只有一个学生支部）预备党员的转正，师兄师姐们分析他崇尚的"忠义"不过是《水浒传》里哥们儿的情谊，并非共产党的原则，令我受到极大的震动，由此触发我认真读了一些马列经典著作，并在毕业后选择了文艺—美学专业。

　　作为一个党员，对于中央的决策，自己不仅支持，而且大都努力加以贯彻，总希望在实现国家富强、人民幸福上，尽自己的微薄之力。目前面临群众非议的各种社会问题，我总以为是前进过程中不能不付出的代价。惟望这种过程的期限短一点，代价小一点。

叔成
2012 年 4 月 3 日

阿轩、毛头：

　　前些年北师大同学来信，谈到普列汉诺夫的《政治遗嘱》对十月革命和列宁的否定，以及他因此对中国革命的怀疑。就此，我作了如下回复：

　　来信中提到的一些资料，有我看过的，也有不少仅仅听说过或听也没有听到过的，所以无法就来信涉及的问题作比较全面细致的答复，只能谈谈个人目前极不成熟的想法。

　　前几年读你的回忆录及来信后，我从网上下载了普列汉诺夫的政治遗嘱。普氏关于十月革命并非发生在资本主义高度发展的基础之上、因而先天不足的见解，诚然符合马克思主义关于生产力与生产关系的论述，他对列宁的批评也有一定道理（注：普是一个我很尊敬的伟大的马克思主义者，我的论著中多次引用、阐发过他的观点；但我认为他与瞿秋白一样，是一个学者型的人物，不是一个合格的驾驭革命运动的无产阶级领袖）；然而，在我看来，历史的进程绝不可能完全遵照教科书所说的程序，而会有许许多多的变数（我国的新民主主义革命更是这样）。这就像当年"铁人"王进喜代表的大庆人的作为和他们所体现的精神那样，严格说是违反科学的，但却创造了奇迹，让我们的国家渡过了难关，赢得了时间与机遇。纵观数千年的人类历史，在循序渐进的历程中，这种知难而进、知其不可为而为的大无畏精神同样是不可或缺的——也可以说，历史的进程在于渐进与革命的辩证运动之中，不要轻易否定任何一方。（"知其不可为而为"的"不可为"，应该是历史进程中的"需要为"或"应该为"，而非违背社会与大众利益的"不能为"。）

正因为俄国革命与中国革命都不是生产力发展进程中一种水到渠成的实现，而是在马克思的共产主义学说鼓舞下，凭借一种"敢叫日月换新天"的英雄主义精神，通过太多的付出与牺牲换来的，因此革命之后必须补发展生产力的课。列宁论新经济政策、毛泽东论新民主主义，都强调指出了这一点。

赫鲁晓夫起始的苏联领导人，可能就是发现了斯大林时期没能重视资本主义发展而企图纠偏，但因未能把握好保持社会主义这个大方向，终于导致了苏联解体和东欧剧变——我对苏联、东欧的情况了解极为肤浅，不过姑妄言之。

相比之下，我国领导人的头脑更为清醒。早在民主革命时期，毛泽东在《新民主主义论》、《论联合政府》等著作中，就明确中国经济不具备直接进行社会主义革命和建设的条件，他一而再地强调新中国建立之后不是建设无产阶级专政的社会主义国家，而是要充分发挥民族资本主义的积极性，建立联合政府，走人民民主专政的新民主主义之路。这条路之所以"新"，就新在是在共产党的领导下，调动民族资产阶级的积极性，发展资本主义经济，为迈向社会主义、共产主义打下必不可少的物质基础。他说："有些人不了解共产党人为什么不但不怕资本主义，反而在一定的条件下提倡它的发展。我们的回答是这样简单：拿资本主义的某种发展去替代外国帝国主义和本国封建主义的压迫，不但是一个进步，而且是一个不可避免的过程。它不但有利于资产阶级，同时也有利于无产阶级，或者说更有利于无产阶级。现在的中国是多了一个外国的帝国主义和本国的封建主义，而不是多了一个本国的资本主义，相反地，我们的资本主义是太少了。……"（《论联合政府》）

可是，半个多世纪以前，"苏共二十大"与"波匈事件"的相继发生，我国社会主义改造的顺利进行，毛主席又年过六十，进入老年时期，令他的思维发生了变动。他越来越希望在有生之年看到社会主义在中国的胜利——至少是奠定了坚实的、不可动摇的基础，而不至于在他离开人世后向资本主义方向滑去。也就是说，在坚持社会主义方向这一根本问题上，他是坚定的；可是怎样才能在生产力极为低下的中国创造社会主义必需的物质基础，他却由于害怕资本主义因素的增长，而找不到切实可行的路线和方法，只能寄希望于群众觉悟和精神的力量，从而背离了马克思主义存在决定意识、物质制约精神的基本原理。

1978 年邓小平复出后的拨乱反正，既强调"四个坚持"，又狠抓改革开放，显示了无产阶级革命家的伟大气魄与胸怀。他断然纠正了毛主席晚年的严重失误，坚持了中国共产党人一贯的正确主张：新中国必须通过发展资本主义以建立进行社会主义、共产主义革命的物质基础。30 年来改革开放的成功实践，证明了邓小平同志"两手都要抓，两手都要硬"的主张，确实是对马克思主义的新的发展与贡献。

2009 年年底，在纪念改革开放 30 周年的时候，有人向"四个坚持"（主要是"坚持共产党的领导"）开炮，也有人把改革开放和贪污腐败等同。由此可见，在当今的世界，一个经济不发达的发展中国家要走一条与发达国家不同的创新道路（不是资本主义旧民主主义的道路，而是迈向社会主义方向的新民主主义道路）是何等艰难啊？！

以上所述集中起来有这样几层意思：

（1）中国共产党领导的革命，不论有多少挫折、失误，它的大方向和历史伟绩都不容否定。

（2）新中国成立后的建设事业举步维艰，但是尽管领导者们犯了这样那样的错误，却难能可贵地始终坚持着国家的社会主义方向，从而保证了改革开放以来的腾飞（不致像苏联、东欧那样一夜解体）。

（3）在国家危难的时刻，复出的邓公力挽狂澜，坚持党的领导，坚持改革开放，使我国在短短的 30 年中取得了举世公认的飞速发展，再次向世人证明了社会主义、共产主义的活力。

总之，历史的进程是极其错综复杂的，不能割断成个别的片段来加以论证——近年来有不少学者指出，曾国藩、光绪、慈禧、李鸿章……以至袁世凯、蒋介石等，在他们生活的那个时代，其作为既有功、也有过，不应一棍子打死。对涉及的具体人物该作如何评价，我知之甚少，没有发言权，但这个原则却应该认同。对共产党人及其社会实践当然更不能全盘否定了。

下面再补充一点我对毛主席的认识：毛主席是一位伟大的政治家、军事家、思想家，是奠定了我国社会主义基业的元勋。

金无足赤，人无完人。毛主席的一生，有功也有过；但无论是民主革命阶段，还是社会主义革命阶段，在我看来他的功都是主要的。

…………

社会主义建设时期毛主席的作为，似乎也应该一分为二，既有严重的错误，同时也有不可磨灭的贡献——旅美历史学家赵无眠在自己的书里，论及"一千年后人们怎样评价毛泽东"时，曾作了如下的表述：

> 中国历史上最伟大、世界历史上也罕见的军事家；建立了一个新的时代；结束了中国数十年争战不休的混乱局面；开创了数十年（至少）国内的和平时代；……加速了民族之间的融合、同化；发兵朝、越对抗当时世界第一强国美国，以一和一胜的战果威震国际；领导中国第一次与世界上大部分国家建立了平等的外交关系；第一次拥有核武器、第一次建成长江大桥、第一次自行设计制造出人造卫星、导弹、飞机、军舰、万吨轮；第一次实行一夫一妻制；还有第一个大型交响乐团、芭蕾舞团，第一个电视台，第一部彩色电影，数百所高等学校；推行简化汉字；……"可以说二十世纪的好事儿，全让他给轮上了"。

还可以加上基本禁绝了"黄、赌、毒"、消除了官员的贪污与腐败、营造了夜不闭户的优良社会环境……这些不争的历史功绩，大都是在社会主义建设时期作出的。

好了，说了这么多，也没有完全说清楚我想说的意思，你读起来定然会有这样那样不同的看法。可惜我们不能通过电子信箱实现网上的及时交流，不然你来我往相互驳诘，必将有利于我们全面地认识问题。话说回来，你我这么普普通通的人，不管有什么样的认识，抱什么样的态度，都不会对历史的进程有一丝一毫的影响，仅仅是求得自我心灵的某种平和而已。

叔成
2012 年 4 月 5 日

阿轩、毛头：

公正地评价中国当代史，不能不涉及"文革"，下面就谈谈我对"文革"的相当复杂的认识转变过程，以及为什么认同我国的体制。

1965 年，姚文元的《评新编历史剧＜海瑞罢官＞》发表后，因为从事文艺理论教学，不能不对学生谈谈《海瑞罢官》，于是读了有关的文史资料与《海瑞集》。凭借这些资料，我大致认同姚对吴晗的批评——《海瑞罢官》的指导思想，确实不是辩证唯物主义。为了参加《文汇报》在我校（上海师范大学）召开的座谈会（与会者仅我一人是中文系的，余者均为历史系的老师），我写了一篇评论“海”剧的文章，在指出其唯心史观的同时，对姚的文章也提了两条小小的意见：一是姚对海瑞原文的文字误解（具体什么问题，现在已记不起来）；一是姚仅引海瑞文章的半句，说他在判决官司时“宁屈小民，不屈乡宦”，其实海瑞在论及“争产业”时，恰恰说的是“宁屈乡宦，不屈小民”。就是因为这次发言与这篇文章，历史系的老师就把我告到了党委，视我为反对姚文元的人（这当然是“文革”开展后才知道的）。

　　1966 年 6 月，“文革”开始不久，在系总支与教工支部的策划下，抄了我的家，说我是周扬“文艺黑线”的走卒（因参编周扬主持的文科教材《文学的基本原理》）、“反动学术权威”（只不过 30 来岁的助教）、“漏网右派”（因 1957 年曾受撤销党内外职务的处分）等等。而我却并不认为总支、支部的领导是什么“走资派”，只是觉得将“左联”以来的新文艺说成是“文艺黑线专政”似乎与事实不符。

　　到 1975 年评《水浒传》、反击右倾翻案风时，因为正好带学生在工厂开门办学，接触到厂里的工人、干部，他们对邓小平的整顿都是肯定的，所以尽管各个单位请我作评《水浒传》的报告，我都只评《水浒传》，而不联系什么右倾翻案风。1976 年年初，周总理逝世，民间传闻要批总理，我对凌芝说，如果真的如此，我宁可与总理一同当“右派”，而不做什么“左派”。9 月，毛主席逝世……

　　近 30 年来的发展经历，让人不能不反思“文革”，反思毛主席为什么晚年要冒那么大的风险发动“文革”。李敖在《我为什么要喊毛主席万岁》一文中说：“我不想，也不会为文革唱赞歌，因为我不想为悲剧唱赞歌。毛主席发现了问题，但他作为人而不是神没能解决问题，也只有那样深邃的思想才能发现如何在革命成功之后，保持巩固平民政权的本色——几千年来革命都逃不脱改朝换代的宿命——一个统治者代替了另一个统治者而已。也只有这样的英雄，才敢于向这个千年顽症发起了勇敢的冲锋——悲剧式的冲锋。否定文革，是要否定那种悲剧式的冲锋方式，不是也不应该是否定问题——毛主席发动文革的原因，现在这问题依然存在，而且更严重了。希望今天的我们的智慧，能在文革的悲剧中汲取教训，至少部分地解决这种问题，而不是借否定文革否定或回避问题，这个问题本身就是悲剧，只有敢于正视它，但这样的伟人也不能超越历史，超越历史就是悲剧。"

李敖的观点是我所赞同的。此外，"文革"之所以叫"文化大革命"，我想还有文化方面的原因。早在延安时期，毛主席就要求文学艺术（文化）要把颠倒的历史重新颠倒过来，恢复"渣滓"的主人公地位。这个任务说说简单，其实却极其艰巨，因为它要求颠覆数千年来人们的传统观念。

从建国初期对《清宫秘史》、《武训传》、《红楼梦研究》的批判，直到评《海瑞罢官》，都包含确立人民、只有人民才是推动历史前进的根本动力这一马克思主义、毛泽东思想的合理因素。可是，人们却难以真正接受，评判的高潮一过，思想观念马上回潮。这一方面说明传统观念的根深蒂固、盘根错节，另一方面也显示了对于复杂的思想观念问题，大批判、搞运动的方式是难以取得好的效果的。解决思想观念问题，一要靠社会物质条件的改变，二要靠耐心细致、体贴入微的思想工作——日本和国民党战犯在抚顺战犯收容所得到的彻底改造充分说明了这一点。其实，毛主席对思想观念的问题是相当宽容的，不仅不因思想问题而处以重刑，而且还与意见相左的人保持友好的关系（如章士钊、梁漱溟、周谷城等）。而一些知识精英则往往得理不饶人，喜欢以比"左"还"左"的姿态，来显示自己最革命，"文革"初期以批"四条汉子"著名、而现以海外民运代表自居的阮铭就是其一。

"文革"以"破四旧"始，却并没有把旧文化、旧观念真正破除。

同毛主席希望通过发动群众来督促当权者招致失败一样，群众性的"破四旧"仍然没有跳出"四旧"的范畴，在我看来原因就是主席的期望超越了历史发展的进程和人们的觉悟水平，违背了存在决定意识、社会存在决定社会意识的唯物辩证法。

当下，以好莱坞影视、音乐等等为代表的欧美文化在社会主义祖国的大地上可以说已经泛滥成灾，人们的心目中不是王妃、王子，就是皇上贵胄和无所不能的超人，哪里还见得到默默无闻、辛勤劳作、为中国以至世界作出不朽贡献的普通劳动者？比起坚船利炮来，这种散发着温柔和香味的"软刀子"，其杀伤力往往会被人忽视，真所谓"软刀子割头不觉痛"。

因此，我总觉得，理直气壮地争夺文化话语权，高举马克思主义、毛泽东思想大旗，应该是刻不容缓的。面对欧美列强政治、经济、文化、"人权"……全方位的或公开或隐蔽的围攻，需要当年毛主席、周总理、陈毅那样理直气壮的回击，而不是一味的韬光养晦——毛主席说得好，对于景阳冈上的老虎，你刺激它不刺激它都是一样的，它要吃人。

叔成
2012 年 4 月 5 日

阿轩、毛头：

下面集中谈谈我自己对改革开放中国的认识。

资本主义是人类历史一个必须经历的阶段（就世界范围而言，个别小国可能有例外），有其革命的、辉煌的历程，但却绝对不是人类历史的终极目标。由于中国革命是在半封建半殖民地的基础上获得胜利的，所以必须在夺取政权后大力发展生产力，为此不能不借鉴欧美发达国家的经验，引进市场经济使之服务于建设社会主义、共产主义的目的。

这是前人从未走过的一条崭新的道路，既要克服"左"的、害怕资本主义因素增长以至呼唤第二次"文化大革命"的错误，又要以工农大众的利益为本，坚持共产党的领导，坚持社会主义、共产主义的方向，反对以私有制为本、一味随超级大国的指挥棒起舞。

在我看来，邓小平的伟大与毛主席的伟大同样不容置疑。他一方面义无反顾地提出改革开放，向西方资本主义学习，引进市场经济以发展生产力，夯实和巩固社会主义的经济基础，断然纠正了毛主席晚年的严重失误，坚持了中国共产党人一贯的正确主张；一方面则坚定地高举"四个坚持"的旗帜不动摇，一次又一次反对资产阶级自由化……真正做到了两手都硬，这是非常不容易的。对于他的"猫论"，"右"者奉之为圭臬，以为只要效益挂帅，可以不问手段与方法，而"左"者则斥为唯生产力论。事实上以我的陋见，"左"、"右"都是一种误读。"猫论"仍然是两手都要硬的体现——社会主义的猫得会抓老鼠，而不能与老鼠同流合污，甚至蜕变为挖社会主义墙脚的老鼠。

2009 年年底，在纪念改革开放 30 周年的时候，有人向"四个坚持"（主要是"坚持共产党的领导"）开炮，也有人把改革开放和贪污腐败等同。由此可见，在当今的世界，一个经济不发达的发展中国家要走一条与发达国家不同的创新道路（不是资本主义旧民主主义的道路，而是迈向社会主义方向的新民主主义道路）是何等艰难啊?!

叔成

2012 年 4 月 5 日

祥龙、素文：

你们好！来信询问"那你觉得有什么办法能解决现制度因特权而造成的严重腐败呢"，我的看法如下：

走中国自己的路，不迷信资本主义，完善党内民主与人民民主。一方面承认"党外有党"①，尊重并重视党外有识之士的意见，从他们的尖锐批评中发现问题，予以改进或革新——如对农民"雷为什么没有劈毛主席"②的呼喊不是采取镇压的手段，而是纠正问题，并在此基础上建立和完善法规；另一方面正视党内存在的问题，"党内有派"，敢于并善于开展党内路线斗争，不因路线问题而排斥异己。现在互联网的存在，为完善与发扬党内民主与人民民主、实现广大民众的监督提供了极为有利的条件，只要真正坚持社会主义的方向，不背叛共产主义的理想，全心全意为人民服务，中国的前途必然是光明的。

叔成

2013 年 3 月 4 日

××③：

这种信息也能让人相信？

（1）北京有10元/天的床位吗？我于20世纪90年代初住过北京的地下室，两个人一间，也远高于这个价。

（2）克里此行日程满满，能随便住宿、吃饭吗？

（3）如真有此事，网上应该早已疯传。

（4）就算真有此事，难道美国的官员无论在国内国外都这样清廉，且不讲卫生吗？如果在别处均不如此，唯独在中国如此，相信中国没有恐怖主义、没有瘟疫，不需要任何防范，那岂不是一个作秀的大演员吗？

（5）克里有没有随从、保镖？有没有中方的接待人员，他们住在哪里？一行人在钓鱼台国宾馆活动后，赶赴中关村，其花费是多少？

[①"党外有党，党内有派"在学界有不同的理解，窃以为按照唯物辩证法的观点理应理解为：纯与不纯的统一；不纯是绝对的，而纯是相对的，是要经过努力来实现的。"党外有党"，指的是在共产党组织外仍有信奉共产主义的党外布尔什维克，诸如鲁迅那样的坚强战士；"党内有派"，是说同为共产党员也存在着思想素质上的差异以至不同的派别，因此要注意并善于进行党内斗争，开展批评与自我批评，团结持不同意见的同志。

②见习仲勋《红日照亮了陕甘高原》。有农民因征粮问题不满，说出"雷为什么没有劈毛主席"的话，毛主席知道后，并没有叫人去追查骂自己的人，还指示有关部门将征粮任务减轻。此后，毛主席经常拿这件事教育干部要关心群众生产。

③因友人发来美国国务卿克里在北京中关村住10元/天的旅店、吃掉在地上粘有他人口水的包子皮的网文，故作此回复。]

如此等等。

叔成

2013 年 4 月 24 日

黄大哥、以仁：

你们好！

昨天发的邮件看到了吧？邮件发出后，比较仔细地看了刘的文章，初步的感觉是：

（1）文章缺乏学术论文的严谨，给人以信口开河、哗众取宠之感。例如，文章一开头就说郭沫若在延安写了《甲申三百年祭》，郭是在延安写的吗？

（2）无视中华文化的优秀传统，极力予以丑化。诸如：

"西方文化是创造天才的文化，中国文化是扼杀天才的文化"；

西方文化"克制嫉妒"，"中国文化放大这个东西"；

"中国的历史，从根本上讲是没有历史"；

…………

（3）崇拜欧美霸权，全篇充斥溢美之词。

（4）丑化中国人民的革命斗争，说什么"革命吞噬革命，人民专政人民"，把解放后人们安居乐业，清除了"黄、赌、毒"，路不拾遗、夜不闭户（哪需全国各地的防盗窗、防盗门）的生活说得一无是处。

（5）诬蔑中国人民没有信仰。中国人从孔老夫子起，就不信"怪力乱神"，但却崇拜天地、向往自然，追求天人合一、世界大同，这不是信仰是什么？在我看来，正是因为有这样优良的文化传统，中国的广大劳动群众才能如此欣然认同马克思主义，而远超其他国家。

…………

本来还想据此写出详细的评论，后来在网上查到了一些批评《甲申再祭》的文章，就只简要地写这样几句。请你们指教。

叔成

2013 年 5 月 3 日

家书

——给孙儿的信

畅畅，我们亲爱的孙子：

今天是你 18 周岁的生日，我们向你表示真诚的祝贺：生日快乐！

从今天起，你就步入了成年人的青年期，真正开始了自己独立的人生途程。就我们的经验，要使自己的人生不至于虚度年华，有几个重要的问题必须明确：

1. 要懂得世界历史的真谛

在漫长的历史长河中，不少人都是浑浑噩噩地过了一辈子，他们对于社会、人类虽然也作出了些许贡献，但总的来说却是随着历史的潮流而沉浮。而要超越一般的人，对大众、社会、人类作较大的贡献，首先就要对社会、对历史有正确的了解与认识。你从小对历史相当有兴趣，但不知道是否想过数百万年的人类历史，其基本规律与脉络究竟该如何科学概括？

千百万年来解答这个问题的著作真是多如牛毛，浩如烟海，但最精辟的回答，我们认为是毛主席所说的 200 多个字：

> 人类的历史，就是一个不断地从必然王国向自由王国发展的历史。这个历史永远不会完结。在有阶级存在的社会内，阶级斗争不会完结。在无阶级存在的社会内，新与旧、正确与错误之间的斗争永远不会完结。在生产斗争和科学实验范围内，人类总是不断发展的，自然界也总是不断发展的，永远不会停止在一个水平上。因此，人类总得不断地总结经验，有所发现，有所发明，有所创造，有所前进。停止的论点，悲观的论点，无所作为和骄傲自满的论点都是错误的。其所以是错误，因为这些论点，不符合大约一百万年以来人类社会发展的历史事实，也不符合迄今为止我们所知道的自然界（例如天体史、地球史、生物史，其他各种自然科学史，所反映的自然界）的历史事实。

现在的青年人常常把自由挂在嘴边，以为自己一直都在追求自由，为自由而奋斗，而他们所谓的自由就是随心所欲。这种自由观，可以说与真正的自由风马牛不相及。从人类发展的历史事实看，自由与必然、自由与纪律、自由与不自由，是辩证的统一。自由是相对的，不自由是绝对的。在类人猿的世界里，在动物界，必然性支配着一切，谈不上任何自由。对于人类而言，自由是在同自然界的较量中，通过一步步地掌握其必然性而获得的（治水过程中的从堵截到疏导生动地说明了这一点），而这个过程即使到了共产主义时期也不会完结。

所以，我们希望你首先在确立唯物辩证的历史观、世界观上下功夫。

2. 要明白快乐的源泉

最近看到一个视频，一些所谓的"富二代"、"官二代"开着价值数百万元以至于上千万元的法拉利、保时捷之类的豪车，到为他们特设的会所享受，一个晚上每人动辄消费数万元以至上百万元。这种生活，对于个人或家庭来说是奢靡、是挥霍；对于无数爬陡崖、攀绝壁、趟冰河、背了桌子上学才能念上书的孩子以及他们的家长、老师来说，简直就是犯罪！

人的一生如果像此类人那么度过，个人是否惬意、快乐，我无法判断。然而，他们即便快乐，也是把自己的快乐建立在他人的受难之上，是一群寄生虫的生活方式。我国古代的有识之士都愿意为广大人民的幸福而自身受苦受难，以"先天下之忧而忧，后天下之乐而乐"为座右铭，更何况立志为解放全人类而最后解放无产阶级自己的共产党人？

其实，享乐是无止境的，一个人一旦坠入享乐的泥坑，就必定远离了人民大众，而不可避免地成为他们的对立面。

在今天的中国，在非洲，在全世界，还有许许多多的人在生存与死亡的边缘挣扎。一个真正的共产党人，应该把他们的生存状态时刻铭记在自己的脑海中，作为鞭策自己一生奋勇前行、不断创造的动力。

3. 要确立不怕艰苦才能创新的毅力和精神

实事求是地说，在父母无微不至的关爱下，你的成长基本上是一帆风顺的，没有什么大的挫折。现在，即将踏上独立的人生之路，要面对大学、社会里的种种人和事，一年甚至一个月遇到的坎，可能比你前18年遇到的总和还要多，而且基本上得你一个人应对，这要有足够的心理准备。

其实，正像一棵树苗不经过阳光的暴晒，不蒙受风雨的洗礼，不可能成长为参天大树一样，一个人也只有经历了艰苦，才会懂得奋斗的意义，才会有不畏艰险地永远向光辉的顶峰攀登的毅力和决心。最近，新疆克拉玛依的李凯超花 45 天的时间，骑车到上海入学的事，你应该也知道了吧？万里（五千公里）奔波的艰辛，特别是穿越沙漠无人区的困苦、危险……都被他一一征服。尽管我们不必学他一样骑单车上大学，但相比那些让父亲、母亲甚至爷爷、奶奶、外公、外婆、大舅、阿姨等等陪同进大学的，我们能不对他肃然起敬吗！我们相信，凭着这样的毅力，他对社会的贡献，必将超越一般人。

超越，可以说是大学学习与小学学习最大的不同。小学生超越老师的可能性微乎其微；而大学生，特别是研究生、博士生，若不能实现超越，也就不会有多大的成就。而超越的实现，单凭一时的冲动或灵感是不可能实现的，只有锲而不舍的努力，付出比他人更多时间与精力，才有可能实现——而灵感，恰恰是对这种付出的奖赏。

进入大学以后，在专业上对老师可以尊重，在为人处世上则一定要保持自己的独立评价，不可因为尊师，而忘了重道。前人说得好：吾爱吾师，吾更爱真理。就我的接触与了解，现在大学里的老师、教授，一心围着钱转的实在不少，即使清华、北大这样的名校也不例外。一定要冷眼观察，将有德有才的奉为老师。

畅畅，你入党了吗？我是于 1951 年 6 月（离 18 周岁的生日 3 个半月），在上海麦伦中学（现在的继光中学）入党的。那时解放不久，对党的认识还很浅。"文革"中因我受到冲击，你爸爸入党的时间受到了影响。你能在 18 岁前后加入党的组织，而且比我入党时肯定懂得更多，可喜可贺！

入党，不是为了个人的私利，更不是为了升官发财，而是为了把自己的一生献给人类最壮丽的事业，把数千年剥削阶级颠倒的历史重新颠倒过来，让全世界的劳苦大众真正成为历史的主人。

马克思在《共产党宣言》中说："共产主义革命就是同传统的所有制关系实行最彻底的决裂；毫不奇怪，它在自己的发展进程中要同传统的观念实行最彻底的决裂。"[①] 同实行了数千年的私有制实行决裂，谈何容易；而要同人们（包括广大劳动者）头脑中的传统观念实行最彻底的决裂，在我看来，更是难上加难。这一点你作为我们党的新生力量，更应特别注意，要时刻保持警惕。

现在的人们动辄喜欢说"代沟"，我比你大 61 岁，要说代沟，应该不止一代，而是三四代了。在你 18 周岁生日时，以一个老党员的身份，送上这份"礼物"，希望你能理解，并能提出你的意见——在你进入大学

[①德文原文为："Die kommunistische Revolution ist das radikalste Brechen mit den uberlieferten Eigentumsverhaltnissen; kein Wunder, da in ihrem Entwicklungsgange am radikalsten mit den uberlieferten Ideen gebrochen wird."]

后，也希望有机会与你交流看法。那时，只要我不糊涂，仍会尽量详尽地把自己的看法告诉你。从太爷爷、太奶奶起，我们家庭就形成了既尊卑有序，又有同志相爱的和睦关系：三娘教子，子也可以教三娘。如果实现了三爷教孙，孙教三爷，那就是我们家庭里人民民主建设的更大胜利。

再一次祝你生日快乐！

深爱你的爷爷、奶奶
2012 年 9 月 26 日

跋

　　自从进入北京师范大学中文系的大门，已经整整一个甲子了。

　　在这对于个人来说漫长的 60 年中，除了 4 年的学习生活，我从事的就是文艺学—美学的教学与研究。1959 年，我在《光明日报·文学遗产》发表了自己的第一篇文艺评论文章：《时代的声音和"小鸟般的歌唱"》，此后，或受组织委派，或与志同道合者合作，个人的精力主要集中在一系列教材的编撰上。《文学的基本原理》、《文学基础知识》、《美学基本原理》、《文学概论四十讲》、《文艺学概论》、《美育基础知识》、《新编文艺学概论》等，这些教材在高校，在大专，在自学考试及考研中，使用者不下数百万。然而，这些教材究竟传授了多少真理，同时又包含了什么错误，我自己也说不准确，只能留待时间的检验与大众的评说。

　　细心的读者不难发现，随着岁月的流逝，我的某些观点也发生了或多或少的变化，例如对伟人的评价，对"文革"的态度等等。这些变化确实存在，之所以不加掩饰，正是出于我在评论叶铭惠诗作时表达的一个观点：实事求是地对待一切，而不要把自己打扮成一贯正确；标榜一贯正确的人，往往是骗子。

　　由于我自己常说入错了门，一些友人就曾问是否后悔。

　　准确的回答应该是既后悔，又不后悔。

　　说后悔，是就对社会、对大众的贡献而言，如果从事理工方面的专业，一定能够干成一些实实在在的事情，看得见，摸得着，而不会像现在这样是非成败难以言说。

　　说不后悔，是因为在北师大中文系我遇到了伴我一生的人，而后有了一个幸福和睦的家庭，儿孙们也都走在人生的正道上。当年北师大的三好生、优秀运动员（北京市高校运动会女子 200 米亚军）胡凌芝，在众多的追求者中，竟然选择了拄着一支单拐的残疾人，并在我受到撤销党内外职务处分后不到一个月，与我结为终生伴侣，这可能是今天许多热衷于百里挑一、千里挑一的青年人难以想象的。

　　因为自知不是一个搞文科的人才，所以自 20 世纪末从汕头大学完全退休回到上海后，即淡出学术界，除了应出版社之邀不得不写些东西外，已不再公开发表文章和出席学术会议，只是在与老同学、老朋友的邮件往还中，表述一些个人的见解。近年来，有感于审美文化领域日益背离大众化、民族化的腐朽倾向，觉得将自己以前发表的一些文章结集出版，还是有一定意义的。

呈现在读者面前的这本《正路错门集》，尽管只是我见诸报刊的一些主要论著，以及近年来的部分书简，但却体现了我的美学观、文艺观和人生的信念与追求。从中读者不难作出是耶非耶的判断。

在拙作与读者见面的时候，要特别感谢广东旅游出版社的领导和编辑，没有他们的鼎力支持与关怀，这部包含不多旅游内容而以文艺—美学为主的著作，就难以与广大读者见面。另外，拙作的出版，还要感谢上海师范大学黄忠林副研究员，是黄老师不辞辛劳地在故纸堆中找到了半个多世纪前发表在《文学遗产》上的文章，使书稿得以及时交付出版社。

刘叔成
于马克思 195 周年诞辰
（2013 年 5 月 5 日）